国家“十三五”重点图书出版规划
常 青 主编 | 城乡建成遗产研究与保

U0819342

金瓶梅建筑研究

ARCHITECTURAL STUDIES OF JIN PING MEI

李辉 著

同济大学出版社
TONGJI UNIVERSITY PRESS
中国·上海

图书在版编目(CIP)数据

金瓶梅建筑研究/李辉著. --上海:同济大学出版社,2020.10

(城乡建成遗产研究与保护丛书 / 常青主编)

ISBN 978-7-5608-9098-2

Ⅰ. ①金… Ⅱ. ①李… Ⅲ. ①《金瓶梅》—古建筑—研究 Ⅳ. ①I207.419②K928.71

中国版本图书馆 CIP 数据核字(2020)第 210444 号

城乡建成遗产研究与保护丛书

金瓶梅建筑研究

李　辉　著

策划编辑　江　岱

责任编辑　江　岱

助理编辑　金　言

责任校对　徐春莲

封面设计　张　微

版式设计　朱丹天

出版发行　同济大学出版社　　www.tongjipress.com.cn

(地址:上海市四平路 1239 号　邮编:200092　电话:021—65985622)

经　　销　全国各地新华书店

印　　刷　上海安枫印务有限公司

开　　本　710mm×960mm　1/16

印　　张　16.5　插页 1

字　　数　330000

版　　次　2020 年 10 月第 1 版　　2020 年 10 月第 1 次印刷

书　　号　ISBN 978-7-5608-9098-2

定　　价　98.00 元

总 序

国际文化遗产语境中的“建成遗产”(built heritage)一词，泛指历史环境中以建造方式形成的文化遗产，其涵义大于“建筑遗产”(architectural heritage)，可包括历史建筑、历史聚落及其他人为历史景观。

从历史与现实的双重价值来看，建成遗产既是国家和地方昔日身份的历时性见证，也是今天文化记忆和“乡愁”的共时性载体，可作为所在城乡地区经济、社会可持续发展的一种极为重要的文化资源和动力源。因而建成遗产的保护与再生，是一个跨越历史与现实、理论与实践，人文、社会科学与工程技术科学的复杂学科领域，有很强的实际应用性和学科交叉性。

显然，就保护与再生而言，当今的建成遗产研究，与以往的建筑历史研究已形成了不同的专业领域分野。这是因为，建筑历史研究侧重于时间维度，即演变的过程及其史鉴作用；建成遗产研究则更关注空间维度，即本体的价值及其存续方式。二者在基础研究阶段互为依托，相辅相成，但研究的性质和目的已然不同，一个主要隶属于历史理论范畴，一个还需作用于保护工程实践。

追溯起来，我国近代以来在该领域的系统性研究工作，应肇始于1930年由朱启钤先生发起成立的中国营造学社，曾是梁思成、刘敦桢二位学界巨擘开创的中国建筑史研究体系的重要组成部分。斗转星移八十余载，梁思成先生当年所叹“逆潮流”的遗产保护事业，于今已不可同日而语。由高速全球化和城市化所推动的城乡巨变，竟产生了未能预料的反力作用，使遗产保护俨然成了各地趋之若鹜的社会潮流。这恰恰是因为大量的建设性破坏，反使幸存的建成遗产成为了物稀为贵的珍惜对象，不仅在专业研究及应用领域，而且在全社会都形成了保护、利用建成遗产的价值共识和风尚走向。但是这些倚重遗产的行动要真正取得成功，就要首先从遗产所在地的实际出发，在批判地汲取国际前沿领域先进理念和方法的基础上，展开有针对性和前瞻性的专题研究。唯此方有可能在建成遗产的保护与再生方面大有作为。而实际上，迄今这方面提升和推进的空间依然很大。

与此同时，历史环境中各式各样对建成遗产的更新改造，不少都缺乏应有的价值判断和规范管控，以致不少地方为了弥补观光资源的不足，遂竞相做旧造假，以伪劣的赝品和编造的历史来冒充建成遗产，这类现象多年来不断呈现泛滥之势。对此该如何管控和纠正，也已成为城乡建成遗产研究与实践领域所面临的棘手挑战。

总之，建成遗产是不可复制的稀有文化资源，对其进行深度专题研究，实施保护与再生工程，对于各地经济、社会可持续发展具有愈来愈重要的战略意义。这些研究从基本概念的厘清与限定，到理论与方法的梳理与提炼；从遗产分类的深度解析，到保护与再生工程的实践探索，需要建立起一个选题精到、类型多样和跨学科专业的研究体系，并得到出版传媒界的有力助推。

为此，同济大学出版社在数载前陆续出版"建筑遗产研究与保护丛书"的基础上，规划出版这套"城乡建成遗产研究与保护丛书"，被列入国家"十三五"重点图书。该丛书的作者多为博士学位阶段学有专攻，已打下扎实的理论功底，毕业后又大都继续坚持在这一研究与实践领域，并已有所建树的优秀青年学者。我认为，这些著作的出版发行，对于当前和今后城乡建成遗产研究与实践的进步和水平提升，具有重要的参考价值。

是为序。

同济大学教授、城乡历史环境再生研究中心主任
中国科学院院士

丁酉正月初五于上海寓所

自　序

完成这样一部书，是要面对挑战的。

头一个挑战，毋庸讳言，来自整个社会对《金瓶梅》的固有看法。斗转星移，这部经历了四百多年风霜的大书，在当代面对的误解或恶意一点不少于先前，甚至相对某些开放包容的时代，当代显得颇有偏狭……这些旧有观念会产生一种力量，严重阻碍正常研究的开展。本人在研究过程中，尽管恪守专业范围，却也时时小心，避免误触红线，这势必从一定程度上限制研究内容的广度与深度。时至2018年末，中国《金瓶梅》研究会黄霖会长，还在诘问社会上对于这部小说的“污名化”问题，难免让当代人唏嘘。

“污名化”的现实引发对于《金瓶梅》系统研究的相对匮乏，也带来本研究的第二个挑战。由于专业研究的缺失，《金瓶梅》的相关建筑研究不像《红楼梦》之类，经前人耕耘，已经形成比较成熟的工作基础。在展开研究的起始阶段，笔者就发现已有建筑类专业研究几乎一片空白。作为研究的处女地，自然存在明显的先入优势，却也会面对特别的艰辛。因此不得不从最基本的文本分析开始，在完成相关铺垫工作后，才可能进行更深层次的空间分析与文化分析。这带来的问题显而易见——书中内容深浅不一，无法使所有的章节保持同样的研究深度。研究中明确存在这个问题，因此在后期撰写过程中，尽可能有意识地关注笔墨的浓淡，避免逻辑与层次上的过分突兀。

第三个挑战源自研究方法。作者在研究过程中参阅了大量文学研究的成果，更深入的研究又与文史类专业研究者产生更多交流。其间很容易发现，他们的研究路径、思维结构、素材组织甚至逻辑的关联程度，都与理工科所惯用的方法与标准大相径庭。某些文科的方法，貌似有悖逻辑，实则更为深邃。引入这些方法，有可能使得研究的基色更加斑驳，但是倘若不能有效控制，也容易呈现凌乱的逻辑关系。这个问题在研究前期已明确觉察，尽管处处留心，随时调整，仍难免受到影响，甚至某些论述，不得不采用纯粹文史类的方法。因此在研究过程中，很多时候需要以更理性的方式甄别素材，强化逻辑的关联程度，并深探至其他专业某些极深邃处，力求丝丝入扣。

最后一个挑战，或许是最直接的——基于有限的个人能力，难免有各种疏漏。尽管在整个过程中，已穷尽心力试图实现自己的研究目标，但也一定随时暴露不尽如人意之处。研究或有总体缺失，或在某些角度挂一漏万，对于某些观点的判断，或可能存在差错，甚至明显谬误……一旦付诸梨枣，皆昭昭在案矣！如今不揣谫陋，只是自珍于这些文字虽显粗疏，至少大都足够坚实，或许可为后来研究者作垫脚之用。

上述林林总总这诸多挑战，也激发起无限动力。在整个研究过程中感受更多的是一种推动的力量，推动自己砥砺前行。就在本书行将付梓之际，不才有幸，被增补为中国《金瓶梅》研究会(筹)理事。这是一份学术荣誉，更是对未来研究之路的一记鞭策，提醒自己付出更大努力，不可懈怠。

是以为序，藉作自勉。

李　辉

己亥冬至序毕

于中国美术学院张江校区

目　录

第1章 建筑叙事与小说叙事

1.1 建筑的表义属性

建筑是一个容器，它所容纳的最重要的东西就是人的活动。建筑的空间形态影响了活动发生与发展的细节，同时刻录着所有活动的印迹。当这些印迹通过时间串联在一起，就成为一个个故事。虽然这个容器未必是完全封闭的，但无论是什么姿态的包容，都可以把人的活动酿造成一个个故事。当代叙事学认为，"叙事"是指"采用一种特定的言语表达方式——叙述，来表达一个故事。换言之，即'叙述'+'故事'"。[①] 用更加直白的方式表述，叙事的过程就是"讲故事"。中国古代有关叙事的说法，大多为"叙谈"与"述说"之类的含义。如王羲之《兰亭集序》中"一觞一咏亦足以畅叙幽情"，此即叙事，并且一"畅"一"幽"，说明叙事是一个有技巧的表达过程。又如《国语・晋书三》中"纪言以叙之、述意以导之、明曜以昭之"，这里把"言"作为"叙"的表达途径，并且是以"纪"来实现的。当代西方的叙事概念对应的"narrative"一词，本意也是讲故事，"……'讲故事'是'叙事'这种文化活动的一个核心内容"[②]。英国著名小说理论家福斯特在《小说面面观》里，始终以怀疑与批判的眼光审视故事，但他仍然会指出："讲故事就是小说赖以存在的那个基本'面'。它是一切小说都具备的、至高无上的要素。"[③]

建筑无疑是表意的。当人类的建筑从最单纯、最功能性的穴居野处分化之时，就像是语言由单独的词汇开始串联成句，建筑也就开始了最初的表意过程。这种分化或者表现为个体的一次或多次对外界的体验，以及由这种体验而带来的不同选择，或者表现为某时某地人所共有的一些集体体验，"共同的风俗、形式、信仰、共同的兴趣和价值观、权衡轻重的方式以及建造房屋的方法，这些构成了把他们联结在一起的文化"[④]。这种"文化"从最初的本质上，就是一些"含义"的集合。人类所有的活动衍生出的物质产品，绝不同于其他动物对世界的改变。"实际上，人是唯一能在身后留下记录的动物，因为

---

① 徐岱. 小说叙事学[M]. 北京：商务印书馆，2010：6。

② [美]浦迪安. 中国叙事学[M]. 北京：北京大学出版社，1995：5。

③ [英]福斯特. 小说面面观[M]. 朱乃长，译. 北京：中国对外翻译出版公司，2001：71。

④ [美]格朗特・希尔德布兰德. 建筑愉悦的起源[M]. 马琴，万志斌，译. 北京：中国建筑工业出版社，2007：6。

他是唯一能制造产品的动物；其产品能‘使心灵回想起’一种不同于物质存在的概念。”[①]尽管这些物质产品受到“有限变异”原则的支配(马林诺夫斯基《文化论》)，其基本特征表现趋同，但那些不同的细节恰恰强化了所谓的“含义”。

在《视觉艺术的含义》一书中，艾尔文·潘诺夫斯基将这类“含义”分为三个层次：一是基本的或自然的物质形态，可以进一步被划分为事实性和表达性的题材。在这一层次中，对于建筑而言就是把纯粹形态的东西(材料、颜色、质感、外形轮廓等)理解为房屋实体的再现，把它们之间的相互关系看作事件(原文是…by identifying their mutual relations as events)。二是次要的或约定俗成的物质形态，被称作“形象”(images)。而这些形象的糅杂过程，被古典艺术理论家称作“创作”(invenzioni，意大利语)。这一层次的含义在建筑中，可以视作由习惯性使用特征或礼仪性文化特征所形成的空间场景。这个层次已经明确有了关于叙事的内容(故事和寓言)，并且引入主题(theme)和母题(motifs)相关的一些概念，视觉形态与叙事进一步融合。三是本质的含义或内容——与这一层次相关的，是基本态度(basic attitude)、创作方法、意味(significance)及具有感情色彩的新态度(a new emotional attitude)。对于包括建筑在内的艺术形式，表达的是某个时期的艺术情趣甚至风格，对于本质的含义或内容所进行的尽可能详细的描述，甚至表达了某一国家、时代或是艺术家的技术程序特征，而对这些含义或内容所采取的，恰恰是一种纯粹描述的方式(a purely descriptive)。[②]

不难理解，含义或是意义固有地存在于建筑中，并通过某种方式表达它的存在。“实际上在一切事物中特别是在建筑学中，也存在着以下两种事物，即被赋予意义的事物和赋予意义的事物。被赋予意义的事物就是对它要提出讨论的事物；赋予意义的事物就是按照学问的原理作出解释地阐明。”[③]

建筑在其自主性的发展过程中，与其他艺术门类一样，天然形成不同层次的含义。并且，在创作或表达所有这些含义的过程中，叙事(或叙述)成为最直接的方式。所以，自从建筑行为脱离了其最原始的状态之后，叙事在建筑过程中有形无形地成为一个本质内容(intrinsic content)。——建筑开始实实在在地讲故事了！

1.2 建筑叙事的构成

建筑中的故事是从哪些方面讲起的呢？或者说，怎样听懂建筑的故事呢？厘清一件事情本质的方法，就是把握它的整体结构。由系统论的学说来看，对一个事物进行研

① [美]E.潘诺夫斯基.视觉艺术的含义[M].傅志强，译.沈阳：辽宁人民出版社，1987：6。

② 同上：34-38。现有译文存在某些讹误，笔者参照原文进行了语义的综合。

③ [古罗马]维特鲁威.建筑十书[M].高履泰，译.北京：中国建筑工业出版社，1986：4。

究，首先要确认的是构成它的某些要素，其次才是这些要素的组合方式，亦即结构。叙事的本质实际上是以某种述说方式对某个对象内容的述说，需要选择适当对象、组织相关材料、呈现研究结果，并赋予它更深层的意义，以获得新的价值。在小说的叙事结构中，存在着主题、素材、情节、人物行为及叙事过程中的环境呈现等要素，这些内容也以类似的形态表现在建筑讲故事的过程中。

1.2.1　故事的主题与母题

弗朗西斯·约斯特在《比较文学导论》中指出，主题（theme）是指"一部文学作品的创作宗旨和它的中心思想"①，并且引用思罗尔、希巴德和霍尔曼合编的《文学手册》中的观点认为，主题就是"那些被人物、情节和形象具体化了的抽象概念"。而母题（motifs）则是"一个起着扩展叙事的基石作用的简单成分；或者不那么严格地说，是民间故事、小说或戏剧作品中所采用的传统的情景、手法、趣味或者事件"②。而在《韦伯斯特大学生词典》中，对于"母题"的概念是这样界定的："在文学和美术中，它表现一部作品的显著特征，尤其是主题和主导特征。"③显然，母题与主题彼此存在内涵的交叉，而其共通之处，是作品所表现的"显著特征"。与之相应的，当建筑走出最原始状态的纯物质功能而开始具备更强叙事能力的时候，就在诸多方面表现出"显著特征"。如中国建筑从没有典型特征的"穴居而野处"，逐步形成相对初级的木构体系时，就显现出与西方建筑所不同的"显著特征"，其最初的主题也以此显现出来。

建筑叙事的主题有别于文体。文体在更大程度上相当于类型，那是构筑建筑叙事主题最基本的语言核心。"类型根据需要和对美的追求而发展；特定的类型与某种形式和生活方式相联系，尽管其具体形状在各个社会中极不相同。……我想将类型概念定义为某种经久和复杂的事物，定义为先于形式且构成形式的逻辑原则。"④这里所说的"类型"，虽然在叙事的结构中处于深层，但其只完成了最基本的表义功能，主题则承担个性主旨表达的任务。

建筑叙事主题有别于设计构思，尽管彼此在概念上存在一定的交叉。前者通常是社会整体价值的一种物化，是通过空间化的过程实现的，是社会综合价值最直接的体现。并且，由于建筑与人类生存之间极为密切的互动关系，建筑叙事主题更是全方位地折射出生活的诸多方面，这与小说叙事主题存在类似的广度与深度。

如果说主题抑或母题是建筑叙事构成的精神基础，那么它必然由实际的材料经由

---

① ［瑞士］弗朗西斯·约斯特．比较文学导论［M］．廖鸿钧，等，译．长沙：湖南文艺出版社，1988：232。

② 同上：234-235。

③ 转引自：徐岱．小说叙事学［M］．北京：商务印书馆，2010：140。

④ ［意］阿尔多·罗西．城市建筑学［M］．黄士钧，译．北京：中国建筑工业出版社，2006：37-42。

一定的逻辑关系而构筑成实体，并由这些实体围合形成相应的建筑空间。这种物质材料营造的过程，在小说中表现为题材经过适当的逻辑加工而成为具体的情节，再由这些情节联缀而成具有特定脉络结构的故事。素材是最原始的材料，相当于天然状态下的建筑材料，它"涉及作品的各个部分，其中也包括表示描写对象、特征、行为以及观念的词汇。……它们同时存在于文学与非文学的作品中：那些作为原始材料被用来铺设雅典城大街的石头也许正是用来建筑卫城纪念塔的石头，它们的形状和功能决定了它们的价值"①。而题材则是经由一定逻辑筛选与初级加工后的素材，"是由经理性推敲才可理解的一个个整体构成的。这些整体的可理解性是建筑在缘由一效果或昨日一今天的关系之上的"②。与之相应的，建筑叙事中的"题材"表现为经由原始材料而构成的具有一定特征的构件——当这些构件被精心加工，特征足够显著时，所表现出的精神内涵就是母题。只不过，题材在小说叙事中更多地经由时间关系而进行组合，在建筑叙事中则通过空间结构进行表达。建筑所讲的故事，绝对不是那些建筑材料简单堆积的结果，而是通过材料构成的空间，形成一个个故事发生的必然场景，形成故事的一些主导特征。因此每一个地方，甚至每一座建筑所讲述的故事都具有各不相同的主题——就像是每一部小说与戏剧一样。

1.2.2 故事中的人

人物是小说叙事中最重要的因素，是小说作者、读者以及评论者视野中不可缺少的要素。小说的叙事主题都要通过特别的人物来表现，人的表现成为小说叙事最基本的框架。当人们谈论小说的时候，不论何种视角，都避不开对于人物的评价。在相关的艺术门类中，由于语言文字相对比较精确的表现力，以及它所特有的对于时间要素的关照，因此小说比音乐、绘画甚至雕塑等艺术形式都能更加细致地描绘人物。但小说叙事中的人物，又不是具体的人，"人物类似于人。文学是由人而写、为人所写与写人的。……另一方面，文学中所涉及的人又不是真实的人。它们是摹仿、想象与虚构的创造物——没有血肉的纸人。……人物并不是人，但类似于人。它不具备真实的精神、容貌、思想或行动的能力，但是它又具有那些使精神和意识形态描述成为可能的特征"③。与之相类似的，建筑叙事中最重要的因素也是人。建筑从古典以至现代，从平面布局、流线安排以至体量权衡、材质选择等，缺乏了对人的考量都不会是一个最本质意义的成功建筑。并且，近些年来对于"身体"与环境关系的讨论，更使"人"在建筑中的重要意义细节化。当然，与小说类似，建筑中的人并不是一个具体的"真实的人"，在建筑师进行

① ［瑞士］弗朗西斯·约斯特.比较文学导论［M］.廖鸿钧，等，译.长沙：湖南文艺出版社，1988：237。

② 同上：38。

③ ［荷］米克·巴尔.叙事学：叙事理论导论［M］.谭君强，译.北京：中国社会科学出版社，1995：91。

建筑设计的过程中，所有的“人”如小说叙事中的人一样，是“摹仿、想像与虚构的创造物”，更进一步说，就是“把审美经验理论化的人”[①]。小说叙事是依据作者对于人物的理解所进行的一种特别体验，完成一件特别的事；建筑叙事是建筑师依据对未来项目使用者的理解，“安排”他们在特定的空间，甚至特定的时间进行的某种活动。正如小说叙事开始于小说创作之初，建筑叙事也起始于此，人物的大部分活动在这个时候已经确定下来了。研究小说《金瓶梅》中的建筑，在最初始阶段就把整个研究的基点确定在“风土城市”与“市井宅园”的层次，由此确定建筑叙事中的人物特征。

当代的小说叙事有一种“去人物化”的倾向，这是在艺术不断发展的过程中积极的探索。艺术天生具有一种不安定性，它从来不会遵循完全既定的原则进行发展。普桑说“趣味乃是艺术的目的”[②]，可见它天生就有一种革命性。来自于法国的“新小说”派，怀疑传统意义上的个性，提出“无个性特征的”(anonymous)、“前人性的”(pre-human)等概念，否定性格特征持续不变的观念，也不相信自我统一性。以致巴尔特惊呼：“今天的小说正在逐渐绝种的并不是小说特征，而是人物，不能再写的就是专名(Proper Name)”[③]。但是，这种倾向只是一种小范围的探索，并且，很大程度上可能是一种假象——虽然某些小说叙事的过程中看不出传统意义上的“人物”，但“这些信息通过作品文本中的那种对物的不动声色的展示与对人的有意回避的格局被清楚地传播出来，它们事实上也具有了人格因素，因此，文本中的‘物’也就成了‘人’”[④]。

建筑发展到今天，也多次出现“去人物化”的叙事倾向。当建筑经历了古典时期的众多变化最终进入现代主义，把科学推上一个前所未有的高度，并且极力赞美理性，贬低甚至否定感性，于是便出现了忽略人性、漠视自然的倾向。柯布西耶在《走向新建筑》第二版序言中充满豪情地宣布，“现代的建筑关心住宅，为普通而平常的人关心普通而平常的住宅。它任凭宫殿倒塌。……这就是恢复人道的基础、人道的尺度、需要的标准、功能的标准、情感的标准”[⑤]。但是，他的“尺度”与“标准”在很大程度上都是通过计算实现的，而非基于身体的考虑。现代主义在其后的探索过程中，越来越表现出对于新材料、新技术的过度追求，把理性引入一个误区，也使现代主义偏离了对人的关怀，走上一条技术至上的道路。当柯布西耶后来宣称“住宅是居住的机器”的时候，当密斯认为

① 原文系约翰·杜威(John Dewey)在《作为经验的艺术》中所说。转引自：[美]格朗特·希尔德布兰德.建筑愉悦的起源[M].马琴，万志斌，译.北京：中国建筑工业出版社，2007：11。

② 原文可参阅布朗特《普桑关于绘画的笔记》。转引自：[美]E.潘诺夫斯基.视觉艺术的含义[M].傅志强，译.沈阳：辽宁人民出版社，1987：13。

③ 转引自：[以色列]里蒙·凯南.叙事虚构作品[M].姚锦清，等，译.北京：生活·读书·新知三联书店，1989：52。

④ 徐岱.小说叙事学[M].北京：商务印书馆，2010：154。

⑤ [法]勒·考柏西耶.走向新建筑[M].陈志华，译.天津：天津科学技术出版社，1991：2。

“当技术完成它真正的使命时，它就升华为建筑艺术”①的时候，建筑已经在很大程度上表现出“去人物化”倾向。当然，这样的倾向也非主流，后现代主义(Post-Modernism)对此进行的怀疑与批判，现代主义之后的建筑(Architecture after Modernism)做出的各种探索，都是一些有针对性的回应。由此看，不论怎样看待建筑中的人，特别强化抑或刻意淡漠甚至回避，都是建筑与人的关系的表达，都在很大程度上暗示着一个事实——建筑的故事离不开人。

1.2.3 故事本身的考虑

与上述情况相类似的，故事作为小说叙事中的另一个重要因素，也在发生着重大的变化。小说是时间的艺术，而时间是通过故事的发展来表现的。在小说发展的很长一段历史时间内，故事始终是作为小说叙事中一个最重要的因素存在的，甚至被认为是一个必不可少的因素。英国著名小说理论家福斯特曾这样评价小说叙事中的故事：“故事是按照时间顺序排列的一些事件的叙述——早餐以后进中餐，星期一过了是星期二，死亡以后就腐烂，等等。……故事是最低级、最简单的文学机体。然而，它却是一切被称为‘小说’的这种极为复杂的机体全都拥有的那个至高无上的要素。”②然而随着文学的不断发展，小说叙事方面这个“至高无上的要素”，也面对着从未有过的挑战。特别是“二战”后的一个时期，随着工业化的发展，大力强调干预现实生活、介入政治事件及表达客观状况的存在主义文学在西方社会开始遭到冷落，作家与读者都开始寻找新的叙事方式。人们虽然仍旧承认故事在小说结构中的重要作用，但已经不再完全满足于故事，开始尝试各种新的叙事。福斯特在其后的论述中，把“时间”与“价值”这两个概念分立，作为衡量生活的标准，认为“故事的作用是对以时间来衡量的生活进行叙述，而整部小说所起的作用——如果它是一部好小说的话——就得用我们以后会讲到的方法，把以价值来衡量的生活包括进去”③。他承认“时间的考虑”(故事)在小说中是“绝对必要的”，但提出了另一个价值衡量标准。

以罗伯·格里耶为代表的法国“新小说”的探索者们，则从不同的角度来尝试新的价值标准。在新的尝试中，故事逐渐被淡化。这种新的价值标准，很接近于中国古代文论中的“情”。刘勰在《文心雕龙·知音》中说：“夫缀文者情动而辞发，观文者披文以入情，沿波讨源，虽幽必显。”这里的“情”是隐藏于“文”之后的东西，是文字所应达到的最终目的。李笠翁在《闲情偶寄·词曲部》中也说：“凡说人情物理者，千古相传；凡涉荒唐怪异者，当日即朽。”虽然这中间的“人情”与法国新小说的价值标准非为同道，但同样是文字背后的内

① 刘先觉.密斯·凡·德·罗[M].北京：中国建筑工业出版社，1992：220。

② [英]福斯特.小说面面观[M].朱乃长，译.北京：中国对外翻译出版公司，2001：75。

③ 同上：79。

容，是一种类似于佛教禅宗“直指人心”的东西。这种东西，已经不需要完全借助于语言所编织的“故事”来构筑，已经具备了“诗性”的力量。中国当代作家汪曾祺曾说：“我的一些小说不大像小说……我不善于讲故事。我也不喜欢太像小说的小说，即故事性很强的小说。故事性太强了，我觉得就不大真实。……我年轻时曾想打破小说、散文和诗的界限。”[①]这些思想，与西方小说叙事探索中“去故事化”倾向，都有着某种层次上的心照不宣。而这些讨论，也都为建筑探索新的叙事表达，提供了可参考的路径。

1.2.4　功能安排

在传统建筑叙事中，建筑的功能安排(包括交通组织)有着不可替代的重要性，同样堪称“至高无上的要素”。这些功能问题直接影响着建筑的外部形态，形成功能与形式之间的相对平衡，成为构筑建筑叙事的最基本骨架。西方建筑发展的历史中，相对理性的功能考虑是一个不变的主题。建筑材料、技术以及风格的变化，都与功能的变化有着某种层次的暗合。虽然在个别的建筑中，格外强调体量、规模以至由此而形成的巨大空间，但细细研究会发现，这些空间本质上仍然是综合了若干功能模式的“复合空间”。因此，西方古典建筑从根本上是功能性的，它“深深扎根于人类的个体生理学和心理学之中，……用古典的方法进行设计能够实现建筑最基本的责任：与市民交流市政、宗教和教育机构肩负的使命。古典主义建筑是建立在一种能够交流这些道德和政治理想的形式语言之上的”[②]。

中国古典建筑叙事对于功能有着相同的关注。尽管中国建筑从根本上是一种文化性的建筑，比西方更注重表达意义，但也存在对基本功能的关照。老子《道德经》中著名的论述，“埏埴以为器，当其无，有器之用，凿户牖以为室，当其无，有室之用，故有之以为利，无之以为用”，表明中国古代最本质的“利”与“用”——这些都是功能性的。虽然中国建筑的使用性格不是格外分明，如宅院与宫殿、官署、寺庙，甚至陵寝等都表现出一定程度上的同构，但这些正是从功能上印证了传统中国文化中“家”的概念，显然是功能性的建筑叙事。与西方某些大型建筑类似，中国古典建筑中也有着大量的“复合空间”，这些空间在功能上存在一定的综合性与渗透性，只不过中国建筑表现得更加突出一些——这些复合很多时候是跨类型的。

现代主义建筑更加强调功能特征，理性与实用把功能叙事变成建筑的第一要务，但这也恰恰引起现代主义之后的建筑所做的种种探索。解构主义就是其中很重要的一个倾向。不论是源自苏联的结构主义思潮，还是暗合法国德里达的思想，解构主义的建筑

---

① 汪曾祺. 汪曾祺短篇小说选[M]. 北京：中国青年出版社，2000：自序。

② [美]艾伦·格林伯格. 为什么古典建筑是时髦的[G]//[美]查尔斯·詹克斯，等. 当代建筑的理论和宣言. 周玉鹏，等，译. 北京：中国建筑工业出版社，2005：208。

将本来存在一定逻辑脉络的形体“破碎化”，造成某种程度上的不可预测，从而实现一种“可控的混乱”。这种外在形式的破碎表现，把功能与形式的必然联系割裂开来，同时肢解了材料的真实性与结构的逻辑性，是对于传统建筑“功能”的弱化，具体的表现就是一种“去功能化”。与小说叙事的“去故事化”类似，这种“去功能化”的建筑设计，也是基于对当代生活复杂性的思考，寻求应对层次更加丰富、内容更加多样的“功能”。另一方面，解构主义也试图从某个新的角度去解释建筑“本真”的一些东西，那种“本真”也有一种直指人心的力量，以期获得人们对于建筑新的思考、新的评价。这种思考拒绝了现代主义对于理性功能的尊重，也拆解了后现代主义浮华的历史思考，但它恰恰是当代生活极端复杂的功能的最贴切诠释，试图通过“诗一样的语言”来描述生活。这种形态的建筑叙事，实际上与小说试图沟通诗和散文的尝试有着相似的源动力。生活的变奏日益强烈，尽管人们依然期待着某种“恒常”，但传统的语言逻辑在编织这种相对的“恒常”方面日益捉襟见肘，甚至会因这种苍白的努力而产生一种虚假感觉。从这个角度分析，解构主义建筑与其说是“非理性”的，不如说是“超理性”的努力——当历史上任何一个阶段的建筑文本，不足以用来描述当代的真实“功能”，诗化的形式或许是最恰当、最真实的建筑语言组织方式！

有趣的是，小说叙事中也存在着结构主义及功能主义的东西，尽管其含义与建筑史上所讲的不尽相同，但基础却是一致的。同样有趣的是，解构主义的建筑思潮与法国的“新小说”也有着极其类似的时代背景，都是在某个大框架内的必然结果。这些也进一步说明，小说叙事与建筑叙事之间，有着某些深层的理性联系，值得更深入的发掘。

1.2.5 使用怎样的语言

任何一种艺术的表达都需要依附一种材料，通过其各种组织方式来形成物化的审美作品，这种材料就是一种媒介。在传统的小说叙事中，语言责无旁贷地成为最重要的媒介。尽管不论是中国还是外国，作为小说叙事的辅助媒介，视觉形式都有所表现（如中国明清小说中的版画与西方街头叙事中采用的大幅画卷），但毫无疑问传统小说叙事中语言占据了绝对重要的位置。当我们评价小说的时候，也会把语言当作一个最重要的叙事因素。英国著名小说评论家罗杰·福勒指出：“……一位作家的技巧，说到底，总是运用语言的艺术。正如洛奇所说，‘小说家的媒介是语言：无论他做什么，作为小说家，他都是运用或者通过语言来完成的’。小说的结构以及小说传达的一切都是靠小说家熟练地操作语言来实现的；……”[①]语言经过一定的逻辑组织、依据一定的功能形成文本，从而具有表意的功能。所表之意与作者的情感相叠加，语言便进入审美层次。

① [英]罗杰·福勒.语言学与小说[M].於宁，等，译.重庆：重庆出版社，1991：3。

建筑叙事的媒介显然就是建筑语言。将建筑与语言相提并论，是一个悠久的传统，不同时代不同专业的研究者从不同层次提出了观点。“……文学的某些方面的确表现出与建筑是可以密切比较的。因此，将建筑比拟语言已经证实在某些建筑观念的系统表达中是一种有用的促进因素。”[①]建筑语言似乎是一个不言自明的存在，似乎不需要一个能完全形成共识的明确定义。建筑语言至少是一个相对通用的建筑表意符号系统，它存在与其他语言类似的表达方式与处理规则，易于被认知。作为相关文化信息的载体，建筑语言在某种程度上可用作交流，以表达意义与情感等内容。语言“是一个由语音、词汇、语义和语法四大部分构成的符号体系”[②]，词汇是其中主要构成要素之一。在一部语言学著作中，作者把词汇比作建筑材料，而把语法比作建筑规则。[③] 这种比拟作为一个非专业作者应该是能得到理解的，但也确实与建筑语言所应代表的东西相去甚远。另一个比拟：“线脚以及其他组成一座房屋的部件对于建筑，就如单词对于言语一样。”[④]相比而言更近现实，但又过于狭窄。在建筑叙事过程中更通用的实际表意功能，来自建筑语言中代表词汇层面的部分，即那些隐藏于建筑中的基本几何形态，以及具体构成这些形态的材质。这些基本形态与材质可以共同形成构件（如线脚等），但同样可以依据其他的构成法则形成其他构件，甚至整座建筑。它可以存在于建筑的立面中，也能隐藏在平面中，甚至借助于人的视觉习惯被安插在透视中，以更加真实的方式完成建筑表达。历史上无数对于建筑的几何分析，就是试图拆解出这些词汇，然而一旦脱离整体，单个的词汇并不能表达先前的意义——正如相同的发音在不同的语言中，含义却可能完全不同。可见，在建筑语言中更加重要的一个因素应该是语法。

建筑的语法有不同的内涵。维特鲁威把它表述为“法式”，指“作品的细部要各自适合于尺度，作为一个整体则要设置适于均衡的比例”[⑤]（图 1-1）。梁思成先生则称之为“文法”，并且指出了其变化规律：“每一个派别的建筑，如同每一种的语言文字一样，必有它的特殊‘文法’‘辞汇’。……此种‘文法’在一派建筑里，即如在一种语言里，都是传统的演变的，有它的历史的。许多配合定例，也同文法一样，其规律格式并无绝对的理由，却被沿用成为专制的规律的。”[⑥]（图 1-2）尽管当代建筑发生了很多触及本质的变化，但建筑语言的构成并没有太大不同。作为建筑叙事的基本媒介，建筑语言早已不是

① ［英］彼得·科林斯．现代建筑设计思想的演变［M］．2 版．英若聪，译．北京：中国建筑工业出版社，2003：168。

② 池昌海．现代语言学导论［M］．2 版．杭州：浙江大学出版社，2007：2。

③ 高名凯，等．语言学概论［M］．北京：中华书局，1963：16。

④ 语出杰曼博弗兰德《论建筑篇》（1745 年），引自：［英］彼得·科林斯．现代建筑设计思想的演变［M］．2 版．英若聪，译．北京：中国建筑工业出版社，2003：169。

⑤ ［古罗马］维特鲁威．建筑十书［M］．高履泰，译．北京：中国建筑工业出版社，1986：11。

⑥ 语出梁思成著《中国建筑之两部“文法课本”》，详见：梁思成．梁思成全集（第四卷）［M］．北京：中国建筑工业出版社，2001：295。

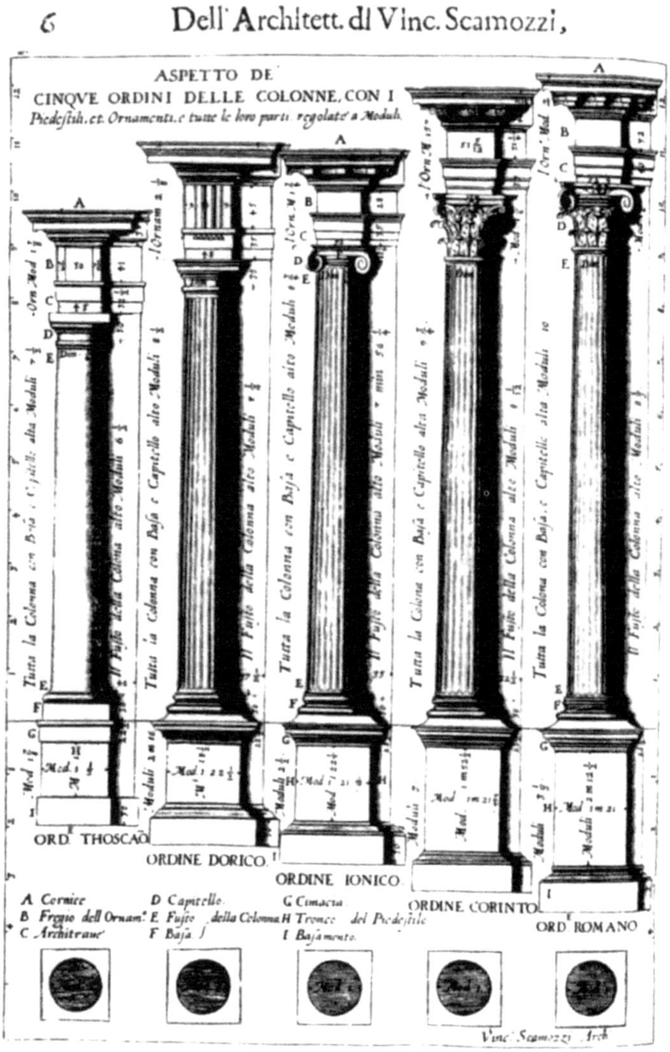

图 1-1　西方建筑中的“法式”

唯一的，并且日益多元化。

当代的小说叙事媒介是处于不断变化之中的。罗伯·格里耶很早就清楚地认识到，如果他所倡导的“新小说”仅仅局限于文字文本的形式，那么很快就会走向死亡。因此在 20 世纪 60 年代，他便开始把创作转向电影，成为“左岸派”电影流派的一员，以图利用电影这个现代传媒手段扩大“新小说”的影响力。实际上，电影艺术所具有的最原始的第一特征就是纪实性特征，它的视觉感更强，并且把动态画面与声音结合，和任何

图 1-2　中国建筑中的“文法”

艺术相比都更接近生活，更贴近现实。当代文学的一个显著特点，就是小说与电影，特别是与电视的联系已经无法分开，纯粹的文本模式已经无法适应现代人多元化阅读的艺术需求，小说叙事的基本媒介也更加多元了。

建筑叙事媒介也有着同样的多元化趋势，主要在两个层次表现出来。一是媒介内容（即语言）的多元化，二是媒介本身（即表现方式）的多元化。小说语言是不断演化的，建筑语言也是一样。纵观西方建筑演进的历史，从古典建筑至现代建筑，大体可归纳为一种新的语言对既有程式化语言的革命，其结果是重新发展，不断积累，产生一种新的程式化语言。现代主义之后的建筑所表现的，又是始自后现代主义的一场反叛。这场反叛表现出与历史上任何一次革命一致的特点，如貌似非理性，却有着深层的社会思想基础。一方面，后现代主义特有的浮华，使得它的革命无法彻底，以至当解构主义登台，结合多种新媒体，开始了新一轮的天翻地覆！从媒介内容方面看，当代建筑叙事的语言，解构了传统意义上功能与形式的必然联系。传统意义上建筑的文本就是语言的文本，而语言的意义本身就存在着不确定性，能指与所指之间并没有完全对应的关系，而是在“阅读”（空间体验）的过程中不断变化的。因此，建筑唯有完成，才能开始（也一定会开始）新的生命意义。在这种情况下，建筑师原先设想的功能与形式之间的对应关系，已经被重新解读，并且这些新的解读，相对于建筑师的本意都是一种延迟与偏转，是一种误读——只因为“阅读总是一种误读”①。另一方面，尽管如今日益多元化的社会生活，带动建筑所需的功能千变万化，但很明显，建筑形体表达的渴望更加强烈。这种渴望，一则来自新媒体时代的视觉要求（如“眼球经济”），二则也表现建筑师希望更多介入社会生活的诉求。于是，功能相对于形态的变化，已经明显滞后了，功能与形式的脱节已经在所难免。形式越来越多地具备了自主性，形成相对独立于功能的一套自身逻辑，如提契诺学派（Ticino School）。欧洲也有学者从理论上论证了建筑形式与功能分离的可能性，进一步深化了这种脱节。不仅如此，建筑语言本身也正在丧失固有的逻辑，越来越多的解构主义建筑，似乎已经打破了与形式之间的联系，在传统的目光下，明显变得越发无序了。令传统建筑更加错愕的是，在小说与文本语言渐行渐远，不得不委身于电影、电视等媒介的时候，建筑叙事也在发生着类似的变化。建筑的表现方式也具有了影像所特有的瞬间特征，貌似永恒不变的建筑进入一个流动的画卷。并且，当它成为消费的一部分，这种流动性就会变得更强。扎哈·哈迪德谈到她的建筑作品就具备这种“瞬间消费”的特征——当使用者或民众见到她的某个作品，产生相应反应的时候，她的作品已经完成了。建筑叙事在这一瞬间已经定格，过去与未来都不重要——这一瞬间与卡尔维诺小说中的“时间零”不谋而合。② 这些变化仍在持续发生着，尽管十几年前就有建筑学者认为，“现代建筑经过一个世纪的历程，欧洲的建筑理论界已能够较客观地看待现代建筑发展的整个进程，并能冷静地对后现代主义和解构主义进行定位。人们终于认识到现代建筑没有死亡，而是走了一个圈，并达到一个新的起点——经典现代主义。后现代主义和解构主义是对现代建筑发展历程的完善和补充，它们只是现代建筑发展的一个插曲……”③然而，从建筑叙事媒介的角度审视，今天的建筑根本没有任何回归传统“理性”的迹象。

1.2.6 建筑的叙事结构

叙事主体通常是在小说叙事中起主要作用的因素，是“叙事活动中的主观因素的承担者。……有时它至少可以被用来既指创作主体又指接受主体。而托多罗夫则进一步

---

① [美]哈罗德·布鲁姆.误读图示[M].朱立元，等，译.天津：天津人民出版社，2008：1。

② 对于传统小说，卡尔维诺有自己的看法，他认为故事情节的发展机制是传统的小说所格外关注的，对于一个事件，均苦心经营它的来龙去脉，而那些着意描写的东西在他看来属于“时间负一、时间负二、时间负三……”（即所谓故事的“来龙”），继而铺张笔墨，描述“时间一、时间二、时间三……”（所谓故事的“去脉”），以详细交代故事的结局。卡尔维诺认为，在整个序列中，惟有“时间零”才是最为重要的。那个时刻最令读者感兴趣，因而也应是作者最应该注意的时刻。这一绝对时间，就其内涵来说，本身就包含了万事万物，是一个由作者与读者共同建立起来的、根植于内心的无比丰富的“宇宙”，这与中国古代诗歌的某些意境，甚至禅宗的某些思想都是相通的。建筑叙事中的“零时间”把人的瞬间感受定格、强化，关注人的内心反应，因而从某种层次上讲更加真实。

③ 丁沃沃，等.形式的逻辑——从提契诺学派看欧洲现代建筑[J].新建筑，1998(4)：11。

认为，叙事活动中通常包含三个主体：叙事主体、被叙述主体、被叙述的叙事主体”。[①]叙事主体与叙事文本存在某种统一性，后者是前者的必然产物。建筑作为社会文化的一个子项，在长期的发展中也积淀并传播着相关文化内容，这个过程便是建筑叙事。与小说叙事类似，建筑叙事也有着相对明确的叙事主体。广义的建筑叙事主体应该包含建筑期间内所有的参与者与接受者，甚至包含相关建筑文化的编码者与译码者。然而从托多罗夫分类的层次上讲，建筑叙事的主体也至少存在三个：狭义的叙事主体指主要的建筑实施者，包括建筑师或工匠之类承担主要建筑活动的人；被叙述主体应当是建筑的接受者，包含建筑的具体使用者与其他社会公众；被叙述的叙事主体则通常是建筑本身，它是业主各方面需求的集中物化。“建筑师为建筑所做的方案不仅是他自己想象力的自由挥洒，更是对业主需求的响应。”[②]与小说的情况类似，建筑叙事主体并非一定表现为物质构筑过程的直接实施者，它一方面是自我创作过程的一部分，有着深刻的个人特征，另一方面，会受到各种相关因素的影响，体现不同的价值观。在建筑过程中，叙事主体自身所起的最大作用是“语与兴驱，势逐情起，作不由意，气格自高”（唐皎然《诗式·卷一》）。但这些在中国古代建筑建造过程中，不可能成为主要的影响因素，更重要的因素来自有能力把控全局的人，即《园冶》中所谓“能主之人也”。

一个有趣的现象，作为中国古代小说最直接叙事主体的作者，通常是隐在幕后的一个存在，这与中国古代“建筑师”的存在形式有着一种默契。在早期的长篇叙事文学中，《三国演义》《水浒传》与《西游记》虽已经明确是经世代累积而由文人写定的作品，但其作者存在争议，《红楼梦》的作者身世也存在着相当多的可疑之处，更不用说当代对《金瓶梅》作者提出了五十几个人选，几乎成为一个专门的研究课题。与此类似，作为中国古代建筑叙事主体的建筑师，并非一个客观存在的实体。中国古代匠人并非建筑师，他们在建筑活动中的存在方式，只是承担了戏剧中演员所应承担的任务，而非现代意义的建筑师所需承担的编剧或是导演的工作。这种小说与建筑叙事主体的缺失，反映了中国古代文化中实用理性的本质——“小说作者”与“建筑师”在整个社会的潜意识中，都被自然而然地认同为一种实用的社会工具，而不是真正意义上的创作者。

“如同叙事主体并不完全等同于叙事文本的作者，小说中的叙事客体也不同于这个文本的内容，而是其发生学前提。换言之，也就是一部叙事作品中的题材、主题与情感思想等所归属的一定生活背景和客观世界。”[③]与之相类似的，建筑作品也存在一个具体的文本，那就是建筑本身。早期以语言学研究建筑，把建筑对应某些语言现象，得出

① 徐岱. 小说叙事学[M]. 北京：商务印书馆，2010：71。

② [美]菲尔·赫恩. 塑成建筑的思想[M]. 张宇，译. 北京：中国建筑工业出版社，2006：117。

③ 徐岱. 小说叙事学[M]. 北京：商务印书馆，2010：82。

的结论显得比较机械。[①] 但在客观现实中，建筑确实具备强烈的表现性，这源自它最基本的表意功能。弗兰西斯科·米利泽(Francesco Milizia)认为，建筑"和其他艺术一样，是一种模仿的艺术。唯一的区别在于有一些艺术拥有天然的模仿品可以模仿，而建筑却缺乏这样天然的模仿品。不过，当勤劳的人们第一次建立起自己的居所时，建筑就拥有了自己的模仿品"。[②] 当然这只是建筑表意的开始，当它初步实现了这一功能后，便开始进一步探索回溯的功能。这种"回溯"在古代希腊的神庙建筑装饰中，以及中国宋代石质栏杆中都有充分表现——它们大多是以石材模仿木结构。当建筑具备了这个基本功能，它就已经成为叙事客体了。

对于中国而言，在叙事客体方面，不论是小说叙事还是建筑叙事，都存在更加特殊的意味。由于儒学文化的深入影响，叙事文体本身会存在多重的含义。这种"含义"绝对不同于西方的"形态"，而是建立在社会伦常基础上实用理性精神的具体再现。李泽厚先生把"实用理性"定义为"'经验合理性'(empirical reasonableness)的概括或提升"[③]，侯幼彬先生则把它具体解释为"不同于科学理性，而是一种经验理性；不同于抽象玄虚的思辨理性，而是贯穿于现实生活的实践理性"[④]。表现在建筑叙事方面，这种实用理性一方面与小说的叙事客体一样，需要表现它所归属的生活背景与客观世界；更重要的，它必须承担起教化社会的责任。这种情况下，建筑叙事从某种意义上起到了比小说叙事(早期的是史实性质的叙事文学)更重要的作用，它成为物化的"礼"，从空间环境的层面严格地限定人们的行为。相对于润物无声的文学教化，建筑已经具有很严肃的强制意味。

1.2.7 书面语与口头语

从发展的脉络而言，小说叙事存在一个从口头语言到书面语言的过程，与之相似，建筑的发展也存在这样的分化。叙事的最初表现为"叙说"，这是主要通过口语进行信息交流的表达方式。在小说叙事形态发生过程中的很长一个阶段，都是以"叙说"为主，与传奇、童话、神话、史诗、传说等相互联系。这种表达方式虽然有其实用、生动的特征，但也在很大程度上表现出粗疏与散漫。因此，"传奇、神话和童话就其本身讲并不是文学，也完全算不上艺术，而只能算一种幻想，但是，它们因此也就成了艺术的天然素

---

① 作者分析了沃尔夫冈·奥托(Wolfgang T. Otto)在《占据空间的语言》中的某些论点，如"把神庙的内殿比作句子的主语，门廊或柱廊比作宾语，内殿和柱廊之间的联系比作谓语"。详见：[美]卡斯腾·哈里斯. 建筑的伦理功能[M]. 申嘉，陈朝晖，译. 北京：华夏出版社，2001：第6章。

② 转引自：[美]卡斯腾·哈里斯. 建筑的伦理功能[M]. 申嘉，陈朝晖，译. 北京：华夏出版社，2001：116。

③ 李泽厚. 实用理性与乐感文化[M]. 北京：生活·读书·新知三联书店，2008：3。

④ 侯幼彬. 中国建筑美学[M]. 哈尔滨：黑龙江科学技术出版社，1997：147。

材”。[①] 从形态方面看，建筑也存在非常类似的一个阶段。最初的建筑存在天然的实用性，贴合生活，但同样表现出某些粗疏与散漫。中国早期聚落建筑的布局情况，“以陕西临潼县姜寨遗址保存最为完整。……建筑布局比较混乱，也看不到聚落中供公共活动的大广场。但相邻几座不同朝向建筑的相对集中，似也表现了父系社会发展家庭组合的关系”[②]。然而艺术总会向前发展，发展总的趋势是审美化的过程。在小说叙事发展的过程中，也必然会通过其独特的思维方式，表达更加系统化的审美经验。“……叙事种类不仅容易迁就文学从存在的口语形式向书面形式的过渡……，而且恰恰在这种新的土壤上达到真正的繁荣。”[③]建筑的形态发展，同样可以看出基于审美化而达到繁荣的发展脉络。一方面，建筑经历了“穴居野处”的状态之后，更加趋于规范化，并具备了基本的审美属性，这是与原始状态下粗疏与散漫最明确的分化；另一方面，从后期形态上看，中国建筑在发展过程中也表现出风土建筑与风雅建筑的分化。风土建筑的形态生成是一个非理论性的过程，对其环境（文脉）有着长久而深刻的关照，同时也表现出强烈的适应性。“风土建筑还有一个属性，即非专业性和歧义性，与那些极为讲究的风雅设计之封闭、单义的终极性典范大不相同。这种属性使风土建筑容易变异和叠加。”[④]民间风土建筑表现出与民间口头文学类似的实用性与生动性，却保持着最初的粗疏与散漫，与风雅建筑的形制化形成强烈反差。

叙事由口头语言而至书面语言的过程，本质上是叙事审美化的过程。在这个过程中，自然而然附加一些具有“装饰”意义的内容。对于建筑叙事与小说叙事这种形态分化研究，一方面在文字叙事层面进行建筑研究时，会对相关素材进行理性的分类，区分某些民间口头文学甚至戏剧文学中只鳞片爪的描述，与小说叙事过程中相对完整与系统的资料；另一方面在建筑叙事研究中，更容易界定建筑的表意功能——是生动但散漫的叙说抑或规范却封闭的叙事。这些不同素材、不同形式的甄别与遴选，是理性的研究过程所必需的。

1.2.8　叙事角度

叙事视角在小说叙事中的重要性不言而喻，它是叙事者与故事之间的相对位置或角度，即人以什么样的状态讲述一个故事。大量叙事学研究著作都会引用英国小说理论家帕西·路伯克的一段话：“小说技巧中整个错综复杂的方法问题，我认为都要受观察点问

---

① [美]苏珊·朗格．情感与形式[M]．刘大基，傅志强，周发祥，译．北京：中国社会科学出版社，1986：318。

② 刘叙杰．中国古代建筑史·第一卷（原始社会、夏、商、周、秦、汉建筑）[M]．北京：中国建筑工业出版社，2003：54。

③ [苏联]莫·卡冈．艺术形态学[M]．凌继尧，等，译．北京：生活·读书·新知三联书店，1986：406。

④ [美]阿摩斯·拉普卜特．宅形与文化[M]．常青，徐菁，李颖春，等，译．北京：中国建筑工业出版社，2007：5。

题——叙述者所站位置对故事的关系问题——支配。"[①]视角也是作者通过文本与故事情节沟通的结合点，是作者把体验到的世界，转化为语言叙事的世界所采用的基本角度。同样一个故事，选择了不同的叙事角度，就会产生完全不同的艺术效果。所以，在某种意义上说，叙事视角的选择，本身就包含了叙述者的价值评判和情感倾向。由于视角（angle of vision）很容易让人想到"观点"（point of view），因此现在更通用的是"聚焦"（focalization）。[②] 这种表述更趋向于层次或深度，同样可以精确表达叙述者的位置。

在小说叙事中视角通常被分为三类：一是全知视角，又称为"全聚焦模式"，叙事者无所不在、无事不知；二是限制视角，即"内聚焦模式"，叙事者仅知道人物内心所反映的东西，以人物的眼来看，用人物的心去想，不会超越任何一个人物；三是纯客观视角，亦称"外聚焦模式"，叙事者只有一双观察的眼睛，没有主观评论，没有心理分析。

对于建筑叙事，视角（抑或聚焦模式）也是一个非常重要的结构因素，只不过没有那么明确的纯客观视角。建筑叙事视角由建筑表意的主体存在位置而定：要么是全知视角，叙事者置身建筑环境之外，透过一个超越常人尺度的位置去设置、去感知；要么是限制视角，叙事者寄身建筑之中，以自己的身体去感知，以自己的思维去评价，这些内容同时发生于建筑表意的双向过程之中。

在叙事的全知视角下，"叙述者所掌握的情况不仅多于故事中的任何一个人物，知道他们的过去与未来；而且活动范围也异常之大……"[③]这个视角下的建筑通常是总体上的谋篇布局，有类似鸟瞰的特征。这在建筑叙事的历史中大量出现，大到古代城市的布局，小到一个院落，大凡对于表意有着更深诉求的建设，基本都被这种视角所把控。中国古代的都城与四合院表现得非常明显，为了某些表意因素（如方位等）的需要，建筑从总体策划到细部制作，宛如一个人站在全知的位置精心安排。中国古代的建筑行为，从《考工记》记载的"匠人营国"，到萧何的"天子以四海为家、非壮丽无以重威"，而至普通风水师的建议，都是这种角度叙事最重要的参与者。西方古代也是如此，尽管里克沃特认为"市镇……是一件工艺品，……由意志与随机元素组合而成，从来无法完全受控于人"[④]，但从他叙述罗马城市成形的过程可以看出，某种力量强有力地介入其中，依然有一些无形的东西在掌控着整个建设过程。

限制视角也在建筑叙事中有明显的表现。小说的叙事模式是表现作者艺术经验与审美感受的一种方式，在限制叙事的视角中，"叙述者好像是寄居于某个人物之中，借着

---

① 转引自：胡亚敏．叙事学[M]．武汉：华中师范大学出版社，2004：19。

② [以色列]里蒙·凯南．叙事虚构作品[M]．姚锦清，等，译．北京：生活·读书·新知三联书店，1989：128。

③ 徐岱．小说叙事学[M]．北京：商务印书馆，2010：209。

④ [美]约瑟夫·里克沃特．城之理念——有关罗马、意大利及古代世界的城市形态人类学[M]．刘东洋，译．北京：中国建筑工业出版社，2006：18。

他的意识与感官在视、听、感、想，所知道的和人物一样多”。在这种情况下的叙事，最注重的不是外在的对象，而是对象映射在作者心中的感受。这种叙事角度在建筑中最充分的表现，莫过于中国古典园林。中国园林虽效法自然，却不刻意摹写具体的山水，其所表现的恰是主人心中的天地。如果说中国古代的都城与院落可以通过“总平面图”大体把控，那么园林则非深入其间不能得其妙处。这是因为园林是站在一个叙事者的位置，通过他的心完成的叙事作品。在建造过程中，“主人”（非工匠）的参与程度非常之高，“……量其广狭，随曲合方，是在主者，能妙于得体合宜，未可拘牵”——其万千妙处，并不在一个鸟瞰的总体布局；而在一个置身其间者的身与意，只因“精在体宜”①。

当然，与小说叙事的视角类似，建筑叙事的聚焦模式也不是单一的，如城市建设也会在重要节点上特别注重人的内心感受，再如园林建造中也会“相地立基”“定其间进”。当代的视角更加复合，一方面通过城市设计全方位构思，另一方面又在细微处权衡身在其中者的感受，这些与小说叙事的发展趋势也是吻合的。

1.2.9　时间与空间

小说是时间的艺术，也是空间的艺术；建筑是空间的艺术，也是时间的艺术，中国建筑尤其如此。

时间是生命最本质的东西，时间生发出万事万物，当一切逐渐消亡，唯有时间还存在着，继续着新一轮的生发与消亡。在小说叙事中，故事情节是一个最重要的因素，而情节必然附丽于一定的时间骨架，所以时间成为一个必不可少的概念。“……在形态学的视野里，小说主要是一门时间艺术，这一观点最早出自福斯特的《小说面面观》。他指出：‘一旦小说彻底摆脱时间，它就什么也不能表达了’。”②小说叙事中对于时间的理解，经历了一个发展的过程。早期的叙事，只是在无意识地使用时间，并没有特别刻意，它只是客观地存在于故事中。后来的文学更多有意识地强化时间存在，如中国的章回体小说，会把时间精确到每一天，如史传般逐一钉在历史的坐标里。近代开始的时间叙事则技巧性地利用时间，甚至有意识地淡化时间，形成某种错位，借以产生别样的艺术效果。但不论怎样，时间都是叙事中必不可少的控制机制。

时间同样是建筑叙事不可或缺的一个机制。自莱辛提出时间艺术与空间艺术的分类后，西方一直把建筑当作空间艺术。但越来越多的建筑理论者意识到，建筑中存在明确的时间概念。在西格弗里德·吉迪恩的历史性著作《空间、时间与建筑》（*Space, Time and Architecture*）中，作者分析了自古典时期以来西方建筑发展的脉络，认为建

① ［明］计成．园冶注释［M］．陈植，注释．杨伯超，校订．陈从周，校阅．北京：中国建筑工业出版社，1981：1。

② 徐岱．小说叙事学［M］．北京：商务印书馆，2010：12。

筑发展的历史本质，是从二维空间向四维空间演进的历史，其中的第四维空间，就是时间。赛维把空间定义为建筑的“主角”，提出“第四度空间”的概念：“观看角度的这种在时间上延续的移位就给传统的三度空间增添了新的一度空间。就这样，时间就被命名为‘第四度空间’。”①诺伯格·舒尔兹虽然在文字表述上不愿把时间引入空间的范畴中，但他所皈依的海德格尔却从来重视客观存在与时间的关系。② 拉普卜特就指出：“人不仅生活在空间中，也生活在时间中——环境也是时间的，因此也能看作时间组织，反映并影响在时间中发生的行为。……因此人们不仅为空间所分离，也为时间所分离。”③——时间理所当然地成为建筑叙事的重要内容！当古代埃及的人们从尼罗河边走进阴森的神庙中，当古代雅典的市民随着游行的队伍蜿蜒迈上卫城的台阶，当古代中国的官员穿过一道道门墙踏入九重宫阙，这个时候，与其说是在体验一种空间，莫如说是沉浸于时间中，随着时间的流动去倾听一个“绵延”的叙事。这种叙事是线性的，没有倒装、没有交错，恰与古代小说所表现的时间叙事方式一样，如《金瓶梅》与《巴黎圣母院》那样的安排。

当然，叙事中的时间并非全部被这样简单地使用，“……真正懂得、或者本能地懂得小说技巧的作家，很少有人不对时间因素加以戏剧性地利用”④。对于时间序列最小的功能改变，就是加入一些特别的节点，即以“刻度”的方式作为时间流程中的标识。“清晰的刻度往往意味着人同世界的密切联系，因而常常具有一种强烈的现实感，反之则带有某种虚幻感。”⑤在建筑叙事中，序列中特别强化的节点设计，就是这种对于时间的“清晰的刻度”。西方城市中的广场与中国建筑中的门，无不是这样的节点，不论是驻留还是穿越，人们都会获得时间叙事的强化，与小说中的节点叙事有着类似的妙处。

对于时间另一个“戏剧性利用”便是时间的变形，以此对速度进行干预。“时间变形是对现实时间夸张变异的结果，它虽然常常触发于神仙思想和佛教观念，但更直接基于人们的某种心理感受，实际上是客观时间的‘心’化。”⑥这种时间变形，与柏格森关于“具体绵延”与“抽象时间”之间的关系有着一定的联系，其关注的重点在于人的内心感

① [意]布鲁诺·赛维.建筑空间论——如何品评建筑[M].张似赞，译.北京：中国建筑工业出版社，1985：13。

② 书中作者列举了“存在空间”与“建筑空间”的诸要素，却不愿把时间明确列入其中，但其所依据的理念基础恰恰是海德格尔的《存在与时间》，并且其叙述内容也是与时间相关的。参见：[挪威]诺伯格·舒尔兹.存在·空间·建筑[M].尹培桐，译.北京：中国建筑工业出版社，1990。

③ [美]阿摩斯·拉普卜特.建成环境的意义——非言语表达方法[M].黄兰谷，等，译.张良皋，校.北京：中国建筑工业出版社，1992：166。

④ 伊利莎白·鲍温著《小说家的技巧》，转引自：陈平原.中国小说叙事模式的转变[M].北京：北京大学出版社，2003：35。

⑤ 徐岱.小说叙事学[M].北京：商务印书馆，2010：282。

⑥ 黄霖，等.中国古代小说叙事三维论[M].上海：上海书店出版社，2009：104。

受。《诗经》中的“一日不见，如三秋兮”以及《金刚经》中“如梦幻泡影，如露亦如电”所述，即为类似的时间感。这样的时间变形在建筑叙事中经常被使用，其中最精妙的莫过于中国古典江南园林，为了实现“小中见大”的目标，尽可能把时间拉长。在具体操作中，这种变形不仅表现在人为拉长游览线路方面，同时也使用综合的手段，完成时间近乎物理层面的变形。时间的本质就是变化，“步移景易”所针对的也就是这样的变化。

建筑叙事中对于时间的关注还表现在“历时”与“共时”的问题上。“历时”“共时”是索绪尔提出的语言学概念，后来被大量借用于不同学科的研究。小说叙事中“采取‘历时’‘共时’观念来谈论小说故事时间打开的方式，所言‘历时’则侧重于指故事前后时间的衔接性演变；而所言‘共时’侧重于指特定时段内故事平行展开的方式”。[①] 建筑历史与城市历史的不断积淀，为这种叙事方式提供了丰富的素材。一座建筑，经过一段时期的演变，呈现在公众面前的时候，往往会呈现出一种共时性的叙述。如沧浪亭取意楚辞，经五代、北宋而至明、清的不断演进，如今所展现出的建筑叙事文本绝不是单薄的时光，而能看到“衔接性演变”。当代建筑与城市设计，把不同历史时期的内容适当保留，同时附加某些新的叙事内容，共同讲述一个故事，表现出明显的共时特征。甚至，某些局部处理手法，也表现共时叙事的特征。如苏州留园中的闻木樨香，倘在金秋时节自是桂香一片；若在其他时令，始终夹杂着一个关于秋天的时间叙事，更有一番妙处！在这些情况下，建筑的叙事时间引入众多的空间线索，或者叙事的空间中存在被时间围合出的“场景感”，产生了追溯、预言、夹叙等时间序列倒错的感觉，极大地丰富了时间与空间的层次。时间与空间结合后，时间不再是单一方向的存在，它获得更多的指向，从而具备了空间的属性。同时，空间在时间的作用下，也发生了形变。

时间与空间作为物质世界最基本的存在方式，在传统哲学中被一并描述。中国古代很早就形成自己的宇宙观，“四方上下曰宇、往古来今曰宙”（尸佼《尸子：卷下》），明确表达了最基本的时间空间观念。明代方以智提出，“灼然宙轮于宇、则宇中有宙、宙中有宇”[②]，认为时间、空间是全然不可分割的存在。小说是时间的艺术，小说的阅读过程是由若干个时间的片段（瞬间）构成的，似乎仅仅是单向流动的。然而小说的阅读体验绝不是像音乐那样瞬间流动的，它具有某种延展性，情节可以很具体地勾画出一个空间形态。因此它要通过不断拓展空间、突出空间，甚至强化空间才能表现时间，也就是通过空间的变化，以文字的形式“讲述”时间。在这个层次上，小说叙事与建筑叙事完成了最基本的沟通。

小说叙事中的空间通常有两个层次：一是大尺度的空间背景，包括时代、社会等相

① 黄霖，等. 中国古代小说叙事三维论[M]. 上海：上海书店出版社，2009：75。

② 语出方以智著《物理小识：卷二占侯类・藏智于物》，详见：[明]方以智. 物理小识[M]. 上海：上海古籍出版社，2008：14。

关内容；另一个是小尺度的空间实体，包括地域、场所等故事发生的自然空间。不论是什么层次的空间，都具备明显的社会文化属性，如哈代笔下广阔平和的英国田园，沈从文笔下质朴淳厚的湘西，以至老舍所描绘的古都北京。鲜明的文化属性所塑造的叙事空间，实际上是由故事中的人实现的，通过人物的行为、言语等方式，将一些本来虚幻的、支离破碎的画面，组合成一个连贯的空间。因此，"……人是空间的基准与核心，空间是人的拓展与延伸，空间无往而非人"。[①] 空间离不开人，水泊梁山自古便有，但只有等众结义弟兄基本聚齐了才能称得上小说中的"梁山"，大观园早已"借得山川秀、添来景物新"，但也只有等众姐妹与宝玉入住后，芳园始得大观名。这些空间，表面上属于故事中的人物，但不难发现，它们的形态原本都非常具体地存在于小说作者的心中，只不过通过语言的方式、借用笔下的人物把它们物化了。

小说中的空间描绘，本是基于小说故事开展的，却在字里行间暴露出作者心底的一方天地。小说作者通常具有相对细致的生活观察、比较敏感的现实体悟，当心中累积的画面最终凝结物化，诉诸笔端便是一个非常精确的空间文本。当然，文本精确的前提是存在一个明确的作者，早期那些世代累积的小说作品，便可能随历代不断的附会而流于散漫。

传统小说空间叙事中的一个重要特点是人物与空间的统一性。如地域空间绝不仅仅是一个地理空间，而是集合了政治、经济、宗教、习俗等因素的一个文化空间。人的行为成就了这个文化空间，反过来又被这个空间所影响，人与人之间的相互关系也因此格局化。如《金瓶梅》中西门庆家庭的房屋格局，与其众妻妾之间的矛盾是相关的，反过来又在故事变化中不断强化这些矛盾。在整个叙事过程中通过这个双向的互动，使得空间获得了异乎寻常的明确个性，而每个女人的性格特征也得以抒发。理解这个特点，才可能更全面地把握小说叙事中的建筑空间，不会陷入一个僵死的、平面化的概念。

基于小说叙事空间的文化属性，考虑到个人文化特征相对稳定，因此某个作者的不同作品，会表现出"同构"特征。同构是指构造的本质大体相同或相似，它由作者心中固有的某个形象产生，个性化倾向非常明显。在小说中的建筑空间同构有三种表现：一是相似等级、类型场所间的同构，如几个不同作品中的人物所使用的建筑环境，在作者最初谋划的时候，构筑于心的应该是相同的布局与配置；二是不同类型建筑间的同构，这在中国建筑中表现得格外明显，只因中国建筑本身就是一个同构的体系，住宅与宫殿、陵墓、寺庙、官衙，甚至整个城市格局等虽有不同使用性质，但通常会具备一些共有的特征，这些共性在作者的笔下会得以强化；三是建筑环境与周边景致、室内陈设以至人物的装束等都相互匹配的特征。所有的这些同构特征，从小说作者而言，只是为了讲述故事、塑造人物的时候，构建一个合乎逻辑、具备特征的地点，"因为我们知道，人们在

① 黄霖，等. 中国古代小说叙事三维论[M]. 上海：上海书店出版社，2009：202。

客厅里、厨房里、森林里或沙漠里说话和行动的方式是不一样的。因此,必须把背景告诉我们,也就是说把场所的特征告诉我们”。[①] 对于研究者而言,这些具有同构的“场所的特征”便成为可供相互印证的可信素材。

1.3 中国古代建筑的叙事特征——“史传”与“诗骚”

陈平原在研究中国古代小说叙事模式的转变时,把中国古代小说的特征归纳为“史传”传统与“诗骚”传统。中国古代的这种叙事传统,与西方传统全然不同。这样的分类方式揭示出古代小说很深厚的文化内涵,在中国古代建筑叙事中也存在比较鲜明的表现。

“中国古代没有留下篇幅巨大叙事曲折的史诗,在很长的时间内,叙事技巧几乎成了史书的专利。”[②]中国有着“崇古”“崇祖”的风习,对历史有着一种特别的重视。纪传体史书《史记》的出现,为中国古代的叙事文学确立一个标准。这种标准对于中国叙事文学的影响,一方面表现在内容上总要依托古代的某些“史实”,甚至为此而不惜杜撰一些“史实”;另一方面,也是更重要的,会尽可能借鉴史书的叙事方式与艺术手法。在研究《金瓶梅》建筑叙事的过程中,通过大量资料的阅读很容易发现,那些明清小说评论者喜欢把他们心仪的作品与《史记》相比,或是把他们认为杰出的作者比作司马迁。如金圣叹、毛宗岗和冯镇峦分别把《水浒传》《三国演义》和《聊斋志异》作此类比,清代张竹坡则直接断言:“《金瓶梅》是一部《史记》”,并且反复强调“固知作《金瓶》者、必能作《史记》也”[③]。类似的现实主义作品在西方文学历史中也大量存在,却不像中国这样与史实相比。正如理性的西方哲学会清楚地区分“物”与“我”的关系,而中国思维中会时常达到物我两忘的境界,这种境界偏偏是一种“诗”性的思维。《诗三百》作为中国传统文学的开创者,一直被列在诸“经”之首,有着至高无上的尊贵地位。以《离骚》为代表的楚辞,是中国古代文学的另一风骨。诗性的思维一直在中国传统文化中占有极重要的位置,诗歌贯穿于中国古代文人生活的方方面面。“任何一种文学形式,只要想挤入文学结构的中心,就不能不借鉴‘诗骚’的抒情特征,否则难以得到读者的承认和赞赏。”[④]并且,有别于中国文化的众多“实用”表现,“诗骚”传统存在“非实用性”,这与格罗塞所言的艺

① 米歇尔·布托尔.小说的空间[G]//柳鸣九.新小说派研究.北京:中国社会科学出版社,1986:114。

② 陈平原.中国小说叙事模式的转变[M].北京:北京大学出版社,2003:210。

③ 此处引自第75页。〔清〕张竹坡.批评第一奇书金瓶梅读法[G]//黄霖.金瓶梅资料汇编.北京:中华书局,1987:5-88。

④ 陈平原.中国小说叙事模式的转变[M].北京:北京大学出版社,2003:211。

术本质暗合。[①] 郑振铎先生在辨析了"思无邪"的本义后,感慨地说:"'诗以道志',即诗只是用来说出自己的心情来,这是如何的非实用的诗歌观呀!"[②]这样的诗歌观,更多的只是在诗歌的范畴——即陈平原先生所说"诗骚"体系——发挥作用,而"史传"则表现出更多的实用意义。两者的关系,如儒道之间勾联、互补,于是,"史传"与"诗骚"便成为中国古代叙事中两个互相依托的传统。

细究之下,"史传"与"诗骚"的传统,绝不仅仅是一个纯文学的现象,其背后有着深层的文化内涵。在中国社会文化的底层,存在一种鲜明的特征,"就是维持整个结构之平稳与不变"。[③] 这种平稳与不变的需求表现在文化上,就是以孔孟为中心的儒学思想,对于稳定性与秩序感的强烈需求。根据二律背反的矛盾原则,与这样的需求同样强烈的,必然会有一个与之平衡的思想原则,老庄就是最重要的代表。孔孟思想以人文主义为基石,注重个人与社会道德的完善和人格的全面提升,突出积极进取的入世价值观;老庄思想则开创了道家的价值观,以自然主义为根本,注重天然的真朴之性和内心的宁静和谐,主张超越世俗,效法天地自然。这种秩序与非秩序、社会人文与天地自然间的互补与调和,成为中国古代文化的基本结构,充分表现在各种文化的层面。在文学叙事的传统上,"史传"是稳定性与秩序感的体现,而"诗骚"则更多地渴求寄情山水师法自然。正是同样的原因,中国建筑叙事中也有着类似的倾向——官式严肃的建筑叙事与史传承担着完全一致的教化功能,而园林之类的建筑叙事更加寄情于山水。

"史传"倾向在建筑中最重要的表现,就是"家国建筑"中的稳定性与秩序感。这里所谓的"家国建筑"是指存在明确文化秩序属性的正统建筑,包括宫殿、官衙、寺庙、陵墓及一定级别层次的住宅。这些建筑不论从方位、布局、形制还是细部线条,都表现出类似的文化特征。中国文化是一个"家"文化,不受任何人伦约束的、非集体化的、独立的"人"是不可思议的,甚至是不道德的。而"家"也就成为最重要、也是最方便的组织人伦关系的方式。这种意念是中国最正统的"真"与"理",通过所有文化现象表现出不同的秩序感。"最初出现的'真'的表现形式是书(文字)与画(一般认为,文字起源于绘画),继而是诗、赋、文章、音乐、歌剧、舞蹈、雕刻、建筑等形式,人们通过这些形式来表现'真',从而使自己的思想得到自由解放,精神得到净化。"[④]这种家国建筑在叙事语言上通常表现出明显的书面语特征,词汇明确、含义清晰、文法规范,甚至遵循严格的"文法

① 文中比较一些人类活动后论述艺术的本质,说"只有艺术是仅仅注重活动的本身,而毫不注重那些无关紧要的外在目的"。相比于"史传"传统强烈鲜明的目的性,"诗骚"表现出明显的非目的性。详见:[德]格罗塞.艺术的起源[M].蔡慕晖,译.北京:商务印书馆,1984。

② 郑振铎.郑振铎古典文学论文集[M].上海:上海古籍出版社,2009:69。

③ [美]孙隆基.中国文化的深层结构[M].南宁:广西师范大学出版社,2004:10。

④ [日]笠原仲二.古代中国人的美意识[M].魏常海,译.北京:北京大学出版社,1987:123。

课本”而成为后世仪轨。从叙事角度上看，多倾向于全知视角，具有详尽的叙事过程安排，起承转合都体现得体的综合考虑。在叙事时间上，会采用规范的线性安排，利于人们在过程中强化秩序体验，并且适时安排比较强烈的时空节点，形成秩序中合理的高潮。总之，家国建筑作为肩负着重大的文化使命，有着与“史传”传统类似的叙事特征。这样的叙事表现在中国古代文化的许多方面，以至形成一种类似“同构”的特征——比如研究中国古代章回小说的结构，与轴线上一系列的建筑可以类比。当所有人的行为与思想被纳入这种强烈的“家国一体”的秩序中，建筑叙事的核心就是以这些家国建筑为代表的空间形态。

与“家”相对应的概念是“园”，园林建筑作为家国建筑的互补，在中国建筑中也不可或缺。从文化发生的角度，中国园林具有明显的自然文化属性，这种属性忘情于自然山水间，与“诗骚”所具有的浪漫特征源出一辙。① 从这个意义上看，中国古代叙事文学（包括作为文学延伸的戏剧）与园林的联系绝非偶然。皈依于“家天下”的心灵需要自然的释放，园林与诗骚都是实现这种需求的途径。可见，园林就是诗骚，“不到园林、怎知春色如许”（汤显祖《牡丹亭·惊梦》）的潜台词便是“不学诗无以言”②。相对于家国建筑的秩序体验，具有“诗骚”传统的园林建筑叙事，更注重身体的感官体验。园林的空间叙事更加口语化，叙事文法相对比较随意，词义多含混，表现出多义的特征，甚至刻意制造歧义。叙事角度多用限制视角，把人置于建筑环境之中，关注人身体的感受。相对于开放性的全景叙事，园林的空间通常会更加封闭，也更加自我。“……封闭的园林空间意识渗透中国人的文化心理，文化人自觉地把园林空间看作自己的生存空间，在‘死后所贮之棺’中找到自己的归宿。”③叙事时间也非完全线性，经常会制造某些戏剧性的时间变形，通过夸张变异来随机形成时间序列，插入、倒序等技巧使用频繁。虽然用时间节点强调空间感，但时空节点的安排相对比较意外，并且多具有共时性内涵。这些特征，使得中国古典园林不仅与家国建筑全然不同，甚至与西方园林也泾渭分明。

虽然上述两个倾向存在全然不同的表现，但正如陈平原先生述及小说叙事中，“并非一部分作家借鉴‘史传’，另一部分作家借鉴‘诗骚’，因而形成一种对峙；而是作家们

---

① 从这个角度上看，中国园林与西方园林的根本不同在于文化的根源。虽然彼此都是一种自然的摹写，但中国园林如中国的诗骚一样，是与人的生活共存的。人造园的目的是为了建造一片天地用来在其中找寻“自然中的我”，这与诗骚的意境是相通的。因此在对自然的摹写上，人与自然之间的联系是园林，通过这种联系人与自然有机融合。而西方建造园林却是为了构筑一个“属于我的自然”，将“我”与“自然”划分得非常清晰。园林在两种文化中，一个是弥合“我”与“自然”的媒介，一个是区分“我”与“自然”的界线。

② 语出《论语·季氏第十六》。此处朱子注曰：“事理通达，而心气和平，故能言。”依据此注，诗骚的作用其实也是从一定意义上营造一种秩序感，以期通达。

③ 张世君.《红楼梦》的空间叙事[M].北京：中国社会科学出版社，1999：36。

(甚至同一部作品)同时接受两者的共同影响,只是在具体创作中各自有所侧重"[①],中国建筑中的这两种影响在绝大部分时候也是并存的。家国建筑中会局部使用"诗骚"叙事的技巧,如宫殿中的园林、寺庙园林等;反之,园林建筑中也会使用"史传"叙事的方法,如园林里轴线的使用等。更重要的,是园林貌似自然的外表下,包含着更深的社会诉求,那便是庄子所期待的"原天地之美而达万物之理"(语出《庄子·外篇·知北游》)。由"美"而至"理",正是由园林到家国建筑的回归,通过"诗骚"完成了对"史传"的实现,从而让"史传"与家国都更美了。"家"和"园"之间,就是以这种独特的方式勾联、互补,共同叙述着中国古代诗意的秩序体验与理性的感官体验,构成心与身共同的家园。

认识建筑叙事的"史传"与"诗骚"传统,对于研究建筑叙事具有格外重要的意义。首先通过这种小说叙事与建筑叙事的关联,会更容易发现某些建筑现象产生的本质。一个艺术现象的背后,一定存在深刻的文化影响,并且,最直接(而不是最明显)的影响往往会是最隐蔽的,却会通过艺术门类的诸多方面表现出来。留意这些相关的表现,按图索骥,很可能会寻到其根源。其次,明确区分这两类传统倾向,还要特别关注它们之间相互依存的关系。任何一个文化现象都不可能是独立的,建筑是由许多复杂因素构成的有机体,各种因素间有着不同的搭接形式。研究这两类传统倾向,可以从一个新的角度去体察建筑文化的形成脉络,借以把握更深的文化影响与发展规律。最后,也是与本书研究内容更直接相关的,就是明确了中国小说叙事的"史传"特征,由此便获得了以小说中的资料作为研究素材的基本依据;同时,"诗骚"特征则帮我们区分出小说中刻意虚化的成分,避免将其误作为研究素材。

1.4 由小说而至建筑

从上述分析可以看出,小说与建筑在结构上表现出某些类似的特性。而在西方人的视野里,叙事文学与建筑本来就存在一致的表达方式。蒙田说:"我不知道别人是否有过我一样的情况,当我们的建筑师们自豪地讲起壁柱、下楣、挑檐、考林辛、多利安式建筑以及诸如此类的行话术语时,我总会情不自禁地想起阿波里东宫;实际上,我发现,那原来就是我厨房门上的那些毫无价值的条条块块。……当你听人说起替代、隐喻、讽喻这类语文学的名词时,不是觉得在说某种罕见陌生的字眼吗?可这都是用来描述你的贴身丫环喋喋不休地说的那堆废话的。"[②]冯纪忠先生在谈到离骚的时候,虽非直接表述其与建筑的可比性,但他的观点表明,从某些隐性的维度看,二者是可以共通的。[③]

① 陈平原.中国小说叙事模式的转变[M].北京:北京大学出版社,2003:211。

② [法]蒙田.蒙田随笔全集[M].潘丽珍,等,译.南京:译林出版社,1996:343。

③ 冯纪忠.屈原·楚辞·自然[J].时代建筑,1997(2):14-16。

蒙太奇(montage)本是建筑语言,后被借为一种叙述方式;而"建筑是石头的史书"这句话更表明建筑不同寻常的叙事能力。

就社会发展而看,随着生产力的进步,各种劳动的专业分化与协同合作越来越细致。从一般意义上讲,这种社会分工是整个社会文明发展的一个标志。但作为历史研究,却不得不回归到社会分工细化前的某个时期,以那个时代的角度来审视客观事物,才能得出与历史更切近的真实。"绘画、音乐、文学、精神分析、建筑和理论,都属于同一种探究式的运动。……今天的学院界乃至整个世界都被隔断,分割成各种技术、各个专业的区域。"①正是现代性的社会分工造成了这样的"隔断"。反观历史,中国古代并不存在这样截然分明的专业分工。作为知识承载者与传播者,在古代文人的视野里,建筑与文学从本质上讲,一直都是一种存在。甚至,由于某些特殊原因,小说会以更写实的方式讲述历史。"比起历史政治论述中的中国,小说所反映的中国或许更真切实在些。"②也正因如此,清代学者张竹坡才认定《金瓶梅》"全得《史记》之妙也",甚至断言"《金瓶梅》是一部《史记》"。③

从前文的讨论可以看出,文学叙事与建筑叙事之间最直接的联系就是人——或者更具体化一些,是人的身体。人物是文学与建筑共同的叙事要素,当使用限制视角的时候,叙事者寄身建筑之中,以自己的身体去感知,这样的感知结果综合了多层次的体验,通过有组织的语言表达出来,成为文学叙事的一部分。法国当代建筑师鲍赞巴克(Christian de Portzamparc)与小说家索莱尔斯(Philippe Sollers)在一次涉及建筑可否不用语言思考的对话中,前者说"当我们设计建筑时,我们用身体思考",后者说"当我们写作时,我们一样用身体思考"。④ 身体,成为沟通不同叙事方式最直接也最本质的纽带。

如前所述,小说作者心中建筑空间的物化,流于笔端便成为一个精确的空间文本。在这个空间文本中,不论是社会、地域还是景观、建筑、陈设以至人物的装束等,都成为相对客观的可资引用的素材。更重要的,这些内容并不是简单的一个场所介绍——当人物参与其中,发生一些故事,这些空间更为本质的某些属性才能释放出来。如大观园的布局虽是物化的内容,但并非一个简单的平面描述,它与宝、黛、钗之间的故事存在双向互动的关系,这种关系既表现在当初分别选择特定的居所,也表现在由这些居所而引发的相关情节。正如任何的小说叙事不能脱离人,任何的建筑研究(可看作是逆向的建筑叙事)也不能离开人,人的参与使得建筑最终成为"建筑"。人物在建筑环境中的活

---

① [法]鲍赞巴克,等.观看,书写:建筑与文学的对话[M].姜丹丹,译.南宁:广西师范大学出版社,2010:177。

② 王德威.想像中国的方法:历史·小说·叙事[M].北京:生活·读书·新知三联书店,1998:自序。

③ 此处引文据第 75 页,[清]张竹坡.批评第一奇书金瓶梅读法[G]//黄霖,编.金瓶梅资料汇编.北京:中华书局,1987:65-88。

④ [法]鲍赞巴克,等.观看,书写:建筑与文学的对话[M].姜丹丹,译.南宁:广西师范大学出版社,2010:80。

动，才是建筑最本质的生命力。戏剧作为文学的延伸，也有特定的建筑属性，如苏州人把昆曲当作可听的园林，把园林视作可游的昆曲，就是这种类比。

从历史上讲，中国建筑不是一个完全具有自主性的封闭体系，它表现出典型的"模糊性"特征。[①] 作为一种文化的表现形式，中国古代建筑是开放的，它保持着文化整体上的"一贯性"，其"固有属性是隶属制度、文化或者人的活动的，而没有明确的如住宅具有居住属性这种建筑概念。'随类相从'的意义和西方的概念及今天的理解有很大的差别"。[②] 从文化整体看，中国建筑与其他相关表现形式存在极密切的关系，作为中国古代生活中众多"器物"的一种，与其他器物并置于叙事文学之中。——从这个意义上看，建筑缺失了当代意义上所讲的"自主性原则"。

基于上述观点，小说与建筑存在着非常多的共通性，甚至从叙事的角度看存在本源上的关系。因此，以小说叙事的视野剖析历史建筑，可以成为一个研究途径。

1.5 "不伟大的"建筑

当然，小说的记录与历史的专业记录不同。首先是范围、层次不同，小说的作者通常有着更广阔、更深厚的感性空间体验，这是有别于专业人员的一种视角。其次，小说作者所关注的细节不同于专业的历史研究人员，虽然这其中的一些细节对于建筑文化存在明确含义。再次，小说作者所接受与表达的信息，更趋近于普通人对建筑的体验与感知——建筑空间的存在意义，本质上不应仅是专业人员的体悟与评判，而是大多数社会成员在普遍文化背景下的认知。最后，小说的作者对于建筑空间的讨论往往带有某种感情色彩。情绪化的表达在某些时候可能曲解建筑的本义，但在更多的情况下，这样的感情色彩可以看作是社会文化对建筑文化的某种矫正。因此，小说作者使用他"非专业"的文字语言，对建筑语言进行了更加通俗的诠释。

更加重要的，也是奠定本书最基本的可行性的，是中国古代小说有别于当代小说及西方古典小说的创作特质。从中国古代小说的缘起看，并不存在明确的虚构与非虚构界限，而是从开始就呈现出"文史不分家"的观念。《史记》作为中国最初的纪传体史书，一直被当作文人写作的典范，甚至成为带有终极意味的评价标准。一方面，《史记》作为

---

① "模糊性"的概念引自侯幼彬先生《建筑的模糊性》一文，侯先生的文章主要是在普遍的"建筑"层面上来论述"模糊性"问题，但相对于西方建筑有着明确外延边界的、具有完善自主性的"建筑"概念而言，中国古代建筑更表现出其存在方面的模糊性。详见侯幼彬.建筑的模糊性[G]//建筑理论·历史文库.北京：中国建筑工业出版社，2010：14-27。

② 陈薇.关于中国古代建筑史框架体系的思考[J].建筑师 52，1993(6)：19-22。

散文写作的极佳范例，在中国文学史上享有特殊的地位，以至鲁迅评价其为“无韵之离骚”[①]，以表明其文字成就；另一方面，历代文人很容易将优秀的散文作品（中国古代的“散文”包含虚构叙事的小说）称为“太史公言”。比较公认的清代研究者张竹坡直指“《金瓶梅》是一部《史记》”，并且分析“《史记》有独传，有合传，却是分开做的。《金瓶梅》一百回共成一传，而千百人总合一传，内却又断断续续，各人自有一传”。[②] 由此可以看出，中国古代的散文——包括史传与小说——创作，并没有刻意区分虚构与纪实。与之相比照的，西方一开始就以虚构（fiction）与非虚构（non-fiction）来指代“小说”与“纪实文学”，这样的观念也深刻影响着当代中国人对于小说的历史属性的理解。

正由于古代中国文人对于“虚构与纪实”的模糊，在正史的写作中会插入大量文学性的铺陈与渲染，而在小说创作中则又特别强化其虚构背景下的“真实性”。为了实现这种强化，小说作者会用更多的写实笔墨，集中刻画故事中客观物质环境，以取得读者对于故事“真实性”的认同。这样的刻画，主要基于作者所生活的真实环境，在此基础上适当添加他对所描述的时间、空间的合理想象。从这种意义上讲，中国古代小说对于物质环境描写的真实度，在总体理念上超出当代小说及西方古典小说。

建筑是人的建筑，对于中国古代建筑尤其如此。在建筑史的学习与研究过程中不难发现，对于古代中国人而言，建筑并没有西方传统中“建筑”的含义。除却某些小尺度的住房，西方建筑具有某种神性，它与人之间存在一定距离。但中国古代，大到殿堂庙宇小到居室厨厕，从来都是直接与人相关的，它们与坐乘的车舆、穿着的服饰、使用的器物等，均被视作同一类东西。建筑缺乏当代西方意义上的“自主性”，更不具备其“艺术自主性”。从这种意义上，更容易理解西方某些建筑要经历动辄几百年的建设周期，而北京紫禁城则在永乐十四年至十八年（1416—1420）短短四五年的时间基本建成并投入使用；[③]当然也更容易理解新的占领者会拆除、焚毁前朝建筑，更容易理解建筑石构与木构的差异。与人的身体紧密依附的属性，使建筑的生命完全贴合于直接使用者的身体存在。

建筑与人的密切关系，更多内容表现在建筑的使用过程中，特别是以一些琐碎的细节呈现。从最表浅的意义上讲，人的活动会影响建筑空间的形态，形态也反过来制约或促进建筑中的行为——人与建筑在物质层面上存在一定程度的互动。另一方面，对于中国古代建筑而言，则是一种更加深层的互动影响。同一个建筑空间，在不改变物质形态的情况下，不同人的使用，赋予这个空间完全不同的意义。园林空间中的一块山石，假使存在特定的人文渊源（如其被认定为所谓“艮岳遗石”），则也会为这个空间带来与

---

① 鲁迅．鲁迅全集·第九卷[M]．北京：人民文学出版社，2005：435。

② 黄霖．金瓶梅资料汇编[M]．北京：中华书局，1987：75。

③ 参见：潘谷西．中国古代建筑史·第四卷（元、明建筑）[M]．北京：中国建筑工业出版社，2001：105。

此前迥然不同的意义。中国古代建筑与人的关系,更多地又表现为某种文化上的“叙事性”。中国古代建筑与其说是一种物质形态的东西,不如说是一个总体叙事场景的构成。这种叙事性存在时间上的延展,无形中促成了空间层次上的延展。所有这些,都明确揭示出中国古代建筑是属于人的。它与人的生活,更多的是一些生活细节密不可分,并且存在深层次的互动关系。可见,研究古代建筑史,为切实尊重史实,最根本的就是要回归当初真实生活的场景。

逝者如斯。随着历史的发展,人们再不可能回到那些场景中!并且,先前并不具备如今这样完善的媒体技术,无法保留更细致的场景,只能通过文字辅以个别图像,进行分析、理解与还原。在这些文字资料中,由文人独立创作的长篇小说具有不同寻常的重要性。正如前面所讨论的,中国古代小说叙事的“史传”性特征,赋予小说文本明确的可信度。另一方面,长篇小说的系统性、综合性以及对于生活刻画的细腻度,又优于短篇小说、笔记以至诗歌等文本形式。可见,基于这类文字资料而进行的研究,非但是可行的甚至是必须的。因而《金瓶梅》作为第一部由文人独立创作的长篇小说,对于建筑研究具有必然的重要性。

传统意义上的建筑历史,大多是由专业的建筑史或艺术史研究者完成的。其关注的对象不可避免地锁定于大尺度的、重要的标志性建筑,如大型墓葬、坛庙、宫室、园囿、城垣,以及某些“具有代表性”的住宅与聚落。① 这些群体或单体的建构筑物,确实集中了巨大的社会财富,发展了建筑技术手段与工艺,附着并积累了厚重的建筑文化。这些内容代表了建筑历史发展的重要力量,并对建筑未来的发展具有重要的引导作用。

但是,这些内容绝对不是历史建筑的全部,甚至在占比上仅是很小的一部分。在传统的文士视野之外,市井中的建筑则以更大的数量,更生动地诠释了与人直接相关的建筑文化。在整个建筑历史发展的进程中,财富不断积累,技术不断进步,建筑的功能逐渐多元化,建筑类型日益丰富。在这种状况下,更多的社会成员身处的环境,不可能是由那些大尺度的标志性建筑所构成的;并且,由于质与量的不断提高,他们生存的环境积淀了日益丰富的文化内涵,成为建筑历史研究不能忽略的重要部分。正如中国文学史的研究中,占主流的当然是自诗经以来,一直到明清小说这一系所谓“正统文学”的传承与变革。但不容忽视的是,作为“俗文学”的非正统内容一直存在着,并且影响着正统文学的发展。郑振铎先生在《中国俗文学史》中,甚至把“俗文学”提到中心的位置②,他表明的理由一是正统文学的范围很狭小,二是俗文学与正统文学息息相关——这两点

---

① 现行高校教材《中国建筑史(第六版)》就是以这种方式分类的,而且这些内容占据了古代史部分很大的篇幅。潘谷西.中国建筑史[M]. 6版.北京:中国建筑工业出版社,2009。

② 郑振铎《中国俗文学史》第2页有评价讲:“‘俗文学’不仅成了中国文学史主要的成分,且也成了中国文学史的中心。”郑振铎.中国俗文学史[M].影印版.上海:上海书店,1984。

都可以在“正统的历史建筑”研究中找到相似的特性。

与“正统的历史建筑”相对立的，一则可以是小尺度的、大量性的、形成大量人群生存空间的建筑，二则可以是由非专业人员眼中看到、并通过不同方式记录下来的相关历史空间场景。当然，这些与“俗文学”类似的建筑，通常会因头绪复杂而且缺少系统性、代表性，被排斥于传统的建筑史研究之外。然而那些貌似芜杂的细节，却包含着最广泛的信息。“……当我们回顾世界的各个不同发展阶段时，这些阶段构成了另外一种静态的秩序，即所谓‘历史的真理’(historical truth)。对于这种绝对的、无能为力的秩序来说，每一个细节都是本质性的。”[①]纵观建筑历史学科当下的发展，研究者已经发现这些细节内容所蕴含的建筑意象，对于构建一个完整的建筑史体系是不可或缺的。

进一步理解，这些内容可以看成是不同于传统的建筑历史著作所描绘的、与身体产生直接联系的建筑空间界面。对这些界面的描绘，可以由视觉艺术工作者(如画家)来完成，构成最直观的视觉语言表达；而更大量的内容，是由叙事文学，主要是小说来记录的，构成充满使用者细节的文字语言表达。当我们以这样的专业研究视角审视历史上的文学作品时，长篇小说《金瓶梅》很容易进入研究者的视野。

1.6　《金瓶梅》里的建筑

《金瓶梅》对于中国小说历史来讲，无疑具有独一无二的地位，这在相关的文学专业著述中都有明确的论证。把这部小说作为研究中国古代建筑历史的文本素材，也有着其不可替代的客观原因。

首先，《金瓶梅》是我国第一部由文人独立创作的长篇白话小说作品。

中国古代小说的发展经历了一个相对漫长的过程。在明代开始出现的长篇小说中，《三国演义》《水浒传》与《西游记》都有着相对较长的传播史，小说故事经历了长时间的发展与演变最终成形，属于“集体创作”或“世代累积”型作品。[②] 但《金瓶梅》具有截然不同的创作方式，它是由某个文人在相对较短的时间内独立完成的一部作品。[③] 那些“世代累积”型的作品，由于创作的过程中有大量不同生活背景的人员参与，并且经历了不同的时

① [美]乔治·桑塔亚纳. 常识中的理性[M]. 张沛，译. 北京：北京大学出版社，2008：29。

② 对于这三部长篇小说的创作过程，文学史上已经基本达成共识。相关内容可参见：北京大学中文系. 中国小说史[M]. 北京：人民文学出版社，1978：89-151。

③ 对于“文人独立创作”一说，文学界至今也有着不同看法，如徐朔方著文《〈金瓶梅〉的写定者是李开先》，称其非个人创作，而是由文人写定的，类似看法也有许多。但黄霖详细地论述了《金瓶梅》问世与版本传播方面的一些相关问题，认为它是由单一文人在短时期内创作的结果(黄霖. 金瓶梅讲演录[M]. 南宁：广西师范大学出版社，2008：15-29)。就笔者研究过程中的认识，除去小说第五十三至五十七回所谓“陋儒补以入刻”的若干章节，其余大部分的叙述在建筑空间的表达上是比较连贯的。

代，不可避免地在建筑环境的描述上产生牴牾，难以形成统一、完整的建筑空间意象。相比之下，由于《金瓶梅》不存在大规模的历代加工和再创作，避免了累积过程中不断附会的内容，因此其描述的是作者本人生活体验的空间，构成统一、清晰、完整的场景。

另一方面，长篇小说具有相对更大的场景容量，作者需要构思并铺陈一个更加广阔的故事发展空间。由于故事逻辑的需要，这些空间存在统一的延展脉络，空间层次的发展是一个连续、平顺的过程，因此物质空间具备较高的可信度。并且，随故事发展，某些特定空间会反复出现，为研究者提供了前后验证的可能。这种特性，使长篇小说具有短篇小说或笔记等文体难以比拟的客观性。并且，白话这种文体，又增加了文本的真实性，"……我们可以同意华特所说：'以不同的文学形式模拟现实，在程度上有重要的差别；形式写实主义使小说模拟时空确定的个人经验，较之其他文学形式更为直接切实。'若把这理论应用到中国小说，我们必须承认，除了许多例外，大体上白话小说，亦即所谓采用形式写实主义的小说，对现实世界的模拟，较之文言小说要深刻得多"[①]。

可见，由文人独立创作的长篇白话小说作品，具有更加清晰的时代性与地域性界定，为进一步的研究提供了更为明确的建筑场景文本。

其次，《金瓶梅》在小说的叙事结构上，突破了先前小说的线性结构，是一个网状结构。

在叙事学研究中，可将叙事结构视为一个框架，以此为支撑，故事的情节和文本的风格得以展现给读者、听众与研究者。在小说发展史上，受到中国古代说唱艺术的影响，早期故事发展的脉络不可能在广阔的空间范围展开，因此采用线性的结构。明代早期的长篇小说中，《水浒传》《西游记》是典型的单一线性结构，《三国演义》是多条线索构成的复合线性结构，而《金瓶梅》则第一次表现出一个多维度的网状结构。[②] 宁宗一先生说："我读《金瓶梅》，愿意把它看作是一个有许多窗口的房间，从不同窗口望去，看到的是不同的天地，有不同的人物在其中活动。"[③]显然，这多个窗口，就是不同角度织成的一张故事网络。叙事结构是故事情节不断发展的脉络，在故事相互穿插的过程中，小说中所表现的物质空间也不断经历多种穿插。无疑，网状结构能够从不同角度，全面铺陈一个丰富多样的社会场景，为研究者以不同视角展开建筑空间研究提供更全面的平台。

再次，《金瓶梅》表现的是相对比较真实的明代市井生活的面貌。

以前的历史研究，包括建筑历史研究，更多地关注在当时社会中占主导地位阶层的物质与思想，亦即主流文化的研究。但从绝对数量与丰富程度而言，非主流文化在整个社会文化的发展进程中不可小觑。近年来，理论学者对市井文化的各种表现形式给予了更多

① 韩南．韩南中国小说论集[M]．北京：北京大学出版社，2008：10。

② 参见：郭英德．《金瓶梅》的叙事结构[G]//傅光明．点评《金瓶梅》．济南：山东画报出版社，2007：14-27。

③ 宁宗一．我读金瓶梅[G]//古耜．悟读金瓶梅．北京：京华出版社，2008：146-150，此处引文在第148页。

关注。比较典型的，对于小说《金瓶梅》，研究者普遍认为“广泛地反映了明代晚期社会中的宗教、迷信、习俗、饮食、服饰、医药、建筑等诸多问题，是名副其实的一部百科全书式的作品，而且小说在描写诸多情况时，都使之成为小说艺术的有机组成部分”。[①] 对于探究明代中晚期社会文化中的市井建筑空间，这部小说提供了大量层次丰富的素材。

就叙事的可信度而言，市井生活状况较少触及当时政治文化的焦点区域。因此在叙事过程中，较少出现正史惯常使用的所谓“曲笔”，素材更加直接、真实。叙事过程中的直接与真实，无疑带来其所描绘空间的真实性。这些都是同时期的某些政治题材小说所不可比拟的。

最后，《金瓶梅》存有明代晚期的二百幅版画，而且与其篇章回目相互对应、彼此作解。

明清小说有绣像本的传统，但很多是后世补刻的，相距的时间比较长。而《金瓶梅》最著名的二百幅版画刻于崇祯年间，并完整保留至今，实属难得。这些版画并非随意的“插图”，而是按篇目故事编排，与内容直接对应，因而可以作为小说文本最直观的注释——对于小说所涉及的内容，文本中的叙述可以在图像中见到直观描绘，图像中的刻画也可以在文本中找到对应描述。尽管版画作者与小说作者间存在差距，但这种可以相互验证的图文模式，对研究当时社会的城镇、园林、建筑、家具、服饰以至仪式场景等空间相关的内容，都具有不可替代的作用。

1.7　被“忽视”的研究

在确立选题并逐步开展研究工作之初，笔者对相关的研究情况进行了比较细致地梳理与比对，归纳整理出当下的相关研究状况。依据研究工作开展的焦点与范围，有针对性地把研究现状分成两个方面：一是基于文学视野的小说《金瓶梅》研究，二是基于建筑视野的、包含但不限于《金瓶梅》而进行的相关专业研究。

由于众所周知的原因，在小说问世至今的历史过程中，整个社会的主流文化对《金瓶梅》多采取回避的态度。严肃的专家学者也心存顾虑，把精力集中于那些已获历史定性的作品上。依据一份对 1949 年后的明清小说研究论文数量的统计，在位列前七位的作品中，《金瓶梅》排第五（表 1-1）。而具有类似研究价值、被脂砚斋称作“深得《金瓶》壶奥”[②]的《红楼梦》，却以近乎其七倍的研究数量高居榜首。这样的现状表明，从最基本的文学视角进行的《金瓶梅》研究，相对而言尚显弱势，更不用说较深层次的专业研究。

---

① 黄霖.金瓶梅讲演录[M].南宁：广西师范大学出版社，2008：231。

② 这是脂砚斋重评石头记中的一句话，为《红楼梦》庚辰本第十三回“贾珍笑问价值几何”一段眉批。见：脂砚斋.脂砚斋重评石头记[G]//黄霖.金瓶梅资料汇编.北京：中华书局，1987：258。

表 1-1　1950—2000 年明清小说研究论文篇数统计

作品名称	主要发表论文篇数	所占比例(%)
《红楼梦》	8756	44.36
《水浒传》	2748	13.92
《聊斋志异》	1663	8.43
《三国演义》	1358	6.88
《金瓶梅》	1270	6.43
《西游记》	807	4.09
《儒林外史》	713	3.61
其他小说	2425	12.28

注:本表统计内容参考陈大康《关于明清小说研究格局的思考》整理。

相比而言,西方对于《金瓶梅》的研究,在很长一段时间内具有更大的开放度,获得更多的成果。美国研究者夏志清先生认为:"《金瓶梅》一向与《三国演义》《水浒传》《西游记》并称,是明代的四大小说之一。在西方翻译家和学者那里,《金瓶梅》的翻译、研究工作是做得最好的。"①

孟庆田著《〈红楼梦〉和〈金瓶梅〉中的建筑》②是此类著述中相对比较完整的一本,依据两部小说中的文字描述,逐一还原相应的建筑空间。全书分为三部分:一是辑录出小说《红楼梦》中与建筑相关的文字部分,并以"注评"的方式对这些文字进行归纳整理,从而研究相互间的脉络关系;二是《红楼梦》建筑平面布局研究,依据上述文字说明进行平面分析,绘出相应的平面简图,并提供一定解释;三是《金瓶梅》中的建筑研究,也采用上述方法,整理小说中比较重要的一些建筑平面,并分析说明。这本书分析较细致,"注评"基本准确,有比较好的基础资料价值。但作为开拓者,总的来看分析略欠深入,所绘图纸也并非专业的建筑表达方式,因而可作为研究起步的重要参考。并且,虽然在标题上把两部小说并列,但实际篇幅前者占了百分之八十,而《金瓶梅》分量较小。

苏文珠著《〈金瓶梅〉中的西门府住宅建筑初探》③从张竹坡对于《金瓶梅》小说中较为粗浅的描述出发,研究西门庆住宅部分的大致情况。在研究西门府的总体平面布局中,确认了府邸的位置是居中而设,花园的方位及扩建后的四至范围,以及妻妾用房的布局关系。其中有一个非常值得注意的细节,即关于住宅与花园之间"夹道"的位置,这是其他研究者忽略的。文章最后分析了西门府中使用者的若干流线,关注了建筑中使

① [美]夏志清.中国古典小说[M].胡益民,等,译.南京:江苏文艺出版社,2008:157。

② 孟庆田.《红楼梦》和《金瓶梅》中的建筑[M].青岛:青岛出版社,2001。

③ 苏文珠.《金瓶梅》中的西门府住宅建筑初探[J].河北经贸大学学报(综合版),2007(2):50-53。

用者的活动，这对于一个非建筑专业的研究而言已非常可贵。虽然文章没有绘出相关的研究成果图纸，中间的一些方位解读也值得深入辨析。

楚文华著《从房屋建筑透视西门庆的家庭文化信息》[①]把建筑作为"特殊的表达情感的符号"，从张竹坡的评论开始分析西门庆宅邸的基本构成，并依此解读建筑背后所表达的家庭伦理秩序。作者从建筑的分析得出结论，认为"西门庆家的文化布局，呈现了一种半开放的新趋势"，认为《金瓶梅》打破了西方小说叙事的线性结构与中国传统的缀段结构，"直接以房屋建筑作为小说的横的空间结构"与时间相交叉。这些都是从建筑空间展开的文化解读，是对建筑叙事功能的认可，饶有新意。作者认为"任何建筑都是建筑者自我形象的物化"，这个论点不是基于建筑史学科提出，而是细致考察古代人的生存状况后得出的，尤为可贵。

韩玲著《空间布局的魅力——〈金瓶梅〉的居所安排解读》[②]把着眼点放归家庭生活，指出与其他宏大叙事的早期作品不同，以西门府这样的狭小空间完成一部百回大书。文章把小说中的居所理解为一个故事发生的舞台，通过这个典型的环境把家庭成员组织在一起。作者视点独特，通过西门庆宅院与先前花子虚宅院之间的"墙"，分析建筑元素在推动叙事发展中的作用。从"东厢房"与"厨房"的居所空间安排上，分析人物地位，这也是对于建筑与人之间关系的一种认可。最后分析了花园对于小说主旨的影响，认为那是一个罪恶欲望的空间。与前面两篇文章类似，该文也是通过建筑来进行的小说解读。

苏文珠的另一篇文章《〈金瓶梅〉中的西门府花园建筑》[③]从小说中描述的花园位置与范围开始讨论，研究了相关的方位、扩建前后的不同建筑布局以及某些特殊景点设置等。同样是基于小说文字而进行的建筑空间还原，对建筑之间的流线设置进行了若干探讨，并对小说文本上描述的西门庆花园进行了比较详细的分析，可以作为一个基础性的参考资料。

周志波等著《论〈金瓶梅〉中的花园意象》[④]则是以小说文本为基础，对于建筑空间"意象"的讨论。文章引用小说中相关描述文字，认为整个花园所表现的，并非传统文学概念中美好的"花园"意象，而是一个充满欲望的空间。对比了先前一片繁华的园林与倾颓后的景观形态，揭示出某种特别的空间张力。这些观点从某种意义上，已经非常接近于身体感知的讨论，但其视角的出发点却非基于建筑，而是从文学展开的。对于建筑研究，有着很大的借鉴意义。

---

① 楚文华.从房屋建筑透视西门庆的家庭文化信息[J].东岳论丛，2007(2)：120-122。

② 韩玲.空间布局的魅力——《金瓶梅》的居所安排解读[J].邢台学院学报，2007(1)：42-45。

③ 苏文珠.《金瓶梅》中的西门府花园建筑[J].文史知识，2007(7)：109-115。

④ 周志波，等.论《金瓶梅》中的花园意象[J].语言学刊，2008(5)：15-17。

还有一些相对比较重要的文献，如梁今知著《〈金瓶梅〉所见晚明市镇音乐活动》[①]等文章，但从不同的侧面对《金瓶梅》中的市镇、其他类型建筑等空间进行讨论。总体来讲，已经发表的相关文章中，以建筑史的视野进行的讨论并不太多。

相对于《金瓶梅》的研究，有关《红楼梦》的专业著述在这些年可谓是汗牛充栋。同样作为由中国古代文人独立创作的长篇小说，《红楼梦》曾被“披阅十载、增删五次”（脂砚斋语），叙事的精准度达到非凡的程度，所描述的建筑、园林空间高度统一、完整。同样是以小说叙事为研究素材，对于《红楼梦》中大观园与贾府建筑的研究，已有相当成果。所有这些，都可以为《金瓶梅》的相关研究提供参考。

关华山著《〈红楼梦〉中的建筑与园林》[②]是此类专业研究中开展比较早的。作者以建筑历史专业的眼光，分析小说文本中的建筑意象，总结出建筑空间与日常生活的契合关系，被汉宝德称为“自中国古籍中整理传统建筑与园林的资料的一个开端”。研究者选取《红楼梦》中荣、宁二府及大观园为研究对象，细心地归纳整理与之相关的小说文本语言，以专业的方式加以分析、考证、整理、组合，厘清相互空间脉络，还原荣、宁二府与大观园的总体建筑风貌，并依此绘出相关建筑图纸。更加可贵的是，研究者将所获得的建筑空间形态与书中人物的生活情态加以比对，将静态的建筑图纸融入动态的生活空间场景，由此更深层地挖掘建筑运行机制与文化象征意义。所有工作都是在专业知识背景上进行的，因此具有方法论方面的学习价值。其对于文化的关注，是当代建筑文化研究中值得肯定的方向。对《金瓶梅》建筑的相关研究，该书具有积极的方法论意义。唯一略感缺憾的是其成文相对较早，一些方法似乎略显机械，其中建筑空间的文化意义还有待进一步延伸。

黄云皓著《图解红楼梦建筑意象》[③]是另一部基于建筑专业眼光对《红楼梦》中的空间场景进行研究的著作。作者以小说文本为依据，从建筑学的角度出发，对于小说中的城镇、建筑、园林、室内等方面进行考察，并对相关的文字进行必要的点评。在此基础上，以建筑专业的方式绘出相关的建筑与景观图纸，比较全面地展现了《红楼梦》文本所描述空间场景。此书一个突出特点，就是以图像的形式，通过专业的手段进行表现，直观、清晰、完整。研究者进行的这种还原工作，意在为读者阅读原著时提供一个更清晰直观的画面，从而可以更真实地进入到《红楼梦》所展现的生活场景中。在文化研究的层面，作者通过对《红楼梦》中建筑空间的分析，获得的贾府、大观园等平面图，试图从本质上揭示《红楼梦》一书的文化主旨及大观园等建筑的象征意义。此书可以当作一个建筑专业人员对《红楼梦》建筑的图像注释，值得在研究《金瓶梅》的初期学习参考。但对

---

① 梁今知.《金瓶梅》所见晚明市镇音乐活动[J].徐州师范学院学报(哲学社会科学版),1994(2):69-70。

② 关华山.《红楼梦》中的建筑与园林[M].天津:百花文艺出版社,2008。

③ 黄云皓.图解红楼梦建筑意象[M].北京:中国建筑工业出版社,2006。

于文化含义的表达不够深刻,某些建筑空间的使用(如饮宴坐次等)也存在值得商榷的地方。

王慧著《大观园研究》[①]则是基于一个非建筑专业的视角,对《红楼梦》大观园进行的较为细致全面的梳理与研究。作者以中国古代小说戏曲史及园林文化史的角度为切入点,整理大观园所蕴含的文化根源,在此基础上解读《红楼梦》文本。研究从大观园的时空设置、人物与居住环境的相互关系以及理想与现实的冲突等不同角度对其进行讨论,阐述大观园的独创性、集大成性与多义性。该书的研究方法,特别是其中的文化阐述,都对《金瓶梅》的研究有借鉴意义。

俞晓红著《〈红楼梦〉花园意象解读》[②]将"意象叙事"看成小说作者叙事的一个谋略,在此基础上考察《红楼梦》中的花园空间。综合分析形成花园意象的多种叙事过程后,作者认为大观园以一种"仙境"的意象存在。并且,比对先前《西厢记》与《牡丹亭》中的花园意象,作者进一步认为,"大观园的时光流度实在是诗情渗透了自然、自然贯注了生命的再现"。这样的空间场景安排,时间与空间相互融合,"……大观园便呈现为一个凝固了的时空框架"。该研究并非从建筑专业角度着眼,但其时空观念对《金瓶梅》研究具有很多启发。

张光英著《基于行为空间视角的大观园空间解读》[③]一文,从"行为空间"的角度出发,以小说文本为基准,综合分析了核心人物在长辈居住空间的行为信息、在此空间之外的行为信息以及在"行为空间"中的行为互动,归纳出大观园的行为空间划分。作者通过这样的理性研究,总结出贾宝玉、林黛玉、薛宝钗等核心人物"在长辈空间中各自表现出来的符合性格特征的行为自觉性;分析出遮蔽在大观园公共空间之下的属于核心人物独有的个性空间"。这个研究的重要意义在于,通过核心人物行为空间选择的视角,划分出大观园行为空间。这种空间划分方式与传统建筑学有所不同,却是实际生活中真实存在的,在小说中也有着最直接与深刻的表现。

很多研究的焦点已经触及《金瓶梅》与《红楼梦》空间的比较研究。如张军等著《〈金瓶梅〉与〈红楼梦〉时空叙事艺术比较》[④],将这两部小说中所涉及的建筑空间进行比对,从时间、空间两个维度对于叙事形式进行把握,以理性方式对《金瓶梅》中西门庆花园及《红楼梦》中大观园作出解读。对于将《红楼梦》的相关研究成果用于《金瓶梅》研究,具有一定的启发性。

在所有与《红楼梦》相关的建筑空间研究中,一个特别值得关注的是暨南大学中文

---

① 王慧.大观园研究[M].北京:中国社会科学出版社,2008。

② 俞晓红.《红楼梦》花园意象解读[J].红楼梦学刊,1997(增刊):319-331。

③ 张光英.基于行为空间视角的大观园空间解读[J].人文地理,2010(6):36-41。

④ 张军,等.《金瓶梅》与《红楼梦》时空叙事艺术比较[J].重庆大学学报(社会科学版),2002(3):30-33。

系教授张世君的著述《〈红楼梦〉的空间叙事》①。这项研究通过细读小说《红楼梦》文本，系统地把握其中所描述的空间特征，并加入作者对中国古典名著的空间叙事研究，以此建立起一个基于中国传统模式的空间叙事框架。“迄今为止的叙事学理论大都重视对时间的研究，强调叙事结构在时间序列中的建构，忽视叙事中的空间作用”，在此研究的基础上，提出通过对《红楼梦》空间叙事形式和技巧的探讨，建立起一个全新的观点体系和空间叙事的架构。研究存在很多新颖的观点，如依据对《红楼梦》文本细读，作者提出其叙事中的三个空间层次，即实体的场景空间、虚化的香气空间和虚拟的梦幻空间。这种对于空间深层内涵的剖析方式，与当代建筑学中与身体相关的研究非常接近。不同的是，一个是从小说文本出发，一个是从建筑空间的实体场景出发。因此，这部著述对于沟通小说叙事空间与建筑空间，并在一个新的视野里彼此观察，提供了一个优秀的范例。

除去上述的相关研究，建筑学本身早已试图从不同的方向与其他相关媒介沟通，以实现理论研究的突破。早在 1993 年 5 月，《建筑师》杂志第 54 期就曾参与主办“建筑与文学学术研讨会”，发表相应学术论文。这些论文以今天的研究眼光来看，大多比较表浅，只是就建筑与文学在表象层面的一些联系而进行的综述。但它们还是让人们从感性上认识到，古代中国文人是以某种方式主动参与到建筑行为之中的。

相比之下，2008 年同样由《建筑师》杂志第 136 期主办的“电影建筑学专辑”便具有一定的理论深度。其中对“建筑与电影关系的反思”“空间叙事的认知”及电影中“创造性空间”“空间连贯性”等概念的思考，都为传统的建筑理念研究提供了新的视角。小说作为一种文本化的叙事，与电影图像化的叙事固有不同，但综合比较二者与建筑之间的关系，会为相关研究提供良好的借鉴。

《金瓶梅》的研究欠缺固然值得思考，但也为细致深入的《金瓶梅》研究留出了大量的学术空白点。在本课题研究之初，笔者对于相关成果的汇总整理主要围绕“建筑与小说《金瓶梅》”这个核心展开。经初步研究发现，尽管与这个命题有所关联的研究较多，但基于建筑专业的视点，从建筑历史的角度出发，以《金瓶梅》为社会文本解读当时市井生活空间的研究仍较少。② 可见，开展这项研究工作具有充分的客观必要性。并且，也是比较关键的，随着信息社会的到来，整个中国社会的开放度与宽容度不断增大，“金学”研究呈现出前所未有的态势。尤其是近些年来，各种形态、各种角度的探讨，都为发

① 张世君.《红楼梦》的空间叙事[M].北京：中国社会科学出版社，1999。

② 黄强著《金瓶梅研究中的新思维》中说：“《金瓶梅》是一部百科全书，知识博大，包罗万象，仅仅靠文学研究是远远不够的。目前研究者大部分是学文学的，涉及其他领域就有困难。例如《金瓶梅》的医学问题，尤其是性科学、饮食保健、《金瓶梅》的建筑等问题就很少。此外还有《金瓶梅》的经济问题等，都还研究得不够。”详见：黄强.金瓶梅研究中的新思维[G]//中国金瓶梅学会.金瓶梅研究（第九辑）.济南：齐鲁书社，2009：222-227。

掘这部小说的价值提供了大量有益的思路。逐步排除先前相对封闭、保守的因素，当今的社会文化基本能够接受对《金瓶梅》进行严肃、深入的研究。——这也为“金学”研究的展开提供了社会意识形态方面的可行性。

1.8 问题与求索之路

读书的过程，如果可以带着自己的问题与思考，会格外兴味盎然。读小说的过程亦如此，有时候甚至与故事中的人物、与故事的作者一同参与那些场景。本书是基于小说《金瓶梅》的文本进行的建筑历史专业研究，以问题为导向，会更加明确自己的视角，更加容易获得专业相关的研究成果。为此，基于建筑历史研究者的视野，整个阅读与研究的过程也是一个“提出问题→尝试回答问题→否定问题→提出新的问题→尝试回答问题→最终解决问题”的过程。

本书聚焦以下的一些问题：

问题一，依据小说《金瓶梅》文本，那是怎样一个基于市井文化的建筑空间场景？即“是什么”的问题，从文本叙事空间转化为物质建筑空间，其中需要密切关注的是人在这个空间中的行为，以及这些行为的文化意义。对这个问题的探索绝非一个纯粹“金学”方面的工作，尽管在研究过程中也需参照各种角度、各种层次的相关研究，但必须明确建筑历史专业方向，否则势必产生各种偏差与疏漏。这个问题的解决，可以为中国建筑史研究提供明代中晚期市井建筑的某些客观状态，在一定程度上填补此类空白。

问题二，也许是更重要的，应该以怎样的方法借助古代长篇小说的文本，结合某些图像资料进行研究？即方法问题，探讨这个问题的过程就是解决前一个问题的实践过程。小说文本所包含的信息量非常大，但对专业研究所需又显得凌乱芜杂。如何敏锐地捕捉到对研究有用的信息，回避无用信息，这个筛选的过程也需要有一定的专业积累。这个问题的解决更是一个服务于本专业的成果，在一定程度上具有创新意义。

上述两个问题存在一定的关联性，一个是基于小说文本所进行的工作，一个则是对整个工作过程中所采用方法的总结。一个具有针对性，一个则带有相对更广泛的普遍适用性，但二者均以小说叙事和建筑叙事的内容为路径展开。

尽管当代社会更加宽容与开放，但把《金瓶梅》作为建筑史的研究对象依然存在一定敏感度。因此，整个研究工作始终秉持非常严肃的态度，工作方法与研究路径的制订也格外谨慎。

通过上述分析可以看出，《金瓶梅》研究存在不足之处。这意味着，需要完成大量基础性工作，比如将小说文本中的内容转化为基本的建筑专业内容。当然，仅仅停留在这个层次上显然不够，一个有深度的研究需要理论性的高度。另一方面，由于先前研究的不足，如今的工作会从不同角度以不同方式展开，不可能有一个普遍适用的具体方法。因此，笔者在研究之初便确定了工作方法的基本原则，一是在总体上形成比较扎实的理论构架，以便在一个相对完整的理论背景下进行基础工作；二是针对每一部分的研究，灵活地使用不同的研究工具进行具体分析。只有这样，才可能获得相对客观的研究成果。

研究对象是一部小说，在开始确立选题到研究工作基本结束，反复进行的文本细读是一个基本的常态工作。这个过程涉及小说的不同版本，并通过图书馆等渠道获取“金学”方面的相关研究成果。作为最基础的工作，细读中整理出文本中与建筑空间相关的文字，并对相关文字素材进行一定程度的梳理。

在初步完成以上最基本的前期工作后，需要确立有针对性的理论研究方法，并探索其与建筑史传统研究间的联系。尽管存在诸多的特殊情况，但对于小说的相关研究，西方具有很多可供参考的方法。“……除非我们以西方小说的尺度来考察，我们将无法给予中国小说以完全公正的评价。”[①]在研究工作中，笔者确立“叙事”作为核心的主要理论框架。

以小说作为对象进行相关专业研究，国内外都有先例。本尼迪克特当年在进行日本文化研究时，由于战争等因素，尚无法在日本进行系统的田野工作，所依据的就是一些诸如叙事文献、影片之类的材料，并依此整理成为可资使用的民族志素材。[②] 这种方法从文化的角度出发，理性使用长篇叙事文学的素材，发挥了近似田野调查的作用。可见，不论是以非专业人员的眼光看长篇小说中的建筑描写，还是把它当作一个粗浅的民族志素材，都具有不可替代的意义。

叙事理论有不同的角度，其中一些视角与人类学的某些观念相通。如建筑文化在历史中必然存在的变迁问题，涉及历时性理论的相关内容。历时性观点主要包括进化论与传播论，是对文化如何变迁提出的解释，主要研究跨越时间维度的事物之间的相互联系。与此相关的研究方法相对比较多，其中一些具体的手段依然对《金瓶梅》的研究具有借鉴意义。如泰勒探讨文化进化时提出的“文化遗留”学说，[③]用以探讨目前文化中尚保留的、但已丧失先前功能的要素，如西门庆宅院的“仪门”，依据这些要素可以追溯其当年的重要功能；又如传播论中所提出的“文化区域”(Culture Areas)理论[④]，可用以指导在研究之初依据现有资料，界定出一个相对清晰的文化发生背景，在此基础上进

① ［美］夏志清．中国古典小说［M］．胡益民，等，译．南京：江苏文艺出版社，2008：7。

② ［美］鲁思·本尼迪克特．菊与刀［M］．吕万和，熊达云，王智新，译．北京：商务印书馆，1990：3-6。

③ ［英］爱德华·泰勒．原始文化［M］．连树声，译．上海：上海文艺出版社，1992：74-115。

④ “文化区域”虽是一个西方概念，但在中国历史上早有关注，如各正史中的地理志部分，都有涉及。详细内容参见：周振鹤．中国历史文化区域研究［M］．上海：复旦大学出版社，1997：序言。

一步深化研究；再如明代中后期的社会文化生活，受宋、元文化传播作用的影响，会在事件发生的文化区域中产生相互交叠，由此形成的“文化复合体”或者“特质复合体”[①]会塑造出多层次的文化形态。

共时性观点相比之下更具现实应用价值，它主要探讨同一时间存在的事物之间的相互联系。文化相对论是共时性观点中比较有代表性的，它认为文化的多样性导致了不同的民族对同一事物具有不同的社会与心理理解，文化自身制约着人类感知世界的方式；更进一步认为，文化之间没有一个普遍的评价标准，因为各文化根据自己的内在标准来相互评价。因此，所有的关于世界的陈述都是有文化条件的，不带文化条件的陈述是完全不可能的。基于这种观点，在审美和道德判断方面的评估必须以特定文化的价值观为标准，而不是依据普遍的价值观。这样的观点不仅在共时但不同空间的维度上有效，而且在历史上特定文化背景下，也是以当时“特定文化的价值观为标准”进行评判。因此，在分析小说文本的建筑叙事时，应尽可能抛开现有建筑文化的一些成见，抛开当代建筑理论的一些固有观点，以平等的态度回归小说的文本场景。可见，研究《金瓶梅》的相关问题，应该找到明代中晚期某个地域的、市井文化的价值观，也就是回归彼时彼地的特殊文化条件。

当谈及当代哲学、社会科学的发展时，沙姆韦和约瑟·达维多在《学科规训制度导论》中说：“现代哲学是由科学形成时清除出来的东西界定的，其他人文学科则是首先以古典语文形式出现，其后衍生出历史、现代语言甚至艺术史。”[②]作为艺术史范畴内的建筑史研究，以上述观点对语言文字的素材分析，是一个理性的研究角度。赞成文化相对主义的人类学家本尼迪克特[③]的学术经历，本身就对今天的研究具有很大启发。她大学学的是英国文学诗歌，在后来的文化人类学实践中，她认为就像诗歌应该在特别的文化背景中进行分析一样，对文化的各个方面的研究也应该在其整体中进行。[④]

总之，以历时性与共时性的观点为依托，以叙事理论为基础，构成本研究最基本的理论背景。在具体的分项研究中，则根据相关内容所需补充更适用的方法。在各相关章节的研究之初，这些方法也都会被明确提出。

研究建筑文化不可能不进行实地调研。虽然对于小说《金瓶梅》的故事发生地还存在不同的看法，但比较一致的观点是其主要描述了大运河流域的市井空间。因此，研究中安排比较详细的实地考察。2015 年初，笔者从杭州出发，沿大运河一路到北京，历时

---

① ［英］阿兰·巴纳德．人类学历史与理论［M］．王建民，刘源，许丹，译．北京：华夏出版社，2006：58-61。

② ［美］华勒斯坦．学科·知识·权力［M］．刘健芝，等，译．北京：生活·读书·新知三联书店，1999：16。

③ ［美］露丝·本尼迪克特．文化模式［M］．王炜，等，译．北京：生活·读书·新知三联书店，1988：译者前言。

④ 吕万和为其所翻译的《菊与刀》所写的序言中，提到了这些内容。详见：［美］鲁思·本尼迪克特．菊与刀［M］．吕万和，熊达云，王智新，译．北京：商务印书馆，1990：译者序言。

半月，又一次对相关区域进行详细的实地考察，以期获取对整个“文化地域”的空间形态、文化特征及建筑方面的习俗、礼仪等方面的综合感性体悟。

综合上述的内容，以小说文本为基本素材进行的建筑史研究，具有文化方面的复杂性。在研究过程中使用多种研究工具，以建筑学、叙事学、文化人类学、文物学甚至版本学的综合视角，结合实地调研，对研究对象进行多方面的分析，以期解决相关的研究问题。

1.9 小说版本与相关建筑典籍

由于中国古代书籍制作过程中的特殊性，不同时代、不同地域以及不同的书写或刻印者都会引发版本问题。书籍在中国古代作为一种非常特殊的信息载体，在流通过程中被增删、注疏，于是信息会发生变化。在刻印的过程中，写样、上版、雕刻、印刷等每个步骤都可能错讹脱漏。主持印务者也会主动地臆改妄改，带来一些看似合理却更难甄别的信息偏差。这些，都会给研究工作带来一定的影响。

中国古典小说在版本方面更具特殊性。从写作意图上看，中国古典小说在早期一直被当作君子不为的“小道之学”，因此小说的写作通常不是一个非常严肃的创作过程，更不会带有神圣的使命感，于是写作过程中难免有一定程度的粗疏。虽然中国古籍有官刻、家刻与坊刻三大系统，但对于小说，在刻印的过程中，无法得到应有的重视。官刻与家刻这两种相对严谨的书籍制作方式不是小说刻印的主流，大量的小说出自带有浓厚商业色彩的书坊。随着经济的不断发展，市井细民对于通俗文化的需求不断增加，刻印小说便自然成为书坊逐利的重要手段。这一方面促进了小说的制作与传播，另一方面却因为屈从于商业利益等原因而产生一些粗制滥造的问题，使得小说的版本更趋复杂。尽管中国古代的小说批评家会把小说中的佼佼者类比于《史记》，但在流通过程中，小说没有经史那样崇高的地位，更多的是被当作遣情寄兴之物，充其量也只是辅翼经史之资。于是在流通过程中，他人不会如对待其他典籍那样严肃认真，甚至会按照自己的意愿进行某些改动。在这种情况下，增删补削、联缀分割、续作重作，甚至伪作、改名之类的事情不断发生，古典小说版本更趋繁杂。可见，对其演变递嬗方面的辨识，当为研究之初必先解决的问题。郑振铎先生在《中国小说史料序》①中指出：

> 研究中国小说的方向，不外“史”的探讨与“内容”的考索。但在开始研究的时候，必须先打定了一种基础；那便是关于小说本身的种种版本的与故事的变迁。不明白这种版本的与故事的变迁，对于小说之“史”的及内容的探讨上是有多少的不

① 郑振铎.中国小说史料序[M]//孔另境.中国小说史料.上海：上海古籍出版社，1982：30。

> 方便与不正确的。记得有人论《水浒传》的社会，而所据的版本，却是金圣叹腰斩的七十回本，于是便纵谈到"作者"为什么要把卢俊义的梦境作为结束的原因。这岂不是"一着错全盘都错"了么？又有人真的相信陈忱的《后水浒传》乃是明人作的，因为"序"上有万历字样，又有人相信它是元人的东西，因为首页的中缝，有"元人遗本"四字。这岂不也是颠倒了历史的事实了么？所以"版本""目录"的研究，虽不就是"学问"的本身，却是弄"学问"的门径。未有升堂入室而不由门循径者，也未有研究某种学问而不明瞭关于某种学问的书籍之"目录""版本"的。

《金瓶梅》作为中国古典小说中重要的一部，也必然会产生了很多不同版本。并且，由于它题材的特殊与篇幅的宏大，更会在传播过程中，衍生出众多具有细微差别的次一级版本。依据黄霖先生的观点，《金瓶梅》最初以抄本形式流传，后来正式刊行后逐步演化出词话本、崇祯本与张评本三个主要的版本体系。基于避讳等方面的研究，黄霖先生指出词话本中的"《新刻金瓶梅词话》即是初刊本，刊成于天启年间"[①]"保存了这部小说初创时的原貌"。[②] 崇祯本较之词话本有所删改，主要体现在回目的重新修订、个别情节的变更及增加了二百幅小说木刻版画。韩南认定"……乙系（崇祯本，笔者注）显系节本，正如中国早期其他小说一样，被改编了。但与其他小说比较，乙系《金瓶梅》删改的并不算太严重"。[③] 这个版本相对词话本而言，从语言叙事方面更接近于小说的行文方式，并且叙事节奏更趋连贯。张评本指由清代康熙年间张竹坡评点的版本，扉页题名《皋鹤堂批评第一奇书》，间有行注眉批及回前回后论评，而"内容几与乙系版本无甚区别，只有若干细微的修改"[④]。

在研究进行之初，笔者主要参阅词话本，并通过各种途径阅读了崇祯本与张评本本系中的主要文本。总体比较下来，对于建筑相关研究而言，各版本差异并不十分明显。对于其中某些豖亥鱼鲁之类显而易见的错误，略作校订便可作为资料使用；而另一些相对容易引起争议的问题，恰好也是本书需要研究的内容，经过相对认真的雠校，可以得出一个基于建筑史角度的结论。综合比较之后，选定词话本作为研究依据。这当然是考虑词话本更接近小说初创时的原貌，更重要的，这个系列的版本是现行文本中校订情况最好的。研究选用人民文学出版社1985年5月出版由戴鸿森先生校订的《金瓶梅词话》（以下简称"戴校本"）作为研究蓝本，并参考香港太平书局的影印版及台北里仁书局所出梅节先生梦梅馆校本文字。研究行文中所引用小说原文，除特别说明外，均依自戴校本。

---

① 黄霖．金瓶梅讲演录[M]．南宁：广西师范大学出版社，2008：29。

② 同上：22。

③ [美]韩南．韩南中国小说论集[M]．王秋桂，等，译．北京：北京大学出版社，2008：175。

④ 同上：172。

研究所依图像资料，为崇祯本所附二百幅小说版画。崇祯本与此前的词话本时代相隔并不久远，其间也不存在引发建筑等相关内容产生显著变化的重要事件，因此可作为文本研究的对照参考。从书籍制作方面看，版画受刻工的影响相对较大，与小说文字本身就存在一定距离，即便对此深入研究，也是从某个相对独立的角度入手，并不会引起版本间的混淆甚至冲突。

需要指出的是，小说文本中第五十三至五十七回，“无论肤浅鄙俚，时作吴语，即前后血脉亦绝不贯串，一见知其赝作矣”①。这部分向来被认定为后世“陋儒补以入刻”，对这部分内容在研究引证时也采取了谨慎的态度。

综上所述，本书的焦点会聚于明代中晚期——主要是嘉靖、隆庆、万历三朝（1522—1619）的市井建筑现象。依此形成对于研究对象所处时间的初步设定。从小说表现的空间场域来看，结合相关的《金瓶梅》小说地域研究的成果，可以基本确定词话本故事的发生地，为京杭运河流域的某个府县城镇。依据后面一章的讨论，结合对小说可能作者的相关研究，更可以把范围缩小至淮河与运河相交的地域，依此形成对于文本相关地域的初步设定。以上时空设定，对于本书的深入展开至关重要。

《金瓶梅》版画部分，存在与文本部分的时空差异。一般认为其出现于崇祯年间（1628—1644），晚于文本出现的时代。版画刊刻者为当时寓居于杭州的徽州版画传承人，也被称为“武林派”。并且，更深入的版画研究表明，刻工在进行创作的过程中受到多种复杂因素的影响（如本地习惯性的镌刻表现方式等）。因此在这些因素作用下，版画所表现的内容更多受到本地实际建筑形态的影响。

依据上述时空界定，在研究过程中也选择适当的建筑典籍作为参考。

建筑典籍主要分为两类。一是前辈针对建筑空间、形态及营造而进行的专门研究，其成果得到学界的普遍认可。对于这类研究，主要选取涉及京杭运河相关地域的山东、江苏及浙江相关地域的城市、民居、园林及若干公共建筑等材料。二是历史上针对建筑营造而形成的相关系统性典籍等，主要包括《营造法式》《营造正式》《营造法原》及清代工部工程做法中的相关内容，也包括某些明代法律中涉及建筑营造方面的条文。

后者概述如下，《营造法式》是北宋官方颁行的建筑营造方面的专书，它的编修年代为宋哲宗、徽宗年间（1086—1125）。虽然从一般意义上讲，这是一部针对官式建筑营造的典籍，而且与本书所聚焦的明代市井建筑相差四五百年，但其理论相关性是显而易见的。就典籍本身而言，后世历代都有意识地进行了传承，“明代除永乐大典本外，还有钞本三种，镂本一种（梁溪故家镂本）”②。从相关空间范围来看，梁思成先生在进行《营造

---

① 〔明〕沈德符. 万历野获编[M]//明代小说笔记大观. 上海：上海古籍出版社，2005：1865-2886。此处引文出自第2584页。

② 梁思成. 梁思成全集（第七卷）[M]. 北京：中国建筑工业出版社，2001：9。

法式》研究中，曾调研了“全国十五个省的两百二十余县”[①]，涉及从华北到东南的诸多区域。因此，从时间与空间的范围看，《营造法式》对于相关时空的建筑现象很可能产生较深影响，因此可以作为小说文本研究的参考典籍。

相比之下，明代《鲁班营造正式》与本书内容更加贴近，它是江南地区民间建筑的一部术书。刘敦桢先生认为，“此书在旧日南方诸省，流传极广，几与官书做法则例，处于对立地位，而势力弥漫，殆尤过之……”[②]“这是一本纯技术性的著作，其内容主要是关于一般民间房舍和楼阁的建造方法，另外还涉及一些特殊建筑类型如钟楼、宝塔、畜厩等”[③]，而这些都与本研究所聚焦的建筑较一致。现存最早版本刊行于成化、弘治年间(1465—1505)，恰在小说《金瓶梅》词话本出现之前，以之为准则而进行的建筑实践成果应存在于市井生活之中。

《营造法原》被认为是“唯一记述江南地区代表性传统建筑做法的专著”[④]，甚至是“南方中国建筑之唯一宝典”。[⑤] 它成书于 1937 年，总结了苏州地区传统建筑的主要做法。由相关历史可知，明初以降，以“香山帮”为代表的苏州工匠，对中国建筑营造技术的发展日渐发挥了重要影响。从其蔓延的轨迹看，至明代中晚期，京杭运河流域的民间建筑也极有可能受到影响[⑥]。因此从地域的角度看，作为香山帮工程做法总结的《营造法原》对于《金瓶梅》小说文本中的建筑研究有一定参考价值。

清工部《工程做法》颁行于清雍正十二年(1734)，与小说版画、文本分别有一二百年左右的差距，并且主要是针对官式建筑。但从上述论述可知，由于明代中晚期至清代雍正年间“香山帮”的持续影响，官式建筑的某些细部做法也带有民间建筑色彩，相反，民间建筑中也会呈现出某些官式迹象。因此在研究中，清工部《工程做法》可以作为某些建筑细部处理研究的辅助参考资料。

其实，依据文化传播的相关理论，上述典籍在不断出现与演进的过程中，相互间存在错综复杂的关系，并且与明代中晚期的市井建筑现象相互影响。不同的典籍，可能会在影响的角度与深度上有所不同。在研究过程中，厘清这些影响，可使讨论更具针对性。

另外，诸如《园冶》《长物志》等涉及明代园林、室内装饰、家具、陈设之类的典籍，从空间、时间而论，均可成为小说文本研究的重要参考。由这些典籍派生出来的研究著作，也可以在某些特定的细部研究时提供借鉴，虽然未必具有普遍的指导意义。

---

① 梁思成. 梁思成全集(第七卷)[M]. 北京：中国建筑工业出版社，2001：11。

② 天一阁藏本. 明鲁般营造正式[M]. 上海：上海科学技术出版社，1988：附录《明〈鲁般营造正式〉钞本校读记》。

③ 潘谷西. 中国古代建筑史·第四卷(元、明建筑)[M]. 北京：中国建筑工业出版社，2001：538。

④ 姚承祖. 营造法原[M]. 张至刚，增编. 刘敦桢，校阅. 北京：中国建筑工业出版社，1989：再版弁言。

⑤ 同上：自序。

⑥ 沈黎. 香山帮匠作系统研究[M]. 上海：同济大学出版社，2011：47-48。

第2章 《金瓶梅》中的风土城市与市井形态

2.1 小说叙事中的地域空间

一方水土养一方人，也同样会滋养一方故事。故事不是凭空产生的，总是扎根于某一特定土壤；而能有效孕育并滋养故事、包容故事中的建筑并赋予它们不同特质的，应该就是那一方的文化土壤。以西方为主的现代主义建筑及其后发展演化的观念，对于空间环境存在多种态度，认同、反叛、编织、拼贴以至形成某种标志性景观，都代表着不同的建筑环境观。在当下信息发达的国际化时代，建筑更多依赖技术而主动适应自身环境。但古代建筑缺乏现代技术支撑，不论是“风土”建筑还是上层“风雅”建筑[①]，都更受制于气候、材料、场地、经济以及宗教文化等因素。这些因素并非孤立存在，而是通过不同相互作用在多个方面同时体现，以此构成特点鲜明的地域文化。以这样的文化认同，将建筑根植于一个特定环境中，阅读与之相关的那些故事，构筑更加具体的情境，也才可能展开相对比较深入的空间研究。因此，读《金瓶梅》的那些故事，不能不仔细审视那个县城。

从空间叙事的观点看，对于城市以至建筑的讨论通常会采用鸟瞰式的全知视角。全知视角能广阔地展开全景式的场面，并且具有相对“封闭”的特征，或者说是一种同构性。这种同构把视野延展到尽可能的深远之处，把建筑与所有相关的时间、空间因素最大限度地融合在一起——远至开辟鸿蒙的洪荒时代，近到当下；远达整个宇宙，近在叙事者的身体。话语充斥于所有可资叙事的范畴，包括文学、绘画、音乐等，当然，与建筑最切近的，便是当时的城镇空间。出于小说的艺术考虑，在叙事的过程中可能会产生一些超现实的空间，或是由“赋”而生成的某些亦真亦幻的场景。这些内容经细致甄别之后，厘清虚实，都是研究建筑可资参考的重要素材。通过对这些素材所表现空间的转换与衔接，便可把建筑融入城镇的空间范畴内，并进一步把二者纳入地域文化中。具体到小说《金瓶梅》，其叙事场所位于不同的空间层次，处于一定的地理层级，具有彼此包含

---

① 这两个概念的具体内涵可见：[美]阿摩斯·拉普卜特.宅形与文化[M].常青，等，译.北京：中国建筑工业出版社，2007：译者的话。

的关系，相关研究把它归纳为“套盒式”[①]。这种叙事的空间层次从国家的层面，依次深入至山东东平府、清河县、西门庆家宅院、花园、潘金莲卧房，形成空间层次上的“套盒”，而其中的每一个层次都相互成为同构。从这个角度看，研究建筑城镇空间叙事，不仅具备地域观（空间观）方面的意义，更具有叙事学方面的方法论意义——城市与建筑空间成为可分可合的叙事对象。

自从新地域主义开始拥有强势的话语权，有关“属于某一地域中建筑”的讨论不断。这是一个具有深刻历史意义的话题，并且必然对当代建筑的发展产生某种启迪。由前面的研究可知，中国古代叙事中，有关建筑地域属性的内容并非一个独立的系统，而是作为文化的一种表现形式，因此具有很大程度的开放特征。地域之于建筑的影响，存在多方面的因素。对于中国而言，经济、技术、气候等因素相对于文化而言都比较弱势。探究中国建筑的地域属性，势必要深入到文化的底层。印度建筑师查尔斯·柯里亚曾提到“历史文化”与“精神需求”两种动力，构成影响建筑地域主义的重要合力，“表达着强烈的文化之根。这个过程涉及研究最低层次的深层结构”。[②] 在中国古代，这个深层结构的表现，并不是一个单纯的建筑问题，它被消解在生活的每一个片断中，然后以异常细碎的方式隐藏在叙事文本中，表现出比所有的“文法课本”更强烈的生动与真实。美国建筑师赖特认为，“只要基地的自然条件有特征，建筑就应像在它的基地自然生长出来那样与周围环境相协调”。[③] 这段话提出的是一个建筑设计过程中的环境观。实际上，古代中国的城镇建筑，天然地具有这样的“自然生长”特性，并且表现出鲜明的“局部对整体如同整体对局部一样”，城镇与其局部之间存在明确的同构关系。只不过，中国古代建筑赖以“自然生长”的土壤，除去其固有的自然物质因素外，更重要的是文化根基，它更本质地影响了城镇与建筑。因此，研究《金瓶梅》建筑叙事，首先要着眼于小说文本中所描绘的城镇，以此构成一个完整的研究视野。

2.1.1 城镇空间的可读性

城镇是《金瓶梅》小说故事展开的背景，同时也是建筑赖以扎根的土壤。城镇空间的发展是一个相对缓慢的过程，也容易形成比较深厚的历史积淀。相对于今天飞速变化的城市空间，古代社会的空间变化异常缓慢。城市的意象会逐渐成为一种典型化的存在，在人类文化上形成时间的叠加，映射在叙事者心中必然会产生更鲜明的印象。因此，这一时期叙事者所进行的空间描述，相对于快速发展条件下的文字也就更为真实可信。基于这种考虑，把古代小说叙事文本确定为研究的基本素材，是必要的选择。

---

① 详见：黄霖，等. 中国古代小说叙事三维论[M]. 上海：上海书店出版社，2009：311-328。

② 汪芳. 查尔斯·柯里亚[M]. 北京：中国建筑工业出版社，2003：329。

③ 项秉仁. 赖特[M]. 北京：中国建筑工业出版社，1992：39。

这种考虑存在一个假设，就是中国古代社会的城镇空间——或者确定为明代中晚期的具有一定规模的城镇空间——具有一定的“可读性”。并且，这种可读性绝不是针对某个专业工作者的，甚至不是针对一个刻意的观察者，而是基于每个体验者。当代的城市研究揭示出，一个可读的物质环境能带给人最基本的安全感①——可读性也反过来成为一座长久发展的城市必备的特征。因存在相对完整的地方志资料，并且城市总体格局保留较好，因此明代中晚期的一般城镇具有最基本的可读性。

小说毕竟存在一定程度的虚拟性，在进行了小说文本的归纳整理之后，有针对性地比对相关城市的史料，才能使研究工作更具史实性。这些史料，有明代官方正史所列举的文字图像资料，也有当时或后世的地方史志，以及相应的规范制度等，并适当辅以经遴选的笔记类文字。

通过上述的过程，尽可能详尽地获得《金瓶梅》所在城镇的物质空间形态，以作为下面研究工作的宏观物质背景。

2.1.2 小说作者的空间

在地域空间相对闭塞、信息交流尚不发达的时代，小说作者生长的环境，无疑会成为小说故事发展的空间原型。在研究之初，笔者检索了相关的成果。总体而言，除依据其他因素而进行的地域判定外，大部分关于《金瓶梅》城镇的研究，仅仅是针对可能的作者活动地点的相关推定。基于小说叙事的创作规律，作者的经历会表现在小说文本中。这在一定程度上有助于小说发生地点最基本的空间判断，为进一步研究奠定基础。对于《金瓶梅》来说，确切的作者至今还是一个未解之谜。为此，笔者依据黄霖先生所列举的一些最可能的作者②，整理出他们活动的地域情况（表 2-1）。

基于此表的分析，所有可能作者的空间轨迹都与京杭大运河相关，因此可以大体上判定《金瓶梅》的故事发生地应该在大运河沿线③，这与小说文本中所述及的内容是吻合的。进一步综合相关资料，对于故事发生的地点，有两类说法，一是山东临清附近的北运河地区，一是明代淮安清河县附近的南运河地区。

---

① 参见：[美]凯文·林奇.城市意象[M].方益萍，等，译.北京：华夏出版社，2001：2-4。文中以人类的辨别方向能力开始，提出城市空间中最基本的、开放的但能不断发展的秩序。

② 黄霖.金瓶梅讲演录[M].南宁：广西师范大学出版社，2008：84-86。其中列举了 28 位可能的作者，在研究过程中选取其中比较有代表性的列出此表。

③ 据方志远研究统计，明代白话小说作者中，南京占 3.13%，南直隶占 25.00%，浙江占 26.56%，山东占 1.56%，都在大运河流域分布。详见：方志远.明代城市与市民文学[M].北京：中华书局，2004：251-252 表格。

表 2-1 《金瓶梅》最重要可能作者的活动区域

可能作者	生卒时间	主要活动地点
李开先	1502—1568 年	山东章丘人
李先芳	1510—1594 年	山东濮州李庄人,曾在江西新喻、北京、安徽亳州等地为官
冯惟敏	1511—1578 年	山东临朐人
徐渭	1521—1593 年	浙江绍兴人
王世贞	1526—1590 年	生于江苏太仓,曾供职于北京、山东
贾三近	1534—1592 年	山东峄县人,生于河南南阳,曾做京官
屠隆	1542—1605 年	浙江鄞县人,祖居江苏常州武进,曾任颍上县令
赵南星	1550—1627 年	今河北高邑县人
冯梦龙	1574—1646 年	江苏长洲人,曾任寿宁知县
王寀	万历元年(1573)监生	河北景州人,直隶北京,曾在江苏徐州为官

注:表中所注为明代地方。

由于小说文本中大量出现“东平府”“临清马头”等确切的地名,以及临清钞关、临清闸、晏公庙、广济桥等建筑物,因此把山东临清当作小说故事的发生地存在自然的依据,现有《金瓶梅》相关城市研究也大多基于临清这个假想展开。早在 20 世纪 80 年代,王萤、王连洲等人通过分析与考证,认为小说所描写的“是明朝弘治后的山东东昌府临清州,即今山东省临清市”。[①] 葛永海赞同这种说法,认为“《金瓶梅》的地理背景是以临清为原型,同时作为小说中的地名,作者又掺入了不少虚构和想象,总的来说虚实皆有”。[②] 许建平通过对康熙《临清州志》中相关文字内容的研究,并且对比小说文本,得出结论“前八十回的叙事核心空间为山东省东平府东平县,后二十回却移至 300 里外的临清州”。[③] 黄霖先生曾著文说“没有临清就没有《金瓶梅》”,但他也理性地分析,“这里有两种情况,一种是《金瓶梅》的作者直接将他所见所闻的现实中的临清描写到小说中去;另一种则是作者借用了先前其他作品中的现成材料,将本是描写其他同样十分繁华的城市如杭州等,改成了临清,再‘镶嵌’到《金瓶梅》中”。[④] 无论如何,临清在《金瓶梅》城镇概念形成的过程中,都具有重要的作用。

更值得关注的声音是对这些看法的质疑。周维衍著文认为,明代时候有南北两个清河县,作者基于四个方面的论据认为,《金瓶梅》所描写的“清河”,不是归属山东临清,

① 参见:王萤.《金瓶梅》地理背景为今山东临清市考[J].晋阳学刊,1987(5):89-95 与王连洲.《金瓶梅》临清地名考[G]//聊城《水浒》《金瓶梅》研究会.《金瓶梅》作者之谜.银川:宁夏人民出版社,1988:14-27。

② 葛永海.古代小说与城市文化研究[M].上海:复旦大学出版社,2005:192。

③ 许建平.《临清州志》与《金瓶梅》研究中的几个问题[G]//中国金瓶梅学会.金瓶梅研究(第九辑).济南:齐鲁书社,2009:4-14。

④ 详见:卷首语[G]//中国金瓶梅学会.金瓶梅研究(第九辑).济南:齐鲁书社,2009。

而是“南清河”，在明代归属淮安府。[①] 但这种观点随即引起张家英的质疑，后者对周文所有的证据进行了更深入地研究，认为南清河的结论并不可靠。[②] 李锦山也多次撰文，通过大量的证据提出“《金瓶梅》所展示的环境空间既非江南，又非北方。……我们有理由认为，小说所烘托的典型环境处在南北交接的‘淮上’”。[③] 这里所讲的“淮上”，也就是针对淮安府清河县而言。赵维平在研究明清小说与京杭大运河的文化关系时，也沿用了这种看法。[④] 并且，可被当作小说《金瓶梅》主要故事所在地的南运河城镇，并非只有淮安府清河县。一丁就曾撰文指出，“被作者当作清河和临清来写的……正是向有‘五省通衢’之称的古彭城徐州”。作者列举了小说中大量地理特征，表明与徐州的关系，然后断言：“这位作者对徐州十分熟悉，他不仅在徐州生活过，而且可能在这一带活动过很长时间。”[⑤]李洪政也多次撰文指出，《金瓶梅》“假托清河，实写徐州”，甚至认为徐州判官王寀就是书中隐含的小说作者。[⑥]

2.1.3 相关概念:风土城市与市井空间

《金瓶梅》城镇空间的研究，与当代西方的相关研究有所异同。当代相关研究中的一些主要概念，多少带有西方语言色彩，如“城市”“市镇”“都市”在专业研究中，分别暗含与英语 City、Town、Urban 的对应[⑦]，其中城市更强调某种有别于农村的文明状态。而中国古代城市的研究，多采用“都城”“行政中心”“府城”“县城”“经济中心城市”“重镇”“城堡”等词语作为相关分类。[⑧] “市镇”一说在中国古已有之，明成化《宁波郡志》卷四《闾里考》有云：“市镇所以聚贾”，带有明显的商业色彩。常青先生在论及拉普卜特理论的核心概念“Vernacular”时认为，它“源于地域性的农业文明，……并未强调社会形

① 周维衍. 关于《金瓶梅》的几个问题[J]. 复旦大学学报(社会科学版)，1990(2)：58-66。

② 张家英.《金瓶梅》反映南清河说质疑[J]. 复旦学报(社会科学版)，1991(1)：109-111。

③ 参见：李锦山.《金瓶梅》地理环境“淮上”考[J]. 枣庄师专学报，1998(2)：1-9。另外，作者后又著文《〈金瓶梅〉地理环境“淮上”考》补证[J]. 枣庄师专学报，2001(6)：1-10，又从多方面论述其观点，其中有关于小说中宗教建筑方面的例证。

④ 赵维平. 明清小说与运河文化[M]. 上海：上海三联书店，2007：203-205。

⑤ 一丁.《金瓶梅词话》的地理观念与徐州[J]. 徐州师范学院学报(哲学社会科学版)，1987(3)：42-45。

⑥ 李洪政. 解决《金瓶梅》作者之谜的途径和依据[J]. 徐州师范学院学报(哲学社会科学版)，2004(9)：19-23。作者曾数度撰文发表于该院学报上，如：《金瓶梅》书中有作者署名[J]. 徐州师范学院学报(哲学社会科学版)，2000(1)：27-29，识别和鉴定《金瓶梅》作者的可靠依据[J]. 徐州师范学院学报(哲学社会科学版)。2003(2)：14-27，都列举实例证明小说中的地理位置与徐州之间的密切关系。

⑦ 此类著述较多，具体可参见：[英]F. 吉伯德，等. 市镇设计[M]. 程里尧，译. 北京：中国建筑工业出版社，1983。该书开篇即定义了 Town，City，Urban 这几个概念，其中 Town 被译作“城镇”，但作为该书标题时则被译为“市镇”。

⑧ 参见：潘谷西. 中国古代建筑史・第四卷(元、明建筑)[M]. 北京：中国建筑工业出版社，2001。其第一章“城市建设”中就采取了这些分类方式，笔者认为这种分类方法更接近于中国传统城市的集聚方式。

态造成的城乡差别，而是更接近汉语‘风土’一词的含义”。[①] 纵观小说《金瓶梅》所载，其规模不大，兼具“城市”与“市镇”的特征，城乡差别不明显，采用以往的词汇表述均有内涵方面的差异。本书中权用“风土城市”一词，或许更接近其客观历史空间特征。在具体文字论述中，或以“城镇”一词指代，本意即为“风土城市”。

将上述“风土城市”概念微观化、具体化，就是“市井空间”。《辞海》释“市井”为“古代指做买卖的地方。《管子·小匡》：‘处商必就市井。’尹知章注：‘立市必四方，若造井之制，故曰市井’”。后来将其概念引伸为商贾，《史记·平准书》有载：“市井之子孙，亦不得仕宦为吏。”可见中国在很早的文化观念中已经把“市井”与士人区分开。在一般概念上，市井主要是指下层市民生存居住的小尺度街巷空间，有别于都市与乡村的生存状态。“由于中国特殊的国情，没有建立过占优势地位的资本主义生产关系，城市的现代化进程漫长而艰难，真正具有现代意义上的都市微乎其微，相当多的城市充满了根深蒂固的市井意识。”[②]市井意识因而发生在这样的空间中，并且主要是指市井细民的生活态度和思想观念。在小说描写中，中国作家通常会在其文本中，着意描绘其中民众生存的本真状态，以此展示出特殊的市井风情、审美趣味。在这些风情与趣味中，好色、好货及好利是市井细民追逐的中心，以这些特征构成的市井空间便突出表现了这样的内涵。

上述风土城市与市井空间构成小说《金瓶梅》最基本的叙事背景，而建筑、园林及其他内容构成了其中的固定与非固定空间要素。与大部分中国古典小说类似，《金瓶梅》对于风土空间的描述散布于叙事文本中，大部分可相互印证。以此可以判断，作者心中存在一个相对清晰的城镇空间概念。这也正是本研究一个重要的可行性依据。

2.2 小说中清河县城的空间构成

《金瓶梅》故事源自《水浒传》。在原先的故事里，西门庆与武大郎夫妻都是山东阳谷县人，但到了《金瓶梅》中，故事最重要的发生地变更为山东东平府清河县。小说从清河开始，又在清河结束，主要人物最重要的活动大都发生在这里。虽然并非所有人都生活于此，但是通过西门庆这样一个中心人物，每个人都直接或间接地参与这里的活动。因此，研究《金瓶梅》的建筑叙事，首先需要还原一个具有清晰结构的清河县。所幸，作为中国第一部由文人独立创作的长篇小说，“《金瓶梅》详细交代了清河县的地理位置和空间结构，开启了中国古代小说第一次艺术化地展示一座城池，并以之作为全部故事的支撑点和根据地的先河”。[③] 那么，这个“清河县”是怎样的一个城镇？又是在哪里呢？

---

① 常青.建筑学的人类学视野[J].建筑师 136，2008(6)：95-101。

② 肖佩华.中国现代小说的市井叙事[M].北京：学苑出版社，2008：1。

③ 黄霖，等.中国古代小说叙事三维论[M].上海：上海书店出版社，2009：325。

2.2.1 县治建筑

诗云:"定之方中,作于楚宫。揆之以日,作于楚室。"由于中国古代集权统治的需要,在一个城市中行政中心建筑具有不可替代的重要意义。从都城的宫殿建筑到各级地方的州衙县治,通常居于中心位置,对城市空间的影响不言自明。作为小说叙事的空间背景,《金瓶梅》文本中分别出现了东京的皇宫、相府以及东平府、清河县等不同等级的地方行政中心,其中尤以清河县衙出现为多。研究中欲呈现一个具体的清河县城形态,首先需还原其县治建筑。初步研究不难发现,此类衙署建筑形制过于统一,空间表现方面各地并无太多特色,所以小说并未着意刻画它的建筑特征。所幸,相关地方志中存在大量的图像文字资料可资参考。

出于安全防卫与管理效率的考虑,行政中心建筑通常位于县城的中部,四周多环以民居为多。自三国邺城、北魏洛阳以来,都城中的东西两侧,尤其是南侧逐渐安排更多的实用功能,行政核心相应偏北,这在满足功能要求的同时,也与中国风水及礼制要求相关。这样的布局形式极易效仿,因此影响了大量城市行政中心的布局。[①]

至于建筑单体的布局,也存在相对一致的倾向。潘谷西主编《中国古代建筑史·第四卷(元、明建筑)》中有相对详细的描述:"一般县治的规格是:大堂三间,是举行典礼、发布政令、审理案件之处;左右两庑设六房属吏的办事处(东庑是吏、户、礼三房与勘令科等,西庑是兵、刑、工三房和承发司等);大堂之前为戒石亭,亭中设戒石,刻皇帝颁赐的警戒地方官的铭语和'公生明'三字;戒石亭之前为仪门三间,新官到任,至仪门前下马,平时此门不开,上司到来才开此门迎接;仪门之前为正门三间,谯楼就设在正门之上,形成过街楼形式;正门外两侧设旌善亭、申明亭和榜棚,是揭示公告之处(旌善亭表彰善行,申明亭公布处罚、判决);正对正门还往往设立牌坊和照壁。大堂之后有穿堂与后堂三间相联,形成工字形平面,后堂即所谓'退思堂',供审理公事退思商议之用。后堂之后是知县官邸(称为廨或宅),官邸两旁是三位僚属的住宅,即县丞宅、主簿宅、典吏宅。在大堂两边的跨院里,还分布着吏舍、牢房、仓库、土地祠等建筑。这是明代县衙的标准格局。"[②](图 2-1)《金瓶梅》中对县衙建筑虽无详细的叙述,但有明确的官员设置。[③]仔细分析这些官员设置情况,与上述资料是一致的,因此在研究中以这样的布局作为空间基础(图 2-2)。

---

① 对于这一点,研究过程中参考了若干的相关地方志书,主要是明代中后期的府志、县志,衙署位置大多数采用这种居中偏北的做法。

② 潘谷西.中国古代建筑史·第四卷(元、明建筑)[M].北京:中国建筑工业出版社,2001:35-36。

③ 小说《金瓶梅》中多次出现这四个官员的官称与名字,如第十回诬陷武松的供状上署名为"知县李达天、县丞乐和安、主簿华何禄、典史夏恭基、司吏钱劳"。

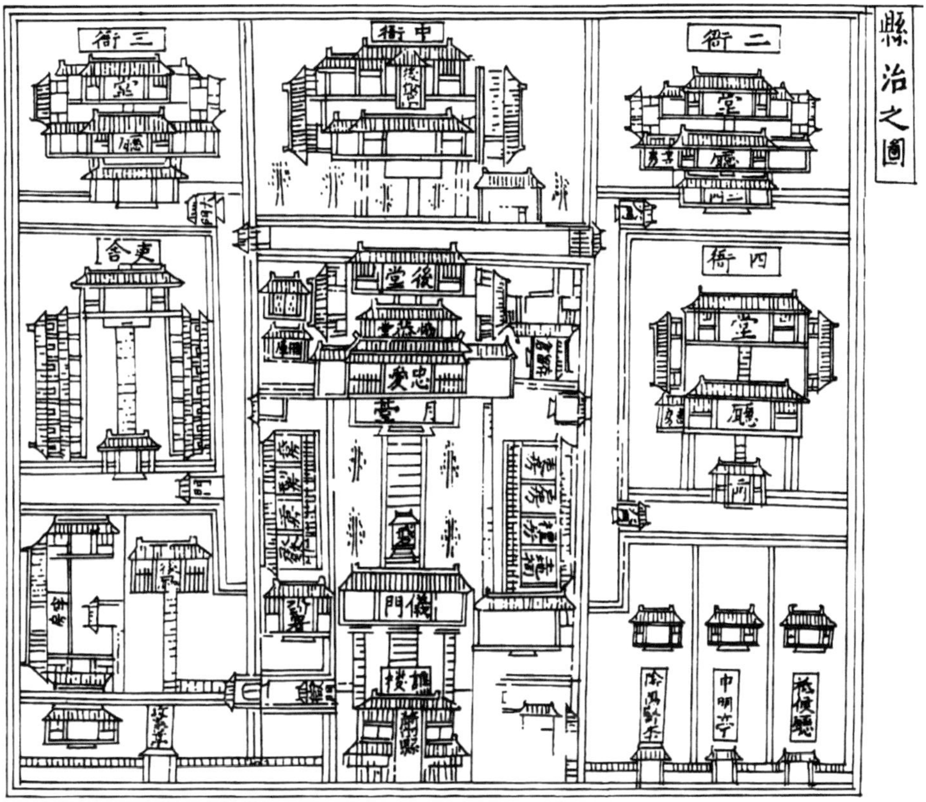

图 2-1 明代浙江萧山县衙图

图 2-2 明清县衙形态鸟瞰图

2.2.2 县前街

县前街为《金瓶梅》中很多故事的发生地，在小说文本中曾多次出现。如：

他父亲西门达，原走川广贩药材，就在这清河县前开着一个大大的生药铺。

——第一回

武松道："武二新充了都头，逐日答应上司，别处住不方便，胡乱在县前寻了个下处，每日拨两个土兵伏侍做饭。"妇人道："叔叔何不搬来家里住？省的在县前士兵服侍做饭腌臜。……"

——第一回

武大听了老婆这般说，当下凑了十数两银子，典得县门前楼上下两层四间房屋居住。第二层是楼，两个小小院落，甚是干净。

——第一回

（潘金莲）说道："我听得人说，叔叔在县前街上养着个唱的，有这话么？"

——第二回

这婆子拜辞，出县前来到东街口，正往勾栏那条巷去。

——第八回

由这些文字可以看出，县前街是故事的最初背景。在这条街上，有武松的一个临时居住场所，是他打虎后受奖而谋得官位的一个暂居处。这条街上也有西门庆开生药铺的地方，暗喻他与官府的密切联系。关于县前街的布局，本没有特别的问题。县治坐北朝南，其南为"前"，其北为"背"，因此"县前街"当为县治建筑南侧一条街道。① 县治之前，街道的形式有两种，多见一条东西向街道，另也存在个别地方存在南北向大街。研究过程中查看很多相关资料，并且对照某些地方现有街道名称（如江苏无锡市、上海市青浦区等至今仍有此街道名），可判断前者为"县前街"，而南北向者通常称为"直街"（图 2-3、图 2-4）。

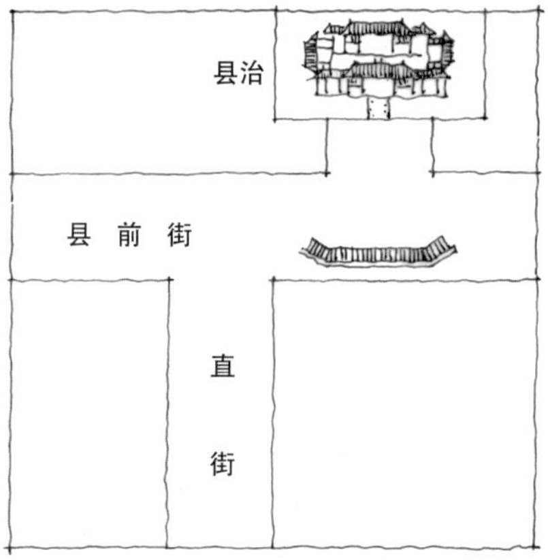

图 2-3　县前街与直街关系示意图

① 关于这个位置，某些非专业研究会提出一些问题。如：黄霖，等. 中国古代小说叙事三维论[M]. 上海：上海书店出版社，2009：325 称"临近北门的大街因为位于县衙北面而近县衙，一般称为县前街"，当为误解。

图 2-4 现存淮安府署前街空间

2.2.3 东街、西街、南街

古代中国人关于“县”的概念，可以代表“县城”，也可以代表“县治”。基于步行者的尺度分析，在一般的语境中，对于县外人员更可能代表县城，而作为本县城内的人员，则更容易理解为县治。小说中提到的主要街道，如前面所讲的“县前街”，还有“东街”“西街”“南街”等，分别表明其相对于县治的方位。

这婆子拜辞，出县前，来到东街口，正往构栏那条巷去。

——第八回

当日西门庆被他二人拉到吴银儿家，吃了一日酒。到日暮时分，已带半酣，才放出来。打马正望家走地，到于东街口上，撞见冯妈妈从南来，走得甚慌。

——第十八回

西门庆于是吃三人你一言我一句，说的把马迳往东街勾栏那条路来了。

——第二十回

关于“东街”“西街”“南街”等的道路方向，通常有两种可能性。一是围绕县治呈环形彼此首尾相连或以“井”字形态布局，二是以县治为中心呈放射形分布，大街构成一个“丁”字形格局(图 2-5)。参考历史上运河流域地方志，这两种情况都有出现，而以后者

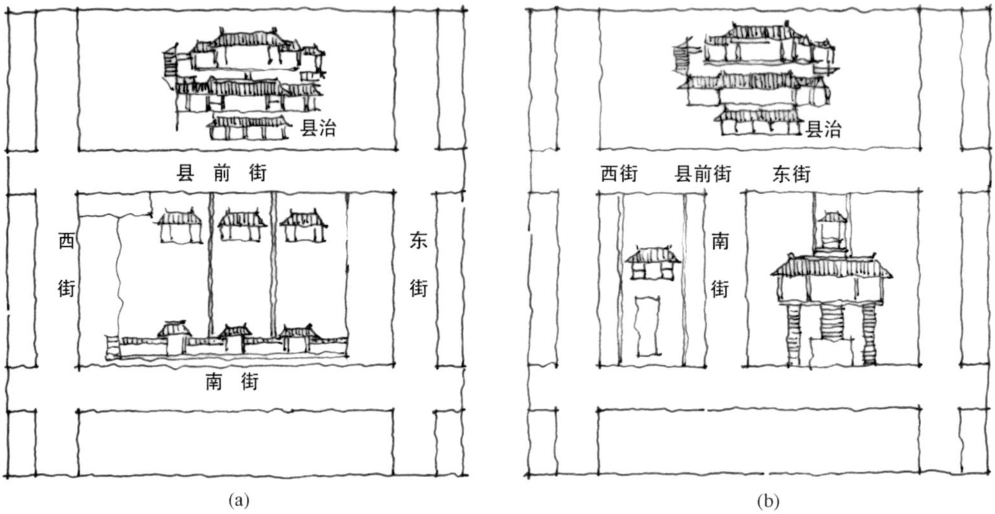

图 2-5 东街、西街、南街关系示意图

居多，如《同治嘉定县志 · 卷二 · 邮亭》中指明“东街，县治前东至晏海门……西街，县治前西至济漕门”。① 以小说文本阅读中的一些建筑朝向的细节来看，《金瓶梅》中的街道命名属后者。因此，所谓“东街”本质上就是县前街的东段，西街亦然；而所谓的“东街口”表明，东街在向东延伸的过程中与某条较大的南北道路相交，形成一个具标志性“街口”。

> 竹山道：“是那东街上刘太监房子住的胡鬼嘴儿？他又不是我太医院出身，知道甚么脉，娘子怎的请他？”
>
> ——第十七回
>
> ……看看走到东街口上，将近乔大户门首。只见乔大户娘子和他外甥媳妇段大姐，在门首站立。
>
> ——第四十六回
>
> 姓韩名道国，字希尧，乃是破落户韩光头的儿子。如今跌落下来，替了大爷的差使，亦在郓王府做校尉，见在县东街牛皮小巷居住。……原来韩道国在牛皮小巷住着，门面三间，房里两边都是邻舍，后门通水塘。
>
> ——第三十三回

东街是故事情节最集中的地方，但其本身也存在空间层次上的不同。刘太监与乔大户等身份显赫者，会选择直接临街而居，而如韩道国之类粗鄙低微者，则在一些小巷

① 该部分资料为影印自嘉定规划部门的刻本地方志。

中居住。这种对比不仅表现在住宅的位置，还通过“门面七间、到底五层”与“门面三间”的表述显示出来。并且，在东街的巷子里有勾栏等风月建筑，如吴银儿家就在东街巷子里的勾栏中。

从西门庆家出来，很多的时候要“出东街口”，这说明西门府位于县前街偏东的地方——出门不论朝南北方向，均以沿县前街“出东街口”为便。

> 陈经济紧扶棺舆，走出东街口。西门庆具礼，请玉皇庙吴道官来悬真。
>
> ——第六十五回

另小说文本中提到“西街”：

> 玳安接了衣裳，回马来家。到日西时分，又骑马接去，走到西街口上，撞见冯妈妈……
>
> ——第十七回

此处情节为西门庆去帅府给周守备拜寿，小厮玳安往返于西门府与帅府间接送。日西时分去接时，路遇李瓶儿从狮子街差冯妈妈来请西门庆。据此可认为，帅府在县城西侧，狮子街也居西。依据中国古代仪礼，西汉初年儒家学者叔孙通曾协助刘邦制定朝仪，文官位东，武将居西。《史记·刘敬叔孙通列传》载：“功臣列侯诸将军军吏以次陈西方，东乡；文官丞相以下陈东方，西乡。”《汉书·赵尹韩张两王传》第四十六曰：“会田延年为河东太守，行县至平阳，悉召故吏五六十人，延年亲临见，令有文者东，有武者西。”《明史·礼志十》更接近于小说《金瓶梅》时代，载曰：“成化十四年定，在外总兵、巡抚官位次，左右都督与左右都御史并，都督同知与副都御史并，都督佥事与佥都御史并，俱文东武西。”上述这些内容为历代仪礼所定文武位置，这在很大程度上影响到城镇布局。比对发现，《同治·嘉定县志》载“演武场，旧在西门外高僧桥西，今在西城七图基地”，《光绪·无锡金匮县志》城西有“武庙”，《光绪·青浦县志》城西有“城守营基”，《隆庆·临江府志》西侧有“射圃亭”，都是与军备相关的建筑，而《民国·铜山县志》更是记载在西门大街附近有街名“守备署街”，与小说相合。依据中国古代五行五方的对应关系，西为白虎，有肃杀之气，属金，与兵戈之器暗合。又东为日出之方，主生；西为日落之处，主死，故在西面安排兵备之所。基于上述分析，《金瓶梅》将周守备帅府置于县城西侧，殊非偶然。

> 经济道：“他(指乔大户，笔者注)在东大街上，使了一千二百银子，买了所好不大的房子，与咱家房子差不多儿，门面七间，到底五层。”
>
> ——第三十三回

> 到日落时分，与月娘送出大门，上轿去了。都在门里站立，先是孟玉楼说道：“大姐姐，今日他爹不在，往吴驿丞家吃酒去了，咱到好往对门乔大户家房里瞧瞧。”
>
> ——第三十三回

……看看走到东街口上，将近乔大户门首。只见乔大户娘子和他外甥媳妇段大姐，在门首站立。

——第四十六回

玳安到后边吃了饭，走到铺子里问陈经济，经济道："寻他做甚么？"玳安道："谁知他做甚么，猛可教我找寻他去。"经济道："出了东大街，一直往南去，过了同仁桥牌坊，转过往东，……"那马跑哮跳跃，一直去了。出了东大街迳往南，过同仁桥牌坊，……

——第六十八回

此处出现一个"东大街"的路名，前面并不曾出现，依据相关资料判断，这与前文所讲"县东街"是一个概念。所谓"大街"即为前面所述的"县前街"，其东段为"东大街"，西段为"西大街"。第三十三回先讲乔大户在"东大街上"买了房子，后又说"对门乔大户家"，而前文已知西门府在县前街，因此可知"东大街"为县前街东段。而第四十六回所说"东街口上"，则指乔大户家位于县前街东段（即"东大街"）与一条南北向道路交汇的道口附近。因此也说明东大街当为东西向街道，所以第六十八回文中会出现"出了东大街迳往南"这样的方位叙述。

2.2.4 狮子街

狮子街是《金瓶梅》中一个极为重要的街道，最初是西门庆在此吃酒，武松寻来打斗，然后是李瓶儿居住于此，几经波折，再后来西门庆在此开设一个铺面。除去引用小说《水浒传》的部分，《金瓶梅》真正的开始是在狮子街酒楼上武松"误打"李外传，西门庆逃脱；而后文西门庆生前去过的最后一个地方，也是这条狮子街。可以说，狮子街为小说铺陈了一个非常鲜明的背景，是"敷衍故事的主干场所和故事段落的重要标志"。因此，探究此街布局，对于《金瓶梅》建筑叙事的研究具有极为重要的意义。

小说文本对于狮子街的描述主要有以下几处内容。

……（西门庆）往狮子街大酒楼上吃酒去了。……那武二径奔到狮子街桥下酒楼前。

——第九回

且表西门庆跳下楼窗，顺着房山，扒伏在人家院里藏了。原来是行医的胡老人家。

——第十回

却说西门庆，那日同应伯爵、谢希大两个，家中吃了饭，同往灯市里游玩。到了狮子街东口，西门庆因为月娘众人都在李瓶儿家楼上吃酒，恐怕他两个看见，就不往西街去看大灯，只到卖纱灯的根前就回了。

——第十五回

上述文字表明，狮子街是清河县一条著名的街道，相对比较繁华，有一所规模较大(至少两层)的酒楼。狮子街与一条河相交，依据作者描述“桥下”的口气，此“桥”也应当是一座有一定规模、比较著名的桥，桥下之河也非寻常小河沟可比，可供一定规格的大船通行。“水陆交通口和码头周围，例如十字街口、水陆两路交叉的桥头等，也成为商市存在的有利地段。”①水陆借此交汇，商贾云集，在此处开设一座大酒楼也合乎地段价值。

后来子虚只挨凑了二百五十两银子，买了狮子街一所房屋居住。

——第十四回

花子虚兄弟之间财产争斗后，惹气伤财，变卖了西门府旁边的自家宅院，凑钱买得狮子街的房屋，足见狮子街虽说繁华，但其地位与价值均不及县前街。

不瞒众位娘说，小家儿人家，初搬到那里，自从拙夫没了，家下没人，奴那房子后墙，紧靠着乔皇亲花园，好不空！

——第十四回

来兴、来安、玳安、画童四个小厮跟随着，到狮子街灯市李瓶儿新买的房子里来。这房子门面四间，到底三层：临街是楼；仪门进去，两边厢房，三间客座，一间梢间；过道穿进去第三层，三间卧房，一间厨房。后边落地紧靠着乔皇亲花园。

——第十五回

后边乔皇亲花园里常有狐狸……

——第十九回

这里所说的“乔皇亲”，当是第四十三回所讲的乔五太太，与乔大户家为亲。其花园与李瓶儿后来所居的狮子街三层院落靠背相依。乔皇亲家比乔大户地位显赫，但后来乔大户家花钱在县前街东段买了房屋，经济地位有所提高。

话说当日西门庆出离院门，玳安跟随，打马迳到狮子街李瓶儿家。

——第十六回

……我想来，狮子街房子空闲，打开门面两间，倒好收拾开个绒线铺子，搭个伙计。……陈经济已是陪应伯爵在卷棚内吃完饭，等的心里火发。

——第三十三回

再度表明狮子街的地段在县城中具有不可忽略的经济价值，西门庆不想让这所房屋闲置，就开个绒线铺子做生意。

西门庆道：“等韩伙计来家，你和他计较，等子狮子街那里，替你破几两银子，买下房子，等你两口子，亦发搬到那里住去罢。铺子里又近，买东西诸事方便。”

——第三十八回

① 潘谷西.中国古代建筑史·第四卷(元、明建筑)[M].北京：中国建筑工业出版社，2001：38。

不料西门庆外边又刮剌上了韩道国老婆王六儿，替他狮子街石桥东边，使了一百二十两银子，买了一所门面两间，到底四层，房屋居住。

——第三十九回

苗青把这件事慌了，把店门锁了，暗暗躲在经纪乐三家。这乐三就在狮子街石桥西首，韩道国家隔壁，门面一间，到底三层房儿居住。

——第四十七回

又使人往衙门中给假，又使玳安往狮子街取了二十桶瀼纱漂白、三十桶生眼布来，叫赵裁雇了许多裁缝，……

——第六十二回

因向月娘说："贲四去了，吴二舅在狮子街卖货，我今日倒闲，往那里看看去。"月娘道："你去不是，若是要酒菜儿，早使小厮来家说。"西门庆道："我知道。"一面分付备马，就戴着毡忠靖巾，貂鼠暖耳，绿绒补子氅褶，粉底皂靴，琴童、玳安跟随，径往狮子街来。……西门庆下马，看了看，走到后边暖房内坐下。

——第七十七回

西门庆为王六儿在狮子街另购一所房屋居住。从这个地段的商业价值分析，这个时候西门庆经济地位不断提高。狮子街的铺面兼有商业与仓储功能，也足见西门庆对于商业空间的敏感。

关于狮子街的方向，很多文字都暗示着这是一条东西向的大街。最重要的依据在第四十八回中，位于狮子街上的乐三家建起月台，遮了王六儿家的风水，后来他们想出一个解决方案，毗邻建一所厦子，韩道国却说"盖两间厦子倒不好了，是东子房子了"（图 2-6）。可见狮子街为东西向大街，而那条河在这里呈南北方向与它交汇。

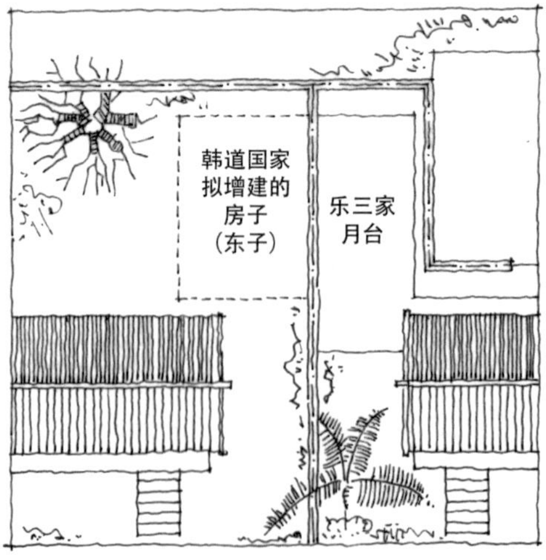

图 2-6　韩道国后院拟建房屋位置示意图

清代学人张竹坡在《西门庆房屋》一文中，除去描绘书中提到的西门府等建筑外，也概括了狮子街的房舍："狮子街，乃子虚迁去住者，瓶儿带来，后开绒线铺，又狮子街即打李外传处也。"综合上述小说文本分析，可以得出以下结论：其一，狮子街规模较大，能够为当时有社会地位的人设置几重进深的院落，因此应该是东西方向一条著名的街道；其二，狮子街是一条比较大型的商业街道，集聚当时县城里比较重要的商业活动，并且是县内群众性娱乐活动集中的一个地方，承担着中国古代每年最热闹的正月花灯等节庆活动；其三，它位于县城的西部，又不是十分偏远；其四，它与一条较大的河流相交汇，在河上有桥，此桥即便不是街上唯一的桥，也当是狮子街上最大的一座；其五，因往返狮子街要骑马乘轿，因此它与西门府有一定的距离。因此判定，狮子街应该是位于县城西侧偏南区域的一条大型商业街，并有一条大河在此处呈南北向流过。

2.2.5 相关人物住所

除了对于西门庆建筑布局位置的描述，小说《金瓶梅》中也提到一些相关人物住所的空间位置，这些内容也有助于还原小说作者眼中的清河县城。

在《金瓶梅词话》中，武大住所主要出现在第一回，其中还叙述了武大的几次搬迁过程。

> ……单表武大，自从与兄弟分居之后，因时遭荒馑，搬移在清河县紫石街，赁房居住。
>
> ——第一回
>
> (武植)那消半年光景，又消折了资本，移在大街坊张大户家临街房居住，依旧做买卖。
>
> ——第一回
>
> 主家婆察知其事，怒令家僮将金莲、武大即时赶出，不容在房子里住。武大不觉又寻紫石街西王皇亲房子，赁内外两间居住，依旧卖炊饼。
>
> ——第一回
>
> 武大听了老婆这般说，当下凑了十数两银子，典得县门前楼上下两层四间房屋居住。第二层是楼，两个小小院落，甚是干净。
>
> ——第一回
>
> 武大自从搬到县西街上来，照旧卖炊饼。
>
> ——第一回

从这些搬迁过程中不难看出，"紫石街"应该是清河县相对层次比较低的地段，虽存在一些有钱人家的房产，只是他们通常不在此居住，房产作为租赁使用。值得关注的是，这部分回目基本是从小说《水浒传》中移植过来的，很大程度上会受到原先文本的影响。经仔细比对两部小说的相关部分，搬迁过程在《金瓶梅》中明显细致很多，可理解为作者重新构思的一个空间环境。“紫石街”是沿用《水浒传》的地名，可看作是对于县城内比较低等级道路的一个通称。后文说武大选择的住在“县门前”，在接下来的文字中又说“县西街”，笔者参阅了相关的版本，并仔细核对了相关的两处校勘，发现并无版本间的抵牾，可排除写刻间的文字讹误。根据上面的论述，武大应住在县前街西段——由此也暗示出西段比东段的商业价值似乎要低一些。通过反复对照《水浒传》与《金瓶梅》的相关文字，发现前者武大的住处一直在紫石街，并不曾搬去“县门前”或“县西街”，而后者文中王婆看见西门庆在武大家门前“踅过东看一看，又转西去”，是沿用《水浒传》的原文，仅稍作改动①，可见《金瓶梅》作者认可这样的空间位置安排。后文武松住在“县前客店”中，通常时候是“出得县门、来到下处”，又能比较方便地往返武大住处，可见武大住于县门前的街道上。后面第九回，西门庆计娶潘金莲的时候，说“那条街上，远近人家，无一人不知此事”，也说明西门庆与武大本就住在同一条县前街上。

西门庆“热结”的十兄弟之一，花子虚家最初就在西门府隔壁。

> 隔壁花太监家的，送花儿来与娘们戴。
>
> ——第十回

> ……轮该花子虚家摆酒会茶，就在西门庆紧隔壁。
>
> ——第十一回

依据文中花子虚家的花园与西门花园隔墙相望，也可以说明花宅的院落规模基本与西门府一致。第十三回西门庆与李瓶儿两相有意，瓶儿在门首“看见西门庆在门前咳嗽，一回走过东来，又往西去，或在对门站立，把眼不住望门里盼着”，句式与前文在王婆家门前望潘金莲基本一样，也可初步判断花子虚老宅的方位，大门应该是开在一条东西向的大街上。只是依据文中关于街道的有关描述，并不能判断其二者孰东孰西。另外，文中还交待了花子虚的其他几处房舍：

> 止有宅舍两所、庄田一处见在，其余床帐家火物件，俱被族人分扯一空。太监大宅一所，坐落大街安庆坊，值银七百两，卖与王皇亲为业；南门外庄田一处，值银六百五十五两，卖与守备周秀为业。止有住居小宅，值银五百四十两，因在西门庆紧隔壁，没人敢买。
>
> ——第十四回

西门庆后来请的伙计韩道国，出身比较卑微，住处位于县东街的一个小巷子内。并且从上下文及小说的喻意而看，这个小巷子应该离勾栏区域不远，都是县城中比较低级的居住地段。

---

① 《水浒传》此处为“（王婆）冷眼睃见西门庆又在门前，踅过东去，又看一看；走转西来，又睃一睃……”，从文字上看，显然经过一些调整。

姓韩名道国，字希尧，乃是破落户韩光头的儿子。如今跌落下来，替了大爷的差使，亦在郓王府做校尉，见在县东街牛皮小巷居住。……原来韩道国在牛皮小巷住着，门面三间，房里两边都是邻舍，后门通水塘。

——第三十三回

除却西门府这样的重要建筑，小说对媒婆文嫂家的位置有极详细的描述。

玳安到后边吃了饭，走到铺子里问陈经济，经济道："寻他做甚么？"玳安道："谁知他做甚么，猛可教我找寻他去。"经济道："出了东大街，一直往南去，过了同仁桥牌坊，转过往东，打王家巷进去，半中腰里有个发放巡捕的厅儿，对门有个石桥儿，转过石桥儿，紧靠着个姑姑庵儿，旁边有个小胡同儿，进小胡同往西走，第三家豆腐铺隔壁上坡儿，有双扇红封(崇祯本为"对")门儿的，就是他家。你只叫文妈，他就出来答应你。"这玳安听了，说道："再没了？小炉匠跟着行香的走——琐碎一浪荡。你再说一遍我听，只怕我忘了。"那陈经济又说了一遍，玳安道："好近路儿！等我骑了马去。"一面牵出大白马来，搭上替子，兜上嚼环，躧着马台，望上一骗，打了一鞭，那马跑哮跳跃，一直去了。出了东大街迳往南，过同仁桥牌坊，由王家巷进去，果然中间有个巡捕厅儿，对门就是座破石桥儿，里首半截红墙是大悲庵儿，往西小胡同，北上坡挑着个豆腐牌儿，门首只见一个妈妈晒马粪。玳安在马上便问："老妈妈，这里有个说媒的文嫂儿？"那妈妈道："这隔壁封(崇祯本为"对")门儿就是。"

——第六十八回

文嫂道："小媳妇因不幸，为了场官司，把旧时那房儿弃了，如今搬在大南首王家巷住哩。"

——第六十九回

基于这些文字可以看出，文嫂家离西门府较远，需骑马才能到达，并且应在城市南面偏东的地方。从后面的论述知道，这些地方附近就有大量的勾栏瓦舍(图2-7)。小说女主角之一的林太太与文嫂相厚，其后门的段妈妈也是文嫂举荐的，住处也不远，显然都受到居住环境的深刻影响。潘金莲当初在王招宣府里"习学弹唱"，便感染到这种影响。这种空间关系上的安排，与小说叙事的内容是一致的。

另外，其他一些人物的住处，比较均匀地分布于城镇的各处，《金瓶梅》中也有相应安排。这些空间内容在小说中着墨不多，却显示出作者对空间叙事的胸有成竹，也从一个侧面体现出文本中城市空间安排的匠心独运。

薛嫂领着，西门庆骑着头口，小厮跟随，迳来北边半边街徐公公房子里杨姑娘家门首。

——第七回

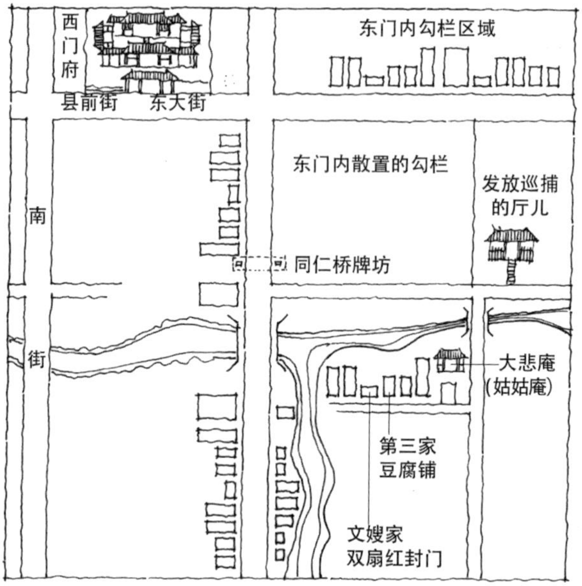

图 2-7　文嫂家房屋位置示意图

崇祯本此句为:“薛嫂领着,西门庆骑着头口,小厮跟随,迳来杨姑娘家门首。”不再提所谓“半边街”,但看其前文也有“这婆子原嫁与北边半边街徐公公房子里住的孙歪头”,依此判断“北边半边街”是有意安排的,非随兴之笔。“半边街”是全国各地都普遍存在的一个称呼,很多地方使用至今。检索相关资料,从其得名而看,各有不同原因。湖南省祁阳县境东部黄泥塘镇的半边街,因其圩场街面被地形所限只有半边建有房屋而得名;浙江省宁波市半边街毗连灵桥西堍,因仅半边街屋,一面临江而得名;江西省景德镇市明嘉靖年间,因南端靠河半边街面房屋被洪水冲毁,只剩下东面半边街店,故名“半边街”;山东省济南市半边街位于旧城外南护城河东段南侧,因街北是护城河,只有街南边有住户,因此得名。[①] 在小说《金瓶梅》的相关文字中,并未叙述是什么原因而街成半边。基于文中南门外孟玉楼初住的“臭水巷”(第七回)、韩道国家“后面通水塘”(第三十三回)、王招宣府相邻“石桥儿”(第六十八回)等处描述,考虑到与狮子街相交有一条较大的河穿过县城,权且认为这半边街的另一侧为河沟。

不瞒大官人说,他娘家姓孟,排行三姐,就住在臭水巷。

——第七回

西门庆打选衣帽齐整,袖着插戴,骑着大白马,玳安、平安两个小厮跟随,薛嫂儿便骑驴子,出的南门外,来到猪市街,到了杨家门首。原来门面屋四间,到底五

① 上述实例来源于相关地名类官方网站,因此类实例较多,这些得名原因可供采信。

层。坐南朝北一间门楼，粉青照壁。

——第七回

从这些描述能判定，初嫁一个杨姓布贩子的孟玉楼，虽然家里有些钱财，但居住的地段并不是非常好的。

单表西门庆从门外夏提刑庄子上吃了酒回来，打南瓦子(巷)里头过。平昔在三街(瓦)两巷行走耍子，捣子们都认的。

——第十九回

……李铭道："小的没往那去，北边酒醋门刘公公那里，教了些孩子，小的瞧了瞧。……"

——第二十一回

也是我那咱在家做女儿时，隔壁周台官家有一座花园，花园中扎着一座秋千。

——第二十五回

……去年东门外一个高贵大庄屯人家，老儿六十岁，见居着祖父的前程，手里无碑记的银子……

——第三十四回

此人姓甘，名润，字出身，现在石桥儿巷住，倒是自己房儿。

——第五十八回

那里说："吴神仙云游之人，来去不定。但来，只在城南土地庙下。"

——第六十一回

来旺儿便说："如今东门外细米巷，有我个姨娘，有名收生的屈老娘。他那里曲弯小巷，倒避眼，咱两个投奔那里去。迟些时，看无动静，我带你往原籍家里，买几亩地种去也好。"

——第九十回

上述这些文字，都是作者所描绘的清河县城。其中相关的一些建筑分布与道路情况虽呈现较为随意的散点式布局，却与其他记述共同构成了一个有浓有淡的县城物质环境。

2.2.6 县城内外其他建筑布局

相对于城内建筑比较细致明确的表述，城外建筑着墨较浅，但也构成《金瓶梅》城镇叙事不可缺少的部分。细致整理小说中的描述，能明显发现，其他建筑主要集中在城镇南侧。如南侧城内的一些宗教建筑：

那里说："吴神仙云游之人，来去不定。但来，只在城南土地庙下。"

——第六十一回

近来领着五十名人，在城南水月寺晓月长老那里做工，起盖伽蓝殿。

——第九十六回

这两处建筑都仅提到一次，随意性比较大，在作者心目中也不是重要的建筑。但从这些随意描述的建筑中，偏偏能看出作者心目中的此类建筑均位于城南。相对来说，在小说中起着关键作用的，是南侧城外五里的一处寺院，这是贯穿小说首尾的一个所在。这个被称作永福寺的地方，毗邻西门庆家的祖坟，存在文学的象征意义，也值得从建筑学方面深入探讨。

今该常时节会，他家没地方，请了俺们在门外五里原永福寺去耍子。有花大哥邀了应二哥，俺们四五个，往院里郑爱香儿家吃酒。

——第十四回

出南门，到五里外祖坟上，远远望见青松郁郁，翠柏森森，新盖的坟门，两边坡峰上去，周围石墙，当中甬路，明堂、神台、香炉、烛台，都是白玉石凿的。坟门上新安的牌匾，大书"锦衣武略将军西门氏先茔"。坟内正面土山环抱，林树交枝。

——第四十八回

……西门庆亦告了安置进来，叫了来兴儿吩咐："明日早五更，打发食盒酒米，点心下饭，叫了厨役，跟了往门外永福寺去，那里与你蔡老爹送行。叫两个小优儿答应。休要误了。"

——第四十九回

吴道官念毕，端坐轿上，那轿卷坐退下去了。这里鼓乐喧天，哀声动地，殡才起身，迤逦出南门。众亲朋陪西门庆，走至门上方乘马，陈经济扶柩，到于山头五里原。

——第六十五回

至次日，守备令家人收拾食盒酒果祭品，径往城南祖坟上。那里有大庄院、厅堂、花园去处，那里有享堂、祭台。

——第八十九回

永福寺几乎与书中所有的重要人物相关。西门庆家祖坟在此，而他本人从这里得了胡僧药后，为瓶儿埋下祸根，自己也开始一步紧似一步走回了这里；潘金莲被杀后暴尸街头，最后被春梅葬于此处；孟玉楼因在这里赏玩而得遇李衙内，有了后来的归宿；西门庆唯一存活的儿子，最后也在这里被普静禅师点化出家。因此，永福寺在小说中存在不可或缺的文本意涵。

另有一处与永福寺存在类似意义的重要地方，是位于县城东门外五里许的玉皇庙。小说《金瓶梅》中有这样的记述文字：

他今日往门外玉皇庙打醮去了。

——第十四回

到初九日，西门庆也没往衙门中去，绝早冠带，骑大白马，仆从跟随，前呼后拥，竟出东门往玉皇庙来。远远望见结彩的宝幡，过街榜棚。进约不上五里之地，就是玉皇庙。

——第三十九回

在崇祯版的小说中，玉皇庙是故事的起始处。西门庆在此“热结”了一帮兄弟，开始了整个故事；瓶儿为西门庆生的第一个儿子，为保平安曾寄名于此，却最终不幸夭亡。这里与县城的距离同永福寺一样，均为五里，只不过一个城南一个城东（图 2-8）。清代张竹坡在第六十七回回评中说：“永福寺，皆结果处也。”① 小说作者在故事的空间叙事中，将这样两个重要的地方安排在如此的城市格局中，绝非信笔，而有着很深刻的建筑文化意味，后文将详细论述。

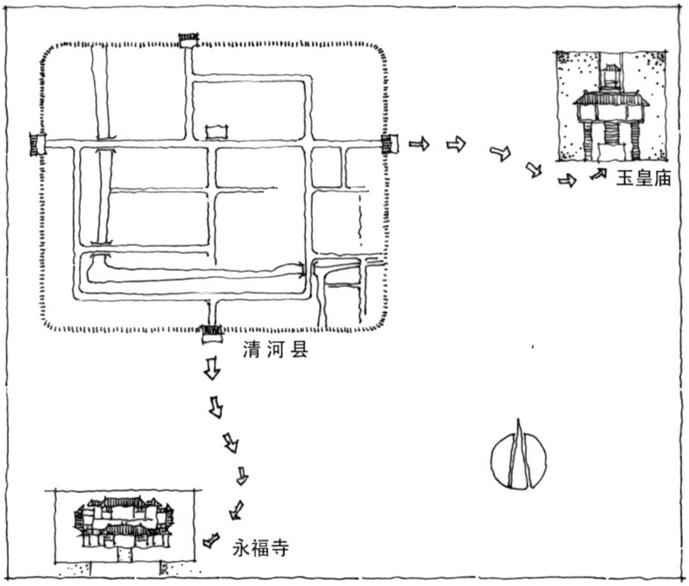

图 2-8 永福寺与玉皇庙位置示意图

另有一些建筑，在城市中或没有明确的方位，或位于城外较远地方，并且均未以笔墨作反复点染，似随兴而为。研究过程中从小说文本中辑录于此，以助形成一个层次丰富的县城空间形态。或许也各有建筑文化意义，有待后续研究。

① 张竹坡. 批评第一奇书金瓶梅回评[G]//黄霖. 金瓶梅资料汇编. 北京：中华书局，1987：92-226，此处引文见第 183 页第六十七回回评。

贲四、来兴儿同送到门外地藏寺。与了火家五钱银子,多架些柴薪。才待发火烧毁。

——第二十六回

因在李知县衙内吃酒,看见有一起苏州戏子唱的好,问书童儿,说在南门外磨子营儿那里住。旋叫了四个来答应。

——第三十六回

金莲说道:"我听得说,你住的观音寺背后就是玄明观。常言道:男僧寺对着女僧寺,没事也有事。"

——第三十九回

来保从东昌府舡上,就先见了蔡御史,送了下程。然后,西门庆与夏提刑出郊五十里迎接到新河口——地名百家村。

——第四十九回

到次日西门庆早起,也没往衙门中去,吃了粥,冠带着,骑马拿着金扇,仆从跟随,出城南三十里,迳往刘太监庄上来赴席。

——第五十二回

2.3 小说中的临清与东京

《金瓶梅》在很多地方提到了临清,因此当代很多相关的地域研究也是基于临清展开的。小说后部有很多描述涉及"临清马头"的形态:

……前往临清马头上寻缺货去。三里抹过没州县,五里来到脱空村,有日到于临清。这临清闸上,是个热闹繁华大马头去处,商贾往来,船只聚会之所,车辆辐辏之地,有三十二条花柳巷,七十二座管弦楼。

——第九十二回

……出城门,径往临清马头晏公庙来。止七十里,一日路程。比及到晏公庙,天色已晚。……王老到于马头上,过了广济闸大桥,见无数舟船停泊在河下。来到晏公庙,下马,进入庙来。只见青松郁郁,翠柏森森,两边八字红墙,正面三间朱户,端的好座庙宇。

——第九十三回

这些描述发生在小说临近结尾处,小说的叙事节奏明显加快,与前面具体细致的刻画不同,这里仅是一些疾笔速写,点染出一个富有文学意味的空间背景。上面所引第九十二回的那段文字中,"没州县""脱空村"的说法,更表明这里的临清并不是一个确指,仅是一种程式化的行文之需。

现实中的状况，自元至元二十六年(1289)会通河完工，京杭大运河全线贯通后，位于运河、卫河交汇处的临清便成为漕运的交通枢纽。明代杨宏等撰《漕运通志》载，当时的临清因漕运优势而“地据神京之臂，势厄九省之喉”。后永乐帝迁都北京后，南方作为经济中心需要与北方政治中心有更加密切的联系，因此临清的地理位置显得尤为重要。

临清城市的形态也因为漕运的原因而不同寻常。明代最初形成的砖城，是景泰元年选址于会通河东的“幞头城”，北侧近西部城墙向北凸出，城市边界相对比较方正。后于正德年间、嘉靖年间分别筑土城，自原有砖城的西北至东南将其半环抱，于是“明代临清城经历景泰幞头城、正德罗城、嘉靖新城三个发展阶段而完成其最终格局”(图 2-9、图 2-10)。基于这样的发展过程，临清城市所自然形成的功能布局上也具有异常鲜明的特征——“幞头城”内主要为行政管理与重要的文化建筑，而添建的罗城、新城中则主要安排商业与居住建筑(图 2-11、图 2-12)。这些重要的内容在《金瓶梅》的文本中并没有明确表现。

需要指出的是，有些考证文字以临清有个晏公庙为据，论述故事的发生地。其实晏公庙在中国古代是一个广泛存在的宗教建筑，淮安等地也均有此庙，依此而论不足为凭。

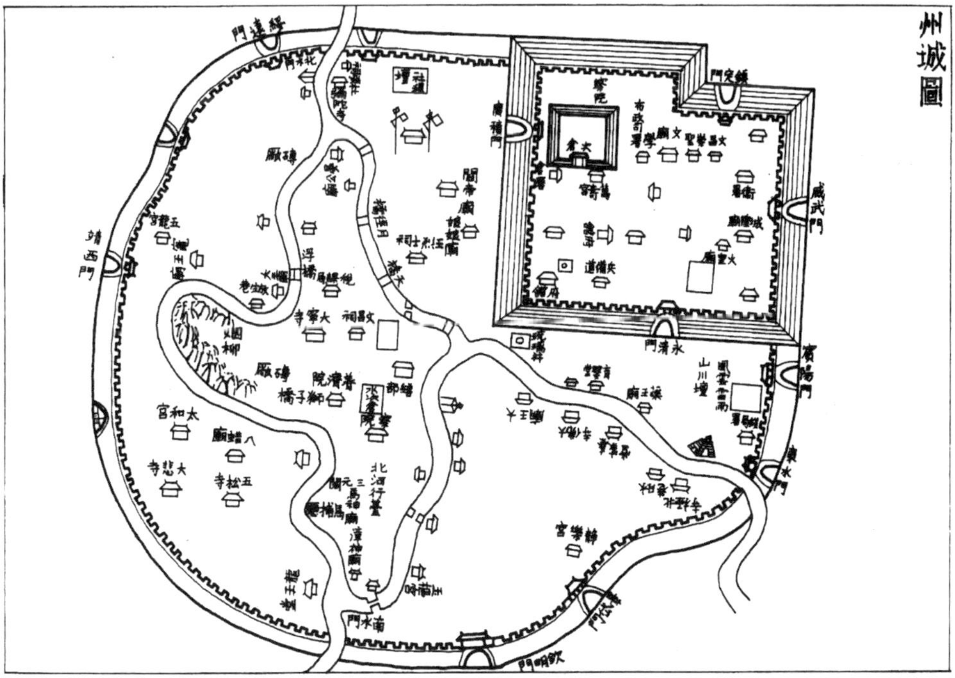

图 2-9 临清直隶州志中临清州城图

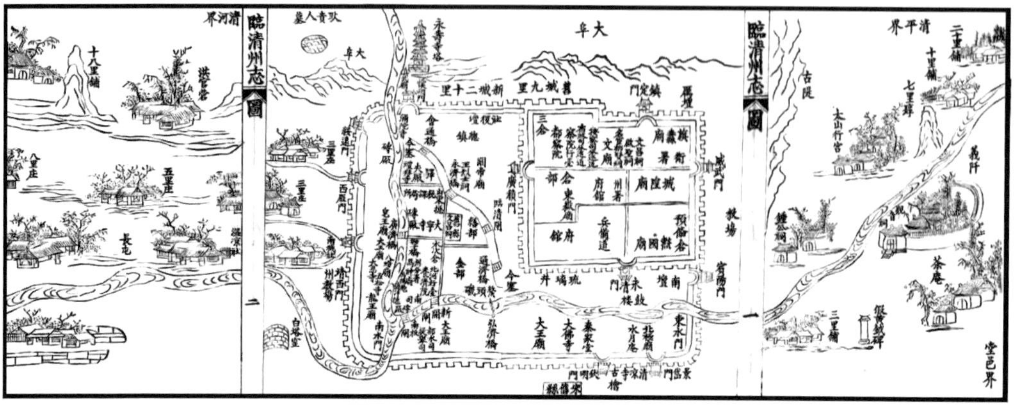

图 2-10　康熙临清州志中临清州城图

图 2-11　临清钞关建筑现状

图 2-12　临清鳌头矶建筑现状

作为假托的北宋故事，小说也对首都东京城做出较细致描绘。都城东京在小说中并非重点，但却是除清河县之外着墨最多的一个地方。明代的开封早已不是都城，但仍然是一个具备一定规模的大城市。对于它的城市历史研究已非常全面，因此无需以小说《金瓶梅》中的描写来还原或是校正相关历史资料。相反，可以历史资料及既有研究成果作为可信依据，比对小说文本中对于东京城市的描述，以清晰理解作者心中的宋代都城印象。假设作者心中可能有一个都城模型，那么最有可能的摹本，一是北宋东京城，二是明代开封，三是明代早期都城南京，四是明代都城北京。对于后两个，城市资料相对比较完备，经初步比对即可排除，因此重点放在前两者上面。

小说《金瓶梅》中对于东京城的集中描述主要有两次。第一次是第十八回西门庆的亲家陈洪犯了事，家人来保、来旺“上东京打点”；第二次是第七十至七十一回西门庆升官转正，要“赶冬至令节，见朝引奏谢恩”。

……单表来保、来旺二人上东京打点，朝登紫陌，暮践红尘，饥餐渴饮，带月披星，有日到东京，进了万寿城门，投旅店安歇。到次日，街前打听……这来保等二人把礼物打在身边，急来到蔡府门首。旧时干事来了两遍，道路久熟，立在龙德街牌楼底下，探听府中消息。少顷，只见一个青衣人，慌慌打太师府中出来，往东去了。

——第十八回

……到了东京，进得万寿门来。依着西门庆分别，他主意要往相国寺下。

——第七十回

这两段文字中提到“万寿门”，但笔者依据城市史与地方志等材料(图 2-13)，并不曾发现存在这个名字的城门。《东京梦华录》记宋代东京外城共十五座城门，[①]其名称(包括旧名及别名)均无“万寿门”，内城、宫城更无此门。略微发音疑似的是其西部中门名为“万胜门”，但此门位于东京城西部，不论西门庆等人是从东北(清河、临清等)、从东南(徐州、淮安等)，抑或从正东而来，都不可能选择此门进入。倘说因万胜门与内城西门梁门之间有蔡太师宅[②]，因此可能会选择这条路径，而后面第七十回又说西门庆原想在相国寺住下，而相国寺位于东京城中部偏东，因此更不会选择此门。在研究过程中还发现，小说《水浒传》第七十二回“李逵元夜闹东京”中曾写道：“(宋江等)抹过济州，路经滕州，取单州，上曹州来，前望东京万寿门外，寻一个客店安歇下了。”又《金瓶梅》中李瓶儿的出身便是梁中书小妾，因在上元之夜被“李逵杀了全家老小”(第十回)而逃出来的。因此可以初步判定，《金瓶梅》中所讲“万寿门”，仅仅是沿用《水浒传》的说法，并没有史实依据。

蔡攸道：“你去到天汉桥邋(崇祯本为“边”)北高坡大门楼处，问声当朝右相、资政殿大学士兼礼部尚书，名讳邦彦的，你李爷，谁是不知道！也罢，我这里还差个人同你去。”

……

那高安承应下了，同来保去了府门，叫了来旺，带着礼物，转过龙德街，迳到天汉桥李邦彦门首。正值邦彦朝散才来家，穿大红绉纱袍，腰系玉带，送出一位公卿上轿而去，回到厅上，门吏禀报说：“学士蔡大爷差管家来见。”先叫高安进去，说了回话，然后唤来保、来旺进见，跪在厅台下。

——第十八回

---

① 孟元老. 东京梦华录注[M]. 邓之诚，注. 北京：中华书局，1982：1。郭黛姮. 中国古代建筑史·第三卷(宋、辽、金、西夏建筑)[M]. 北京：中国建筑工业出版社，2003，对于北宋东京的描述沿用了这个材料的说法，详见第 21-33 页。〔清〕顾炎武撰. 历代宅京记[M]. 北京：中华书局，1984，详细描述了东京城的布局，也没有相关记述。

② 依据郭黛姮. 中国古代建筑史·第三卷(宋、辽、金、西夏建筑)[M]. 北京：中国建筑工业出版社，2003，其中第 22 页《北宋东京城结构图》，并且参考了《东京梦华录》中的相关注释。

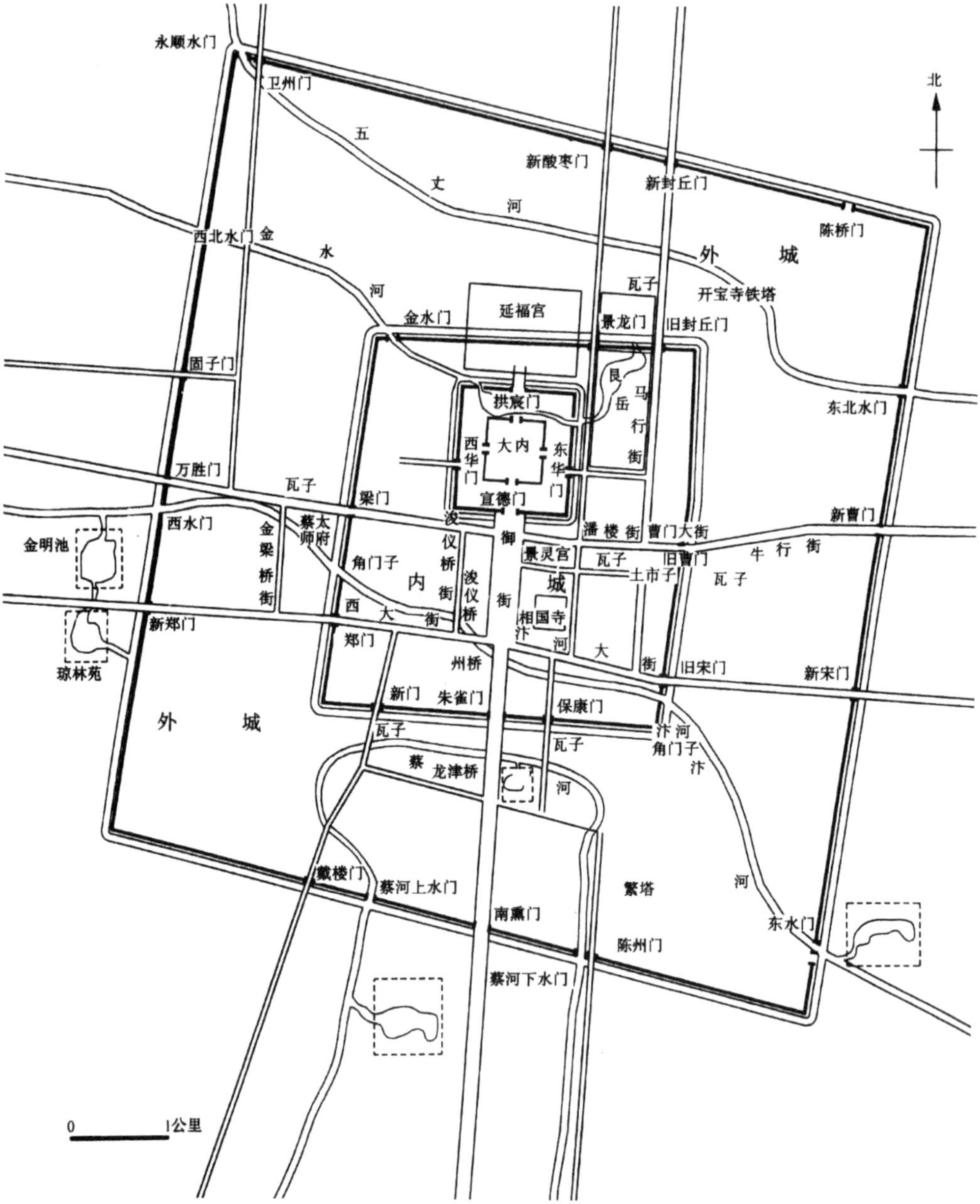

图 2-13　北宋东京城市平面简图

> 因问:"老太监外宅在何处?学生好去奉拜长官。"何太监道:"舍下在天汉桥东,文华坊双狮马台就是。"
>
> ——第七十回

另一个被提到的"天汉桥",却是一个存在历史依据的地方。天汉桥由唐代汴州节度使李勉初建,唐时称为"汴州桥",五代改称"汴桥",北宋时则改名"州桥"。《东京梦华录》详细地记述了穿过城市的河流及上面的桥梁,"次曰州桥,正名天汉桥,正对于大内御街,其桥与相国寺桥,皆低平不通舟船,唯西河平船可过,其柱皆青石为之,石梁石笋楯栏,近桥两岸,皆石壁雕镌海马水兽飞云之状,桥下密排石柱,盖车驾御路也,东西两阙,楼观对耸"。[①] 天汉桥地理位置非常重要,正扼皇城门外、御街之前,位于最重要的城市南北轴线与汴河交叉的地方,后者向西流过蔡太师宅,并于城外通金明池。依此可见,北宋时代的天汉桥是一座等级极高、镌刻精美、构造坚固的石构平桥。

然而单从这个名称并不能确定《金瓶梅》中的天汉桥为实写。除了这个名称外,其余如"北高坡大门楼""龙德街"及"文华坊双狮马台"等内容,皆没有发现相关历史依据。并且,其中的某些地理位置描述,与北宋都城的核心位置多有不符。

> 一面令左右放桌儿摆饭,说道:"今日圣上奉艮岳,新盖上清宝箓宫,奉安牌匾,该老爷主祭,直到午后才散。到家,同李爷又往郑皇亲家吃酒。只怕亲家和龙溪等不的,误了你每勾当。遇老爷闲,等我替二位禀就是一般。"
>
> ——第七十回

依据《东京梦华录注》载,"上清宝箓宫在景龙门东,与晨晖门相对,政和五年建"。其地应在艮岳的北面。依据小说《金瓶梅》的时序,西门庆此番进京是在政和七年(1117)的冬至,其后第七十一回也说"艮岳告成、上天降瑞",因此"诏改明年为宣和元年(1119)"。对比相关史料来看,小说中对于艮岳与上清宝箓宫的建造时间描述基本正确,两者之间的相对位置也接近史实。

> 西门庆忙问道:"你房儿在于何处?"李瓶儿道:"咫尺不远。出此大街迤东,造釜巷中间便是。"……言讫,挽西门庆相送到家。走出大街,见月色如昼,果然往东转过牌坊,到一小巷,旋踵见一座双扇白板门,指道:"此奴之家也。"言毕,顿袖而入。西门庆急向前拉之,恍然惊觉,乃是南柯一梦。
>
> ——第七十一回

> 玳安毡包内拿着金段,从东街穿过来,要往崔中书家拜夏龙溪去。因从造釜巷所过,中间果见有双扇白板门,与梦中所见一般。悄悄使玳安问隔壁卖豆腐老姬:

---

① 孟元老.东京梦华录注[M].邓之诚,注.北京:中华书局,1982:27。

“此家姓甚名谁?”老姬答道:“乃袁指挥家也。”西门庆于是不胜叹异。

——第七十一回

这两段文字写的是已经死去的李瓶儿托梦给西门庆,告知她转世托生的地方“造釜巷”。是夜西门庆宿于何千户家,所有的关于造釜巷的位置描述都是以何家为坐标原点开始的。但小说中并没有关于何府的准确叙述,因此,这样的几段似乎精准的位置描写,也与故事的意境一般,只是南柯一梦!

综上,《金瓶梅》中关于北宋东京的城市描绘,总体虚多于实。几处能确信的位置描述,也不过是文人的用典而已。

2.4 长久的谜题

以上讨论基于建筑视角,对小说《金瓶梅》所描述的城镇环境进行还原,据此小说故事主要发生地的空间形态逐渐清晰。小说中的清河县城,是运河边具有一定等级、规模的城镇,四面开门。官署位于城市中间略北处,门前东西方向为县前街。小说中西门庆家、花子虚家、乔大户家、武大家和王婆家就位于这条街上。此街左右延伸,向东而成东大街,向西则为西大街。县城西侧有守备府等军备建筑,及其他商业空间。县城西侧偏南有最繁华的狮子街,东西走向,近西端与一条大河相交。桥跨东西两岸,形成县城最热闹的商业区,有狮子楼位于桥下,也有市井细民与南来北往的客商麇聚于此。花子虚败家后,曾在狮子街购房居住。此房后来与瓶儿一同归西门庆。城东小巷子是县城最主要的勾栏区域,略有层次的妓女在此有自己的院落。城南另有一些更低层次的勾栏,散落着小规模经营的私窠子,西门庆死去的小妾卓丢儿就出身于此。南门外也是低等级区域,潘金莲娘家与孟玉楼前夫家就在这里。王招宣府位于城东南,潘金莲曾在此当使女。城东门外五里是玉皇庙,南门外是永福寺,旁边五里原上埋葬着西门庆。① 城南及其他地方有一些宗教建筑分布,但位置不十分明确;城外另有一些空间,与这个热闹的县城发生着各种各样的关系。

受功能及制度的影响,中国明清两代京杭大运河流域的县城,模式上存在很多相似之处,但通过小说文本所描绘的“清河”县城,比较地方志中描述的相关肌理,还是能从微观的尺度发现异同的(图 2-14—图 2-17)。中国古代的叙事有“史传”与“诗骚”两种截然不同的传统,在《金瓶梅》关于城镇的叙事中也表现格外明显。近人尺度的城市空间,

① 对于清河县城的分析比较详细的有:黄霖,等.中国古代小说叙事三维论[M].上海:上海书店出版社,2009:277,其中有些说法“……临近北门的大街因为位于县衙北面而近县衙,一般称为县前街,……小说中两个重要的寺庙,西门庆热结十兄弟和官哥寄名的玉皇庙与西门庆遇见赠药胡僧和孝哥出家的永福寺,也都在南门外数里之遥的地方。以上四条大街两两首尾相连”,值得商榷,另一些明显的空间位置,恐系误读。

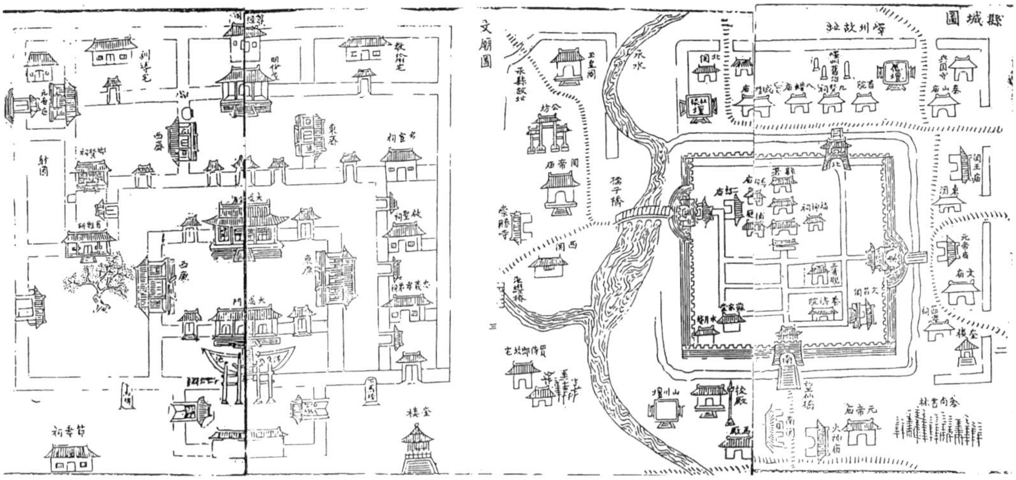

图 2-14 明代峄县平面简图

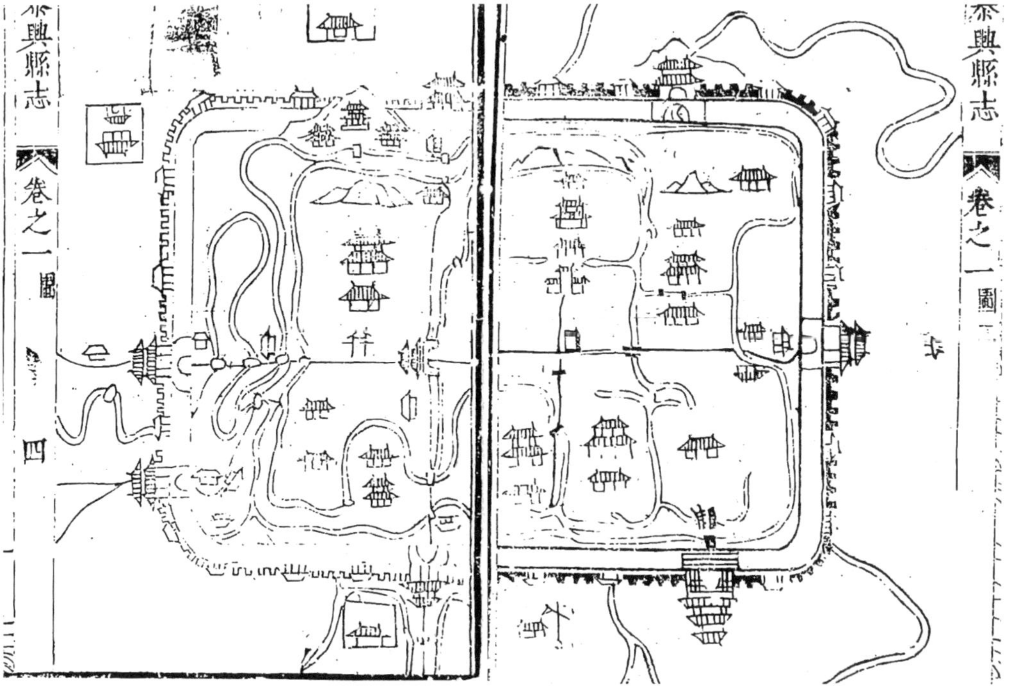

图 2-15 明代泰兴县城平面简图

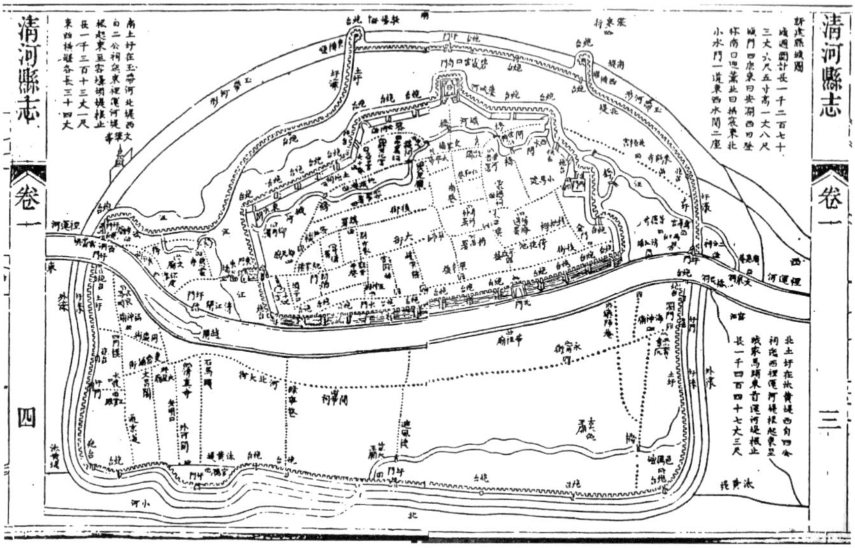

图 2-16　明代清河县城平面简图

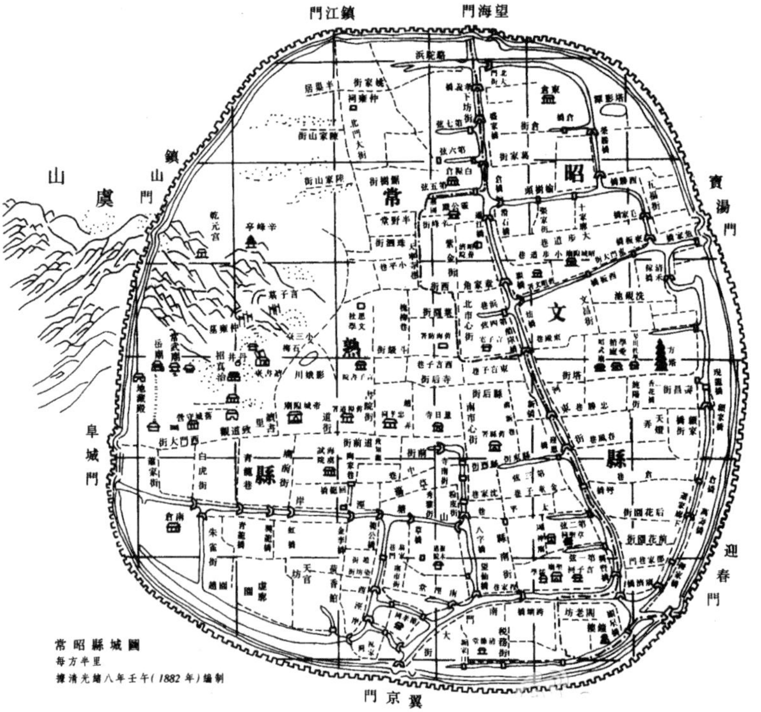

图 2-17　清代常熟县城平面简图

是作者目光聚焦的地方，他也期待读者能跟随这个焦点，于是极尽其写实之能事，以史传的精神去把握与表现叙事客体。而对于远人尺度的空间，则以一种唯美的态度去描写，以期得到诗境的挥发。对于某些诗境的写作对象，甚至会特别用典，而不论是否确有史实——如"东京城"中的所谓"万寿门"与"天汉桥"，或实或虚，只为一种诗境的渲染，而不过多考证其真实性。这两种叙事传统在中国古代的叙事作品中是统一的，在其艺术性表达方面，当然有助于渲染出有层次的浓淡意境，但对于历史研究者，则应细致甄别其不同描述方式，以便在研究工作中有的放矢，不致被某类描写引入歧途。

清代张竹坡曾在《批评第一奇书金瓶梅读法》中明确指出："《金瓶梅》因西门庆一分人家，写好几分人家。如武大一家，花子虚一家，乔大户一家，陈洪一家，吴大舅一家，张大户一家，王招宣一家，应伯爵一家，周守备一家，何千户一家，夏提刑一家……凡这几家，大约清河县官员大户屈指已遍，而因一人写及一县。"[①]作者从西门庆家生发开来，才有了整个故事的脉络，而清河县城的具体物质空间，也正是在这种脉络勾画中逐步清晰的。对小说《金瓶梅》中城市叙事的解读，揭示出中国古代城市的空间文化意义，对此后的建筑研究也是物质环境的铺垫。

在叙事过程中，主体对于客体的理解与表现存在层次上的差异，采用的视点不同，表现的深度与层次也各不相同。《金瓶梅》对于清河县城采用限制视点，以人的现实经历对空间原型进行理解，以人的眼光去记述与表现，存在精准的真实性。不仅如此，在叙事里已经存在时间维度，如《金瓶梅》中对于空间距离的远近，通常以出行时间精准描述。

近年对《金瓶梅》故事发生地有很多研究，除上文相对明确的地理位置判定外，另有一些研究者比较笼统地认为，《金瓶梅》主要故事发生处是一些地方的综合。如徐朔方认为，故事发生地应为"真正的清河县—临清—梁山泊附近的某地，阳谷的邻县，三者合一才是小说中的清河县"。[②] 陈诏则认为，"作者对扬州、徐淮地区的了解远远超过清河和山东。看来，他不但到过扬州和徐淮，甚至还生活过一段时间"。[③] 除此之外，甚至有文章通过考证将北京[④]、浙江绍兴[⑤]等城市当作故事发生的主要城镇。

以上相关研究，大多从小说文本出发，以史源考证的方式进行城镇地域研究，更偏重于地理历史的讨论。作为一个非相关专业的研究者，笔者没有能力逐个甄别所有的

---

① 见于张竹坡. 批评第一奇书金瓶梅读法[G]//黄霖. 金瓶梅资料汇编. 北京：中华书局，1987：65-88，此处引自第85页。

② 徐朔方.《金瓶梅》的地理背景[J]. 文学遗产，1991(2)：27-29。

③ 陈诏.《金瓶梅》故事地点考[J]. 徐州师范学院学报（哲学社会科学版），1987(3)：46-49。

④ 霍现俊.《金瓶梅词话》地理背景考[J]. 中国文学研究，2004(4)：54-59。

⑤ 潘承玉.《金瓶梅》地理原型探考[J]. 绍兴文理学院学报，1998(6)：23-33。

结论,更无意介入地域的纷争,唯想通过建筑史与城市史的现有资料,提出自己对于故事发生地域空间的看法,以利此后的建筑研究。综合现有研究成果,通过对城镇格局形态的分析,特别是其中与水系相关的城市空间格局的梳理,结合小说中建筑园林的描述,笔者认为小说《金瓶梅》中主要故事发生地的城镇原型,应该位于京杭大运河沿线,可假定为北(临清)与南(徐淮)两种可能区位。并且,依据城市空间肌理等分析,笔者观点更偏重于南方。后文研究工作是在此推论基础上进行的(图 2-18)。

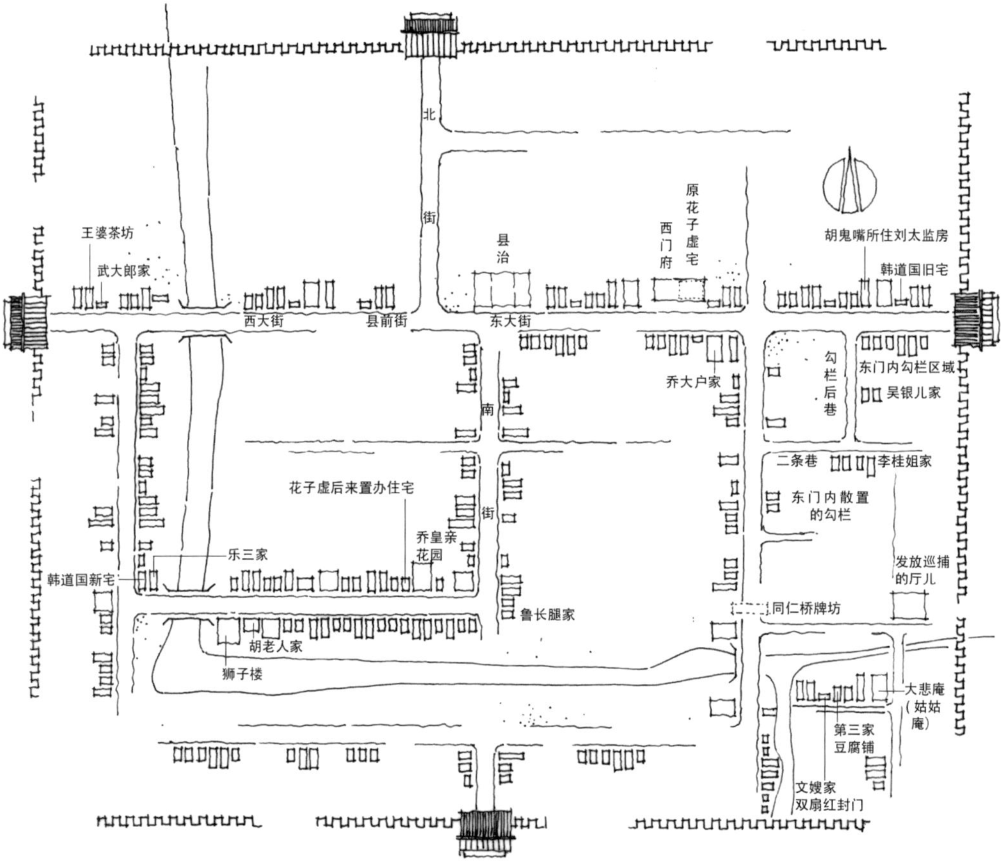

图 2-18　依据小说《金瓶梅》文本所绘清河县城平面简图

第3章 《金瓶梅》中的宅院空间

3.1 空间叙事中的宅形

小说《金瓶梅》对西门庆住宅有细致的描述。不论从纯文学的角度还是以建筑的眼光看，这些描述都具有丰富的文化内涵。

当代建筑理论研究表明，建筑与人之间存在很强的互动影响。作为住宅建筑，因与人之间存在更为密切的关系，这样的影响会表现得更加强烈。依据相关研究，社会文化、气候、技术等因素都直接影响"宅形"(House Form)。[①] 从影响方式看，所有作用最终都通过人施加到建筑上。具体到中国，人的作用更加明显——所有对于宅形产生影响的因素，最终都通过"能主之人"的谋划布局而固化于建筑中，而古代中国的匠人更像是一种"工具"的存在，即所谓"执斧斤者"的存在。[②] 西门庆作为《金瓶梅》中的最重要人物，有充分的能力与财力成为其宅院的"能主之人"。小说中也多次表明，西门庆在房屋布局与建造过程中，处于最重要的支配地位，因而他的综合个性也通过这些过程得以体现。

建筑与人的互动当然也表现在建成环境对于人的作用。所有对于"宅形"的影响因素通过人的参与而固化于建筑中，而"形式一旦生成就要反过来影响行为和生活方式"。[③] 建筑的信息对于人的身体，绝不仅仅是一个具有空间围合作用的庇护体，而是具备全方位体验的综合体。当所有体验又与社会文化发生耦合，形成共振，便进一步加深建筑对人的影响。西方曾有人认为，"一切建筑都是有宗教意义的"[④]，而对于古代中国人而言，建筑几乎就是其主人的绝对体现。建筑具有符号的功能，为它的使用者提供

---

① 依据常青先生的解释，宅形"并非泛指住宅的外观形式或风格，而是特指与居住生活形态相对应的住宅空间形态，包括了布局、朝向、场景、技术、装饰和象征等方面内容"。详见：[美]阿摩斯·拉普卜特. 宅形与文化[M]. 常青，徐菁，李颖春，等，译. 北京：中国建筑工业出版社，2007：译者的话。

② 语出计成著《园冶·兴造论》，详见〔明〕计成. 园冶注释[M]. 陈植，注释. 杨伯超，校订. 陈从周，校阅. 北京：中国建筑工业出版社，1981：41。

③ [美]阿摩斯·拉普卜特. 宅形与文化[M]. 常青，徐菁，李颖春，等，译. 北京：中国建筑工业出版社，2007：14。

④ 汉斯·侯雷恩语。引自：[美]卡斯腾·哈里斯. 建筑的伦理功能[M]. 申嘉，陈朝晖，译. 北京：华夏出版社，2001：224。

更直接的象征，而它的使用者也因此在社会生活中表现各异。从这层意义上看，建筑对于使用者的作用已远远大于相反的力量。小说《金瓶梅》中也曾多次表明，建筑一旦落成，西门庆都会适时调整自己的社会角色，以与建筑相适应。

李渔在《闲情偶寄・居室部》中曾说，“夫房舍与人，欲其相称”，又云“……人之葺居治宅，与读书作文同一致也”。中国一向有“作文如作人”这类的说法，由此可推见住宅建筑在人心中的重要性。李渔“贫贱一生、播迁流离”，不似西门庆那般的“泼天富贵”，而后者又绝没有笠翁的闲情雅量，但在住宅与人的互动影响上，却是完全一致的。更何况，作为西门庆文学形象塑造者的《金瓶梅》作者，应该是一个典型的中国古代文人。因此，通过小说文本而进行的西门庆住宅研究，可以从人的方面着眼，对于明代中晚期的建筑文化进行更深层次的体察。

小说叙事毕竟不同于纯粹的史传叙事，它具有很强的审美需求——虽然中国古代的史传叙事，也表现出对审美的极高追求——到后来小说发展相对成熟的阶段更是如此。对一些客观事实的描述，通常不会以直白的素描形式，用单一连贯的说明性文字完成，而是在不同的文字中分别以不同的手法加以表现。小说情节上追求“草蛇灰线、伏脉千里”，这在具体的景物、环境刻画中更是如此。中国古代的画作，即便是一幅极精细的工笔作品，也不会把所有的信息在一处完全交代，而是着意隐藏一些细节，必须细致看罢才能得其全龙。对于西门庆的住宅建筑，尽管小说《金瓶梅》有比较细致的叙述，但基于上述的小说创作规律，也不会在一处描摹殆尽，而是分在若干位置，以不同的视角、语气，通过不同的叙事主体表现出来。这是中国古代叙事中“诗骚”传统的体现，客观上为建筑研究带来的一定难度。然而，适当地理解作者的此类用心，并且根据这些诗性文字深入比照，却很可能会得出比单一连贯的纯描述文字更接近于现实的形象。——因为这其中不仅有建筑的客观形态，更有建筑投射于人们心中而形成的印迹。因此，对于这部分内容的研究，要经过文本的细读，从中得到相应的信息，然后再汇集、整理、分析这些信息，得出结论。当然，在分析的过程中，也要充分考虑“诗骚”的影响，才能还原更为真实的物质情境。

3.2 西门庆宅院的扩建谋划

建筑首先是一种客观需要，还要有一定的经济基础作为支撑。当西门庆在经营上获得一些成就，又勾搭上潘金莲、李瓶儿等人，就存在扩大建筑空间的客观需要。小说第七回末，西门庆在与潘金莲勾搭的空档又娶回了孟玉楼，在安排住处时“把西厢房里收拾三间与他做房”，而紧接着第九回讲西门庆迎娶潘金莲后，将她安排在花园里“一个独独小院”，除了方便与潘金莲单独相会，更重要的原因应该是，前面的房屋已经被各房妻妾及其他使用功能占满了。第十六回他对李瓶儿说“……不然娶你过去,没有住房”,可见当他要迎娶李瓶儿时,就要谋划着扩建、改建其住宅了。

> 早辰,金莲领着他同潘姥姥,叫春梅开了花园门,各处游看了一遍。李瓶儿看见他那边墙头开了个便门,通着他那壁,便问:“西门爹几时起盖这房子?”金莲道:“前者央阴阳看来,也只到这二月间兴工动土,收起要盖。把二娘那房子打开,通做一处,前面盖山子卷棚,展一个大花园;后面还盖三间玩花楼,与奴这三间楼相连,做一条边。”
>
> ——第十四回

从叙事的角度看,西门庆欲打通李瓶儿旧宅院来扩建自己住宅的计划,是通过潘金莲对李瓶儿讲述出来的。由这种时间上的错位,更加看出西门庆作为建筑的“能主之人”,心中早已经形成对于营建行为的通盘布局。

后面的文字更是强调了西门庆在整个建筑行为中的支配地位。

> 因问西门庆:“你那边房子几时收拾?”西门庆道:“且待二月间兴工动土,连你这边一所,通身打开,与那边花园取齐。前边起盖山子卷棚,花园耍子去处,还盖三间玩花楼。”……西门庆说道:“俺吴家的这个拙荆,他到好性儿哩。不然,手下怎生容得这些人?明日这边与那边,一样盖三间楼与你居住,安两个角门儿出入。你心下何如?”
>
> ——第十六回

> 李瓶儿只留下一百八十两盘缠,其余都付与西门庆收了,凑着盖房使。教阴阳择用二月初八日兴土动工。将五百两银子委付大家人来昭并主管贲四,卸砖瓦木石,管工计帐。
>
> ——第十六回

> 因问:“你这房子,也得几时方收拾完备?”西门庆道:“我如今吩咐匠人,先替你盖出这三间楼来,及到油漆了,也到五月头上。”
>
> ——第十六回

“能主之人”首先表现为对于时间、人力、财力、物力等因素的支配能力,上述文字表明西门庆具备这样的能力。

从时间安排上看,他有周密的考虑。初步选择在二月,后来又由阴阳择定在二月初八,施工周期初步计划为三个月,到“五月头上”大体竣工。开工在预定的日子进行,施工时间正好用以应对李瓶儿为花子虚的“孝服满”,宅院的使用功能与施工时间方面的统筹安排,各项工作井然有序。从这些表述中我们甚至可以认为,如果不是中间出现了陈洪犯事这件超出西门庆能力的事,建筑也一定会在规定时间竣工。可见,作为一个“能主之人”,西门庆在房屋营建的过程中,充分具备对于时间的支配能力。

上述文字也表明，对于人力，西门庆并非事无巨细直接管理，而是采用有层次的建筑施工管理模式。贲地传与来昭作为可信任的家人，受托进行实际的工地管理工作。各作匠人受制于他们，而二人又对西门庆负责。这样的层级较之于直接的管理，更强化了西门庆对于人力的支配能力。直至后来亲家陈洪在朝中犯了事，才不得不停工。

> 西门庆通一夜不曾睡着，到次日早，吩咐来昭、贲四，把花园工程止住，各项匠人都且回去，不做了。
>
> ——第十七回

一俟事情平息了，建筑又重新恢复施工，西门庆借机调整了工地的人力安排。

> 到次日，把女婿陈经济安他在花园中，同贲四管工记帐，换下来昭来，教他看守大门。
>
> ——第十八回

这一停工、一复工的安排，并且适时地替换了工地上的人员，安排更可靠的女婿负责，强化了施工管理，也从另一方面表明西门庆具备在整个建设过程中对人力的操控能力。

在建筑经济方面，西门庆更有充分的把握。从以上小说文本可以看出，这次扩建工程主要的费用来源实际上是李瓶儿的财产，而李瓶儿此时已经认定西门庆是医她的“药”，因此倾囊相助。对于这些财产，加上平时经营所积累下来的一些资金，西门庆具备绝对的建造资金支配能力。

物质支配方面，西门庆依然如此。对于花子虚原有宅院中的建筑，西门庆表示要“先拆毁花家那边旧房”，这表明他对于旧有财物的态度与处置能力。中国古代对于建筑的观念，绝不仅仅是一种实用的空间，尤其对于住宅，更不可能是西方现代主义建筑理论中所谓“居住的机器”。住宅对于古代中国人，具有异常强烈的从属关系，甚至寄寓着更深层的东西，住宅成为其主人的物化。中国朝代更替时，新兴政治力量会不惜以一场大火把前朝覆压三百余里的宫殿化作一片焦土，也正是基于这样的建筑观。西门庆能够娶回几度为人妻妾、后为花子虚女人的李瓶儿作六房小妾，却不能接受并继续使用花子虚的住宅，更是这种观念在民间的体现。西门庆有这样的态度，也有能力付诸建筑实践，于是首先拆除旧房。

可见在宅院扩建的过程中，西门庆作为“能主之人”，对于建筑行为拥有绝对的控制力。当西门庆勾搭上了韩道国的妻子王六儿后，也有类似的周密考虑。

> 西门庆道：“等韩伙计来家，你和他计较，等子狮子街那里，替你破几两银子，买下房子，等你两口子，亦发搬到那里住去罢。铺子里又近，买东西诸事方便。”
>
> ——第三十八回

可见对于建筑布局的功能性，西门庆也有较周全的考虑。给王六儿购房的位置选择，一则离他们替西门庆经营的店铺近，便于日常工作，二则生活方面诸事方便，三则也有利于两人之间的私会。这样的考虑虽较浅显，但正是当代建筑设计布局中要充分考虑的所谓功能要素。类似的情节小说中还有许多，充分表明西门庆对于建筑功能的控制能力。

另外，当出现一些与建筑相关的特殊问题时，小说中也表现出西门庆作为“能主之人”的特殊能力。小说第四十八回中，西门庆到他给韩道国夫妇购买的房子中喝茶：

> 里面吃茶毕，西门庆往后边净手去，看见隔壁月台，问道：“是谁家的？”王六儿道：“是隔壁乐三家月台。”西门庆吩咐王六儿：“你对他说，若不与我，即便拆了。如何教他遮住了这边风水？不然，我教地方吩咐他。”这王六儿与韩道国说：“邻舍家，怎好与他说的。”韩道国道：“咱不如瞒着老爹，庙上买几根木植来，咱这边也搭起个月台来。上面晒酱，下边不拘做马坊，做个东净，也是好处。”老婆道：“呸！贼没算计的。比时搭月台，买些砖瓦来，盖上两间厦子，却不好？”韩道国道：“盖两间厦子倒不好了，是东子房子了。不如盖一层两间小房罢。”于是使了三十两银子，又盖两间平房起来。西门庆差玳安儿抬了许多酒、肉、烧饼来，与他家犒赏匠人。那条街上谁人不知。
>
> ——第四十八回

原本是邻家建的月台遮了自家风水，先提出要求对方拆除，不然将借助官府力量来逼迫对方，后来接受了韩伙计的主张，又盖两间平房起来。在解决问题的每一步思路中，都能体现西门庆对于建筑过程的控制能力。最后因势利导，变坏事为“好事”，又起建新房。这个过程同样表现了西门庆以建筑的手段去解决问题的综合处置能力，强化了他在建筑行为中“能主之人”的地位。

在先前的中国建筑历史研究中，“能主之人”通常指的是文人。小说《金瓶梅》所描绘的，是一个没有太多文化根基的市井富户，对于建筑过程依然具有很强的控制能力。小说由文人所作，因而从根本上也是文人思想的体现，从这些文字中不难看出，相关内容有充分的社会基础，并非全然杜撰的结果。

3.3 宅院的规模、布局与主要流线

中国古代小说叙事中，涉及大小、长短等数量概念，通常不是以绝对尺寸描述的，而喜欢以一个相对的物体尺度，或者以常规的数量来表现。这种表述方式在营造方面，与中国古代建筑的本质特征相关——除去某些超常规尺度的单体，中国古代建筑通常以群体的方式出现，在叙事中很容易产生对比。即便是某些超尺度的特殊建筑，也以“间”与“架”作为尺度表述的单位，而不是以绝对尺寸来度量。这样的表达方式与木构建筑

材料的受力限制直接相关，也是最便捷、最自然的表述形式。如《唐六典》中规定三品以上堂舍不得过五间九架①，是一种简便的规范表述；当建筑主体结构体系为木构架时，这种表述在一定层次上也具有精确性。这种比较性的描述，在叙事文学中表现出很大的灵活性，却给研究者增加了一定困难。并且，由于建筑的体量以对比的形式，或以建筑单体的个数表现，因此需要大量综合比较，才能透过文本见到一个真实的建筑群体。综上所述，在小说《金瓶梅》中，由文字建构的西门庆住宅从规模到布局是一体的，或者说，真正的规模是透过布局表现出来的。

建筑布局的第一步，当然是方位与朝向。对于西门庆住宅的方位，在研究初始阶段面对许多困扰，主要集中在对小说表述的“前后”关系上。依据常识判断，西门庆先是安排下四房妻妾，而后迎娶潘金莲，花园应当在整个建筑的后面。但第九回迎娶后次日潘金莲便“走来后面大娘子吴月娘房里，拜见大小”，再后第十回“妇人（指潘金莲，笔者注）往后面孟玉楼房中坐了”，这样的前后所指一直贯穿着小说叙事过程，并不是偶然，更非讹误。如果是小说作者“以后为尊”的习惯形成这样的空间方位描述，那么第十一回说西门庆“走到后边厨房里”，又与前面分析多有不符。

解决这个问题的关键，是要确认中国古代是否存在绝对意义上的“前后”方位概念。当描述建筑“前后”时，最著名的莫过于“前朝后市”②，这里的“前”确指南向，“后”则为北向。由于中国中原地区的地理原因，建筑本身就存在很明确的朝向，在日常语言中，对于建筑也有清晰描述。当以南北而论，建筑的正立面通常是南向，亦即为前。这种习惯性的方位称呼有很多文化依据，通过“背”“北”“后”三字的关系也能得到佐证。《广雅》解释“背，北也”，《释诂四》有云“背，后也”，这些概念与老子所讲“万物负阴而抱阳”也是一致的。《诗经》中卫风《伯兮》篇讲“言树之背”，传曰“背，北堂也”，也是以建筑的概念来解释方位。另，徐灏云：“古者宫室皆南向，故以所背为北。”朱骏声云：“人坐立皆面明背闇，故以背为南北之北。”③由这些可以看出，中国古代存在明确的“前（南）”“后（背、北）”概念，尤其是在对建筑进行描述时，一定是以南为“前”，以北为“后”。由此可以断定，《金瓶梅》中潘金莲所居的花园位于西门庆住宅的偏南侧（图 3-1）。而小说文本中又多次描述这个小院的独立与幽静，例如：

西门庆娶妇人到家，收拾花园内楼下三间与他做房。一个独独小院，角门进

---

① 侯幼彬．中国建筑美学[M]．哈尔滨：黑龙江科学技术出版社，1997：19。

② 关于“前朝后市”，一直存在着不同的表述：一说是“面朝后市”，见于：刘敦桢．中国古代建筑史[M]．2 版．北京：中国建筑工业出版社，1984：46；一说是“面朝背市”，见于：刘叙杰．中国古代建筑史・第一卷（原始社会、夏、商、周、秦、汉建筑）[M]．北京：中国建筑工业出版社，2003：208 页；一说是“前朝后市”，见于：董鉴泓．中国城市建设史[M]．2 版．北京：中国建筑工业出版社，1989：12。另 1999 年版《辞海（缩印本）》第 356 页所列词条为“前朝后市”。其实不论如何表述，“前”与“面”都是相同的概念，“后”与“背”“北”也是一个概念。

③ 参见：王力．同源词典[M]．北京：商务印书馆，1991：262。

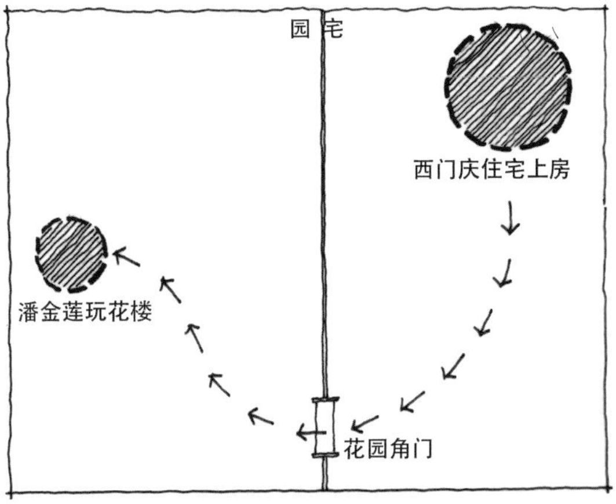

图 3-1 潘金莲玩花楼相对位置分析

去，设放花草盆景。白日间人迹罕到，极是一个幽僻去处。一边是外房，一边是卧房。

——第九回

俺房下都在后边第四层房子里，惟有我第五个小妾潘氏，在这前边花园内，独自一所楼房居住，他不敢管我。

——第十三回

位于建筑群体的南侧，而又“极是一个幽僻去处”，由此判断西门庆宅院应有一个位于南部（前面）的开口进入花园。在通常情况下，花园会安排在整个宅院的北侧，西门庆这样的安排应该与市井建筑的随意性相关。不仅是花园位置，连整个宅院的入口方位，也会根据实际用地情况而调整。

依据惯例，建筑采用南北向，院落也会面南背北，但是在某些特殊情况下，市井中也会产生北入口建筑。北京四合院的形制就有很多，形成与地形相适应的格局。据资料载，“北京四合院可以从一正一厢、三合院、四合院、两进院、多进四合院、带侧院及花厅的四合院，以及开设侧轴线的大型四合院，尚有北入口的倒座式四合院，东西厢入口的四合院等”。[①] 所有的这些形式，应该是与基地特征相关的。如在第十三回描述西门庆在花子虚家（西门府隔壁）的情形：

……西门庆在门前咳嗽，一回走过东来，又往西去，或在对门站立，把眼不住望门里盼着。

——第十三回

① 孙大章. 中国古代建筑史·第五卷（清代建筑）[M]. 北京：中国建筑工业出版社，2002：241。

第十七回冯妈妈来找西门庆时：

> 看看到二十四日，李瓶儿又使冯妈妈送头面来，就请西门庆过去说话。叫门不开，去在对过房檐下。
>
> ——第十三回

关于西门庆所在的那条县前街道，应该是南北侧都有住户的。这里不经意间讲出的“对门”“对过”都说明道路对面也有院落，另外后文也数次提及，乔大户家也在其“对门”：

> 一日，月娘往对门乔大户家吃生日酒去了。
>
> ——第二十二回

而乔大户的建筑规模与西门府差不多，又在街对面，布置成一个北入口的院落也是可以理解的。

对于西门庆院落的规模，小说多是用比较的方式通过第三者描述出来。花子虚旧宅与西门府隔壁，花园也相毗邻，所以规模应该差不多。文本中讲到西门庆遇见李瓶儿时提到：

> 裙边露一对红鸳凤嘴，尖尖趫趫立在二门里台基上。……。那西门庆三不知正进门，两下撞了个满怀。
>
> ——第十三回

这里的“二门里台基”表明，院落前面至少有一个层次的院门，而且此门相对比较开放，所以才会在“二门里”遇到家庭的女主人。据文本交代，这里曾是“由御前班直升广南镇守”的花老太监告老还乡的居处，层次规模不可能太低。可见，原先的花子虚住宅也是有一定规模的建筑群。由此衬出，西门庆住宅也具有极类似的规模。后文进一步通过陈经济的语言，量化地描述这两所规模差不多的院落：

> ……经济道：“他在东大街上，使了一千二百银子，买了所好不大的房子，与咱家房子差不多儿，门面七间，到底五层。”
>
> ——第三十三回

此处所说的“门面七间”应该不是如传统北京四合院那样封闭的院落形式，而是在临街面打开铺面从事经营活动的“门面”房（图 3-2）。到底五层也非当代意义上的建筑层数（高度）概念，而是指建筑空间的层次，亦即院落在进深方向的层次。至于“好不大的房子”，依据戴鸿森在《校点说明》中关于“正话反说与反话正说”的解释，[①]此处是陈经济在感叹对门的房子大，也暗指自家住宅的规模不小。后文有对乔大户家住宅更详尽的描绘：

---

① 参见：〔明〕兰陵笑笑生．金瓶梅词话［M］．戴鸿森，校点．北京：人民文学出版社，1985：校点说明第 5 页。

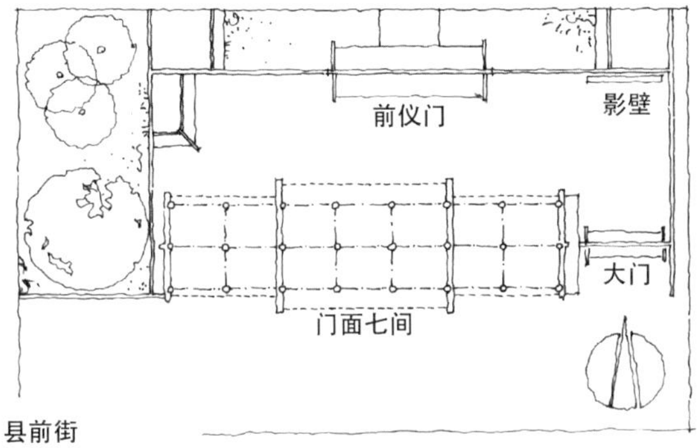

(a) 依据文本所绘的门面平面图

(b) 崇祯本版画中所表现的门面

图 3-2　临街进行商业活动的门面示意

……孟玉楼说道："大姐姐，今日他爹不在，往吴驿丞家吃酒去了，咱到好往对门乔大户家房里瞧瞧。"月娘问看门的平安儿："谁拿着那边钥匙哩？"平安道："娘每要过去瞧，开着门哩。来兴哥看着两个坌工的在那里做活。"月娘吩咐："你教他躲开，等俺每瞧瞧去。"平安儿道："娘每只顾瞧，不妨事。他每都在第四层大空房拨灰筛土，叫出来就是了。"当下月娘、李娇儿、孟玉楼、潘金莲、李瓶儿，都用轿子短搬抬过房子内。进了仪门，就是三间厅。第二层是楼。月娘要上楼去，可是作怪，刚上到楼梯中间，不料梯磴陡趄，只闻月娘哎了一声，滑下一只脚来，早是月娘攀住楼梯两边栏杆。

——第三十三回

几个人来到对门乔大户家的新建住宅时，先是进仪门，而后直接就是"三间厅"，再后面的一进院落才是楼，依据这里叙事的层次，比较之下自会凸显西门庆宅院的规模。后文中，为了迎接宋、蔡两位御史，以文学的语言渲染了此宅院的规模。

西门庆知了此消息，与来保、贲四骑快马先奔来家，预备酒席。门首搭照山彩棚，两院乐人奏乐，叫海盐戏并杂耍承应。原来宋御史将各项伺候人马都令散了，只用几队蓝旗清道，官吏跟随，与蔡御史坐两顶大轿，打着双檐伞，同往西门庆家来。当时哄动了东平府，抬起了清河县，都说："巡按老爷也认的西门大官人，来他家吃酒来了。"慌的周守备、荆都监、张团练，各领本哨人马，把住左右街口伺候。西门庆青衣冠带，远远迎接。两边鼓乐吹打，到大门道，下了轿进去。宋御史与蔡御史都穿着大红獬豸绣服，乌纱皂履，鹤顶红带，从人执着两把大扇。只见五间厅上，湘帘高卷，锦屏罗列。正面摆两张吃看桌席，高顶方糖，定胜簇盘，十分齐整。二官揖让进厅，与西门庆叙礼。

——第四十九回

基于所有上述分析，可以得出西门庆住宅大体的规模。这是位于清河县主要干道县前街的一所大户宅院，大门开在街道的侧面，进门后是仪门，过仪门夹道是大厅的院子，南面居中是一个五开间的大厅。院落总共有五进，厅之后为西门庆妻妾的住房。而潘金莲在一所单独的花园院中，与后来的李瓶儿一同居住。这所宅院本身就是清河县屈指可数的，令自家奴仆感到骄傲；到后来扩建合并了花子虚住宅后，更成为县城中最好的一个住宅群，以至于当地基层官员若要宴请更高级别的上级，也会借用他的宅院，以彰显档次。

3.3.1 仪门

对于建筑而言，交通流线始终是一个异常重要的线索，因为交通将所有的使用功能联系起来，并且完成了最初步的功能分区。对于以群体组合为特点的中国古代建筑，交通更具有不可替代的作用。研究建筑的交通流线，需首先找到关键节点，以之为突破口深入分析。对西门庆住宅而言，交通流线上最重要的关键节点就是仪门。

中国古代建筑对于仪门并没有统一的规定，一般来说指的是大门之内的第二道门，对于北京的四合院住宅，通常是以垂花门的形式出现。仪门之"仪"，应代表一定程度的仪礼，《辞海》释云"取有仪可象之意"，并称主要用于明清两代官署大门之内的门，也指官署的旁门。在引伸的使用过程中，也指邸宅的第二重门。《明会典》在"官员礼"一节中明确规定："……新官到任之日……引至本衙门仪门前下马。"《江宁府志·建置·官署》也有规定："其制大门之内为仪门，仪门内为莅事堂。"但很多时候，对于宅邸而言，仪门也指非中轴线上的旁门。如《红楼梦》第三回："邢夫人携了黛玉坐上，众婆子们放下车帘……亦出了西角门，往东过荣府正门，便入一黑油大门中，至仪门前，方下来。"此处所描述，日常进入的并不是宁国府的正门，而是侧门的第二道。但不论是在重要官署还是一般府邸，仪门的位置与作用都非常重要，在《金瓶梅》中更是研究西门庆住宅建筑群落的一个重要突破口。

在《金瓶梅》中对于仪门的描述主要有这些：

当日西门庆……于是一直打马来家。刚下马进仪门，只见吴月娘、孟玉楼、潘金莲并西门大姐四个,在前厅天井内,月下跳马索儿耍子。见西门庆来家,月娘、玉楼、大姐三个都往后走了。只有金莲不去,且扶着庭柱兜鞋,被西门庆带酒骂道:"淫妇们闲的声唤,平白跳甚么百索儿?"赶上金莲踢了两脚。走到后边,也不往月娘房中去脱衣裳,走在西厢稍间一间书房内,要了铺盖,那里宿歇。

——第十八回

西门庆住宅进仪门后,直接看到"前厅天井"。为避开西门庆,众妻妾都赶着"往后走了",可见众妻妾的住房在前厅北面。此时潘金莲不避开,除了她自恃受宠不识趣之外,还因为她与其他人住房方位不同,要从"前厅天井"回到她自己在花园中的住房,需经过角门才能到达(图 3-3)。

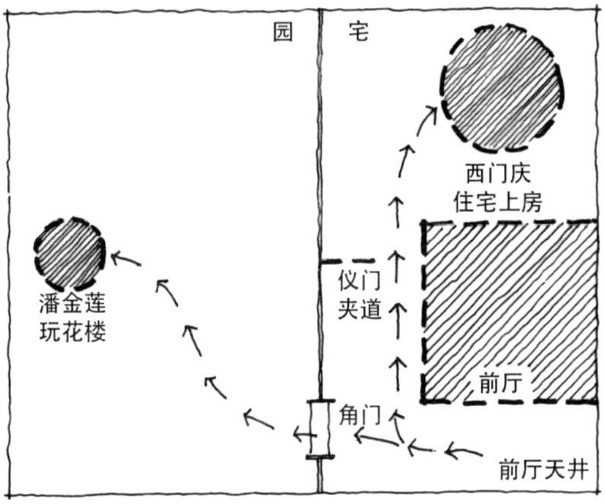

图 3-3 由前厅天井回各住房的流线分析

说话中间,忽报刘公公、薛公公来了。慌的西门庆穿上衣,仪门迎接。二位内相坐四人轿,穿过肩蟒,缨枪队,喝道而至。西门庆先让至大厅上拜见,叙礼接茶。

——第三十一回

这段文字之前,西门庆正在花园卷棚内与应伯爵说话,马上更衣去"仪门迎接",然后让至大厅。前面第二十二回讲进入仪门就见到上房门首,如今又能进入大厅。因此有两种可能:一是进仪门后的室外空间是联系上房与大厅的空间,大厅可能为一个北向的厅堂,二是至少有前、后两座仪门。

那应伯爵狗也不咬,走熟了的,同韩道国进入仪门,转过大厅,由鹿顶钻山进去,就是花园角门。

——第三十四回

此处叙述应伯爵进入花园的流线是这样的:西门庆门首(平安儿守门)→进入仪门→转过大厅→鹿顶钻山进去→花园角门→木香棚→松墙→翡翠轩。

上面两段文字表明,主要的"仪门"位于大厅(或"前厅天井")的前面(南侧),并且不仅仅这一座仪门。

正说话间，忽听一片声打仪门。

——第十九回

这一处的情节是西门庆迎娶李瓶儿后生气没去她的房间，瓶儿企图自尽被救下，春梅来报告西门庆。显然从空间位置上也表明，在花园与西门庆住宅正房之间的路径上存在一道仪门。

话说西门庆从院中归家，已一更天气，到家门首，小厮叫开门，下马踏着那乱琼碎玉，到于后边仪门首。只见仪门半掩半开，院内悄无人声。西门庆口中不言，心内暗道："此必有跷蹊。"于是潜身立于仪门内粉壁前，悄悄试听觑。只见小玉出来，穿廊下放桌儿。……只见丫鬟小玉放毕香桌儿。少顷，月娘整衣出房，向天井内满炉炷了香，望空深深礼拜。

——第二十一回

这一处有两个重要的词语表述仪门的空间位置。一是"后边仪门首"，依据前面所述，充分表明西门庆的宅院中有前后两座仪门。通过小说文本的情节分析，一更天气叫了小厮开门，院内悄无人声，"仪门半掩半开"的情况下，若大门（即"家门首")离此"仪门"很近，必然会惊扰里面月娘的活动。因此，此"仪门"与大门之间，应该有比较长的距离，当为后仪门。其实，单从文字分析，仔细品味其中"……下马踏着那乱琼碎玉，到于……"这样的一些动作描述，也能感到作者特意把那种空间距离感表露出来。

不说西门庆在玉楼房中宿歇。单表潘金莲、李瓶儿两个走着说话，行叫李大姐、花大姐，一路儿走到仪门，大姐便归前边厢房中去了。小玉打着灯笼，送二人到花园内。

——第二十一回

这一段情节是讲西门大姐与潘金莲、李瓶儿三人从后面孟玉楼房中出来后的行走流线。三人到仪门处，潘、李二人要同出仪门进花园房中，而西门大姐要去到"厅前东厢房"，在此处说"前边"厢房，可见仪门的位置在"厅前东厢房"以北。并且，此处一个"归"字，似乎表明了仪门在整个院落轴线的西侧——倘使仪门在东，那么东厢房就在不远处，似可不必强调一个"归"字。

一日，月娘往对门乔大户家吃生日酒去了。约后晌时分，西门庆从外来家，已有酒了，走到仪门首，这蕙莲正往外走，两个撞个满怀。

——第二十二回

所谓的"仪门"，从尺度上讲并不很大，迎面通过时会很容易"撞个满怀"。因此这里的"仪门"，并非前面为了显示宅院主人气派而设置的有对外礼仪功能的仪门。

金莲走到房中，匀了脸，亦往后边来。走入仪门，只见小玉立在上房门首。金

> 莲问："你爹在屋里?"小玉摇手儿，往前指。这金莲就知其意，走到前边山子角门首，只见玉箫拦着门。
>
> ——第二十二回

由视线分析能看出，入仪门马上能看到"上房门首"，并可与"上房门首"的人语言交流，则此"仪门"与吴月娘住房正门之间没有视觉障碍且间距不远。因而此"仪门"当在大厅侧面山墙与宅院围墙间偏后的地方。这段文本中西门庆通过玉箫约蕙莲在"山子底下洞儿里"偷情，被潘金莲撞破。起初蕙莲讲过担心住在园中的"五娘、六娘知道了"，说明这个山子离潘、李二人住房不远。但潘金莲从瓶儿房中出来，没有撞见他们，也说明山子不在去往仪门的流线上。此处从上房门首往"前"去到山子，文本中并没有提及潘金莲原路返回过仪门进花园，有两种可能，一是在叙事上避免啰嗦，二是说明有更近的路，如走前边山子角门。

> 说得老婆闭口无言，在房中立了一回，走出来了。走到仪门夹道内，撞见西门庆……
>
> ——第二十三回

此处的"仪门夹道"应该就是大厅侧面山墙与宅院围墙之间的狭窄交通空间(图 3-4)。这段情节是蕙莲(老婆)被警告后，从潘金莲房中出来，在仪门夹道内碰到西门庆，几句话后，小说继续写道她"往前边去了"。这说明从花园角门出来要经过"仪门夹道"才能到"前边"，花园角门位于后仪门同侧，且开口于"仪门夹道"侧面。叙事中并没再写她"过仪门到前边去了"之类的话，可见从后院出来先出仪门，而后入仪门夹道，并且仪门夹道"前边"(亦即南边)还是有内容的，很可能是游廊。

> 单说潘金莲从房里出来，往后走，刚走到大厅后仪门首，只见孟玉楼独自一个在软壁后听觑。
>
> ——第三十五回

这部分内容及其前面的情节又包含了大量的空间信息。先是西门庆回家不想见客，吩咐"大门首"的平安儿谎称自己不在家。白来创来见，问了平安儿后，不相信就径入里面厅上，见到槅子关着半信半疑，推开槅子进入厅内等，碰巧西门庆与迎春抱着尺头从李瓶儿房中出来，转过软壁后"顶头撞见"。于是西门庆不得不在厅内陪他，并让家人琴童把尺头抱到厢房(客房)内让陈经济处理。交谈中，夏提刑到，白来创躲在西厢房里。夏走上厅来，西门庆"冠带着从后边迎将来"，说明大厅是有后门的。待西门庆送走夏提刑，白来创又来厅上坐着聊天，直到主人在厢房里放桌请他吃饭后才走。相送至"二门首"，西门庆说自己"带着小帽不好出去得"。然后，西门庆返回大厅里打平安儿，而此刻潘金莲从房里出来"往后走"到"大厅后仪门首"，见到孟玉楼在软壁后。在这段文字中出现的"二门首"应该是代表前仪门(图 3-5)，而大厅附近的"后仪门首"，才是西

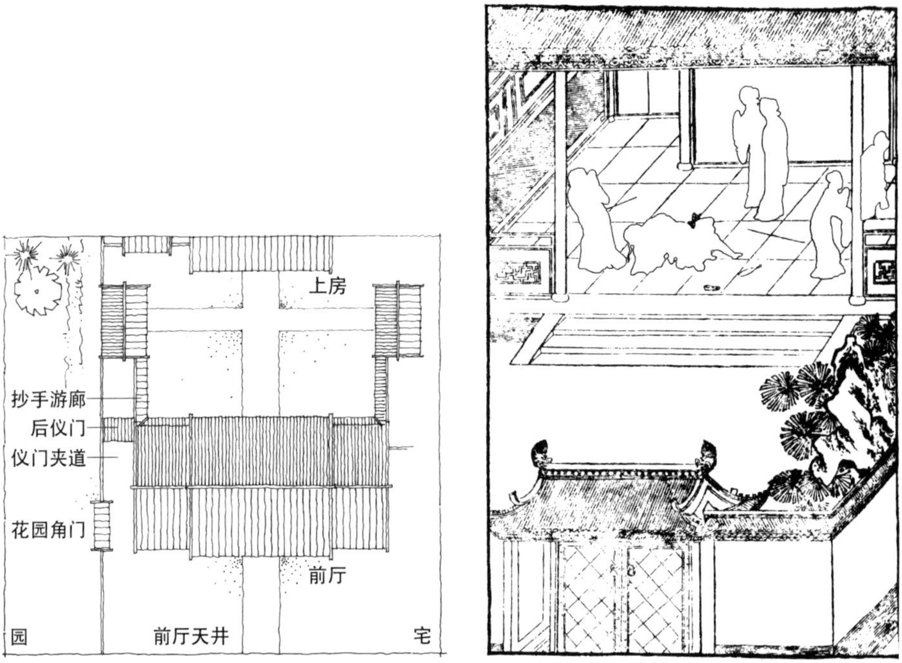

(a) 依据文本所绘后仪门位置图　　(b) 崇祯本版画中所表现仪门

图 3-4　后仪门位置关系示意图

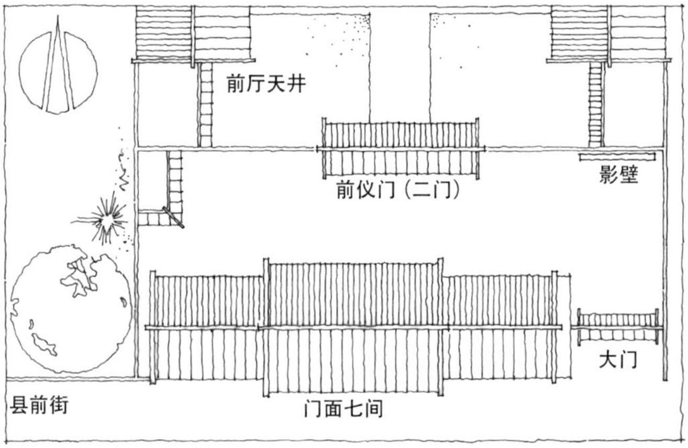

图 3-5　前仪门位置关系示意图

门庆住宅进行内、外功能分区的节点。

由上述分析可见，小说文本中关于“仪门”的描述，大部分指的是后仪门，相关空间描写还有以下这些。

玉楼、金莲二人到仪门首，撞见来安儿，问："你爹在那里坐着哩？"来安道："爹和应二爹、谢爹、韩大叔，还在卷棚内吃酒。书童哥装了个唱的，在那里唱哩，娘每瞧瞧去。"二人同走到卷棚槅子外，往里观看。

——第三十五回

依据上下文语境分析，此处的"仪门首"应该指的是后仪门。

吃到酒阑，收了家活，抬了桌出去。月娘吩咐小玉把仪门关了，炕上放下小桌儿，众人围定两个姑子，在正中间焚下香，秉着一对蜡烛，都听他说因果。

——第三十九回

这一天潘金莲生日，众女眷与两个姑子在上房吃饭，这里的仪门应该也是后仪门。

这李桂姐和吴银儿，就跟着潘金莲、孟玉楼，出仪门往花园中来。因有人在大卷棚内，就不曾过那边去。只在这边看了回花草，就往李瓶儿房里看官哥儿。

——第五十八回

从上房中出来，去花园路过仪门，亦应为后仪门。

因问小玉："灶上没人了，与我把仪门拴上了罢……"

——第七十四回

此处说"灶上没人了"要关仪门，说明厨房位于整个院落的北侧，也就是曾提及的"后面"上灶。另一方面也说明，在仪门之内的后院中，仅安排西门庆的妻妾与女性奴仆居住，功能分区在这里也有明确体现。

到次日，却是六月初三日，金莲起来得早，在月娘房里坐着，说了半日话出来，走在大厅院子里墙根下，急了溺尿。正撩起裙子，蹲踞溺尿。原来西门庆死了，没人客来往，等闲大厅仪门只是闲（崇祯本作"关"）闭不开。经济在东厢房住，才起来，忽听见有人在墙根石榴花树下溺的尿刷刷的响，悄悄向窗眼里张看。

——第八十二回

这里的内容隐含一个重要信息，就是后仪门位于大厅侧面的东西方位。虽然西门庆死去了，但潘金莲依然还住在她花园的房子中，这里讲的大厅仪门，应该指的是前面供接待的仪门，至于她到后面上房之间要经过的后仪门，是不可能关闭的。陈经济能够听到溺尿之声并与金莲窗下搭话，说明她是在靠近东侧的"墙根下"做这些事情的；但这些事情以及后面与陈经济相戏谑的事，不可能是在经常有人通行的路上进行的。因此，从这里能看出，后仪门南侧的"仪门夹道"不应该在靠近陈经济所住东厢房的附近，后仪门应该是在大厅西侧。又后文说到来旺与雪娥私会（第九十回），是在"西耳房堆马鞍子去处"，这样的功能空间应该是与交通相关的，因此也暗证了侧门在整个院落轴线的西部。并且，前文述及花园角门包含在后"仪门夹道"中，因此潘金莲所住的花园，甚至先前花子虚的宅邸，都应该是在西门庆宅院主轴线的西侧。

雪娥独自悄悄和他打话:“你常常来走着,怕怎的!奴有话教来昭嫂子对你说。我明日晚夕,在此仪门里紫墙儿跟前耳房内等你。”两个递了眼色,这来旺儿就知其意,说:“这仪门晚夕关不关?”雪娥道:“如此这般,你来先到来昭屋里,等到晚夕,踩着梯凳,越过墙,顺着遮墙,我这边接你下来。咱二人会合一回,还有底细话与你说。”

——第九十回

这一段也是与仪门有密切关系的细节描写。雪娥说的“此仪门”,是指当时吴月娘招待来旺吃东西的地方,不应该是指后仪门。来旺与雪娥私会,并且约定要卷些财物私奔,需要安排逃跑过程中的交通线路。为此他们贿赂打通了看大门的来昭夫妇,但大门之后尚有仪门,因为西门庆死后“等闲只是不开”,并且仪门后的东厢房中还住着陈经济,所以来旺需要翻墙过来才行。后来,他们又共同密谋出逃,来昭没有开大门,也是从院子里面出去的。

另外,小说第七回孟玉楼对张四舅的话中提及,“……他就外边胡乱行走,奴妇人家只管得三层门内,管不得那许多三层门外的事”。此处的“三层门”,不论解读为“(第)三层门”还是“三层(院)门”,都不会是指通常意义上的前仪门,而是指划定女眷对外界限的后仪门。

通过上面对于小说中关于“仪门”的叙事分析,可以得出如下一些结论。一是小说文本中所提到的“仪门”,分为前后两处——在外的是供西门庆待客的“前仪门”,或称“二道门”,在北京传统四合院中相当于垂花门的位置;而另一个更常被提及的“后仪门”,则是位于西厢房北面、正厅西侧山墙与院墙间北边的一个后门,这里有一个夹道,通向后面女眷住宅。而夹道中后仪门南侧西墙上,则有一个相对方便的花园门,通向庭院西部的园林。前仪门更具有对外的礼仪性质,而后仪门则是一个前后、内外功能分区的交通节点。

3.3.2 角门

除了仪门之外,另有许多关于“角门”的描写。通读全文发现,文本中所说的“角门”其实也不只一个。例如前文提到过的“花园角门”:

那应伯爵狗也不咬,走熟了的,同韩道国进入仪门,转过大厅,由鹿顶钻山进去,就是花园角门。

——第三十四回

这里的“角门”确指“花园角门”,位于后仪门南面不远处的“仪门夹道”中。

话说冯婆子走到前厅角门首,看见玳安在厅槅子前,拿着茶盘儿伺候。

——第三十八回

这时指的也是花园的角门，并且从角门首能看到“厅槅子前”的情形。

那陈经济见无人，从洞儿钻出来，顺着松墙儿，抹转过卷棚，一直行前边角门往外去了。

——第五十二回

此处是陈经济欲与潘金莲偷情，被撞见后逃走的路线。可以看出，此处的“角门”所指为花园角门，提供最便捷的线路，甚至是唯一的途径。并且，因冠以“前边”，也看出花园角门当在那“洞儿”以南的位置。

当然，大量的“角门”所指，应该是花园中主要区域的入口。例如：

分付春梅，把前后角门顶了，不放一个人进来。

——第十二回

此处的角门应该是潘金莲在花园中住房的院门，以“角门”表述，未必开在院角，很可能只是院子南侧居中的一处院墙小门。后文西门庆承诺李瓶儿的时候，也说给她一处小院，“安两个角门儿出入”。但通读小说，并不曾有“两个角门”一说，也应该是小院落的入口。

月娘与他一件云绢比甲儿、汗巾、花翠之类，同李娇儿送出到门首。桂姐又亲自到他花园角门首：“好歹见见五娘。”那金莲听见他来，使春梅把角门关闭，炼铁桶相似……

——第十二回

此处似乎也在说“花园角门”，但实际上是“她花园角门首”，专指潘金莲小院的角门——因为唯有这样的角门春梅才能够控制得如“炼铁桶相似”。

须臾吃毕，搭伏着春梅肩膀儿，转过角门，来到金莲床房中。

——第二十九回

这里的故事先是西门庆在“花园大卷棚内聚景堂”吃酒，然后去潘金莲床房中。依据小说文本叙事的空间顺序，走的应该也是潘金莲小院的角门。

于是用袖儿抱着那四锭金镯儿，也不到后边，径往花园内李瓶儿房里来。正往潘金莲角门首所过，只见金莲正出来看见……

——第四十三回

西门庆收了借贷者还的儿锭金镯儿，就想着要去李瓶儿房间逗弄儿子。说“不到后边”，表明流线在这里分岔了——要么进花园角门去潘、李住处，要么进后仪门到“后边”上房，此处西门庆选择了前者。同时，文本也说明，去到李瓶儿小院要经过潘金莲的门前，文中所说的正是“潘金莲角门首”。

春梅坐在穿廊下一张凉椅儿上纳鞋，只见琴童儿在角门首探头舒脑的观看。

——第三十回

潘道士……只见进入角门，刚转过影壁，恰走到李瓶儿房穿廊台基下，那道士往后退讫两步，似有呵叱之状，尔语数四，方才左右揭帘，进入房中，向病榻而立。

——第六十二回

上面所讲，前一段是潘金莲小院中的情形，后一段是西门庆为救重病的瓶儿，请来道士做法。两段文字中所说的"角门"分别是指潘、李自家小院的门，并且进门后为一面影壁，然后都有"穿廊"。而穿廊通常是指在二门内的游廊，由于进门后分为两边而在《红楼梦》中称为"超手游廊"。依此来看，这两个角门分别设于各自小院的中轴线上，并且潘、李二院是并列设置的——假使是开门于角部，也不太符合常规的设计逻辑。由此也证明了，所谓的"角门"并非开在院落的角部，只是言其小而使用的惯称。

角门也可用来指花园中其他的区域入口——

金莲走到房中，匀了脸，亦往后边来。走入仪门，只见小玉立在上房门首。金莲问："你爹在屋里?"小玉摇手儿，往前指。这金莲就知其意，走到前边山子角门首，只见玉箫拦着门。

——第二十二回

此处的角门说是"前边山子角门首"，指的是花园中藏春坞区域的小角门。说"山子"，应该是称呼此处的假山。

上面以《金瓶梅》中提到的"仪门"与"角门"作为切入点，采用交通流线分析，讨论了西门庆住宅的总体布局。同时也通过系统比较等方式，确认了整个建筑群落大体的规模，为下面的进一步深化研究奠定了场地空间基础。

在研究《金瓶梅》的建筑布局时，发现一个有趣的现象，就是在词话本的第五十七回是这样表述空间流线的：

且说西门庆辞别了应伯爵，转到后厅，直到卷棚下，卸了衣服，走到吴月娘房内，把应伯爵荐水秀才的事体，说了一番……

——第五十七回

依据上面的研究，这段文字中列举的交通流线"前厅→后厅→卷棚、卸衣服→吴月娘房内"，这明显不符合实际流线情况。前文已经讨论过，《金瓶梅》的第五十三至五十七回应该是后人补添进去的。不难发现，补添者并没有细致研究作者心中已经成形的那个西门庆宅院，而只是很随意地列举几个建筑名称。到了后来小说更加成熟，进而形成崇祯本的时候，或许是改写者注意到这个情况，或许只是为了叙事的简化，删去这些流线上的细节：

且说西门庆辞别了应伯爵，走到吴月娘房内，把应伯爵荐水秀才的事体说了一番……

——崇祯本第五十七回

当然,上述都是针对西门庆宅院空间位置而进行的精细文本分析。这个分析存在一个假设,即小说作者是唯一的,在其心目中存在一个清晰的空间位置模型,并且可以用精确的语言表达出这样的模型构成。

3.4 主要单体建筑的空间结构与使用功能

西门庆院落的布局相对比较清晰,经过上面的梳理,从交通流线方面也更加明确。在此基础上,深入分析各单体建筑的使用功能有助于进一步研究工作的的展开。值得注意的是,以现代建筑所界定的"功能"看,中国古代的建筑单体并不呈现自主的功能特征。一个建筑单体空间,在不同的使用场合表现出完全不同的功能属性。描述中国古代建筑单体功能的"灵活性",同时也是在评价其功能的"模糊性"。——当然这些评价并不代表价值判断,只是与中国古代文化深度相关的某些特性。另一方面,当中国建筑的单体被设置于群体中的某个具体位置,它的功能在很大程度上已经确定。不同位置的单体具有不同的地位,也被赋予不同的空间意义——所有功能也通过这些空间意义得到最大程度的表现。当然,这种空间布局上的确定,并没有从根本上消除中国建筑的"模糊性",很多时候,相同的建筑群体结构会表现出完全不同的使用特征。"功能与结构的联系是复杂的和多样的。既有'同功同构'的现象,也有'同功异构''一构多功''异构同功'等现象。社会生活的多样性,带来了庭院功能要求的多样性。庭院功能的多样性,带来了庭院同构的、异构的多样性。"[①]影响建筑功能的最根本源动力,就是社会生活。而中国古代小说所表现的恰恰是社会生活,更不用说《金瓶梅》这样的"世情书"。[②]当小说集中力量去描摹其中最重要的人物角色时,其所居住的建筑单体空间环境及由此组合成的庭院,都会在叙事中表现出最直接的功能特征。因此,这些内容成为《金瓶梅》建筑叙事研究中非常重要的一部分素材。

3.4.1 前厅

西门庆住宅中的前厅,在小说文本中又被称作"大厅",位于前仪门南侧的院落北边,是整个宅院中仪式感最强、对外交往中最重要的一座建筑。因其重要性,它成为宅院序列中等级最高的一所建筑,在使用功能上也具有很明确的特征(图3-6)。

首先是等级规模,小说叙事中对这座建筑有很确切的尺度描述。第三十三回陈经济盛赞对门乔大户家"好不大的房子",而去看过后,又略带不屑地认为只是一座"三间

① 侯幼彬.中国建筑美学[M].哈尔滨:黑龙江科学技术出版社,1997:85。

② 鲁迅著《中国小说史略》中把《金瓶梅》称作"明之人情小说",并说"诸'世情书'中,《金瓶梅》最有名"。参见:鲁迅.中国小说史略[M]//鲁迅全集·第九卷.北京:人民文学出版社,2005:186。

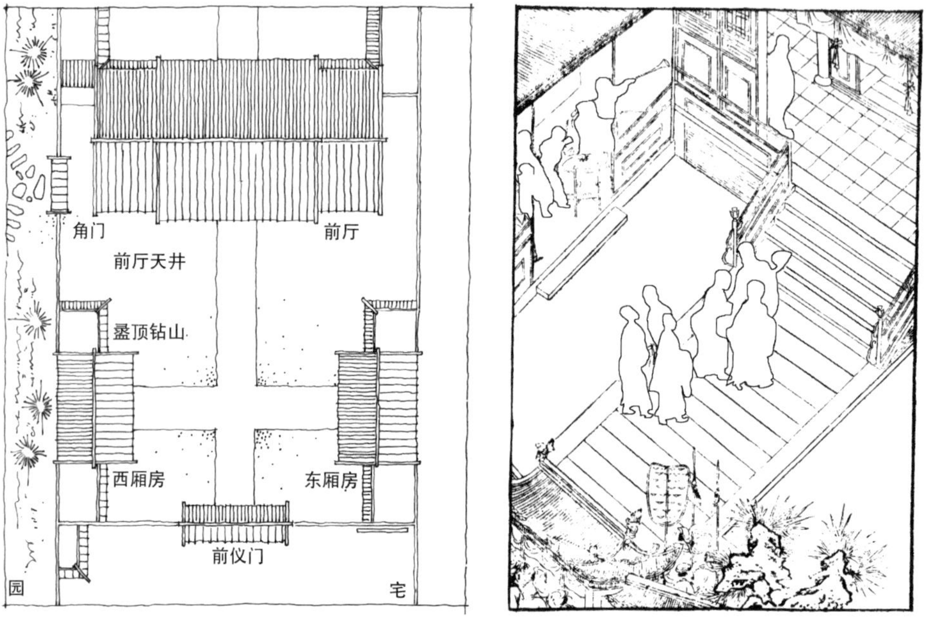

(a) 依据文本所绘前厅空间平面图

(b) 崇祯本版画中的前厅空间

图 3-6 前厅空间示意图

厅”；第四十九回迎接宋、蔡两位御史的文字中，提到西门庆家是“五间厅”，这种规格层次都表明其建筑尺度与等级。可见，就建筑性质而言，这是一个高度程式化的建筑，承担不同的功能，形态比较规整，有明确的等级意义，完全有别于文本中所述及的低层次建筑（如王婆的住房等）。这座建筑在西门庆发迹早期可以看作是一种“民间正式”建筑（图 3-7），而后来又叠加了明确的“官工正式”内涵。① 建筑虽然相对规整，但在功能适用性上却非常灵活，“它既适用于日常起居的生活空间，也适用于进行

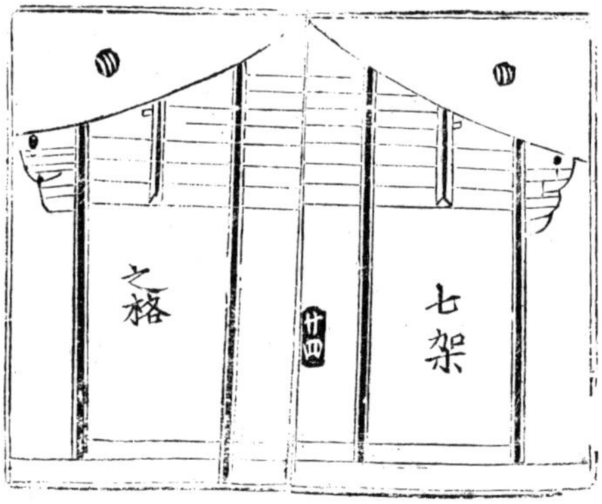

图 3-7 《营造正式》中的七架之格示意图

① 侯幼彬先生将中国古代木构建筑单体划分为“程式建筑”与“非程式建筑”，前者又分为通用型（即“正式建筑”）与专用型（即“杂式建筑”），后者主要指民居为主“活变型”的民间建筑。而其中的“正式建筑”又依使用者及使用方式等不同而进一步分为“官工正式”与“民间正式”两类。详见：侯幼彬．中国建筑之道［M］．北京：中国建筑工业出版社，2011：160-188。

政务、祭祀、宗教、聚会等活动的礼仪空间”。[①]

首先，前厅建筑尺度相对比较大，为日常各种工作、生活提供了宽裕的室内空间。

当下西门庆叫了经济到前厅，封尺头礼物，送提刑所贺千户，新升了淮安提刑所掌刑正千户。……西门庆差了钺安送去，厅上陪着经济吃了饭，归到金莲房中。

——第二十八回

不一时，贲四与两个人抬进去，放在厅堂上。西门庆与伯爵丢下双陆，走出来撇看，原来是三尺阔五尺高可桌放的螺钿描金大理石屏风，端的是一样：黑白分明。伯爵观了一回，悄与西门庆道：“哥，你仔细瞧，恰相好似蹲着个镇宅狮子一般。”两架铜锣铜鼓，都是彩画金妆，雕刻云头，十分齐整。

——第四十五回

前者作为一个办杂事的大空间使用，顺便与女婿等人一同吃饭；后者则把别人寄当的货物拿在众人面前展示，一则大厅的空间比较合适，二则在这样的空间中也利于炫耀。

当然，厅堂最重要的使用功能，还是场面上的迎来送往。这是小说对这个空间表现最突出的一项内容。因此，在叙事上会不惜花费大量的笔墨来极言其盛。

说话中间，忽报刘公公、薛公公来了。慌的西门庆穿上衣，仪门迎接。二位内相坐四人轿，穿过肩蟒，缨枪队，喝道而至。西门庆先让至大厅上拜见，叙礼接茶。落后周守备、荆都监、夏提刑等众武官，都是锦绣服，藤棍大扇，军牢喝道，僚掾跟随。须臾都到了门首，黑压压的许多伺候。里面鼓乐喧天，笙箫迭奏。西门庆迎入，与刘、薛二内相相见。厅正面设十二张桌席，都是帏拴锦带，花插金瓶；桌上摆着簇盘定胜，地下铺着锦裀绣毯。西门庆先把盏让坐次。刘、薛二内相再三让逊：“还有列位大人。”周守备道：“二位老太监齿德俱尊。常言：三岁内宦，居于王公之上。这个自然首坐，何消泛讲。”彼此让逊了一回。薛内相道：“刘哥，既是列位不肯，难为东家，咱坐了罢。”于是罗圈唱了个喏，打了恭，刘内相居左，薛内相居右，每人膝下放一条手巾，两个小厮在旁打扇，就坐下了。其次者才是周守备、荆都监众人。

——第三十一回

文本中这一次迎请的，都是对西门庆有重要价值的客人，因此极注重礼仪。“厅正面设十二张桌席”，表明此建筑室内空间之大。这些家具陈设加上相关服务人员，在这个厅上并没有表现出拥挤，可见此建筑规模之大。这也为日后县里官员借西门府用以招待上官作了空间上的铺叙。

---

① 侯幼彬．中国建筑之道[M]．北京：中国建筑工业出版社，2011：161。

使用功能上的特殊性，使得空间装饰格外强化，而在某些关键时节，更要特别妆点：

西门庆在家，看着贲四叫了花儿匠来扎缚烟火，在大厅、卷棚内挂灯，使小厮拿帖儿往王皇亲宅内定下戏子，俱不必细说。

——第四十一回

可见，在原有住宅轴线上，大厅是最重要的建筑。虽然后来盖起花园卷棚，并时常用以待客，也有妆点的必要，但前厅依然是最具礼仪性的空间。

西门庆到家，看见胡僧在门首，说道："吾师真乃人中神也。果然先到。"一面让至里面大厅上坐。西门庆叫书童接了衣裳，换了小帽，陪他坐的。那胡僧睁眼观见厅堂高远，院宇深沉。门上挂的是龟背纹、虾须织抹绿珠帘，地下铺狮子滚绣球绒毛线毯。正当中放一张蜻蜓腿、螳螂肚、肥皂色起楞的桌子，桌子上安着绦环样、须弥座大理石屏风。周围摆的都是泥鳅头、楠木靶肿筋的交椅，两壁挂的画都是紫竹杆儿绫边、玛瑙轴头。正是：鼍皮画鼓振庭堂，乌木春台盛酒器。

——第四十九回

胡僧是小说《金瓶梅》中一个极其重要的人物，虽然只出现一次，其象征意义非常大，并且他提供的春药是导致西门庆死去的直接物质原因。小说在此处改变叙事视角，以胡僧的眼睛观察西门庆住宅的大厅，以一种极客观的口吻表现厅堂空间。与前面不同的是，西门庆这次特意"换了小帽"，人的衣饰作为空间形态的一部分，也影响着空间的总体感受——西门庆服饰的改变，在很大程度上弱化了原来高大室内空间所具有的庄严感，为环境平添了几分随意；同时，在大厅这样的空间中又不失礼仪性——这就为后文索要春药的行为提供了一个更合适的氛围。

西门庆出大门迎接，至厅上叙礼，各道契阔之情，分宾主坐下：黄主事居左，安主事居右，西门庆主位相陪。

——第五十一回

安主事此番到来，不同于先前的略感失落，而是拥有了较显赫的官位，并有职责在身。值得注意的是，作者在叙事过程中，使用的语言全然是文人语气，把西门庆描写得具有文人倾向。这样的文字也会在描述建筑空间时使用，从而使空间状态具有明显的文人倾向，超越了通常意义上西门庆的身份。

大厅因其规模，偶尔用做西门庆家庭饮宴的场所。尤其是在某些比较特殊的节日，不会有外来人员打扰，大厅就有了一定程度的内向使用功能。

话说一日，天上元宵，人间灯夕，西门庆在家，厅上张挂花灯，铺陈绮席。正月十六，合家欢乐饮酒。正面围着石崇锦账围屏，挂着三盏珠子吊灯，两边摆列着许多妙戏桌灯。西门庆与吴月娘上坐，其余李娇儿、孟玉楼、潘金莲、李瓶儿、孙雪娥、西门大姐都在两边列坐，都穿着锦绣衣裳，……春梅、玉箫、迎春、兰香一般儿四个家乐，在旁操筝歌板，弹唱灯词。独于东首设一席与女婿陈经济坐。

——第二十四回

这段文字点明是在“厅上”，后文又说“李娇儿、孙雪娥、西门大姐都随月娘后边去也”，可见此次活动所使用的建筑空间是前厅。元宵节是中国古代最热闹的一个节日，通常的家庭饮宴是在正妻吴月娘住房的明间（后厅）完成的，但此次选择前厅的大空间。叙事中并没有提及“后仪门”的使用，此次前厅通向后院的门应该是开放的。小说提到蕙莲在奴仆去往后面厨房必经的“穿廊下”嗑瓜子，并且透过“槅子外窗眼里”看到潘金莲与陈经济私下的调笑，说明她是在大厅的北墙外面，可见大厅北侧有路直通后院。

当然，这毕竟是一个庄重的大厅，具有一些特别的使用功能。如第四十三回，吴月娘迎接乔五太太时，主要的接待场所就是在后面上房的明间厅里，但在前面大厅安排了鼓乐，与大门前的鼓乐一同发挥礼仪甚至引导人流的作用；再如爱妾李瓶儿死后，这里被布置为一个灵堂，建筑本身的等级赋予这个临时功能以不同寻常的意义，以至于工部主事也会在这里为西门庆的一个小妾上香、展拜。

正饮酒到热闹处，当时没巧不成话，忽报：“管砖厂工部黄老爹来吊孝。”慌的西门庆连忙穿孝衣，灵前伺候，温秀才又早迎接至大门外，让至前厅，换了衣裳，跟从进来。

——第六十五回

当然，小说的第一主角西门庆死后，大厅也是当作灵堂来使用的。

3.4.2 上房

上房作为西门庆正妻吴月娘所居的建筑，在整个院落里占据着非常重要的地位。从文化属性上讲，建筑所代表的是一种固化的生活方式，家庭结构对于住宅形态具有直接影响，西门庆的家庭是中国古代最典型的“一夫一妻多妾制”，西门庆作为“夫君”，具有不可替代的核心地位，而众女眷归正妻吴月娘统领——尽管如潘金莲这样的小妾可能会一时受宠而得势，但从小说后半部分可以明显看出正妻吴月娘依然处于支配地位，甚至有能力影响其他女眷的生死。拉普卜特在研究社会文化因素对于宅形的影响时，曾把“生存模式”作为一个基本需求，认为其包含四个层面的内容——文化、风气、世界观和民族性。在细致分析后他更是列出“生存模式”中对于建成形式影响较大的几个方面：某些基本需求、家庭、女性的地位、私密性和社交[1]。统观西门庆的住宅，最能集中体现这个观点的地方，就是作为正妻居室的上房。因此，对于上房使用功能的探讨，也是开展研究的一个关键内容。

---

① ［美］阿摩斯·拉普卜特. 宅形与文化［M］. 常青，徐菁，李颖春，等，译. 北京：中国建筑工业出版社，2007：59-60。

作为正妻的居室，有一定礼仪上的要求——在整个建筑群落中它位于中轴线上，并且紧接在前厅之后(图 3-8)。前厅存在明确的对外属性，类似宫殿中的“前朝”，而上房在很大程度上发挥着“后寝”的作用。作为前厅对外功能的延续与补充，上房有一个很大的功能，就是女眷的集中社交。因此在小说中，很明显看到上房的明间被当作“后厅”使用。

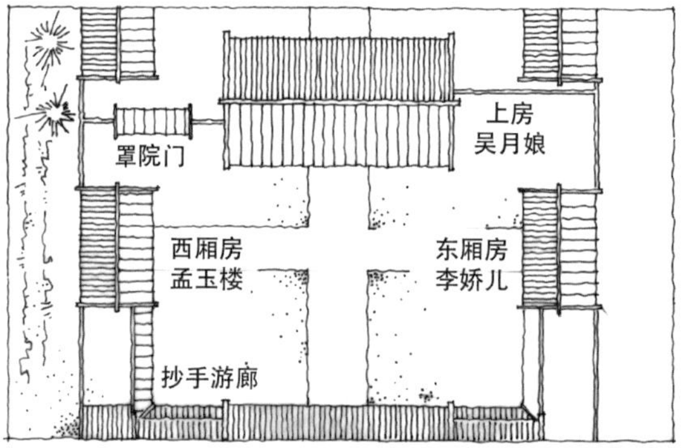

(a) 依据文本所绘上房空间平面图

(b) 崇祯本版画中的上房空间

图 3-8　上房空间示意图

> 于是在后厅明间内，设石崇锦帐围屏，放下轴纸梅花暖帘来，炉安兽炭，摆列酒筵。
>
> ……
>
> 于是西门庆与月娘居上座，其余李娇儿、孟玉楼、潘金莲、李瓶儿、孙雪娥并西门大姐，都两边打横。
>
> ——第二十一回

这段情节是在西门庆夫妻冰释前嫌之后，由孟玉楼提议，金莲、瓶儿等策划完成的一次完整的家庭内部聚会。因其性质不对外，因此就以上房的明间作为首选的室内空间。这个空间所容纳的，首先是西门庆及其全部的妻妾、女儿及相关奴仆，后来四个丫鬟又在此弹唱，再后来吴月娘又叫来女婿陈经济作陪，构成一个相当完整的家庭饮宴场景。作为纯粹的家庭内部聚会，这个建筑空间的功能使用已尽其极。饮宴过程中外面开始下雪，女主人吴月娘又下去煮茶：

吴月娘见雪下在粉壁间太湖石上甚厚。下席来，教小玉拿着茶罐，亲自扫雪，烹江南凤团雀舌牙茶与众人吃。

——第二十一回

这个简单的行为，把室外空间引入到上房明间的活动之中，使得建筑空间与室外的庭院空间因季节特征产生明确的联系。建筑单体作为院落不可分割的一部分，被提示出来。这一细节同时也说明，上房前面的庭院空间也具有与主体建筑同样的私密性。

除了供自家人使用之外，上房另一项重要的使用功能就是接待外来的女眷。

月娘又吩咐玳安，后厅明间铺下锦毯，安放坐位。卷起帘来，金钩双控，兰麝香飘。春梅、迎春、玉箫、兰香，都打扮起来。家人媳妇都插金戴银，披红垂绿，准备迎接新亲。只见应伯爵娘子儿应二嫂先到了，应保跟着轿子。月娘等迎接进来。见了礼数，明间内坐下，向月娘拜了又拜。

——第四十三回

乔五太太是尊贵的皇亲，迎接她的过程需要非常郑重，因此选择在上房明间（即"后厅"）进行。小说《金瓶梅》中的清河县虽然富庶，但毕竟是一个县级区域，不可能有太多如乔皇亲这样等级的贵族，女性则更少。接待这样的人物，从各方面的协调准备上都有非常高的要求——例如在此次活动中便有应伯爵娘子等人陪同。暂且不论其他筹备工作，单是建筑就需要具备与之相匹配的层次。从小说文本来看，此次活动中建筑提供了一个比较充裕的空间，让主办者与参与者都感受到礼数上的周全，这正是作为一个上房应该实现的基本礼仪功能。

当然，作为住宅群落里的一个建筑单体，最重要的还是日常的居住功能。

吴月娘在上房穿廊下坐，便问："你每那去?"金莲道："李大姐使我替他叫孟三儿去，与他描鞋。"说着，一直来到花园内。

——第二十九回

这大概是整个《金瓶梅》中描绘的上房院落中最轻松、最祥和的一个日常家居生活瞬间！夏日凉爽的清晨，潘、李二人在花园台基上做鞋，金莲去后院叫孟玉楼一同过去，路过上房时见到吴月娘独坐在穿廊下，随意间的一问一答，也正如那院中的穿廊一样，透着日常生活的轻松气息。小说中这样的描写并不多，因为根据叙事的需要，更多的笔墨用以表现情节中的各种冲突，以增强故事的戏剧性效果。因此，当我们透过小说来研究建筑叙事的时应该理解，更多的时候建筑空间所发挥的功能，并不是小说典型情节所表现的那些，而是作为建筑本身日常状态所应提供的内容。这些常态内容，在文本中有些被表现出来，有些则被适度虚化。

在古代中国人的日常生活中，诊病是一个很重要的内容。于是平时的居住空间，在某些特殊时候也被安排医疗功能。

> 见月娘穿衣裳，方才请进任医官，到上房明间内坐下。见正面洒金软壁，两边安放春凳，地平上铺着毡毯，安放火盆。
>
> ——第七十六回

这段文字中刻意描绘了吴月娘作为正妻的地位，当她要请医官看病时，先是不肯，原因是忌于男女大防。后来勉强同意，还必然要衣冠周正了在“上房明间”里进行。相比第六十一回李瓶儿，病急乱投医，则是歪在睡房中诊脉。不同的使用空间发挥了同样的功能，在体现中国建筑空间灵活性的同时，也表明了建筑使用者的个性。

上房作为正妻的卧室，理所当然是男主人最重要的居住处。依据小说中的描写，西门庆日常睡在这里的时候并不多，但到了生命即将终结时，还是回到这里。小说第七十九回写他在潘金莲房中染病，而且日渐沉重，众亲友前来探视。吴月娘觉得这里“隔二偏三，不是个待人的”地方，便把西门庆搀回上房明间里住着。

> 于是月娘替他穿上暖衣，与金莲肩搭搊扶着，方离了金莲房，往后边上房，铺下被褥高枕，安顿他在明间炕上坐的。房中收拾干净，焚下香。
>
> 不一时，何千户来到，陈经济请他到于后边卧房，看见西门庆坐在病榻上，说道……
>
> ——第七十九回

这次离开，西门庆再没能回到潘金莲的房中，当然也再没能离开上房的居室。临终前在上房明间床上，他还接待了许多来探病的人，在这个特殊的时候，上房——也就是相对私密的后院正房的厅，成了待客的场所。这是一种极端条件下建筑功能的延伸，也可以看作建筑的某个特定空间在时间维度上发生的功能变化。

在很多情况下住宅确实会发生类似的建筑功能变化。当文化或是生活方式改变时，即使宅形不会马上发生相应的变化①，其使用功能也会在很短的时间内进行适应性调整。当西门庆死去，“狮子街丝绵铺已关了”（第八十一回），用于对外接待的“等闲大厅仪门只是关闭不开”（第八十二回），潘金莲也被逐遭杀，春梅被卖之后，花园闲置下来，西门庆住宅的功能逐渐萎缩。这个时候，上房明间真正成为整个院落中最核心的建筑空间。

> 月娘叫小玉锁了花园门，同来到后边。明间内又早屏开孔雀，帘控鲛绡，摆下

① 参见：[美]阿摩斯·拉普卜特. 宅形与文化[M]. 常青，徐菁，李颖春，等，译. 北京：中国建筑工业出版社，2007：77。作者认为，建筑形式与文化关联之间，并不是机械的、相对主义的联系，不会因为某种改变而引起形式上迅速的变革。然而，相对于形式而言，建筑功能的调整则便捷得多，尤其是如中国古代这样有着很大空间灵活性的建筑。

酒筵。两个妓女，银筝琵琶，在旁弹唱。

——第九十六回

3.4.3 潘、李二人小院

小说《金瓶梅》中潘金莲、李瓶儿的住宅作为一个单独院落位于花园中，但在小说叙事中表现更多的，还是它们作为居住空间的使用功能。通过文本细读可以发现，潘金莲住房营建在先，李瓶儿院落在后，西门庆极度宠爱后者，所以不可能比先前的层次差；另一方面，潘金莲有极强的攀比心理，什么事都想着掐个尖儿，因此李瓶儿住房也不会后来居上。西门庆平衡彼此的结果，应该是两座基本一样的建筑。其实从小说叙述中也能感受到，这两幢建筑从总体布局到一些细节都是一致的。把二人的住宅放在一起讨论，不仅仅是因为二人的住宅独立于其他妻妾住房而单列于花园中的，也不单是两座建筑并列"相连、做一条边"(第十四回)，更重要的是两座高度相似的建筑一同讨论，可以互为印证。

潘金莲初来到西门府时，安置做房的是旧有建筑。

西门庆娶妇人到家，收拾花园内楼下三间与他做房。一个独独小院，角门进去，设放花草盆景。白日间人迹罕到，极是一个幽僻去处。一边是外房，一边是卧房。

——第九回

潘金莲当时从外面娶进来的时间比较短，"做房"不可能完成比较大的"收拾"，而后来李瓶儿入住，则费了一些时间进行修建。并且，在整个花园的施工周期安排上，优先考虑李瓶儿住房。

金莲道："前者央阴阳看来，也只到这二月间兴工动土，收起要盖。把二娘那房子打开，通做一处，前面盖山子卷棚，展一个大花园；后面还盖三间玩花楼，与奴这三间楼相连，做一条边。"

——第十四回

因问："你这房子，也得几时方收拾完备?"西门庆道："我如今吩咐匠人，先替你盖出这三间楼来，及到油漆了，也到五月头上。"……

光阴迅速，西门庆家中已盖了两月房屋，三间玩花楼，装修将完，只少卷棚还未安磉。一日，五月蕤宾时节……

——第十六回

这个"卷棚"，就是前文所说的"卷棚山子"，是西门庆花园中最重要的一座建筑，但却在三间玩花楼之后营建。

从布局上看，这里的流线安排非常得当，是一个幽僻所在：

这李桂姐和吴银儿，就跟着潘金莲、孟玉楼，出仪门往花园中来。因有人在大卷棚内，就不曾过那边去。只在这边看了回花草，就往李瓶儿房里看官哥儿。

——第五十八回

可见小说文本中人行走的路线经过统盘设计：出仪门再进入花园角门，至少有两个方向的路可以走，一是去比较热闹、经常待客的大卷棚，二是去比较幽僻的、相对内向的两个院落。

这两个院落有穿廊、台基，并且台基不是砖墁，而是由石材铺砌而成的：

西门庆……直走到潘金莲房中，不由分说，寻着猫，提溜着脚，走向穿廊，望石台基轮起来只一摔……

——第五十九回

二人住房建筑的总体布局类似(图 3-9)。后文有对李瓶儿房屋的详细描绘：

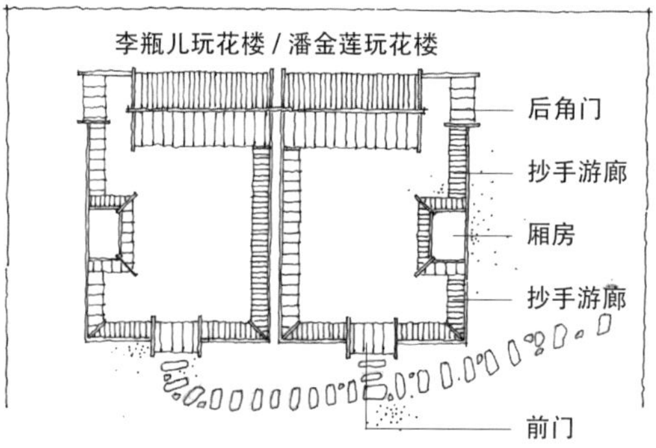

(a) 依据文本所绘玩花楼小院平面图

(b) 崇祯本版画中的二人小院

图 3-9　潘、李二人小院空间示意图

潘道士……只见进入角门，刚转过影壁，恰走到李瓶儿房穿廊台基下，那道士往后退讫两步，似有呵叱之状，尔语数四，方才左右揭帘，进入房中，向病榻而立。运双睛，努力以慧通神目一视，仗剑手内，掐指步罡，念念有辞，早知其意。走出明间，朝外设下香案。

——第六十二回

可见，这是一个有角门（如前讨论，是小院的正门）、有影壁、有穿廊、有台基的院落，其主体建筑是一个居于院落南侧的玩花楼。另有两处细节，也表明玩花楼的规模。一处是李瓶儿未娶过门的时候以客人身份来拜访：

> 潘金莲引着李瓶儿净了手，同往他前边来，晚夕和姥姥一处歇卧。
>
> ——第十四回

自己的小院在安排了两个丫鬟后又同时接待自己的母亲与李瓶儿居住，应该是有一定规模的空间；另外李瓶儿临产，潘金莲去她房中探看：

> 在房里看了一回，把孟玉楼拉出来，两个站在西梢间檐柱儿底下，那里歇凉，一处说话。
>
> ——第三十回

这里提到的"西梢间檐柱儿"，有两种可能，一是指正面檐下的柱廊，二是指山墙下的柱廊。考虑到这两幢玩花楼都是一明两暗的格局，又还有楼上空间，建筑应不会设置一圈柱廊，最大的可能性是在西边次间之外，一间供楼梯使用的空间。即使如此，整个建筑也有非常高的规制。

另外，院落中也有一些其他建筑配置。如提到潘金莲找一只遗失的鞋子时，曾说：

> 这秋菊三间屋里，床上床下，到处寻了一遍。
>
> ——第二十八回

根据小说情节，秋菊是一个很不招潘金莲喜欢的奴仆，经常受到金莲、春梅主仆两人的欺负，但在这个院落中她的居室是一个"三间屋"！由此可以推测，春梅以及李瓶儿的两个丫鬟也都有类似规格的住房。可见在两个院子里，都分别有东西两侧的小厢房。

玩花楼有两层，潘、李二人都住在首层，虽然小说只讲了"一边是外房，一边是卧房"，但这种三开间的建筑作为中国古代建筑平面的基本型，具有明确的类型学依据。玩花楼的功能分区，首层供主人居住——卧房在暗间，而以明间为对外的接待空间。

> 这婆子领定，径到潘金莲卧房明间内。
>
> ——第十二回

当然主人也可能会在楼上起居。

> 那时妇人另换了一双鞋穿在脚上，嫌房里热，吩咐春梅把妆台放在玩花楼上，那里梳头去，不在话下。
>
> ……
>
> 这小伙儿方扒步撩衣上的楼来。只见妇人在楼前面开了两扇窗儿，挂着湘帘，那里临镜梳头。这陈经济走到旁边一个小杌儿坐下。
>
> ——第二十八回

只是楼上被西门庆另作安排，日常仅作为贮藏空间使用。

潘金莲这楼上，堆放生药。李瓶儿那边楼上，厢成架子，搁解当库衣服、首饰、古董、书画、玩好之物。一日也尝当许多银子出门。

——第二十回

娘儿每说话间，只见秋菊来叫春梅，说："姐夫在那边寻衣裳，教你去开外边楼门哩。"

……

经济把寻的衣服放到炕上，坐下。

——第三十三回

原来潘金莲那边三间楼上，中间供养佛像，两边稍间堆放生药香料。

——第八十二回

这些安排貌似凌乱，却是民间对建筑空间日常功能的灵活使用。把相对重要的财物放在此处楼上，保证更大的安全性，另一方面，也表明西门庆对于玩花楼主人放心。只有把此类贮藏等辅助空间处理得当，其余建筑单体才能发挥更明确的使用与礼仪功能。小说中的空间分区，与当代的建筑观念有所不同，却是民间使用的常态。

当发生一系列的变故，物是人非，富贵后的春梅又来重游旧池馆时，这个小庭深院已废弃。人去楼空，而能够保留下来的，偏偏是这些贮藏的东西。可见，对于建筑来说，很多东西都可以看作是恒常的，偏偏人是最容易发生变化的一个因素！

春梅看了一回，先走到李瓶儿那边。见楼上丢着些折桌、坏凳、破椅子，下边房都空锁着，地下草长的荒荒的。方来到他娘这边，楼上还堆着些生药香料，下边他娘房里，止有两座厨柜，床也没了。因问小玉："俺娘那张床往那去了？怎的不见？"小玉道："俺三娘嫁人，赔了俺三娘去了。"月娘走到跟前说："因有你爹在日，将他带来那张八步床赔了大姐，在陈家，落后他起身，却把你娘这张床赔了他，嫁人去了。"春梅道："我听见大姐死了，说你老人家把床还抬的来家了。"月娘道："那床没钱使，只卖了八两银子，打发县中皂隶，都使了。"春梅听言，点了点头儿。

——第九十六回

3.4.4 其他人员住房

除去以上空间的详细描写，小说对西门庆家其他人员的居所都是概写。这从文学上体现了作者关注的焦点，形成有层次的叙事。对于建筑研究者来说，从细微处进行分析，依然能获得大量信息。如妻妾住房分配情况，最初从西门庆告诉李瓶儿的话中透露出来：

俺房下都在后边第四层房子里，惟有我第五个小妾潘氏，在这前边花园内，独自一所楼房居住，他不敢管我。

——第十三回

这里所说的“第四层”应该就是第四进院落。第三十三回中陈经济夸乔大户家房子与自家差不多，“门面七间、到底五层”，可见西门庆家也是类似的情况。依据五进院落计算，门面及大门后是一进，仪门算是二进，大厅为三进，到吴月娘的上房算为第四进，最后一层为孙雪娥住房与厨房。西门庆说“俺房下都在……”，表明了正妻与二、三房小妾的都住在这部分，即月娘院落里东西厢房为李娇儿、孟玉楼所住。小说中屡次提及孟玉楼住在西厢房：

西门庆就把西厢房里收拾三间与他做房。排行第三，号玉楼。

——第七回

……想今日为轿子钱，你大包家拿着银子，就替老身出几分，便怎的？咬定牙儿只说他没有，到教后边西房里姐姐（指孟玉楼——笔者注），拿出一钱银子来，打发抬轿的去了。

——第七十八回

四合院建筑本身就存在东西之间的差别，东为上、西为下。李娇儿早于孟玉楼而且妻妾排行第二，理应居于东厢房。

第四房小妾孙雪娥虽也有名分，居住在第五进院落，负责料理整个宅院餐饮等杂务，相对地位较低（图3-10）。

原来孙雪娥在后边，也住着一明两暗三间房——一间床房，一间炕房。

——第五十八回

小说中没有明确她的居住用房，但从使用功能上看，厢房通常用作厨房，因此她应该住在第五进院落的正房。单从居住的角度来看，这个院落相对比较安静，自成一体，存在很多的优势。但中国以“中”为上，前后左右皆是拱卫，因此雪娥偏处于后部空间，本质上是仆人的角色。从这个细节也能看出中国古代在居住方面，对于仪礼等级的要求高于实际功能。

同样的基本仪礼要求，也体现在女儿西门大姐的住房安排上。因女婿陈经济而存在男女之别，他们被安置于后仪门之外的大厅前，以别于长辈的女眷；又因他们搬来居住时西门庆更无其他子嗣，因此有意把陈经济当作儿子来待，特安排在东厢房居住。这个建筑有比较高的等级，却并非一个理想的住处。

西门庆……就令家下人等，打扫厅前东厢房三间，与他两口儿居住。

——第十七回

值得一提的是，《金瓶梅》文本中多次提到“一明两暗”，并且从人物的语气来看，“一明两暗”完全不是一个建筑专业术语，而成为普通房屋建筑的某种代称。略晚于《金瓶

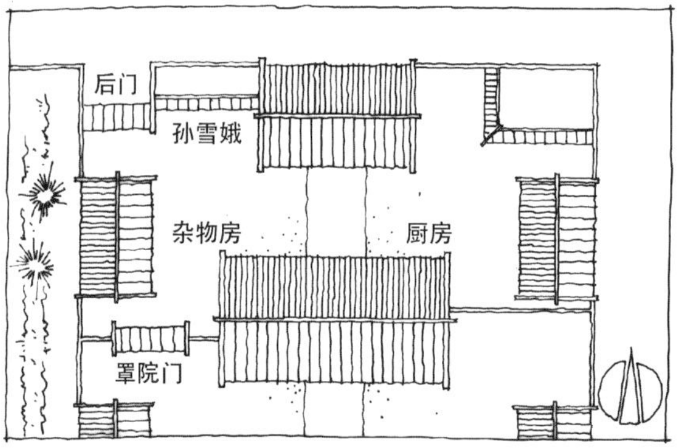

(a) 依据文本所绘第五进院落平面图

(b) 崇祯本版画中的厨房院落

图 3-10　第五进院落空间示意图

梅》的《扬州画舫录》也曾明确提出，“正寝曰堂，堂奥为室，古称一房二内，即今住房两房一堂屋是也。今之堂屋，古谓之房；今之房，古谓之内”。①

侯幼彬先生曾专门对这种空间布局进行深入细致的研究，并把它当作中国古代木构建筑的“基本型”。② 在研究《金瓶梅》中居住建筑的过程，笔者曾搜集大量与此相关的内容，综合比较之下，觉得它或许是中国古代文化现象的一个“基本型”。单从形式上看，中国古代除了建筑上的这种布局，在其他文化现象上，也有类似表现。如在戏曲表演中，舞台上最简化的陈设是一桌二椅；再如古典小说中大量出现的“一主二仆”配置（如潘金莲配春梅、秋菊，黛玉配紫鹃、雪雁等），以至安排《红楼梦》的基本人物框架，以宝玉为主，黛、钗二人相配。所有这些现象与“一明两暗”的建筑格局存在同构，似非偶然。《周易·系辞下传》有云：“阳一君而二民，君子之道也。”尚秉义在此注曰：“韩注少者多之宗，一者众之归，阳卦二阴，故奇为之君。”③在这里，“一明两暗”有着奇偶之别，

① 李斗.扬州画舫录[M].北京：中华书局，1960：419。
② 参见：侯幼彬.中国建筑美学[M].哈尔滨：黑龙江科学技术出版社，1997：17-21。
③ 尚秉和.周易尚氏学[M].北京：中华书局，1980：311。

所以存在阴阳之分，奇为阳而偶为阴，其中甚至暗含某种道德评价。

细察之下还会发现，“两暗”之间也非完全平等。舞台上的二椅，通常会摆放不同角度以示区别(图 3-11)；春梅与秋菊、紫鹃与雪雁也均为一个机敏一个愚痴；而相对于宝玉而言，黛玉、宝钗之间虽有某些内在的一致，却在旨趣上截然不同。在建筑中也是如此，由《金瓶梅》中雪娥的住房能看出，貌似同样的两个暗间，也分成“一间床房，一间炕房”，可见，这两间房的分配也有阴阳之属，分别在热天与冷天使用。以这样的分配角度，不难理解中国古代四合院中，貌似一致的东、西厢房也有区别——东厢房因在阳侧，等级比西厢房略高，甚至在营造时也会把它抬高一些。

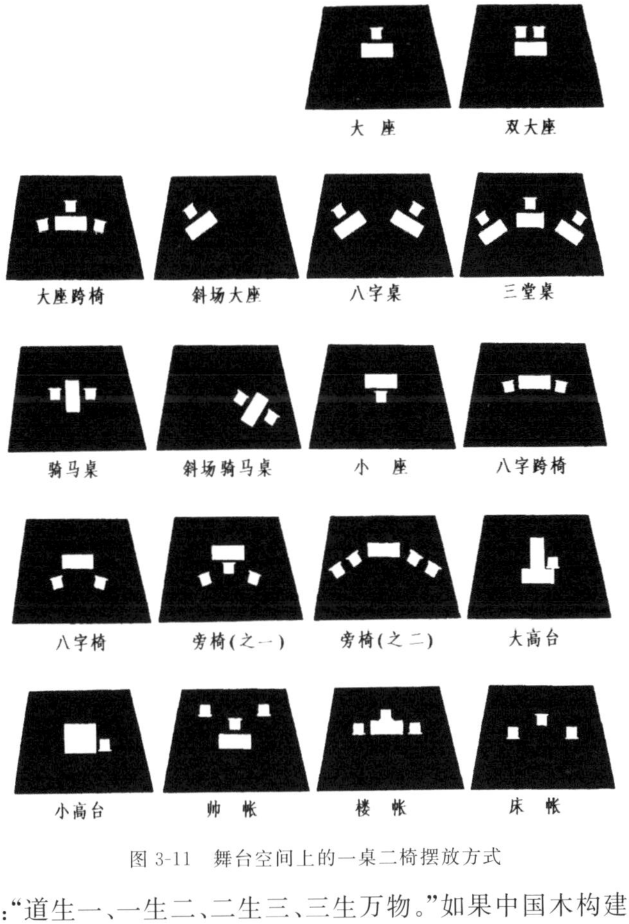

图 3-11 舞台空间上的一桌二椅摆放方式

《道德经》云：“道生一、一生二、二生三、三生万物。”如果中国木构建筑的“基本型”也有类似的发展过程，那么应该存在一个阴阳逐渐细分的过程。浑然间只有自身的“一”，一旦分为“二”，则依其方位便有了明确的阴阳。中国古代建筑“东阶”“西阶”阶段，或者如刘致平先生的“前堂后内”式(图 3-12)的格局[1],都有明确的阴阳关系。“二”而生“三”,依然还会再分出阴阳来,继而生出充满着阴阳合和的万事万物。从这种意义上讲,“三”是一个成熟的边界,因为它已经不是简单的一个层次的阴阳,它既可以代表万事万物,也可以作为基点衍生出万事万物。“一明两暗”作为中国建筑“基本型”的文化意义,也正是由此产生出万千变化的空间。

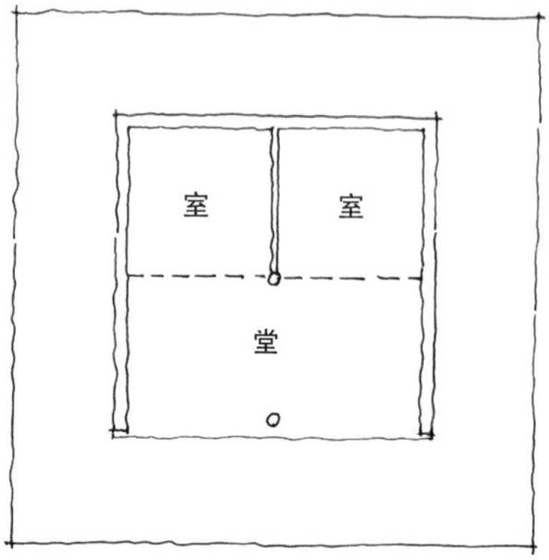

图 3-12　西汉“一堂二内式”住宅示意

3.5　庭院空间与其他单体建筑

住宅空间通常包含室内与室外空间,以群体组合为特色的中国古代居住建筑,庭院的功能意义会更显著。总的来说,建筑庭院有空间聚合、气候调节、场所调适、防护戒卫、伦理礼仪及审美怡乐等功能。[2]《金瓶梅》中很多次表现庭院中的室外空间活动,就充分体现了这些功能。

……于是一直打马来家。刚下马进仪门,只见吴月娘、孟玉楼、潘金莲并西门大姐四个,在前厅天井内,月下跳马索儿耍子。见西门庆来家,月娘、玉楼、大姐三个都往后走了。只有金莲不去,且扶着庭柱兜鞋,被西门庆带酒骂道:“淫妇们闲的声唤,平白跳甚么百索儿?”赶上金莲踢了两脚。走到后边,也不往月娘房中去脱衣裳,走在西厢稍间一间书房内,要了铺盖,那里宿歇。

——第十八回

这是前厅院落里的活动,主要是在闲暇时由女眷参与。当然,前厅的院落作为礼仪方面最重要的一个室外空间,会有很多更特殊的使用功能,如李瓶儿去世后,这里搭起一个孝棚:

又兑了一百两银子,教贲四往门外店里推了三十桶魁光麻布、二百匹黄丝孝绢,一面又教搭匠,在大天井内搭五间大棚。

——第六十二回

这也暗示出院落规模——足以容纳一个“五间大棚”!

另外,若是相对私密的活动,则安排在后厅的院落中进行:

话说西门庆从院中归家,已一更天气,到家门首,小厮叫开门,下马踏着那乱琼

① 刘致平.中国居住建筑简史——城市、住宅、园林[M].王其明,增补.北京:中国建筑工业出版社,1990:217。
② 参见:侯幼彬.中国建筑美学[M].哈尔滨:黑龙江科学技术出版社,1997:77-79。

碎玉，到于后边仪门首。只见仪门半掩半开，院内悄无人声。西门庆口中不言，心内暗道："此必有跷蹊。"于是潜身立于仪门内粉壁前，悄悄试听觑。只见小玉出来，穿廊下放桌儿。原来吴月娘自从西门庆与他反目不说话以来，每月吃斋三次，逢七拜斗，夜夜焚香祝祷穹苍，保佑夫主早早回心，齐理家事，早生一子，以为终身之计。西门庆还不知。只见丫鬟小玉放毕香桌儿。少顷，月娘整衣出房，向天井内满炉炷了香，望空深深礼拜。

——第二十一回

除了这些专门的院落，其他如台基等室外空间，也是妻妾们喜欢使用的。当然她们的日常使用有很大随意性，却是家居氛围的表现。比如小说中很多的时候，会描写女眷们在台基上做女红。

金莲与玉楼走出大厅前，来东厢房门首，见大姐正守着针线筐儿，在檐下纳鞋，金莲拿起来看，却是沙绿潞绸子鞋面。……金莲瞧了一回，三个都在厅台基上坐的。

第五十八回

在西门庆住宅的序列中，重要的建筑单体大都安排了相应的功能。只有前厅之前的西厢房一直空着，于是它被当作一个灵活使用的空间，适时地安排各种功能、活动。一般情况下，西门庆住在花园中潘、李小院，偶尔在"第四层"妻妾的房里歇息。特殊情况下，比如生气的时候，会选择一个人休息，最多选择的地方就是前厅的西厢房。

却说西门庆，当晚在前边厢房睡了一夜……

——第十八回

西门庆后来有了官职，西厢房的另一个重要功能就是作为他的书房。读书人的书房，宜选幽僻之所，李渔在《闲情偶寄》中建议把书房设在一个"人迹罕至"的地方，为的就是不被打扰。前厅院中的西厢房，邻近前仪门、前厅、后仪门、花园角门等，是一个繁忙的"交通节点"。西门庆以这样热闹的地方作为书房，根本就没有依据读书人的真实需要进行选址，或者只是为了附庸风雅。

原来西门庆每日从衙门中来，只到外边厅上，就脱了衣服，教书童叠了，安在书房中，止带着冠帽进后边去。到次日起身，旋使丫鬟来书房中取。新近收拾大厅西厢房一间做书房，内安床几、桌椅、屏帏、笔砚、琴书之类。书童儿晚夕只在床脚踏板上搭着铺睡。

——第三十一回

金莲使春梅前边来请西门庆说话。刚转过松墙，只见画童儿在那里弄松虎儿，便道："姐来做什么？爹在书房里。"

——第三十五回

书房本应是一个洁净之地，但很多时候，西门庆把它当作贮藏空间：

西门庆道："阿呀，前头放着酒，你又拿银子买！因前日买酒，我赊了丁蛮子的四十坛河清酒，丢在西厢房内。你要吃时，教小厮拿钥匙取去。"

——第三十四回

甚至还有更为热闹的使用功能——小说中曾多次提到西门庆把西厢房作戏房使用。这样的功能安排，未必真正符合演出的场地空间要求，但却是家庭演出时最便捷的空间组织方式。戏剧研究者也注意到这样的情况，"《金瓶梅》中所写的戏曲演出，多是厅堂演出，在四十二回、四十三回、六十三回等处都写到，西门庆府演戏时皆以前厅为戏场，厢记为戏房，阶下设鼓乐"。①

西门庆吩咐西厢房做戏房，管待酒饭，堂客到时，吹打迎接。大厅上玳筵齐整，锦茵匝地。

——第四十二回

西门庆分付前厅仪门里东厢房那里听候，中厅、西厢房与海盐子弟做戏房。

——第七十五回

还有一些更为特殊的时候，西厢房也会另派用场。例如：

西门庆即令小厮收拾前厅西厢房干净，放下两条宽凳，要把孩子连枕席被褥抬出去，那里挺放。

——第五十九回

女儿西门大姐夫妇居于东厢房，将瓶儿所生孩子的尸体停放在西厢房，从辈份上排也合乎仪礼。

需要指出的是，小说中还有另一处书房，是西门庆为温秀才专门设置的，在新开张的门面后边，与此西厢房无关。

当下就和甘伙计批了合同。……一面收卸砖瓦木石，修盖土库，里面装画牌面，待货车到日，堆卸货物。后边独自收拾一所书院，请将温秀才来作西宾，专修书柬，回答往来士夫。

——第五十八回

3.6 西门庆的外宅——狮子街等处房屋

小说《金瓶梅》中狮子街有两处房屋属于西门庆，一是花子虚去世前购买的，后随李瓶儿改嫁变成了他的财产，二是西门庆为了勾引王六儿，给他们夫妇购置了位于桥下的

① 史春燕.《金瓶梅》戏曲演出刍议[G]//中国金瓶梅学会.金瓶梅研究(第九辑).济南：齐鲁书社，2009：185。

房子。如前面所讨论的，清河县的狮子街是一条非常热闹的商业街，会举行不同的节庆活动，地段重要性不亚于县前街，甚至有更加重要的商业意义。研究两处房屋并与县前街宅院对比，以分析它在功能及布局方面的特殊性。

花子虚此处房屋的规模并不太大，与此前在县前街西门庆隔壁的住处无法相比。书中先说“……子虚只揞凑了二百五十两银子，买了狮子街一所房屋居住”（第十四回），后来又通过李瓶儿说出“蜗居小舍，娘们肯下降，奴已定奉请”，再后众女眷去赏灯吃酒时她又说是“湫窄之处”。若与先前武大郎的房屋相比，在清河县当然算不得寒酸，但若综合考虑李瓶儿的身份，由当初梁中书的爱妾到花太监宠爱的侄儿媳妇，如今沦落到去狮子街“揞凑了”一所房子住，确实会有很大的失落感。当然，这些文字背后还隐藏着小说作者的评判。可见在研究小说叙事中故事人物对于建筑的评价时，要综合考虑叙事主体与客体的身份。综合分析相应的身份而得出相应的结论，才能更客观地把握建筑的真实情况。

其实，位于清河县最繁华商业街上的李瓶儿住宅，并不是一个简单的“蜗居小舍”，其真正规模在之后文中得以详述：

> 来兴、来安、玳安、画童四个小厮跟随着，到狮子街灯市李瓶儿新买的房子里来。这房子门面四间，到底三层：临街是楼；仪门进去，两边厢房，三间客座，一间梢间；过道穿进去第三层，三间卧房，一间厨房。后边落地紧靠着乔皇亲花园。李瓶儿知月娘众人来看灯，临街楼上设放围屏桌席，悬挂许多花灯。先迎接到客位内，见毕礼数，次让入后边明间内待茶。房里换衣裳摆茶，俱不必细说。到午间，李瓶儿客位内设四张桌席，叫了两个唱的——董娇儿、韩金钏儿，弹唱饮酒。凡酒过五巡，食割三道，前边楼上设着细巧添换酒席，又请月娘众人登楼看灯玩耍。楼檐前挂着湘帘，悬着灯彩。……（众女眷）搭伏定楼窗往下观看。
>
> ——第十五回

由此段叙述可见，真正的狮子街房屋从规格上并不很低。从建筑平面来看，临街是一个四开间的门面，侧面有一个大门。大门之后是一个小小的院落，安排一些辅助经营的功能。院落之后正中是一道仪门，进去两侧为东西厢房，正面是一个三开间的客厅，一侧延续出一个梢间，另一侧为后仪门。经这里的过道进去，就是李瓶儿居住的后院，正房为三开间，也是一明两暗，厢房用来作厨房（图 3-13）。上面一段文字，通过描写西门庆妻妾在其中的活动流线，也把院落的基本使用功能表述出来：大门（进入）→仪门（进入）→客位内（见礼）→后边明间（上房后厅待茶）→客位内（午间弹唱饮酒）→仪门（出去）→临街楼上（看灯玩耍）。

这样的格局对当初花子虚的两口之家，足以应对日常的生活空间所需。

这里讲“门面四间”“临街是楼”构成了整个房屋建筑的正立面。县前街的西门庆住

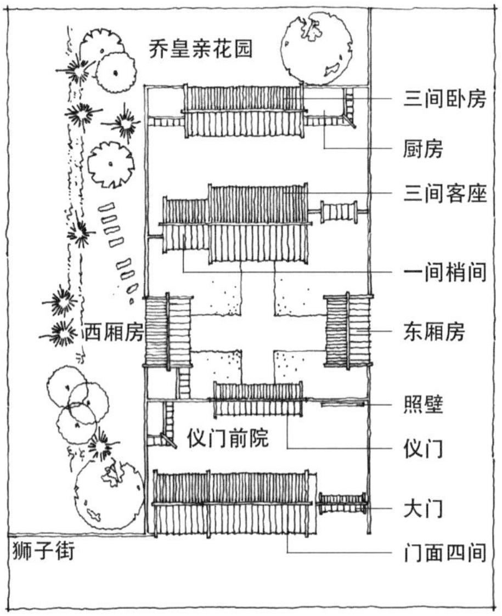

(a) 依据文本所绘狮子街李瓶儿宅院平面图

(b) 崇祯本版画中的狮子街李瓶儿宅院

图 3-13　狮子街李瓶儿宅院空间示意图

宅，并没有提及临街的楼，其门面就是一层的商业经营铺面。这里虽然没有那么多数量的门面，却在高度上超越后者。由此可见狮子街作为繁华商业街，其沿街面因可用于经营，价值超出其他地段；也正由于这样不菲的价值，才使得建筑向纵深与高空两个方向发展，以在有限的地块内争取更大的商业面积。

作为小说叙事，这座楼为平日锁于深闺中的众女眷，提供了一个看到外面世界的窗口。小说中数次提到她们聚于楼上，俯瞰下面城市街景的情节。

惟有潘金莲、孟玉楼同两个唱的，只顾搭伏着楼窗子望下观看。

——第十五回

当时西门庆还没有正式迎娶李瓶儿，这些女眷是受邀前来做客。在这样临街的楼上，她们都忍不住好奇来窗前观看。因为楼窗可能与外面视线相通，吴月娘和李娇儿为避嫌便归席吃酒，只有潘、孟二人依然呆在窗前。后文有一段描述，写了二人与楼下围观者的互动，可见这个楼属于一个半开放空间。它与外部环境存在一定的“空间差”，却并不完全分离。

话说当日西门庆出离院门，玳安跟随，打马迳到狮子街李瓶儿家。门首下马，见大门关的紧紧的，就知堂客轿子家去了。一面叫玳安问冯妈妈开了门，西门庆进来。李瓶儿堂中秉烛，花冠齐整，素服轻盈，正倚帘栊，口中嗑瓜子儿。

——第十六回

前文说，“李瓶儿送月娘、李娇儿到门首上轿去了”，这里又说西门庆看“大门关的紧紧的”，就判断“堂客轿子家去了”，可见大门首内外是放轿子的地方。通常礼仪比较严格的家庭，会在进入大门后落轿，如《红楼梦》中描写的黛玉进贾府。这里却比较模糊，可能的原因是确实太“湫窄”了，仪门外庭院不足以放下这么多轿子。由此也可看出，中国古代建筑仪礼对空间的大小存在一定程度的要求。

上面文字中的“堂中秉烛”，显然不是前厅明间。依据上下文情节，李瓶儿是在后面自己卧室的明间接待西门庆的。

由于地段的因素，这里非常适合元宵期间的观灯，因此在小说文本中不难发现，从这一年(小说中的“政和五年”)开始，直到西门庆死去，每年元宵节都与这所建筑有关——虽然次年(即“政和六年”)的节日是在西门府过的，但后来女眷们要出去走走，“须臾走过大街到灯市”，潘金莲就提出要去狮子街房子里走走。这一次时间略晚，众人吃茶，春梅等仆妇去到临街楼上看了看(第二十四回)。再后一年(即“政和七年”)，则是西门庆与几个兄弟在此看灯、吃酒：

西门庆与应伯爵看了回灯，才到房子里。两个在楼上打双陆。楼上除了六扇窗户，挂着帘子，下边就是灯市，十分热闹。打了回双陆，收拾摆饭吃了，二人在帘里观看灯市。

——第四十二回

少顷，西门庆吩咐来昭，将楼下开下两间，吊挂上帘子，把烟火架抬出去。西门庆与众人在楼上看，教王六儿陪两个粉头，和来昭妻一丈青在楼下观看。玳安和来昭将烟火安放在街心里。须臾，点着。那两边围看的，挨肩擦膀，不知其数。

——第四十二回

可见这座临街建筑的特殊使用功能之一，就是吃酒后当街放烟火。铺面的槅板拆去后，形成一个通透的空间，可从楼下门面里看烟火。此后一年的正月，西门庆已经病入膏肓，再不可能来到这里。于是，这一年狮子街房子的烟火，也成了这座建筑最耀眼的一次绝唱。

第四十二回说楼上有“六扇窗户”，这与前面所说的“门面四间”从建筑平、立面对应方面似有抵牾。但细读不难发现，这里的四间门面不会全部用于街面上的建筑，一间门面可开设大门，作为交通空间。于是真正的楼房只有三个开间，多出部分用于贮藏的小梢间，不再开窗。这恰恰符合中国古代建筑通常所采用的奇数开间规律。在第十六回另有一处细节，西门庆向李瓶儿承诺，“明日这边与那边，一样盖三间楼，与你居住”，此处是戴鸿森校点的断句方式。而梅节校点版本则为，“明日这边与那边一样，盖三间楼，与你居住”，显然后者更加明确。这里西门庆所说的“这边与那边”，应该就是指潘金莲已有的玩花楼，可见这种三开间的楼房在当时也是一个普遍的建筑形式。

这所建筑后来曾短时由韩道国夫妇使用，陈设相对简单：

妇人陪坐一回，让进房里坐。正面纸门儿，厢的炕床，挂着四扇各样颜色绫缎剪帖的张生遇莺莺蜂花香的吊屏儿，桌上鉴妆、镜架、盒罐、锡器家活堆满，地下插着棒儿香。上面设着一张东坡椅儿。西门庆坐下。妇人又浓浓点一盏胡桃夹盐笋泡茶递上去，西门庆吃了。妇人接了盏，在下边炕沿儿上陪坐，问了回家中长短。

——第三十七回

当然，基于那样的地段，使用者会考虑这座建筑的商业价值。先是李瓶儿招赘的蒋竹山，依着自己行医的需要，在这里开了一个药铺：

一日，玳安骑马打狮子街所过，看见李瓶儿门首开个大生药铺，里边堆着许多生熟药材。朱红小柜，油漆牌面，吊着幌子，甚是热闹。

——第十八回

后来西门庆自己娶回了李瓶儿，也很快谋划着在这里经营：

……我想来，狮子街房子空闲，打开门面两间，倒好收拾开个绒线铺子，搭个伙计。

——第三十三回

以后的事实也证明了狮子街的商业价值，这所花子虚摈凑了二百五十两银子购得的建筑，到西门庆临终时，已经有六千五百两的本银了——而西门庆赖以起家的县前街的生药铺，却也只有五千两的价值（第七十九回）。所有这些比较，都可以看出当时地段对于建筑使用功能的意义。

另外在很多时候，狮子街的建筑也体现出使用功能的灵活性，如某些情况下做商业贮藏之用：

……又使玳安往狮子街取了二十桶瀼纱漂白、三十桶生眼布来……

——第六十二回

当然，所有的建筑都是属于人的建筑，“人去楼空”虽带有明显的文学色彩，却也揭示出人与建筑不可分离的特性。小说第八十一回，“那时自从西门庆死了，狮子街丝绵铺已关了……”。可见，当作为“能主之人”的西门庆死去，所有基于使用者的建筑功能都已终结。

关于在狮子街的另一处房屋，描写相对概括。

西门庆道：“等韩伙计来家，你和他计较，等子狮子街那里，替你破几两银子，买下房子，等你两口子，亦发搬到那里住去罢。铺子里又近，买东西诸事方便。”

——第三十八回

从使用功能安排上，西门庆对欲购的建筑已有全面考虑。于是马上实施，买下了一所让王六儿满意的宅院(图 3-14)。

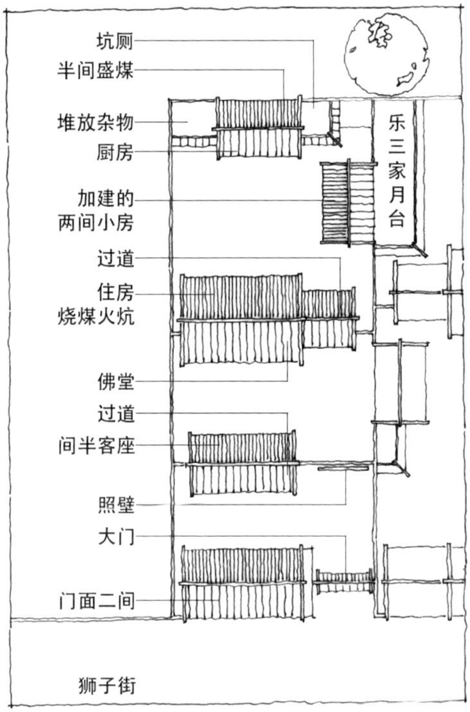

图 3-14 依据文本所绘狮子街王六儿宅院平面图

不料西门庆外边又刮剌上了韩道国老婆王六儿，替他狮子街石桥东边，使了一百二十两银子，买了一所门面两间，到底四层，房屋居住。除了过道，第二层间半客位，第三层除了半间供养佛像祖先，一间做住房，里面依旧厢着炕床，对面又是烧煤火炕，收拾糊的十净；第四层除了一间厨房，半间盛煤炭，后边还有一块做坑厕。俱不必细说。

——第三十九回

这段描述中房屋的规模与价钱值得关注。根据先前对清河县城的讨论，狮子街石桥是主要商业街与河道交汇的地方，存在不可小觑的商业价值，地段不比李瓶儿的房屋差。并且这所住宅有四层院落，也高于李瓶儿的住宅。然而其价钱却不到前者的一半，究其原因，便是它只有两个开间。商业街区临街面的价值在这种比较中表露无疑。

另一个有趣的建筑叙事细节，这所宅院的使用功能在崇祯本中做了一些调整：

不料西门庆外边又刮剌上了王六儿，替他狮子街石桥东边，使了一百二十两银子，买了一所房屋居住。门面两间，到底四层，一层做客位，一层供养佛像祖先，一层做住房，一层做厨房。

——崇祯本第三十九回

综合比较两个文本，词话本更加细致，功能布置比较合理。而崇祯本则简化许多，这种特意的简化，也应是建立在一定生活基础上的，存在其合理性。

小说依据情节的需要写了王六儿家的邻居：

这乐三就在狮子街石桥西首，韩道国家隔壁，门面一间，到底三层房儿居住。他浑家乐三嫂，与王六儿所交极厚，常过王六儿这边来做伴儿坐。

——第四十七回

里面吃茶毕，西门庆往后边净手去，看见隔壁月台，问道："是谁家的？"王六儿道："是隔壁乐三家月台。"西门庆吩咐王六儿："你对他说，若不与我，即便拆了。如何教他遮住了这边风水？不然，我教地方吩咐他。"这王六儿与韩道国说："邻舍家，怎好与他说的。"韩道国道："咱不如瞒着老爹，庙上买几根木植来，咱这边也搭起个月台来。上面晒酱，下边不拘做马坊，做个东净，也是好处。"老婆道："呸！贼没算计的。比时搭月台，买些砖瓦来，盖上两间厦子，却不好？"韩道国道："盖两间厦子倒不好了，是东子房子了。不如盖一层两间小房罢。"于是使了三十两银子，又盖两间平房起来。

——第四十八回

这两段描述有助于澄清小说叙事中关于建筑布局的一个讹误。前面文本说西门庆为王六儿买的房子位于"狮子街石桥东边"，此处说"乐三就在狮子街石桥西首"——倘若属实，两家分列于石桥的两侧，隔水相望，不可能会为月台挡了风水而惹出事端。后文韩道国夫妇提出解决方案，要毗邻乐三家的月台建起厦子，并说是"东子房子"，都表明乐三家位于其东面。综合分析各种可能性，小说最有可能的错误是王六儿房子的方位，应该也在"狮子街石桥西边"——这样位于石桥西首的乐三家才可能是他家东边的邻居。

3.7 西门庆的祖坟建筑

"事死如生"是中国古代的一个根本处世思想，直接影响历代的丧葬文化。《荀子·礼论》对人之生死有很明确的看法："生，人之始也；死，人之终也。终始俱善，人道毕矣。"因此，"丧礼者，以生者饰死者也，大象其生以送其死也。故如死如生，如亡如存，终始一也"。依据这样的思想，对中国古代墓葬建筑研究最直接的意义，就是通过那些为逝者营造的物质环境，反推当时生者的建筑状况。在实际中，墓葬至少在两个方面表现建筑形式。一是陪葬品，如以汉代明楼为代表的"建筑模型"，为了解当时的建筑提供了最直观的形态参照；二是地面建筑，这些建筑也以墓主生前或墓主子孙当时的生活为原型，看出建筑史中未可尽表的内容。

另一方面，重殓厚葬也一直是中国古代社会风习的主流。在传统的建筑史范畴内，对于丧葬建筑多讨论帝王将相等墓葬。那些建筑，从叙事的角度看，更注重“表现”墓主生前所拥有的生活条件，以及对于某些未知世界的期许。这些墓主生前所拥有的，已经是他们所处地位的极致状态，所谓期许无非是要在未来的漫长时间中保留生前所拥有的一切。但对平民而言，尤其是那些并不富足的人，丧葬建筑更寄托了他们对未来生活状态改变的希望。

可见，中国人对于祖坟特别重视，甚至会把它作为家族未来的一个寄托。小说《金瓶梅》中的西门庆，自觉在敛财方面获得成功后，就开始修缮与扩建祖坟。小说第三十回是整部小说中关键的一回——西门庆派去东京办事的人顺利回来，并带回他加官进爵的好消息；同时，李瓶儿为他生下了第一个儿子。张竹坡在回评中写道：“一部炎凉书，不写其热极，如何令其冷极。今看其生子加官，一齐写出，可谓热极矣。”①偏偏也就在这一回，西门庆提到了关于祖坟的事。

> 西门庆道：“张安前日来说，咱家坟隔壁，赵寡妇家庄子儿，连地要卖，价钱三百两银子。我只还他二百五十两银子，教张安和他讲去。若成了，我教贲四和陈姐夫去兑银子。里面一眼井，四个井圈打水。我买了这庄子，展开合为一处，里面盖三间卷棚，三间厅房，叠山子花园、松墙、槐树棚、井亭、射箭厅、打毬场，耍子去处，破使几两银子收拾也罢。”妇人道：“也罢，咱买了罢。明日你娘每上坟，到那里好游玩耍子。”
>
> ——第三十回

这段文字，意在讨论扩建祖坟，但主要描述的建筑内容却是一个郊外的“庄子”。这个庄子的规模比较大，内容也很丰富。这些内容，与其说是纪念逝者、给逝者提供一个位于彼岸的生存环境，毋宁说是为生者提供一个野外活动的场所。“事死如生”从建筑的情况看，却变成了“借死事生”。而文中潘金莲的话，更是直接点出了这些建筑的用途。《周礼》中曾有记载，“中春之月，令会男女。于是时也，奔者不禁。”②每年春祭之时，恰是“奔者不禁”的时候。当然小说中的西门庆，则不论四季均需要相关的建筑空间。

后文更清楚地表明：

> 原来卷棚后边，西门庆收拾了一明两暗三间床炕房儿。里边铺陈床帐，摆放桌椅、梳笼、抿镜、妆台之类，预备堂客来上坟，在此梳妆歇息，或闲常接了妓者在此顽耍。
>
> ——第四十八回

① 张竹坡.批评第一奇书金瓶梅回评[G]//黄霖.金瓶梅资料汇编.北京：中华书局，1987：92-226，此处引自第147页。

② 语出《周礼·地官司徒第二·媒氏》。详见：杨天宇.周礼译注[M].上海：上海古籍出版社，2004：205。

可见对于市井平民，由丧葬建筑表达的对未来的期待，更多与当时的社会文化一致。因此，这类建筑很容易产生某种类似于“奇幻叙事”的效果。当然，具体的营造过程与其他世俗建筑无异：

西门庆因问他：“庄子上收拾怎的样了？”贲四道：“前一层才盖瓦，后边卷棚，昨日才打的基，还有两边厢房，与后一层住房的料没有。还少客位与卷棚漫地尺二方砖，还得五百，那旧的都使不得。砌墙的大城角多没了。垫地脚带山子上土，也添够了一百多车子。灰还得二十两银子的。”西门庆道：“那灰不打紧，我明日衙门里吩咐灰户，教他送去。昨日你砖厂刘公公说，送我些砖儿。你开个数儿，封几两银子送与他，须是一半人情儿回去。只少这木植。”贲四道：“昨日老爹吩咐，门外看那庄子，今早同张安儿到那家庄子上，原来是向皇亲家庄子。大皇亲没了，如今向五要卖神路明堂。咱们不是要他的，讲过只拆他三间厅、六间厢房、一层群房就够了。他口气要五百两。到跟前拿银子和他讲，三百五十两上，也该拆他的。休说木植木料，光砖瓦连土，也值一二百两银子。”

——第三十五回

第三十回存在建筑意向的描述，但没有实际操作层面的内容。上述这段文字描写整个工程实施阶段，从多方面反映了当时的营建情况。

一是建筑总体布局。主要院落由三个进深层次构成：第一是南房，主要安排一些杂务，并起到围合功能；第二是主要的接待部分，即“客位”，其形式是一个大的卷棚，三开间尺度，两边配有厢房；第三是“住房”，应该是供家庭内部人员使用的一个建筑空间，建筑形式为一明两暗“床炕儿房”。从这三个层次的功能安排上可以看出，这根本不是一个墓葬建筑所必需的功能设置，完全是为了生者享受生活而进行的布局。

二是营造程序。由文本看出，三个进深的建筑依次开工，但各工种统筹安排，穿插进行。如果不是由于某些原因造成建筑材料的短缺，可以想象以这样的工程安排，可以在很短的时间内完成整个建筑群落。

三是建筑材料。这方面内容并没有在先期给予妥善考虑，因此后来成为制约建筑进度的一个因素。从材料安排上，总的来说西门庆已经有非常具体的考虑，但还是会成为建筑施工过程中的一个问题，这反映了中国古代民间建筑行为的随意性。建筑材料的获得，可以用银子购买，或依仗官府身份半强迫性质购得，也可以从旧建筑中拆得，抑或是与制造厂家(砖厂)有联系，半买半送而得……这些渠道看似很广泛，但却恰恰说明事先并没有理性的安排，临时遇到需要解决的问题。

总的来说，在整个墓园的扩建过程中，在总体布局与全盘的施工安排上，建筑计划比较周密，但对于一些细节问题，则采取临时应对的策略。

新墓园修建成后，西门庆安排了一次祭扫活动，由此也能看出整个墓园的最终使用情况。

西门庆因坟上新盖了山子卷棚房屋，自从生了官哥，并做了千户，还没往坟上祭祖。叫阴阳徐先生看了，从新立了一座坟门，砌的明堂神路，门首栽桃柳，周围种松柏，两边叠的坡峰。清明日上坟，要更换锦衣牌匾，宰猪羊，定桌面。

……

出南门，到五里外祖坟上，远远望见青松郁郁，翠柏森森，新盖的坟门，两边坡峰上去，周围石墙，当中甬路，明堂、神台、香炉、烛台，都是白玉石凿的。坟门上新安的牌匾，大书“锦衣武略将军西门氏先茔”。坟内正面土山环抱，林树交枝。

……

须臾祭毕，徐先生念了祭文，烧了纸。西门庆邀请官客在前客位。月娘邀请堂客在后边卷棚内，由花园进去，两边松墙普筑，竹径栏杆，周围花草，一望无际。正是：桃红柳绿莺梭织，都是东君造化成。当下，扮戏的在卷棚内扮与堂客们瞧，四个小优儿在前厅官客席前弹唱了一回。四个唱的，轮番递酒。春梅、玉箫、兰香、迎春四个，都在堂客上边执壶斟酒，立在大姐桌头，同吃汤饭点心。吃了一回，潘金莲与玉楼、大姐、李桂姐、吴银儿，同往花园里打了回秋千。

——第四十八回

可见，后来又修了一些外围辅助设施，整个建筑序列趋于成形，有了“坟门、甬路、明堂、神台、香炉、烛台”构成的神道。除去仪式化很强的一些祝祷过程，更能够吸引人的，是那里面世俗的生活——各种生动鲜活的表现形式，与整个墓园建筑氛围形成全然不同的对比(图 3-15)。

对于墓园建筑真正在丧葬过程中的使用，小说中比较明确的只有李瓶儿去世的一次。那次的整个过程都是异常隆重的，但有关墓园中的活动，也只写道：

次日，推运山头酒米、桌面肴品一应所用之物，又委付主管伙计，庄上前后搭棚，四五处酒房厨房，坟内穴边，又起三间罩棚。先请附近地邻来坐席面，大酒大肉管待。临散，皆肩背项负而归，俱不必细说。

——第六十五回

这样的描述，偏偏把建筑功能极度简化，甚至白描化了。

综合上面的分析，我们可以看出小说《金瓶梅》中描写西门庆家族墓园的一些特点。建筑最重要的意义是它的使用功能，空间叙事如果离开了功能则很容易粗疏寡淡。中国古代文人对于自己身边建筑的使用功能，具有很明确的理解，甚至已经刻入自己的脑中，在文字间会不经意地流露出来。但对于墓园这样的建筑，尤其是作为丧葬使用的此类建筑，似乎并不如日常世俗建筑那般熟识，因此在叙事中会以略笔带过。但即使这样，通过这些粗略的描写，我们依然能够感到那些建筑作为古代人生活一部分所具有的鲜明特征。

图 3-15 崇祯本版画所刻画的西门庆祖坟建筑形态

3.8 西门庆宅院的文化意涵

李泽厚先生把中国古代文化的一个主要特征归结为“实用理性”，或说是“经验合理性”。[①] 对于古代中国人而言，可能并没有太多的深层理性思维，但其日常经验所固化的一些行为特征，支配着人们去理解新的事物、展开新的视角。在建筑的范畴内，住宅作为与人身体最接近的一种建筑形式，实用是它的核心内容。而这种实用却并非简单的功能流线与空间安排，而是在此基础上加载的文化内容。可见，住宅就是家庭文化最实用的一种固化形式。

王国维曾论及中国古代家庭与住宅结构的对应关系：“我国家族之制古矣。一家之中，有父子、有兄弟，而父子、兄弟又各有其匹偶焉。即就一男子言，而其贵者有一妻焉，有若干妾焉。一家之人，断非一室所能容，而堂与房又非可居之地也。……必使一家之

① 李泽厚.实用理性与乐感文化[M].北京：生活·读书·新知三联书店，2008：3-11。

人所居之室相距至近，而后情足以相亲焉，功足以相助焉。……为四栋之屋，使其堂各向东西南北。于外则四堂。后之四室，亦自向东西南北而凑于中庭矣。此置室最近之法，最利于用，而亦足以为观美。"①这里所讲"最利于用"的建筑之法，显然就是四合院的布局。西门庆住宅，不论是最初的县前街宅院，还是后来李瓶儿的住宅，抑或是墓园这样的所谓"阴宅"，都以这样的布局方式构成。

对于市井细民而言，实用的另一种考虑也有精神方面的需求。明代中晚期的社会中，炫耀成了西门庆为代表的新富新贵阶层最重要的一种精神需求。这样的心理代表某种价值观，最终也会通过建筑空间表达出来。

西门庆住宅的结构形态并非偶然，而是其生活状态极为现实的一种固化。出于最真实的经营需要，毗邻县前街的边界开出门面，以经营解当与生药业务。由前仪门而至前厅这个层次上的建筑，主要满足其对外交往的功能，也集中反映炫耀的心理。除去安置女儿夫妇住在东厢房，其他空间在更大程度上需要表现豪奢之气。后仪门开始，进入家庭成员内部使用的空间，这里除了基本的功能要求外，还要满足仪礼的相关内容。吴月娘等房屋表现的是长幼尊卑，在礼制上完全贴合。孙雪娥在最后院落，与她的身份一致。至于潘金莲与李瓶儿单列于花园中，除了生活上的方便外，这种格局也契合她们在男主人心中的地位。这种安排，表现的是建筑叙事上的完全写实。

中国叙事传统有"史传"与"诗骚"两种影响因素。其住宅空间的描写毫无疑问是史传风格的叙事，以最大的真实性描摹生活状态，纤毫不爽。同样是男主人的建筑空间，墓园描写则表现出另一种情调的叙事，类似于"诗骚"传统。在描述过程中，对墓园建筑使用总体的全知视角，以白描的方式划过，只在某些更具色彩的细节处进行点染，如游戏活动等。在研究过程中发现，许多的叙事作品都有类似的特点，因此可以认为，这符合作为叙事主体的小说作者最真实的建筑体验。

张竹坡在评价西门庆房屋时，也曾把小说叙事与建筑叙事一并考虑："凡看一书，必看其立架处，如《金瓶梅》内，房屋花园以及使用人等皆其立架处也。何则？既要写他六房妻小，不得不派他六房居住。然全分开，既难使诸人连合；全合拢，又难使各人的事实入来，且何以见西门豪富？"②

依此角度看，西门庆的住宅非但是他生活方式的固化，简直就是他整个人的物态表达！——他所拥有的任何秉性，这所建筑也都拥有；这所建筑与他同起同伏，甚至同生同死，成为他身体不可分割的一部分。

另附：依据小说《金瓶梅》文本所绘西门庆宅院总平面布局图（图 3-16）。

---

① 王国维. 观堂集林（外二种）[M]. 石家庄：河北教育出版社，2003：58-59。

② 张竹坡. 杂录小引[G]//黄霖. 金瓶梅资料汇编. 北京：中华书局，1987：88-89。

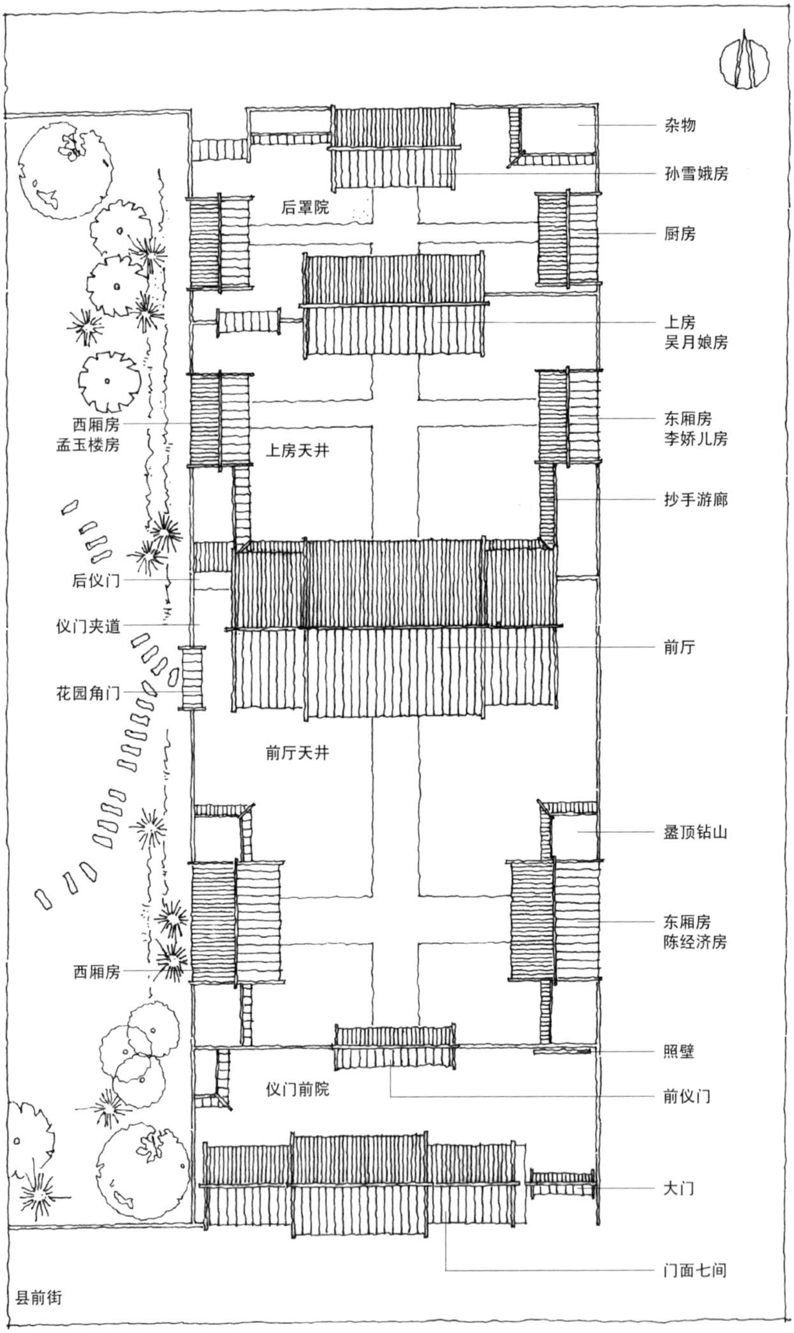

图 3-16　依据小说《金瓶梅》文本所绘西门庆宅院总平面布局图

第 4 章 《金瓶梅》中的花园研究

中国古代建筑史对于园林的分类，并无一定之规。比较传统的方式是分为皇家苑囿、私家园林与寺观园林三类①，但在某些具体的论述上，也有分为苑囿、私家园林与其他风景名胜的，其最后一项除了寺庙、道观所属园林外，还包括了陵园及郊外风景区等内容。② 并且，很多学者早已发现，其中"私家园林"个体存在极大差异，于是提出"若着眼于文化与艺术特征，可分为皇家园林、文人园林、寺观园林和世俗园林。四者虽共有相同的大文化背景，但缘起与演变各有不同，故艺术风格各有千秋"。③ 笔者认同这样的区分，其中"文人园林"与"世俗园林"共属私家园林。另一方面，中国古代士大夫阶层通常出身于文人，他们与非仕途中的文人，虽旨趣上有所不同但审美基本相类，因此可并为"文士园林"。与之相对应的那些非读书人，旨趣大异，与其称作"世俗园林"，不如"市井花园"更为贴切。

当代对于中国古典私家园林的研究，更多聚焦于文士园林④，这种现象并非偶然。首先，文士园林的主人通常具有较高的文化层次或社会地位。中国古代文人，素怀庙堂之志，一旦遂愿，又常有江湖之心。将他们胸中的山水田园化作府邸旁边一方天地，是这些宦海浮沉中人们很自然的一种诉求与寄托。抑或仕途不济，归隐于市井、乡野，他们心中的积郁以诗、以书、以画表达出来，同时也会寄情以半亩方塘、一弯沟壑于宅后。这些有较高层次、地位的"能主之人"，都是文士园林重要的诱发因素。其次，文士园林存在比较高的格调。中国古代以文取士，他们不论是否官场得志，通常具备比较高的鉴

---

① 郭黛姮. 中国古代建筑史・第三卷(宋、辽、金、西夏建筑)[M]. 北京：中国建筑工业出版社，2003：543，原文是讲"各种文献记载的园林为数众多，包括了以皇家园林、私家园林、寺观园林为主流的全部园林类型"。

② 潘谷西. 中国古代建筑史・第四卷(元、明建筑)[M]. 北京：中国建筑工业出版社，2001：388-403，论及明代园林时，采用的就是这样的分类方法，而专业教材(潘谷西. 中国建筑史[M]. 6 版. 北京：中国建筑工业出版社，2009：192-225)基本采用这种分法，只是把讨论范围缩小了，其三个部分依次是"明清皇家苑囿""明清江南私家园林"及"风景建设"。

③ 刘托. 论文人园林的兴起及早期文人园林[G]//杨鸿勋，等. 建筑历史与理论(第 5 辑). 北京：中国建筑工业出版社，1997：117-120，此处引自第 117 页。

④ 中国古代私家园林的变迁非常多样，因此也没有形成一个对于"文士园林"的具体概念。笔者认为，那些有文人、士大夫参与主体格局形成并长期维持的私家园林，应该属于此类。

赏水准与表达层次。这些文士淹通诗书,怀着对于自然境界的追求,并且知道接近那种境界的表达途径。他们全神贯注于宅前屋后那一方自然天地,细细打磨,精益求精,止于至善。再次,文士园林拥有相对便利的传播途径。中国古代信息的传播,不管就空间还是时间而论,最有效的媒介就是文字与绘画。尽管市井商贾行满天下,对于园林之类总体状况的信息,若仅依据口口相传,则不会有太长的传播链条。与此相对照,一篇园记、一首短诗、一幅画卷,都具备更广阔的传播面。并且,这些信息传播造成的影响是巨大深远的。例如某文人读到一首描述远方名园的诗,可能会在自家宅后仿建一个尽可能类似意境的园林,于是传播突破了空间的约束;再如历史上无数的文士园林倾颓后,后世文人利用相关的诗、书、画等材料予以复原,可见信息也可突破时间的限制而进行有效传播。综合这些原因,文士园林成为建筑史中私家园林的翘楚理所当然。

但不可否认的是,那些湮没于历史中非文士所构筑的园林,也具有其存在的合理性。他们作为造园主体的“能主之人”,通常没有太高深的文化层次,也没有显赫的社会地位,他们或是巨商富贾,或仅是市井大户,却也拥有自己对人生的理解,并且依据这些理解形成相对成功的人生逻辑。他们在积累一定社会财富后,也会以花园妆点宅前屋后。这些花园,或许不是出自名家的谋划布局,甚至可能根本就没有文士参与经营,但那其中也一定寄托着他们的人生诉求。一旦有了这一方花园,他们与文士一样,也会把自己很大一部分生活融入其中。与文士类似,他们也会与环境发生潜移默化却又极为深刻的互动——他们影响园林,园林也影响着他们。如果说,住宅建筑是一个人现实生活状态的某种固化,那么园林更代表人生的理想状态。因此,研究这些市井层面的、非文士参与构筑的园林,同样具有特别的意义。

正如上面所论述的,这些市井园林在传播上存在先天的不足。园主通常不通文墨,无法将自己营建的一方自然天地直接诉诸笔端。而具有一定层次与地位的文士,通常又看不上这些格调并不是太高的空间,不会为他们树碑立传,所以能借以传世的案例太少。——除非其中聚集了比较多的财富,如明清某些扬州园林,会引起相关人士的关注,得以一时倾颓后易主重建。西门庆曾说钱这种东西“好动不喜静”(第五十六回),商业经营活动,本身就要求比文士生活快得多的节奏,因此园林的沉浮也会更快。于是,在仓促的变革中,无数的私家园林便悄无声息地营建起来,又衰败下去,它们自身的价值也在这样的过程中烟消云散。

所幸,小说《金瓶梅》提供了此类园林最典型的一个实例。西门庆是一个不通文墨的地痞富户,靠着某些商业手段在很短的时间积累了巨额物质财富。小说描写的西门府花园,是一个极度完整的市井花园标本。从开始得到建设用地,到谋划,到营建过程,到投入使用,直到最后的颓败,整个园林的生命周期在这部小说中都有着详细的记述。并且,一俟建成,西门庆最重要的家庭与社交活动大都在这里进行,这里成为故事发展最重要的一个舞台，成为西门庆最重要的生存空间。这个花园，在整个建设过程中，没有文士参与，全靠西门庆一人把握，是一个具有典型特征的非文士园林。所有这些，都为研究提供了特殊的便利条件。

对于小说《金瓶梅》所写园林，基于建筑学视角的评价，大概始自童寯所著《江南园林志》。其《杂识》一章开篇便说："吾国小说描写园林最详尽者，当推《金瓶梅》与《红楼梦》。"[①]继而以小说中对于"内相花园"的描写为例：

> ……西门庆见三人去了多时，便乘轿出门，迤逦渐近。举头一看，但见：
>
> 千树浓阴，一湾流水。粉墙藏不谢之花，华屋掩长春之景。武陵桃放，渔人何处识迷津？庾岭梅开，词客良辰联好句。端的是天上蓬莱，人间阆苑。
>
> 西门庆赞叹不已道："好景致！"下轿步入园来。应伯爵和常峙节出来迎接，园亭内坐的。先是韩金钏儿磕了头，才是两个歌童磕头。吃了茶，伯爵就要递上酒来，西门庆道："且住，你每先陪我去瞧瞧景致来。"一面立起身来，搀着韩金钏手儿同走。伯爵便引着，慢慢的步出回廊，循朱阑转过垂杨边一曲荼蘼架，踅过太湖石、松凤亭，来到奇字亭。亭后是绕屋梅花三千树，中间探梅阁。阁上名人题咏极多，西门庆备细看了。又过牡丹台，台上数十种奇异牡丹。又过北是竹园，园左有听竹馆、凤来亭，匾额都是名公手迹；右是金鱼池，池上乐水亭，凭朱栏俯看金鱼，却象锦被也似一片浮在水面。西门庆正看得有趣，伯爵催促，又登一个大楼，上写"听月楼"。楼上也有名人题诗对联，也是刊板砂绿嵌的。下了楼，往东一座大山，山中八仙洞，深幽广阔。洞中有石棋盘，壁上铁笛铜箫，似仙家一般。出了洞，登山顶一望，满园都是见的。
>
> ——第五十四回

童先生所举之例，偏就在"陋儒补以入刻"[②]的第五十三至五十七回范围内，并且，这段文字仅出现于崇祯本，未曾见诸词话本。因此，这段描写不仅不是《金瓶梅》原作者的手笔，甚至不是沈德符所谓"陋儒"补刻的内容，而是由后来崇祯本的写定者添加的。细究其内容，与原词话本也大异其趣。虽然小说中也多次描写西门庆的"风雅"之态，但他从未对名人题咏表现出那么浓厚的兴趣，以至要"备细看了"，并且感到"正看得有趣"……童先生所引这段文字，其实就是文人自己心中的园林景致。所不同的，它更倾向于典型的文士园林，而西门府花园，恰恰没有这样的意境。

小说中的西门庆是一个市井富户，他建起的宅边花园，首先需要满足的是单纯的功能；而从精神需求方面，与其说为了表达某种意境，不如说仅是刻意打扮自己正在发生

---

① 童寯. 江南园林志[M]. 北京：中国建筑工业出版社，1984：42。

② 〔明〕沈德符. 万历野获编[M]//明代小说笔记大观. 上海：上海古籍出版社，2005：1865-2886，此处引自第 2584 页。

变化的社会角色。“西门庆十分懂得接待和应酬官僚，先要打造自己官宦之家的品味，这是他混迹官场的角色转换的必然途径和典型特征。用中国古典艺术，诸如园林建筑、书画鼎彝，粉饰自己，提高品位，拉近同上流社会的距离，成功地取得了意想不到的效果。”①

因此，研究《金瓶梅》中的园林，旨在通过小说文本所表现的场景，还原一个没有文士参与的晚明市井花园状态。并且通过对比相关描写，深入探讨这类空间与以往建筑史所记述，或小说所描绘的文士园林的差异。

4.1 扩建前的西门庆花园

西门庆住宅的花园形态在时间上分两个阶段，先是一个最基本的小花园，主要提供后来进府的潘金莲居住。在得到花子虚的地产后，依据此基址拆建了一个更大的花园。因此，小说《金瓶梅》第十九回之前的叙事，都基于扩建前的早期花园。

研究西门庆的早期花园，一则可以了解相关尺度规模下私家园林的主要内容；二则对比扩建前后的花园，判定其是否随规模改变而发生本质上的重大变化；三则从扩建布局上的一些改变，分析西门庆的营建思路。

《金瓶梅》中早期花园里的活动开始于第十回。那时西门庆娶回了潘金莲，并得知仇家武松已被判充军，正是轻松欢娱的气氛。

> 于是家中吩咐家人来旺、来保、来兴儿，收拾打扫后花园芙蓉亭干净，铺设围屏，悬起金障（崇祯本为锦障），安排酒席齐整，叫了一起乐人，吹弹歌舞。
>
> ——第十回

对于这个花园，小说并没有太多具体描绘，只是对这次宴会的情况进行一些铺陈描写，其中也讲到花园的情况：

> 香焚宝鼎，花插金瓶。器列象州之古玩，帘开合浦之明珠。水晶盘内，高堆火枣交梨；碧玉杯中，满泛琼浆玉液。烹龙肝，炮凤腑，果然下箸了万钱；黑熊掌，紫驼蹄，酒后献来香满座。更有那软炊红莲香稻，细脍通印子鱼。伊鲂洛鲤，诚然贵似牛羊；龙眼荔枝，信是东南佳味。（崇祯本无上一句）碾破凤团，白玉瓯中分白浪；斟来琼液，紫金壶内喷清香。毕竟压赛孟尝君，只此敢欺石崇富。
>
> ——第十回

此处所描绘的内容，相对花园景致，更多的是其陈设。其中除了宝鼎、古玩等有一

① 郑铁生.《金瓶梅》叙事时间第五年的张力结构[G]//中国金瓶梅学会.金瓶梅研究（第九辑）.济南：齐鲁书社，2009:71-77。

定层次的文化意味外，包括这些在内所有的东西只是突出强调其财富！如此聚集妻妾的饮宴，比以孟尝君，只能理解为反讽，而与石崇比富，则落到实处。由此可见，西门庆家早期小花园，最重要的空间特征，并非文士"半亩方塘一鉴开"的宁和清雅，而是主人的豪奢之气——这与中国古代文士园林的追求相去甚远。对于文士园林的讨论，通常会触及"境界"①"意匠"②之类的范畴，而这次宴饮所描绘的西门庆早期花园，唯有对于财富的炫耀。

不难发现，除去这种炫耀，还有空间对于身体的直接满足。那些"金瓶""明珠"之类的东西，本来就是最能悦人耳目的，而"琼浆玉液""龙肝""凤腑"之类，又是充塞肚腑的极品——这些都以最直白的方式满足主人的基本欲望。甚至，第十一回中西门庆与潘金莲在"湖山畔"一段短暂的戏谑，更表现出空间对于身体欲望的直接满足。再后来，描写潘金莲独自一人在园中的感受，也明确地表现出这样的欲望：

> 到晚来归入房中，粲枕孤帏，凤台无伴，睡不着，走来花园中，款步花台，月漾水底，犹恐西门庆心性难拿；怪玳瑁猫儿交欢，逗的我芳心迷乱。当时玉楼带来一个小厮，名唤琴童，年约十六岁，才留起头发，生的眉目清秀，乖滑伶俐。……
>
> ——第十二回

当代的环境心理学研究表明，空间能提供相应的心理平台。西门庆住宅早期的花园，就为使用者提供了一个典型的欲望平台。

当然，除此之外，园林毕竟提供了一些日常的使用功能。如第十二回提到，"潘金莲和孟玉楼白日里常在花园中亭子上，坐在一处做针指，或下棋"。当然，这些日常的使用功能，从本质上也可以当作是对身体需求的某种直接满足。

关于这个小型私家园林的布局情况，小说着墨不多，只是提到几个建筑或景观节点，如芙蓉亭、木香棚等(图 4-1)：

> 且说当日西门庆率同妻妾，合家欢喜，在芙蓉亭上饮酒，至晚方散。
>
> ——第十回
>
> 金莲……睡了一觉，走到亭子上。
>
> ——第十一回
>
> ……被妇人把棋子扑撒乱了。一直走到瑞香花下，倚着湖山，推掐花儿。
>
> ——第十一回

---

① 童寯. 江南园林志[M]. 北京：中国建筑工业出版社，1984：8。作者讨论园林，开篇就讲"盖为园有三境界……"，并以各造园要素细论实现这些境界的途径。

② 张家骥. 中国造园史[M]. 哈尔滨：黑龙江人民出版社，1987：207。作者在这本著作中，列专章研究"中国古典园林的空间意匠"，可见对于园林史而言，这部分内容的讨论是一个很重要的话题。

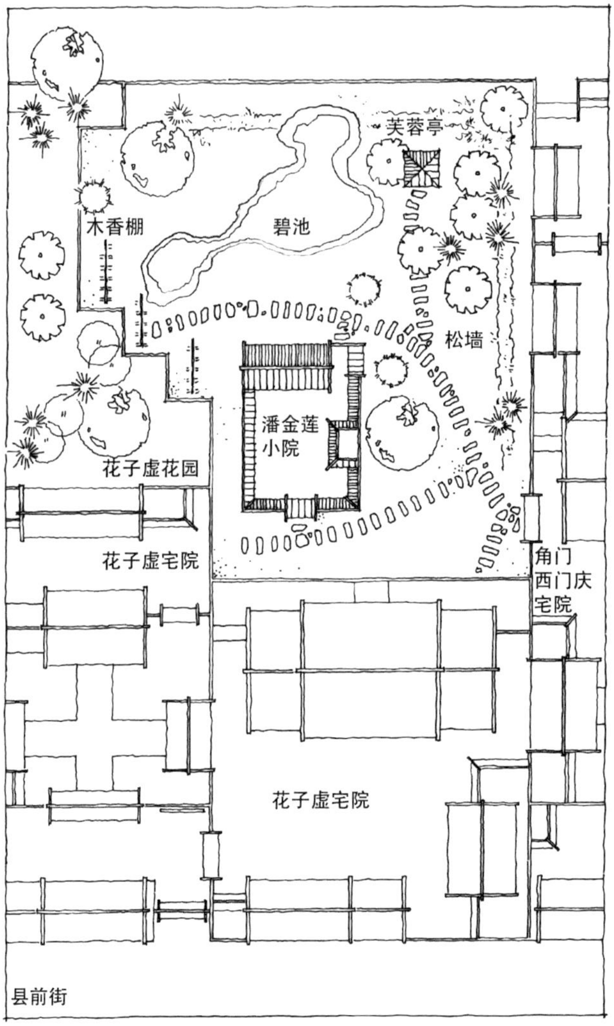

图 4-1　扩建前的西门庆花园总体布局

……奴那日同孟三姐在花园里做生活，因从木香棚(崇祯本为“栏”)下所过，带儿系不牢，就抓落在地。

——第十二回

由这些约略的叙事可以看出，早期的这座花园并不很大，管理也较方便，西门庆只用安排一个琴童“拿钥匙看管花园打扫，晚夕就在花园门前一间小耳房内歇”。园内除了安排那些家庭内部的聚会活动外，就是为潘金莲提供了一个住处。中国古典园林“虽厅榭相望，然多资游赏，而不供起居。园内亦有划一角为居停者，其体式自稍有别”。①其体式之别，通过西门庆跟李瓶儿的介绍就能看出一些：

> 俺房下都在后边第四层房子里，惟有我第五个小妾潘氏，在这前边花园内，独自一所楼房居住，他不敢管我。
>
> ——第十三回

通过前文对于宅院空间叙事的研究可以知道，位于住宅庭院中的建筑，从进入仪门开始，都是单层平房建筑。而这座位于花园中的房子，则是一座“楼”。后文娶进李瓶儿，西门庆为她所盖，也是相同的一座三开间“玩花楼”。

除去这些最基本的内部使用功能，小说中在早期的园林里并没有安排对外的社交活动。从建筑方面讲，原因可能有三：一是庭院过于窄小，无法满足大规模聚会的空间尺度需求；二是建筑形制过于简单，无法适应接待所需的仪礼功能，更不足以对外炫耀；三是空间流线上，进入主要建筑空间要穿越潘金莲的住房，多有不便。

4.2 新花园的筹备与兴造过程

于是，一俟获取花子虚的房产，西门庆所想到的第一件事便是把两个院落打通，合并起来建一个大花园。关于这个园林最初的布局设想，是通过潘金莲向来访的李瓶儿描述的：

> 早辰，金莲领着他同潘姥姥，叫春梅开了花园门，各处游看了一遍。李瓶儿看见他那边墙头开了个便门，通着他那壁，便问：“西门爹几时起盖这房子？”金莲道：“前者央阴阳看来，也只到这二月间兴工动土，收起要盖。把二娘那房子打开，通做一处，前面盖山子卷棚，展一个大花园；后面还盖三间玩花楼，与奴这三间楼相连，做一条边。”
>
> ——第十四回

潘金莲所描述的比较简单，关于园林她提到的主要三个部分：一是前面一个“山子卷棚”，二是一个大花园，三是给李瓶儿用的“三间玩花楼”。当然，她们彼此最为关注的其实就是那三间玩花楼。

后来西门庆又再次对李瓶儿说新花园的格局，与前文无异，所说较多的依然是三间玩花楼。从李瓶儿口中，也约略透露一些建园资金情况。尤其是她提供的财物经过兑现后，成为大花园最重要的资金来源。

综上，就是西门庆新花园在建设筹备阶段的所有工作，主要包含：

---

① 童寯．江南园林志［M］．北京：中国建筑工业出版社，1984：12。

一是将货物变卖兑现后，完成资金筹备；

二是请阴阳选择动工日期；

三是通过口述安排工程的总体布局：山子卷棚、玩耍用的花园、三间玩花楼；

四是安排家人管工记账；

五是安排匠人动工。

其中对于总体布局，略参考了李瓶儿的意见，仅是将自己的房子盖得与潘金莲的那个楼“在一处”。除此而外再没有什么家人干预，只是任由管工与匠人依照惯例自主完成。从开始直到第十九回初基本建成供其女眷玩赏，小说中再没有旁人对于园林营建的干预，只是描述由于某些家庭的变故而决定临时停建、缓建与续建。

上述就是西门庆住宅新花园兴建的整个过程，显然与明代计成《园冶》中所讲园林兴造的模式相去甚远。后者认为，在整个兴造过程中，“能主之人”占九成的作用：“园林巧于因借，精在体宜，愈非匠作可为，亦非主人所能自主者；须求得人，当要节用。因者：随基势高下，体形之端正，碍木删桠，泉流石注，互相借资；宜亭斯亭，宜榭斯榭，不妨偏径，顿置婉转，斯谓‘精而合宜’者也。借者：园虽别内外，得景则无拘远近，晴峦耸秀，绀宇凌空；极目所至，俗则屏之，嘉则收之，不分町畽，尽为烟景，斯所谓‘巧而得体’者也。体宜因借，匪得其人，兼之惜费，则前工并弃，即有后起之输、云，何传于世?”可见，在整个兴造过程中，最重要的立意来源于“因借”“体宜”，借此才能实现精巧。但这些要求在大多数的情况下“非匠作可为”，甚至若不能用得力的人管理谋划，纵有公输、陆云的机巧匠人也是前功尽弃。西门庆本人不是“其人”，他所委派的来昭、贲四以及后来换用的陈经济都不能当以重任，因此，所有的工作仅由匠人以某种专业自觉的方式完成。可见，在这所花园的整个营造过程中，西门庆并没有充分担负起相应的责任，成为“能主之人”。

比较而言，《红楼梦》中的大观园则大有不同。大观园也是借用旧有的宁国府花园，“转至北边”，但小说提到这件事的时候，迅即便说“已经传人画图样去了”，可见存在最初的方案设计过程。再后面，“次早贾琏起来，……便往宁府中来，合同老管事的人等并几位世交门下清客相公，审察两府地方，缮画省亲殿宇。一面察度办理人丁。自此后，各行匠役齐集，金银铜锡以及土木砖瓦之物搬运移送不歇。先令匠人拆宁府会芳园墙垣楼阁，直接入荣府东大院中。荣府东边所有下人一带群房尽已拆去。当日宁荣两宅，虽有一小巷界断不通，然这小巷亦系私地，并非官道，故可以连属。会芳园本是从北拐角墙下引来一段活水，今亦无烦再引。其山石树木虽不敷用，贾赦住的乃是荣府旧园，其中竹树山石以及亭榭栏杆等物，皆可挪就前来。如此两处又甚近，凑来一处，省得许多财力，纵亦不敷，所添亦有限。全亏一个老明公号山子野者，一一筹画起造。”（《红楼梦》第十六回）比较西门庆花园的最初谋划，此处格外细致周到。“清客相公”被请来看基地、画图样，作为有一定文化层次的人，在亲自察看的过程中，一定会或多或少考虑到“因借”“体宜”之类的问题。后又说到一个号“山子野”的老明公，也来参与筹画。“山子野”为其号，当为一个擅长叠石堆山的长者，又有闲云野鹤之风。有这样的一些人在现场工作，则大观园之“精”“巧”初备矣。接下来，“凡堆山凿池，起楼竖阁，种竹栽花一应点景等事，又有山子野制度。（贾政）下朝闲暇，不过各处看望看望，最要紧处和贾赦等商议商议便罢了”（《红楼梦》第十六回）。可见，作为园林的重要主人，贾政也非完全不理会兴造事务，而是总在各处“看望”——这个过程可以看作主人最得体的一种参与方式，既不过多干预正常技术细节，又能及时发现“最要紧处”的问题，再与贾赦等商议解决。《园冶》所谓“亦非主人所能自主者，须求得人，当要节用”，在这里得到最妥当的落实。再后面，园林基本落成，贾珍来请贾政时说：“园内工程俱已告竣。大老爷已瞧过了，只等老爷瞧了，或有不妥之处，再行改造，好题匾额对联的。”然后会同宝玉，一路看、一路题、一路评，整个过程引经据典，又为整个园林注入更深厚的文化内涵。

相比之下，西门庆的新花园，一无清客相公参与谋划，也无“山子野”等人具体把持，更不可能由那些帮闲、食客推敲楹联匾额，从花园筹备、兴造的过程而论，与文士园林的旨趣已相去甚远！

4.3 初次走进新花园

从叙事的角度看，作为中国文人独立创作的第一部长篇小说，《金瓶梅》已经具备很高的技巧。小说作者擅长通过转换叙事主体等方式完成对人物、事物的描写，避免大量的平铺直叙。比如主要人物潘金莲在西门庆府中的首次亮相，就是借助吴月娘的眼睛看到的。同样新花园的首度展示，也没有在竣工后“庆房酒”的描述中和盘托出，而是选择西门庆某日因事外出，以吴月娘与众女眷游赏的过程展示出来：

> 吴月娘在家，整置了酒肴细果，约同李娇儿、孟玉楼、孙雪娥、大姐、潘金莲众人，开了新花园门，闲中游赏玩看。里面花木庭台，一望无际，端的好座花园。但见：
>
> 正面丈五高，周围二十板（原作“正面丈五高心红漆绰屑周围二十板砧炭乳口泥墙”）。当先一座门楼，四下几多台榭。假山真水，翠竹苍松。高而不尖谓之台，巍而不峻谓之榭。论四时赏玩，各有去处：春赏燕游堂，桧柏争鲜；夏赏临溪馆，荷莲斗彩；秋赏叠翠楼，黄菊迎霜；冬赏藏春阁，白梅积雪。更有那娇花笼浅径，嫩柳拂雕栏，弄风杨柳纵蛾眉，带雨海棠陪嫩脸。燕游堂前，金灯花似开不开；藏春阁后，白银杏半放不放；平野桥东，几朵粉梅开卸；卧云亭上，数株紫荆未吐。湖山侧才绽金钱，宝槛边初生石笋。翩翩紫燕穿帘幕，呖呖黄莺度翠阴。也有那月窗雪洞，也有那水阁风亭。木香棚与荼蘼架相连，千叶桃与三春柳作对。也有那紫丁香、玉马樱、金雀藤、黄刺

薇、香茉莉、瑞仙花。卷棚前后，松墙竹径，曲水方池，映阶蕉棕，向日葵榴。游渔藻内惊人，粉蝶花间对舞。正是：芍药展开菩萨面，荔枝擎出鬼王头。

——第十九回

这一大段韵文描写，通常会被看作古典文学所惯用的渲染与铺陈。例如小说《西游记》中，环境甚至建筑空间的大段韵文，都极尽铺叙之能事，勾画出一个虚无飘渺的神怪空间，细致分析却大同小异，据此判断文本的诗化意味大于资料价值。然而细读此段韵文内容不难发现，这些文字各有所指，描绘了具体的情态，并非完全是诗意的铺陈。小说《金瓶梅》中，西门庆住宅与花园在作者心中存在某个确定的物理原型，很多文字或可看做作者诗兴大发的即兴之作，或是受了叙事"诗骚"传统的影响插入的一段应景之作，但仔细分析都会发现存在某种空间依据。特别是随着研究过程的深入，会发现其中的某些内容，与后文情节所描写的互为对应。因此，对于文本中的韵文内容应具体分析后妥善应对。

韵文首句"正面丈五高，周围二十板"，据戴鸿森先生"第十九回校记"，"原作'正面丈五高心红漆绰屑周围二十板砧炭乳口泥墙'，从崇本删十一字"。梅节本则没有删去，而是改作"正面丈五高，心红彩漆绰屑，周围二十板，砧炭乳口泥墙"。相比之下，前者的删改法似乎失去了文字本来的意味。"绰屑"，本为"绰楔"，亦作"绰削"。一是指古时树于正门两旁，用以表彰孝义的木柱。《新五代史・李自伦传》曰："其量地之宜，高其外门，门安绰楔，左右建台，高一丈二尺，广狭方正称焉，圬以白而赤其四角，使不孝不义者见之，可以悛心而易行焉。"清赵翼《蔡节妇诗》云："今日泥书旌绰楔，清芬长附柏舟诗。"二是指代明清官署牌坊。明陆粲《庚巳编》卷七《江东签》一节有载："既而解至都司，司门有绰楔，其扁曰'万里鹏程'。"[①]《金瓶梅》中用此典以指代花园门，似有讽意，未必是实写。"乳口"本意为城墙上的垛口，董解元《西厢记诸宫调》卷一："西有黄河东华岳，乳口敌楼没与高，彷佛来到云霄。"此处使用应该理解为墙头的檐口装饰，以砧碎之炭染为青黑色，以对应前面心红色。"丈五高"极言园门之高，"二十板"与之对应。《说文》释"堵，垣也，五版为一堵"。此处"二十板"，指花园周围的墙垣而说。这些内容，类似于诗赋的起兴，并非对建筑形态的写实。

关于四时玩赏的去处，在小说后来的情节中均有不同程度的描写。此处作者以文人的情致，罗列四时的空间安排，其中的建筑、器物可作为真实的内容，而其使用则为虚写。平野桥与卧云亭相对，一低一高，有水有山，其高下位置与建筑物都可作为实写。另外如"木香棚与荼蘼架"之类的植物配置，虽然可以看作中国古代园林的一个标准模

---

① 引自《庚巳编・卷七》，详参：陆粲. 庚巳编[M]//明代笔记小说大观. 上海：上海古籍出版社，2005：613-713，此处引自第675页。

式，但这里所提到的，均为后文重要的故事场景，因此均可当作实写。

小说下文紧接着：

> 当下吴月娘领着众妇人，或携手游芳径之中，或斗草坐香茵之上。一个临轩对景，戏将红豆掷金鳞；一个伏槛观花，笑把罗纨惊粉蝶。月娘于是走在一个最高亭子上，名唤卧云亭，和孟玉楼、李娇儿下棋。潘金莲和西门大姐、孙雪娥，都在玩花楼望下观看。见楼前牡丹花畔，芍药圃、海棠轩、蔷薇架、木香棚，又有那耐寒君子竹、欺雪大夫松。端的四时有不谢之花，八节有长春之景。观之不足，看之有余。不一时摆上酒来，吴月娘居上，李娇儿对席，两边孟玉楼、孙雪娥、潘金莲、西门大姐，各依序而坐。
>
> ——第十九回

这一节虽然也有很多韵文，但较之前文字更为具体，可以作为资料使用。其中临轩为一个金鱼池，花径边有栏杆可凭。全园最高处为卧云亭，上面能摆桌对弈。此时李瓶儿未被娶回，为她而建的玩花楼还作为一个公共活动空间。楼前有各种花景，都是小说中惯常的称呼，如牡丹边上的芍药圃、海棠轩、蔷薇架、木香棚以及松、竹等景。这一次活动人物较多，"摆上酒来"的地方不是卧云亭；后文又说，吃了一回酒之后，"孙雪娥与孟玉楼却上楼观看"，可见酒宴摆在玩花楼的首层。一段文字，把花园中最基本的一些要素、其相对位置关系及主要使用功能都进行了描述。

> 那陈经济笑嘻嘻扑近他身来，搂他亲嘴。被妇人顺手只一推，把小伙儿推了一交。却不想玉楼在玩花楼远远瞧见，叫道："五姐，你走这里来，我和你说话。"
>
> ——第十九回

陈经济受吴月娘之邀一同饮宴，却在席后伺机戏弄潘金莲。金莲此时在"山子前、花池边"捕蝶，被玩花楼上面的孟玉楼"远远瞧见"，说明这两处存在直接的视线联系。

这些文本所表现的，是整个花园空间首次呈现的状态。虽说也表明一些建筑与景观的空间位置，但对比试才题对额时大观园的初次亮相，则明显不同。《红楼梦》的那段空间叙事是随着贾政与宝玉一行人，以限制视角的方式展开的。整个过程存在一条非常清晰的路线：园门→曲径通幽→沁芳亭→有凤来仪（潇湘馆）→稻香村→转过山坡→荼蘼架→木香棚→牡丹亭→芍药圃→蔷薇院→芭蕉坞→蓼汀花溆→折带朱栏板桥→蘅芷清芬（蘅芜院）→正殿（大观楼）→沁芳闸→幽尼佛寺、女道丹房→红香绿玉（怡红院）。从叙事的技巧分析，古典小说中每一个对象的首度展示都是极有章法的，如《金瓶梅》每个人物都会以某种特别的方式，按照一定的次序描绘长相、穿着等，甚至如潘金莲的亮相能够以想像的方式展示到内部。[①] 通过后面的研究不难看出，小说作者心中确实存

---

① 小说《金瓶梅》第二回，当西门庆第一次见到潘金莲时，有就这样集中的展示，语言组织有序，刻画细致。

在花园节点的空间原型。之所以最初仅仅以韵文加上一部分情节的方式展示，其根本原因在于，小说作者心中西门庆花园的空间原型，本身就是一个缺乏条理的空间。这样的物理空间，在作者心中的所直接表现的，只可能是几幅意象性的、不连贯的画面。为了给西门庆等人提供活动场景，小说作者诉诸笔端的，也只能是这样一些朦胧的内容。

4.4 西门庆花园的总体布局

依据小说叙事的建筑研究，文本描绘的一些片断性画面，并非没有实际意义。尽管存在不太连贯的特点，小说作者舍弃了对于画面完整性的刻意追求，处于一种更放松的写作状态，此刻所表现的建筑局部内容则具备更可信的真实性。在研究过程中依据这些零散的内容，把不同的画面相互叠加，集腋成裘，依然可能连缀出一个相对完整的叙事空间。

> 玉箫道："爹说小厮们看着，不好进你这屋里来的。教你悄悄往山子底下洞儿里，那里无人，堪可一会儿。"
>
> ……
>
> 金莲走到房中，匀了脸，亦往后边来。走入仪门，只见小玉立在上房门首。金莲问："你爹在屋里?"小玉摇手儿，往前指。这金莲就知其意，走到前边山子角门首，只见玉箫拦着门。金莲只猜玉箫和西门庆在此私狎，便顶进去。玉箫慌了，说道："五娘休进去，爹在里头有勾当哩!"金莲骂道："怪狗肉，我又怕你爹了?"不由分说，进入花园里来，各处寻了一遍。走到藏春坞山子洞儿里，只见他两个人在里面才了事。
>
> ——第二十二回

这段情节中，西门庆欲与蕙莲私会，玉箫在其中做"牵头"。地点约在花园"山子底下洞儿里"，理由是"那里无人"，说明"山子"位于一个相对偏僻的地方。蕙莲担心会遇到金莲、瓶儿，经确认后才前往。潘金莲进仪门见到小玉的暗示，走到"前边山子角门首"见到玉箫，后说"进入花园里来"，可见"前边山子角门"，即为花园中相对安静的山子区域的出入口。

> 当晚众堂客席散，金莲吩咐秋菊，果然抱铺盖、笼火，在山子底下藏春坞雪洞儿预备。
>
> 蕙莲送月娘、李娇儿、玉楼进到后边仪门首，故意说道："娘，小的不送，往前边去罢。"月娘道："也罢，你前边睡去罢。"这老婆打发月娘进入，还在仪门首站立了一回，见无人，一溜烟往山子底下去了。……这宋蕙莲走到花园门，只说西门庆还未进来，就不曾扣角门子，只虚掩着。来到藏春坞洞儿内，只见西门庆又早在那里头

> 秉烛而坐。老婆进到里面，但觉冷气侵人，尘嚣满榻。……掩上双扉，两个上床就寝。
>
> ——第二十三回

紧接在后面一回，情节仍为西门庆与宋蕙莲的幽会。这里所说的“角门子”也在新花园中，宋蕙莲以为西门庆未到而“不曾扣角门子”，没有顾及潘、李二人的日常使用，说明这个并不是二人常用的那个花园角门，而是花园中藏春坞区域的角门。后文情节中，潘金莲试图偷窥，从自己房中出来，“轻移莲步，悄悄走来花园内”“到角门首，推了推，开着，遂潜身徐步而入”。可见此处叙事中所说“花园”，是扩建后的花园部分。潘金莲、李瓶儿的院落之外又多了一个交通层次，就是这个“前边山子角门”。

此后，这个角门被潘金莲从外面插上了，西门庆“隔壁叫迎春替他开了”，可见这个花园的门，至少与李瓶儿的院落是相邻近的。

> 金莲打听西门庆在花园卷棚内，走到那里……
>
> ——第二十五回

金莲来“花园卷棚”找西门庆，只见到了陈经济，听说西门庆去了李瓶儿那里找衣料，便去找寻。“这金莲才待下台基，往花园那条路上走，正撞见西门庆”，可见此处所说的“花园卷棚”，指的是花园中常用于接待的建筑空间；而后面“花园那条路”指的则是一个小范围的花园局部，即后面包含“山子”为主的扩建部分。

小说第二十七回是《金瓶梅》人物性格的一次突出展现，故事的发生地就是在花园中。小说文本充分展示人物个性的同时，也把花园的大体格局进一步呈现出来。

> 这西门庆起来，遇见天热，不曾出门，在家撒发披襟避暑。在花园中翡翠轩卷棚内，看着小厮每打水浇灌花草。只见翡翠轩正面前，栽着一盆瑞香花，开得甚是烂漫。
>
> ——第二十七回

这段故事发生在夏天。小说渲染了世上三种人怕热、三种人不怕热，紧接着把叙事的焦点放在花园中，园林在夏天的景象被强化。翡翠轩卷棚是整个花园对外意义最强的一个区域，这时也却更突出它的内部使用意义。

> 西门庆道：“咱两个在这太湖石下，取酒来，投个壶儿耍子，吃三杯。”妇人道：“怪行货子，咱往亭子上那里投去来，平白在这里做甚么？你不信，使春梅小肉儿，他也不替你取酒来。”西门庆因使春梅。春梅越发把月琴丢与妇人，扬长的去了。妇人接过月琴，……一壁弹着，见太湖石畔石榴花经雨盛开，戏折一枝，簪于云鬓之旁……
>
> ——第二十七回

雨后，西门庆送玉楼、瓶儿等去上房，到花园角门后缠住了潘金莲。西门庆讲“在这太湖石下”，可见园中的太湖石离花园角门不远。然而，潘金莲提议去到葡萄架下“投壶耍子”：

> 两人并肩而行，须臾，转过碧池，抹过木香亭，从翡翠轩前穿过来，到葡萄架下。睁眼观看，端的好一座葡萄。……
>
> 二人到于架下，原来放着四个凉墩，有一把壶在旁。
>
> ——第二十七回

这里的流线较清晰：从花园角门附近的太湖石边出发→转过碧池→木香亭→翡翠轩前→葡萄架下。此后流线有两种可能，一是折返回到翡翠轩，二是绕另一条路至翡翠轩前。结合前后的文字，似乎为前者，存在折返的过程——因为倘是另一条路，经过翡翠轩而到葡萄架下，葡萄架应当在轩与角门之间的路上，先前应会提及；并且，后面发生的事情也需要一个比较私密的环境，而葡萄架只能比翡翠轩更隐蔽。

> 这西门庆于是起身，脱下玉色纱{{縰}}儿，搭在栏杆上，迳往牡丹畦西畔，松墙边花架下，小净手去了。回来妇人又早在架儿底下，铺设凉簟枕衾停当，……只见春梅烫了酒来，一眼看见，把酒注子放下，一直走到山顶上一座最高亭儿，名唤卧云亭那里，搭伏着棋桌儿，弄棋子耍子。西门庆抬头看见他在上面，点手儿叫他，不下来，说道：“小油嘴，我拿不下你来就罢了。”于是撇了妇人，比及大叉步从石磴上走到顶上亭子上时。那春梅早从右边一条羊肠小道儿下去，打藏春坞雪洞儿里穿过去，走到半中腰滴翠山丛、花木深处，欲待藏躲，不想被西门庆撞见，黑影里拦腰抱住，说道：“小油嘴，我却也寻着你了。”遂轻轻抱出，到于葡萄架下，笑道：“你且吃钟酒着。”……春梅见他醉睡，走来摸摸，打雪洞内一溜烟往后边去了。听见有人叫角门，开了门，原来是李瓶儿。
>
> ——第二十七回

西门庆来到葡萄架下，脱衣后去牡丹畦西畔、松墙边花架下小解，这两个地方都相距不远。此处文本还存在一条流线，春梅烫了酒送过来，撞见西门庆与潘金莲共效于飞，便躲在卧云亭上。西门庆来追戏，从葡萄架下能抬头看见卧云亭，且可追赶，则二者也不远(图 4-2)。于是可以构建一条清晰的流线：葡萄架→(左边)石磴→卧云亭→右边羊肠小道下山→藏春坞雪洞→半中腰滴翠山丛(被西门庆捉住)→回到葡萄架。这些组成部分都相距不远，并且都有视线勾通彼此。其中卧云亭与其下的藏春坞雪洞，都是比较私密的园林空间。

此后春梅见西门庆醉睡了俟机走开，路线是：葡萄架→藏春坞雪洞→“后边”。此处的“后边”必然不是月娘的上房院落，而是潘金莲与之共同生活的院落。由此可见，藏春坞位置应在潘、李二人院落的前面，亦即南面。

> 这春梅又押他，在花园山子底下，各雪洞儿、花池边、松墙下，寻了一遍，没有。

(a) 依据小说文本所绘园林配置图　　(b) 崇祯本版画所刻画葡萄架景观配置

图 4-2　葡萄架附近区域园林配置图

他也慌了，被春梅两个耳刮子，就拉回来见妇人。秋菊道："还有那个雪洞里没寻哩。"春梅道："那里藏春坞是爹的暖房儿，娘这一向又没到那里。我看寻哩，寻不出来，我和你答话！"于是押着他，到于藏春坞雪洞内。

——第二十八回

这一段是前一故事情节的后续，讲潘金莲丢失了鞋子，打发丫鬟寻找的过程。提到藏春坞雪洞，春梅说"娘这一向又没到那里"，表明前一天潘金莲回房并没有经过春梅到"后边"去所经过的雪洞。这与此前西门庆从花园角门去葡萄架的流线都说明，经太湖石至角门附近再去到潘金莲小院是最方便的路径。春梅则可能由于某种原因（比如为了不惊醒醉睡中的西门庆），才绕远过藏春坞回到自家院落。

关于花园空间的另一次集中展示发生在第五十二回，这一回不是单一的事件，而是一连串的情节相继发生。先是西门庆从衙门回来，厅上遇见了篦头的小周儿，就把他叫到花园翡翠轩小卷棚内行导引之术，之后睡在书房内。女眷加上李桂姐等来访，之后应伯爵等又来，众妻妾急忙避开。其后他与李桂姐在藏春坞雪洞里私会，被应伯爵撞破：

原来西门庆只走到李瓶儿房里,(吃了药)就出来了。在木香棚下看见李桂姐,就拉到藏春坞雪洞儿里,把门儿掩着,两个坐在矮床儿上说话,把桂姐搂在怀中,腿上坐的……不想应伯爵到各亭儿上寻了一遭,寻不着,打滴翠岩小洞儿里穿过去,到了木香棚,抹转葡萄架,到松竹深处,藏春坞边,隐隐听见有人笑声,又不知在何处。这伯爵慢慢蹑足潜踪,掀开帘儿,见两扇洞门儿虚掩,在外面只顾听觑。

——第五十二回

这里也显示一条的流线:西门庆从翡翠轩小卷棚出来→李瓶儿房→木香棚(遇见李桂姐)→藏春坞雪洞,而应伯爵是各亭儿上(包括卧云亭)→滴翠岩小洞儿→木香棚→葡萄架→松竹深处藏春坞边。其中的"木香棚"曾在小说第十二回提到,是属于旧园范围内的一个景点,因此更靠近潘金莲的玩花楼。

吴月娘就同孟玉楼、李娇儿、孙雪娥、大姐、桂姐,先在卷棚内吃了一回,然后拿酒菜儿,往山子上一个最高的卧云亭儿上,那里下棋投壶耍子。孟玉楼便与李娇儿、大姐、孙雪娥,都往玩花楼上去,凭栏杆望下看,那山子前面牡丹畦、芍药圃、海棠轩、蔷薇架、木香棚、玫瑰树,端的有四时不谢之花,八节长春之景。观了一回下来,小玉、迎春却在卧云亭上,侍奉月娘斟酒下菜。

——第五十二回

月娘与李娇儿、桂姐三个下棋,玉楼、李瓶儿、孙雪娥、大姐、经济便向各处游玩观花草。惟有金莲,在山子后芭蕉丛深处,将手中白纱团扇儿且去扑蝴蝶为戏。

——第五十二回

抹了一回,交迎春往屋里炖一壶好茶来。不想孟玉楼在卧云亭栏杆上看见,点手儿叫李瓶儿说:"大姐姐叫你说句话儿,就来。"那李瓶儿撇下孩子,交金莲看着:"我就来。"那金莲记挂经济在洞儿里,那里又去顾那孩子,赶空儿两三步走入洞门首,交经济,……

——第五十二回

这些情节主要发生在卧云亭附近。亭名"卧云",极言其高。小说中反复提到,卧云亭位于一座假山上,应该是全园的最高点,与玩花楼的上层相望。亭子规模并不大——前一段文字中几位女眷在卷棚中吃酒后,吴月娘提议到亭子上投壶饮酒,几个人走开了,唯剩下她与李桂姐,还有两个小丫头伺候,想必不是非常大的空间。

"《释名》云:'亭者,停也。所以停憩游行也。'司空图有休休亭,本此义。造式无定,自三角、四角、五角、梅花、六角、横圭、八角至十字,随意合宜则制,惟地图可略式也。"[①] 亭是全园最高点,一则因功能考虑,游者行至此处,需要停下赏景歇息,二则也考虑空间

---

① 〔明〕计成.园冶注释[M].陈植,注释.杨伯超,校订.陈从周,校阅.北京:中国建筑工业出版社,1981:80-81。

艺术效果，在最高处统摄全局，有点睛之妙。西门庆家本来有一个芙蓉亭，规模似乎比卧云亭大，第十回曾与全家妻妾在亭上饮酒。原亭的位置应该也是当时园子比较高的地方，因为文中用词为“芙蓉亭上”而非“芙蓉亭内”。建起这座卧云亭后，因其有着更高的位置，更良好的视线，因此使用那旧亭的机会明显少了。

卧云亭左边通向葡萄架，右边下去可至半山的滴翠山丛，踞于最高处，拥有比较清晰的视线贯通。单从小说的文学叙事上看，这个亭子作为一处园林要素，空间位置的安排并无不妥。

4.5 聚景堂

聚景堂是西门庆住宅新建花园中最大的建筑，也是日常使用最为重要的一处。中国古代构筑宫室，前为堂而后为室。《论语·先进》曰：“由也升堂矣，未入于室也。”关于堂，《苍颉篇》有云：“殿，大堂也。”而《说文》则释曰：“堂，殿也。”由此可知殿、堂本无可分。[①]

在古代中国，由于存在礼仪上的严肃性，重要的事物都遵循相对严格的规范。在建筑空间中，园林在一定程度上缓解了这种严肃性，是中国古代严整礼仪空间的放松机制。“不到园林，怎知春色如许”，一方面是对园林自然状态的一个描述，从另一方面也反衬非园林的建筑空间阻碍了自然情致的抒发。相比而言，园林中的建筑，首先是从属于园林的，不拘泥于某个固定格式。所谓“方向随宜，鸠工合见；家居必论，野筑惟因”。[②] 厅堂虽大，但所有相关的建筑行为，只为一个“因”字。

> 西门庆手拿芭蕉扇儿，信步闲游。来花园大卷棚内聚景堂内，周围放下帘栊，四下花木掩映。正值日当午时分，只闻绿阴深处一派蝉声，忽然风送花香，袭人扑鼻。有诗为证：绿树荫浓夏日长，楼台倒影入池塘。水晶帘动微风起，一架蔷薇满院香。
>
> ——第二十九回

> 且说一日三伏天气，十分炎热。西门庆在家中聚景堂中大卷棚内，赏玩荷花，避暑饮酒。吴月娘与西门庆居上坐，诸妾与大姐都两边列坐，春梅、迎春、玉箫、兰香，一般儿四个家乐，在旁弹唱。
>
> ——第三十回

---

① 参见：梁思成．营造法式注释·卷上[M]．北京：中国建筑工业出版社，1983：28。作者在对“殿”释义的时候，把“堂”附上相提并论。

② 〔明〕计成．园冶注释[M]．陈植，注释．杨伯超，校订．陈从周，校阅．北京：中国建筑工业出版社，1981：71。

西门庆花园修建过程中，所谓“卷棚”[①]不止一座。前文所叙建筑多是翡翠轩“卷棚”，而此处为聚景堂的“大卷棚”，是整个花园中最重要的一座建筑。前面一段韵文中有“楼台倒影入池塘”，后面又讲“赏玩荷花”，可见聚景堂临水而筑。小说并没有提到园林修建过程中开挖池沼，但清河是一个多水的县城，此园所用基址为花子虚旧宅，保留或新开一定规模的池沼都是可行的。第二十七回讲“转过碧池”，所指应该就是此水面。这个水面不论是新开的，还是在旧有的基础上扩大的，都成为了聚景堂的一个“因”。

聚景堂周边的环境，前段说“四下花木掩映”，并未提及房子，可见四周建筑不多。更由于厅堂较为空落，夏季在此，遍开所有门窗，放下帘栊，荷风四面，确是避暑纳凉的好去处。并且，因其体形相对较大，四周景色比较通透，也是一处接待客人的极佳选择。

聚景堂作为接待活动的区域，或正式接待前的等候区域，在《金瓶梅》小说文本中多有描写——

> 那日薛内相来的早，西门庆请至卷棚内待茶。……西门庆慌整衣冠，出二门迎接。因是知县李达天，并县丞钱成、主簿任廷贵、典史夏恭基。各先投拜帖，然后厅上叙礼。薛内相方出见，众官让薛内相坐首席。席间又有尚举人相接。分宾坐定，普坐递了一巡茶。少顷，阶下鼓乐响动，笙歌拥奏，递酒上坐。
>
> ——第三十二回

> 蔡状元以目瞻顾西门庆家园池花馆，花木深秀，一望无际，心中大喜，极口称美，夸道：“诚乃胜蓬瀛也！”
>
> ——第三十六回

> 大厅正面设两席，蔡状元、安进士居上，西门庆下边主位相陪。……苟子孝答应，在旁拍手唱道：“花边柳边，檐外晴丝卷。山前水前，马上东风软。自叹行踪，有如蓬转，盼望家乡留恋。雁杳鱼沉，离愁满怀谁与传？日短北堂萱，空劳魂梦牵。洛阳遥远，几时得上九重金殿？”
>
> ——第三十六回

蔡状元是蔡京的“假子”，管家翟谦托西门庆在路过的时候提供接待。宾主双方虽然都是官场中人物，但这种接待具有明显的私人性质，要求规格高，但又不必太多的拘谨。于是，选择花园中这座最大的建筑作为接待场所是最适合的——虽然场面不及大厅庄严，但规制依然很高。通过与蔡状元的结交，西门庆在生意上得到诸多庇护，颇有渔利，大尺度的园林建筑为这种结交提供了适宜的空间基础。也唯有在这样的高大空间中，才会有对于书童曲儿中“九重金殿”的期待吧(图 4-3)？

> 这李桂姐和吴银儿，就跟着潘金莲、孟玉楼，出仪门往花园中来。因有人在大

① 依据研究，小说文本中的所谓“卷棚”并非指建筑屋顶形态，而是指园林建筑的室内装修做法。

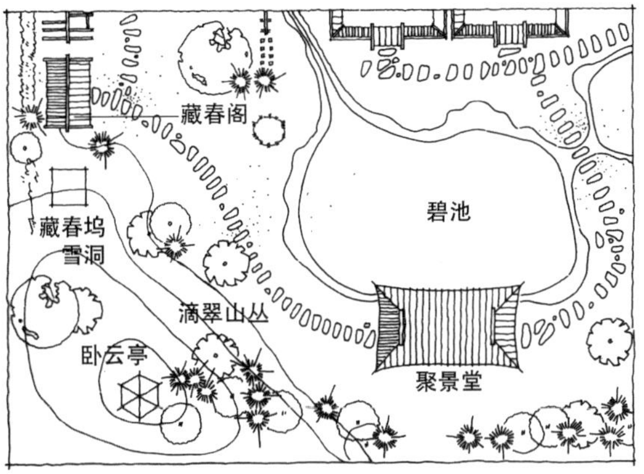

(a) 依据文本所绘聚景堂园林配置图

(b) 崇祯本版画所刻画聚景堂景观配置

图 4-3 聚景堂附近区域园林配置图

卷棚内,就不曾过那边去。只在这边看了回花草,就往李瓶儿房里看官哥儿。

——第五十八回

这一日“大卷棚”内接待的是几位内相,孟玉楼等领了几位勾栏女子在上房厅里喝茶,然后一同去花园玩耍,因不方便只好去李瓶儿房中。这里的流线,从仪门边的花园角门过来,有几个方向的路径:或是去到聚景堂大卷棚,或是去到李瓶儿的院子,还可向西北去至翡翠轩区域(图 4-4)。三者从流线上看,并不互相干扰。

西门庆答应,收了。宋御史又下席作揖致谢。少顷,请去卷棚聚景堂那里坐的。不一时,钞关钱主事也到了。三员官会在一处,换了茶,摆棋子下棋。宋御史见西门庆堂庑宽广,院中(宇)幽深,书画文物,极一时之盛。又见挂着一幅三阳捧日横批古画,正面螺钿屏风,屏风前安着一座八仙捧寿的流金鼎,约数尺高,甚是做得奇巧。见炉内焚着沉檀香,烟从龟鹤鹿口中吐出。只顾近前观看,夸奖不已。

——第七十四回

楹联字画是中国古代建筑完全不可分割的一部分。建筑的题额牌匾是空间意象的延伸,也是主人文化身份的标志。它的内容或取自文学作品,或引征典故,或附丽于某些传说,与建筑的其他部分构成某种文化识别系统,共同参与建筑叙事。柱子是中国古代建筑的主要承重构件,明间柱子更具重要的文化意义。“将对联写在或堂前或厅内的

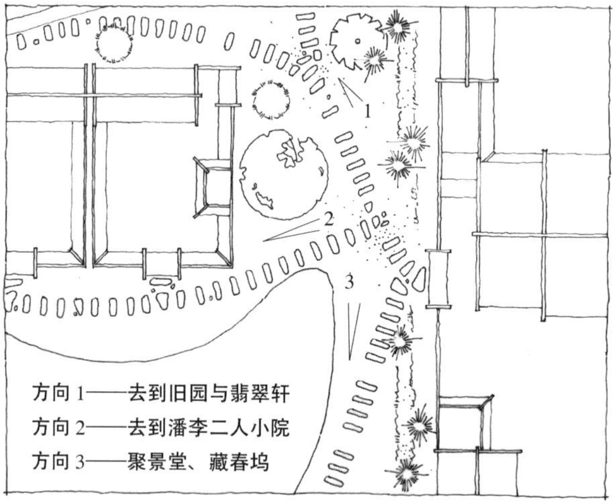

图 4-4　由花园角门进入后的不同流线

柱子上，足见我们中国人是何等地看重楹联文学，堂而皇之地把它拿来装点自己的门面。”①尤其是在园林中，所有的字画题咏，更是主人文化趣味的重要表现途径。因此，很难想象一个文士园林中没有这类题写。《红楼梦》中大观园建成后，首要的一件事情就是题对额。一群清客文人穿行于即将交付使用的建筑中，逐一分析各单体的文化特征，然后提出自己的想法，供随行者反复推敲，这本身就是一件极风雅的事。更不用说把那些文字成果通过善书者题写出来、由刻工精心雕于各种材质的基底上，再依据建筑的视线位置悬挂起来——这样的过程才真正赋予了建筑物以文化生命力。

而对于西门庆花园中这个最重要的厅堂，只泛泛说它“书画文物，极一时之盛”，仅表明了它的主人把这些书画文物也当作财富的一部分。另外诸如“横批古画”“螺钿屏风”“流金鼎”以及“烟从龟鹤鹿口中吐出”的香炉，无一不是工巧之作，并无文化生命的迹象。

顾名思义，聚景堂当收聚整个花园所有景物之最盛者。“堂者，当也。谓当正向阳之屋，以取堂堂高显之义。”②以西门庆的为人，在小说文本中确实也有仗义豪侠的时候，但若论“堂堂”二字，似不当配。因此，他的堂，不论从建筑本身还是室内陈设上看，旨趣不高，仅仅成为聚敛其豪奢之气的一处所在。

① 韩江陵.中国建筑文学表现的著名形式——楹联[J].建筑师 52，1993(6)：64-71，此处引自第 64 页。
② 〔明〕计成.园冶注释[M].陈植，注释.杨伯超，校订.陈从周，校阅.北京：中国建筑工业出版社，1981：75。

4.6 翡翠轩

轩从车，本义是一种前顶较高而有帷幕的车，后引为车子的通称。《尚书大传·帝告》规定："未名为士者，不得乘朱轩。"后来这种乘以代步的工具逐渐固化而成建筑的形式，指有窗槛的长廊或小室。《文选》中收录的左思撰《魏都赋》说"周轩中天，丹墀临猋"已经有明确的建筑含义，李善注曰"轩，长廊之有窗也"。可见"轩"有空透的建筑性格。《左传·闵公二年》有云："卫懿公好鹤，鹤有乘轩者。"自此，不论是作为车的轩，还是演化为建筑形式的轩，均与鹤相属，而有乘风飘逸之感。虽无"堂堂"那样的境界，在中国古代词语中"轩轩""轩昂"等都有高扬、飞举之气。因此计成论及园林中的轩，说道："轩式类车，取轩轩欲举之意，宜置高敞，以助胜则称。"[①]明末张自烈撰《正字通》中解释："檐宇只末曰轩，取车象也，殿堂前檐突起，曲椽无中梁者亦曰轩。"可见轩在这个意义上已经成为卷棚建筑的代称。[②] 依据《金瓶梅》中描述，翡翠轩即为一个小的卷棚。

翡翠轩没有聚景堂那样的规模与等级，在西门庆花园中，它只是属于第二个层次的建筑。因此，在日常的使用过程中，它反倒表现出更多的亲人特性。

小说曾通过应伯爵一次拜访西门庆的过程，交代了翡翠轩在花园中的总体位置与室内布局。

> 那应伯爵狗也不咬，走熟了的，同韩道国进入仪门，转过大厅，由鹿顶钻山进去，就是花园角门。抹过木香棚，两边松墙，松墙里面，三间小卷棚，名唤翡翠轩，乃西门庆夏月纳凉之所。前后帘拢掩映，四面花竹阴森，周围摆设珍禽异兽、瑶草琪花，各极其盛。里面一明两暗书房。有画童儿小厮在那里扫地，说："应二爹和韩大叔来了！"二人掀开帘子，进入明间内，只见书童在书房里。看见应二爹和韩大叔，便道："请坐。俺爹刚才进后边去了。"一面使画童儿请去。伯爵见上下放着六把云南玛瑙漆减金钉藤丝甸矮矮东坡椅儿，两边挂四轴天青衢花绫裱白绫边名人的山水，一边一张螳螂蜻蜓脚一封书大理石心壁画的帮桌儿，桌儿上安放古铜炉、流金仙鹤，正在悬着"翡翠轩"三字。左右粉笺吊屏上写着一联："风静槐阴清院宇，日长香篆散帘栊。"伯爵于是正面椅上坐了，韩道国拉过一张椅子打横。画童后边请西门庆，去了良久。伯爵走到里边书房内，里面地平上安着一张大理石黑漆缕金凉床，挂着青纱帐幔；两边彩漆描金书厨，盛的都是送礼的书帕、尺头，几席文具书籍

① 〔明〕计成. 园冶注释[M]. 陈植，注释. 杨伯超，校订. 陈从周，校阅. 北京：中国建筑工业出版社，1981：82。

② 《营造法原》中释"轩"字条为"厅堂之一部，深一界或二界，其屋顶架重椽，作假屋面，使内部对称者"，可见所指实为内部卷棚装修的做法。后面的所谓"轩法"，也全指这种卷棚的构造方式。详见：姚承祖. 营造法源[M]. 张至刚，增编. 刘敦桢，校阅. 北京：中国建筑工业出版社，1989：102。

堆满；绿纱窗下，安放一只黑漆琴桌，独独放着一张螺甸交椅。书箧内都是往来书柬拜贴，并送中秋礼物帐簿。

——第三十四回

应伯爵作为西门庆的朋友，出入西门府已为常客，没有大的顾忌，并且由于熟悉，他走过的流线应是比较顺畅的。这条线路经过大门→进入仪门→转过大厅(未进入)→鹿顶钻山→花园角门→木香棚→松墙→翡翠轩(图 4-5)。这是一个三开间的建筑，一明两暗的格局。前后都开敞通透，以帘拢分出内外。四周以茂密的花木相伴，显得幽静阴森。建筑明间内的陈设，包括六张东坡椅、四轴字画、一张帮桌儿，还有铜炉、流金仙鹤及牌匾，无不极言西门庆的奢华。旁边暗间中的书房，第一眼所见却是一张大理石凉床，然后才是一些文具，大都与送礼相关，俨然一个充满奢华之气的“书房”建筑。所有这些内容，都是从应伯爵的视角展开叙事。本应清幽的一个环境，却被填充了许多与诗书无关的内容，从建筑功能上让人陡然生出暴殄天物的感觉。

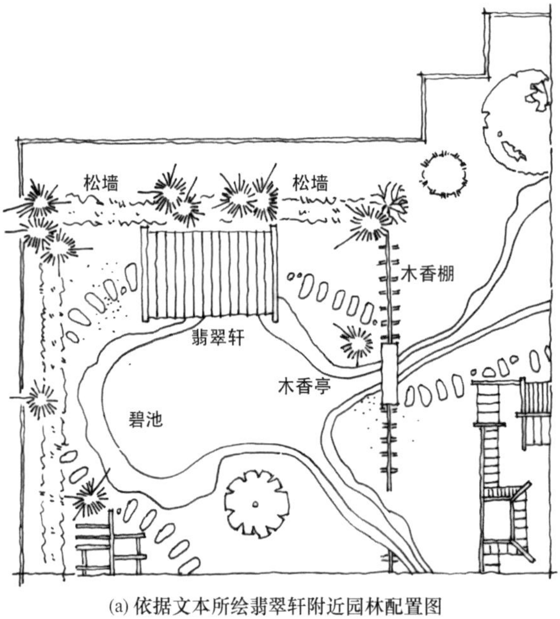

(a) 依据文本所绘翡翠轩附近园林配置图

(b) 崇祯本版画所刻画翡翠轩景观配置

图 4-5　翡翠轩附近区域园林配置图

相比之下，中国古代文人心目中的书房，大概更似《红楼梦》第四十回中探春室内的格局：“……凤姐儿等来至探春房中，只见他娘儿们正说笑。探春素喜阔朗，这三间屋子并不曾隔断；当地放着一张花梨大理石大案，上磊着各种名人法帖并数十方宝砚，各色笔筒笔海内插的笔如树林一般；那一边设着斗大的一个汝窑花囊，插着满满的一囊水晶球儿的白菊。西墙上当中挂着一大幅米襄阳烟雨图，左右挂着一副对联，乃是颜鲁公墨迹，其词云：'烟霞闲骨格、泉石野生涯。'案上设着大鼎。左边紫檀架上放着一个大观窑的大盘，盘内盛着数十个娇黄玲珑大佛手。右边洋漆架上，悬着一个白玉比目磬，旁边挂着小锤。"这个园林中的书房空间布局，当然也有着非一般家庭可比的豪华，但却是一个属于文士的世界，而不似西门庆那般浊物之所好。

另外，上段文字中，书童对二位客人说"俺爹刚才进后边去了"，后面也有多处类似的文字，表明大部分的建筑在翡翠轩的"后面"。显然它位于整个花园中略偏南的地方，是一个相对比较幽静却易于到达的地方。文本中花园的许多地方，都可以经由翡翠轩卷棚前面去到花园角门，如：

> 那陈经济见无人，从洞儿钻出来，顺着松墙儿，抹转过卷棚，一直行前边角门往外去了。正是：双手劈开生死路，一身跳出是非门。
>
> ——第五十二回

翡翠轩因规模不大，更接近于人的使用，并且位置比较方便，因此成为整个花园中使用频度最高的"公共建筑"之一。它的使用功能主要有下面一些：

一是作为比较便利的空间场所而供自己或家人使用，如文中多次提到"西门庆陪伯爵在翡翠轩坐下"。这种使用功能对于空间的环境质量存在极高的要求，虽然作为一个书房从陈设上缺乏特色，但绿化方面则非常讲究。

> 这西门庆起来，遇见天热，不曾出门，在家撒发披襟避暑。在花园中翡翠轩卷棚内，看着小厮每打水浇灌花草。只见翡翠轩正面前，栽着一盆瑞香花，开得甚是烂漫。
>
> ——第二十七回

> 单表西门庆到于小卷棚翡翠轩，只见应伯爵与常时节在松墙下正看菊花。原来松墙两边，摆放二十盆，都是七尺高，各样有名的菊花，也有大红袍、状元红、紫袍金带、白粉西、黄粉西、满天星、醉杨妃、玉牡丹、鹅毛菊、鸳鸯花之类。
>
> ——第六十一回

> 琴童在旁掀帘，请入翡翠轩坐的。伯爵只顾夸奖不尽好菊花，问："哥是那里寻的？"西门庆道："是管砖厂刘太监送我这二十盆。"伯爵道："连这盆？"西门庆道："就连这盆都送与我了。"伯爵道："花到不打紧，这盆正是官窑双箍邓浆盆，又吃年代，又禁水漫。都是用绢罗打，用脚跐过泥，才烧造这个物儿，与苏州邓浆砖一个样儿做法。如今那里寻去！"夸了一回。
>
> ——第六十一回

西门庆把家中最好的花木都安排在附近，并且监督小厮维护管理。对于时令季节的某些特殊花卉，通常也多在这里展示，如秋天里“各样有名的菊花”，以及刘太监送来很名贵的花卉与花盆，也都被摆于此处，而不放在规格等级更高的聚景堂前，可见这个建筑空间对于西门庆日常使用的重要意义。

二是宴请活动，包括自家内部使用或是对外的宴请接待。

> 那吴月娘众姊妹，请堂客到齐了，先在卷棚摆茶，然后大厅上，屏开孔雀，褥隐芙蓉，上坐。席间叫了四个妓女弹唱。
>
> ——第三十一回

为了给新出生的官哥庆满月，聚集了一些女客人吃酒。先是在卷棚里待茶，然后再去到大厅正式饮宴，可见这是一次较正式的宴请活动，必须要在最正式的大厅里，以“屏开孔雀，褥隐芙蓉”的礼仪方式来进行。但正式宴会前的序幕，却是在翡翠轩进行的。

> 西门庆家中又添买了许多菜蔬，后晌时分，在花园中翡翠轩卷棚内，放下一张八仙桌儿。
>
> ——第三十五回

这是一次非正式的宴请活动，起因是韩道国来送谢礼，西门庆只留下一部分，并自己添置一些菜，请了韩道国等几个朋友一道来吃饭。这种类型的宴请活动，带有很大的随意性，因此选择在翡翠轩卷棚中进行。

三是安排一些杂事。

小说中多次提到，西门庆把一些杂事活动安排在卷棚中，主要也是因为这里是西门庆的“书房”，离园门又比较近，存在诸多便利条件。如前面讨论的，小说第三十四回通过应伯爵眼睛所看到的，“两边彩漆描金书厨，盛的都是送礼的书帕、尺头，几席文具书籍堆满；……书箧内都是往来书柬拜贴，并送中秋礼物帐簿”，这些日常情况下对外联络的书面通信均在此完成。另外还有一些比较繁杂但重要的事，也一并在这里，由西门庆亲自监督完成。

> 到晚，西门庆在花园中翡翠轩书房里坐的，要教陈经济来写帖子……
>
> ——第二十六回

> 平安儿道：“俺爹起来了，在卷棚看着匠人钉带哩，待小的禀去。”
>
> ——第三十一回

当然，对于女眷来说，当没有外客到访时，这里为她们提供了一个相对清幽怡人的环境——

> 话说到次日，潘金莲早起，打发西门庆出门。记挂着要做那红鞋，拿着针线筐儿，往花园翡翠轩台基儿上坐着，那里描画鞋扇。
>
> ——第二十九回

四是作为西门庆临时休息的空间。

如前面第三十四回所描述的，这里的暗间布置为一个书房，而“里边书房内，里面地平上安着一张大理石黑漆缕金凉床，挂着青纱帐幔”。这样的安排可为西门庆日常随时休息提供一个空间。小说中经常提到西门庆睡在卷棚内书房中。

到花园内，金莲……顺着松墙儿到翡翠轩，见里面摆设的床帐屏几、书画琴棋，极其潇洒。床上绡帐银钩，冰簟珊枕。西门庆正倒在床上，睡思正浓。旁边流金小篆，焚着一缕龙涎。绿窗半掩，窗外芭蕉低映。

——第五十二回

当然，由于这样的空间便利，又加上西门庆縻纵淫逸的生活爱好，这里也提供一个与书童做“勾当”的场所：

金莲使春梅前边来请西门庆说话。刚转过松墙，只见画童儿在那里弄松虎儿，便道：“姐来做什么？爹在书房里。”

——第三十五回

这个半居住空间不仅他自己使用，在某些极特殊的场合，他也会把这里当作一个隐秘的场所提供给别人使用。

比如第四十九回，西门庆安排了一次极为重要的宴请活动。西门庆官阶等级不高，却因为某种特殊关系而宴请宋、蔡两位御史，这件事“哄动了东平府，抬起了清河县”。酒宴先安排在最正式的大厅上举行，整个仪式十分周全。后来宋御史提前告辞，西门庆送走了他，重又回来与蔡御史“解去冠带，请去卷棚内后坐”，撤去了乐工仪仗，只留下一些戏子。这里所说的“卷棚”应该指的是聚景堂大卷棚，在这里开展第二个阶段的饮宴活动，既不失尊重，又因为花园的环境亲和许多。由于此番与蔡御史已不是首次交往，这样的安排免去了过多的礼仪，却把二人的关系更加拉近许多，为当晚西门庆进一步行贿提供了一个相对轻松、便利的空间环境。此后到了傍晚掌灯时分：

因起身出席，左右便欲掌灯，西门庆道：“且休掌烛，请老先生后边更衣。”于是从花园里游玩了一回，让至翡翠轩，那里又早湘帘低簇，银烛荧煌，设下酒席完备。海盐戏子，西门庆已命手下管待酒饭，与了二两赏钱，打发去了。书童把卷棚内家活收了，关上角门，只见两个唱的，盛妆打扮，立于阶下，向前花枝招飐磕头。

——第四十九回

在翡翠轩卷棚进行的是这次饮宴的第三个阶段，在这里与先前五间大厅上“湘帘高卷，锦屏罗列”已经完全不同，而是“湘帘低簇，银烛荧煌”，建筑空间一次比一次更小，因而更加亲密，也逐步增添了一些暧昧成分。小说的情节安排，这是一次西门庆对官员的性贿赂活动，照顾双方的心理要求，因此要相对隐秘才可以。西门庆吩咐把两个妓女由“后门”抬入，并且把抬她们所使用的轿子“抬过一边”隐藏起来。如此秘密的一项活动，最终完成的场所就是位于翡翠轩的西门庆书房。

这三个空间场景的转换，是小说《金瓶梅》作者准确地利用建筑空间的个性特征完成的一次叙事。借助于时间与空间的配合，从白天非常正式情况下，在五间大厅中进行充满礼仪的活动，到傍晚前在聚景堂大卷棚中相对宽松的听戏饮酒，再到掌灯后在翡翠轩卷棚中的私密行为，空间层次很明晰地发生着变化，一步步趋于小型化、非正式化——建筑空间所参与的小说叙事在这里被作者处理得恰到好处！

4.7 藏春坞

在整个西门庆花园建筑中，若论踞高望远，非卧云亭莫属，若论开阔大气，则是聚景堂，若论便利通透，当为翡翠轩，与这三种建筑性格全然不同但仍然个性鲜明的，就是藏春坞。

坞之本意为中国古代构筑于村庄外用于防御的土堡，它作为一种屏障，与城市外围的城墙有着类似的作用，因此又被称为"庳城"。如《后汉书·董卓传》有载："又筑坞于郿，高厚七丈，号曰万岁坞。"后来也指与这种建筑形式相类的四周高而中央低的山野地形，羊士谔诗《山阁闻笛》讲"临风玉管吹参差，山坞春深日又迟"[①]，已是一种建筑的意象了。计成在评及"郊野地"时，开篇即说"郊野择地，依乎平冈曲坞，叠陇乔林……"陈植注云："坞，即山窪之意。在山区两边高而中间低的地区，统称为'窪'或'坞'或'冲'，亦有称为'窪子'或'冲子'者。"[②]由此可见，"坞"作为一种建筑物或构筑物而言，本身就存在明确的隐蔽性特征。

这一空间特征利于西门庆安排相应的活动。先是与来旺之妻宋蕙莲的私通：

> 玉箫道："爹说小厮们看着，不好进你这屋里来的。教你悄悄往山子底下洞儿里，那里无人，堪可一会儿。"
>
> ——第二十二回

> 金莲……不由分说，进入花园里来，各处寻了一遍。走到藏春坞山子洞儿里，只见他两个人在里面才了事。
>
> ——第二十二回

这个地点用于二人偷情是一个相对固定的场所，以至后来潘金莲绣鞋丢失，秋菊偶然在这里发现一只鞋子，潘金莲马上判断是宋蕙莲的，足见使用之频繁。除此之外，西门庆还在此与李桂姐等私会：

---

① 全唐诗第332卷录。

② 〔明〕计成.园冶注释[M].陈植，注释.杨伯超，校订.陈从周，校阅.北京：中国建筑工业出版社，1981:57-58。

原来西门庆只走到李瓶儿房里,(吃了药)就出来了。在木香棚下看见李桂姐,就拉到藏春坞雪洞儿里,把门儿掩着,两个坐在矮床儿上说话,把桂姐搂在怀中,腿上坐的……不想应伯爵到各亭儿上寻了一遭,寻不着,打滴翠岩小洞儿里穿过去,到了木香棚,抹转葡萄架,到松竹深处,藏春坞边,隐隐听见有人笑声,又不知在何处。这伯爵慢慢蹑足潜踪,掀开帘儿,见两扇洞门儿虚掩,在外面只顾听觑。

——第五十二回

当然,仅仅把藏春坞作为一个花园中最隐蔽的场所,供自己使用,并没有充分发挥它的作用。很多时候,西门庆也把它当作一个特殊的空间供外来人员使用。如首次宴请蔡状元(即后来的蔡御史)时,就曾安排于此。此番蔡状元与安进士一同到来,西门庆先是"冠冕着迎接至厅上,叙礼交拜",然后"叙毕礼话,请去花园卷棚内宽衣",再后来挽留二人在此歇宿:

良久,酒阑上来,西门庆陪他复游花园,向卷棚内下棋。令小厮拿两桌盒,三十样,都是细巧果菜、鲜物下酒。蔡状元道:"学生们初会,不当深扰潭府,天色晚了,告辞罢。"……

良久,让二人到花园:"还有一处小亭请看。"把二人一引,转过粉墙,来到藏春坞雪洞内。里面暖腾腾掌着灯烛,小琴桌儿早已陈设绮席果酌之类,床榻依然,琴书潇洒。

——第三十六回

此处,藏春坞雪洞"暖腾腾掌着灯烛"的气氛,构成最重要的空间特征。并且,雪洞虽没有翡翠轩那样相对正式的居住条件,但其整体氛围更适合睡卧。

西门庆藏春坞、翡翠轩两处俱设床帐,铺陈绫锦被褥,就派书童、玳安两个小厮答应。西门庆道了安置,回后边去了。

——第三十六回

藏春坞雪洞的另一个用途也是书房。西门庆本非读书人,却在发迹后相继布置出若干个"书房"。先是小说第三十一回中说,"新近收拾大厅西厢房一间做书房,内安床几、桌椅、屏帏、笔砚、琴书之类。书童儿晚夕只在床脚踏板上搭着铺睡"。后第三十四回又讲到,"三间小卷棚,名唤翡翠轩,乃西门庆夏月纳凉之所。……里面一明两暗书房"。其实,《红楼梦》大观园中的暖香坞,是供惜春使用的住处,也承担着很重要的书房画房功能;苏州拙政园海棠春坞为一独立小院,花开时节也烂漫如锦,也是一个封闭式庭院书房。这些都表明,倘若真的作为文人的书房,藏春坞一定是极佳的冬季读书之处(图4-6)。后面在第七十二回又提到:

西门庆吩咐左右;把花草抬放藏春坞书房中摆放,旋叫泥水匠隔山拘火,打了两座暖炕,恐怕煤烟熏触;专委春鸿、来安浇灌茶水,不得有误。西门庆使玳安叫戏

图 4-6　崇祯本版画中所刻画藏春坞形态

子去,一面兑银子与来安儿买办。

——第七十二回

崇祯本此句改作:“西门庆叫左右把花草抬放藏春坞书房中摆放,一面使玳安叫戏子去,一面兑银子与来安儿买办。”小说没有再过多描述关于“隔山拘火”的建筑构造,很明显这里的建筑被作为冬季书房的一部分。这个细节从另一个角度说明,除了供潘金莲、李瓶儿居住的两座玩花楼外,藏春坞可能是冬天花园里最温暖的地方。从保暖性上看,虽然第二十三回也说“冷气侵人”,但毕竟可以在这里“掩上双扉……上床就寝”。可见藏春坞具备很好的避风保温特性——“藏春”二字,除去文学喻义外,从空间品质上讲也非浪得虚名。当然,从空间布局上看,这种特性绝对不是偶然的——“坞”特殊的地形特征,使它具备良好的藏风聚气品质,这恰与中国古代择地的风水之说形成暗合。

中国古代村落的选址强调藏风聚气,主要是依据《内经》中“九宫八风”的理念。“西面需要有山,挡住西面的‘刚风’。同理,西北应有山挡住‘折风’;北面应有山挡住‘大刚风’;东北应有山挡住‘凶风’。这样一来恰是风水学提倡的半圆形环山了。”[①]这种基于

① 张惠民.中国风水应用学[M].北京:人民中国出版社,1993:217。

村落选址的思路，对于建筑的局地空间特征也有很大影响。就中国大部分地域而言，能挡住上述那些方位来风的“窐”，十分有利于冬季居住。基于这些分析，可以认为藏春坞雪洞朝南偏东方向开口，其他几面被假山环抱。

4.8 花园的败落

以上基于小说文本中的故事情节，对西门庆利用花子虚旧宅扩建后的花园格局、主要建筑及其使用功能进行了一系列分析。随着故事发展，所有建筑内容都会不断发生变化。由于小说作者叙事过程的随意性，或是在小说流转过程中的不断散佚与补充，小说文本中会产生一些建筑空间的非正常变化。除去这些因素，《金瓶梅》大部分空间的颓变，合乎建筑本身的发展逻辑。任何建筑都具有自己的生命周期，这是其作为世间万物之一的自然归宿。在建筑历史的整个发展进程中，对建筑消亡过程的正确理解，并依据其规律去分析研究，也有助于对整个建筑现象的深入理解，特别是对园林建筑。

中国历代文人都有对于荒园意象的描写，比较著名的是鹿虔扆在《临江仙》中所描绘的：“金锁重门荒苑静，绮窗愁对秋空。翠华一去寂无踪。玉楼歌吹，声断已随风。烟月不知人事改，夜阑还照深宫。藕花相向野塘中，暗伤亡国，清露泣香红。”西门庆的花园并不是一个有很高造园成就的文士园林，虽然存在各种符合使用、甚至符合建筑发展规律的合理成因，但它也会如绝大部分的市井建筑一样，逐渐湮灭于历史之中。更由于西门庆作为一个商人，钱财处于不断流动中，易聚也易散，人的状态也异常不稳定。因此，他所使用的园林，随着他自己肉体的死去很快地颓败以至消亡，也就在所难免。虽然小说中的人物大都粗鄙不堪，不具备伤感的情调，但作为小说作者，却着意刻画了一幅园林荒废的状况，以表达其“暗伤亡国”的情致——这些描写基于作者对于园林荒废过程的细致观察与认知，为我们从建筑的角度研究古典园林生命周期中的相关变化提供了素材。

小说后面的部分，描述了这个花园最后的一些空间状态：

> 春梅向月娘说：“姥姥，你引我往俺娘那边花园山子下走走。”月娘道：“我的姐姐，山子花园还是那咱的山子花园哩！自从你爹下世，没人收拾他，如今丢搭的破零二落。石头也倒了，树木也死了，俺等闲也不去了。”春梅道：“不妨，奴就往俺娘那边看看去。”这月娘强不过，只得叫小玉拿花园门、山子门钥匙，开了门，月娘、大妗子陪春梅，众人到里边游看了半日。但见：
>
> 垣墙欹损，台榭歪斜。两边画壁长青笞，满地花砖生碧草。山前怪石遭塌毁，不显嵯峨；亭内凉床被渗漏，已无框档。石洞口蛛丝结网，鱼池内虾蟆成群。狐狸常睡卧云亭，黄鼠往来藏春阁。料想经年无人到，也知尽日有云来。

春梅看了一回，先走到李瓶儿那边。见楼上丢着些折桌、坏凳、破椅子，下边房都空锁着，地下草长的荒荒的。方来到他娘这边，楼上还堆着些生药香料，下边他娘房里，止有两座厨柜，床也没了。因问小玉："俺娘那张床往那去了？怎的不见？"小玉道："俺三娘嫁人，赔了俺三娘去了。"月娘走到跟前说："因有你爹在日，将他带来那张八步床赔了大姐，在陈家，落后他起身，却把你娘这张床赔了他，嫁人去了。"春梅道："我听见大姐死了，说你老人家把床还抬的来家了。"月娘道："那床没钱使，只卖了八两银子，打发县中皂隶，都使了。"春梅听言，点了点头儿。

——第九十六回

从这段文学色彩很浓的韵文中，可以看出建筑尤其是园林破败的发展过程。先是因疏于养护管理，植物系统开始走样变形，然后是木质家具的糟朽损坏，最终才会是固定物的灭失。而地形等因素，相对更容易长久保持先前的空间形态。值得注意的是，这个变化过程与人的使用频度直接相关。近人尺度的"半固定元素"①，如花草与家具，最经常被使用，也是最容易流转的。因此，对于园林使用者通常不会有更长久的考虑，因此也最需要日常的维护与管理。一旦不再使用，随着时间流逝这些东西最容易表现出与先前不一样的形态特征。从叙事主体的视角看，这些东西属于近人尺度，又是最容易被语言表现的。于是双重的因素会强化那些植物、器物毁坏的程度。可见在园林中，对于维持建筑环境，形成相应气氛，这些"半固定元素"都是最重要的(图4-7)。

整个园林中，其余建筑、山石与池沼相对不容易毁坏，尤其是园中的山水，通常不会因主人更易而马上发生变化。因此，如果由于某种原因发生变故，只需重点恢复本来近人尺度的某些因素，便可完成最有效的园林复建。顾公任在《吴下名园论》中曾述及拙政园的变革情况②，段建强对于上海豫园历史上修复内容的研究③，都基本符合上述流变规律。从本质上讲，那些固态的大尺度园林要素，并非没有了主人，而是换了新的主人，如春梅眼中的黄鼠、虾蟆与狐狸，就是它们新的主人！

从春梅重游旧池馆所见到的园林破败的景象上，首先能看到建筑与人的关系。建筑属于人，属于所谓的"能主之人"，这个"能主"不仅表现在设计与营建过程中，也表现在日常的使用与维护中。中国古代的建筑与人存在一种极特殊的关系，与其说建筑是作为一种器物为人提供服务，不如说建筑已经成为主人的某种人格固化。中国木构建

① [美]阿摩斯·拉普卜特.文化特性与建筑设计[M].常青，张昕，张鹏，译.北京：中国建筑工业出版社，2004：11。

② 文章详见：顾公任.吴下名园论[G]//苏州市地方志编纂委员会办公室，苏州市园林管理局.拙政园志稿，1986：85-90。

③ 段建强研究认为"豫园的修复过程，实际上也是城市中园林'碎片'的一次整合"。而其后面列举的这些"碎片"，也是一些相对比较大尺度的园林要素。详见：段建强.豫园历史研究(1559—2009)——从"东南名园"到文化遗产[D].上海：同济大学，2012：234-238。

图 4-7 崇祯本版画中所刻画败落后的西门庆花园

筑更大程度上属于现世使用者，它与使用者之间能产生从物质到精神的互动——通过日常的使用过程，更是把这种互动推向必然。建筑是有生命的机体，当“能主之人”精心维护它的时候，它也会逐渐成长，一天天更加符合使用者的要求，反之亦然。一旦西门庆死去，吴月娘的活动空间缩小至后仪门之内的范围，花园便成为无主之境，走向颓败也属必然。

斯人已去，整个园林里面，花草树木、山石池沼不再有人赏玩，而玩花楼、卧云亭、聚景堂、翡翠轩、藏春坞等建筑也都不再发挥作用，建筑的功能与整个家庭一样萎缩至后院，延续着那片时之欢——

月娘叫小玉锁了花园门，同来到后边。明间内又早屏开孔雀，帘控鲛绡，摆下酒筵。两个妓女，银筝琵琶，在旁弹唱。

——第九十六回

4.9 小说中的相关园林比较

从上面的研究可以看出，小说《金瓶梅》中所描述的西门庆花园，从总体布局、使用功能等方面，与传统建筑史中所讨论的中国古代文士园林有很大不同。当然，最大的差异在于主人的旨趣，直接影响整个园林意匠的表达。园林作为一种特殊类型的建筑群落，拥有显著的叙事功能。依据系统论的学说，对一个事物进行研究，首先要确认的是构成它的某些要素，其次才是这些要素的组合方式，亦即结构。前面的文字重点讨论了西门庆花园中的相关要素，将这些内容组合起来，再从结构的层面与其他园林进行对比分析，能得出更完整的结论。

在园林配置的总体布局上，小说《金瓶梅》中的西门庆花园用地，为《园冶》中的“城市地”。在古代文士眼中，这并非最理想的造园用地：“市井之地不可园；如园之，必向幽偏可筑，邻虽近俗，门掩无哗。”而对于建筑方面，则“架屋随基，濬水坚之石麓；安亭得景，莳花笑以春风”。[①] 西门庆花园位于清河县中心部位，兼并了邻居花子虚的宅地，用地范围不可谓不阔，却无法得到妥善经营。由于原先旧花园已成格局，并且修建新园时潘金莲在里面居住，无法进行统一的规划布局，确实给园林的整体结构带来一定局限。类似的情况对于园林，尤其城市中的私家园林而言，并不少见。苏州木渎的羡园，也是一块极不规则的用地，被文人钱端溪所经营，“园内布置，疏密曲折，高下得宜。……虽处山林，而斯园结构之精，不让城市”。[②] 相比之下，西门庆花园在小说中，虽然偶尔翡翠轩也是“门掩无哗”，园中也有“莳花笑以春风”之际，但从发生的所有故事看，却只是一片俗境，远非清幽之地。

另外，若以计成所谓“傍宅地”的标准看，西门庆花园也有很多不足。“宅傍与后有隙地可葺园，不第便于乐闲，斯谓护宅之佳境也。开池濬壑，理石挑山，设门有待来宾，留径可通迩室。”至于建筑方面，则需“多方题咏，薄有洞天；常余半榻琴书，不尽数竿烟雨”。[③] 建筑安排宜少不宜多。但依西门庆的用途，并不以这块地来“护宅”，仅是作为“乐闲”之用。其中虽有“设门”“留径”，却乏琴书之趣。从第三十四回应伯爵及第七十四回宋御史眼中，都能看到一些题咏，但那些内容层次相对较低，也不够丰富，与传统的文士园林无法相比。“洞天”与“烟雨”的意境应有疏密错落的空间为配，而综观西门庆的园林，总的感觉还是过于“满”，内容繁多并且形态复杂，却缺乏较大的开阔之处。尽管第十九回吴月娘初进园来，曾描述为“一望无际”，后来第七十四回又由宋御史眼中看到“堂庑宽广，院宇幽深”，但通过本书前面空间格局分析可见，总的建筑与树木、山水布局仍以填充堆砌为主，看不出收放之间的章法（图 4-8）。

明代的中国在叠山方面已经达到一个高峰。《哲匠录》曾载历代善于叠山者，明清占了半数以上。[④] 这个阶段不论是理论上还是实践上，都有最长足的发展。在文士眼

---

① 〔明〕计成．园冶注释[M]．陈植，注释．杨伯超，校订．陈从周，校阅．北京：中国建筑工业出版社，1981：53。

② 童寯．江南园林志[M]．北京：中国建筑工业出版社，1984：31-32。

③ 〔明〕计成．园冶注释[M]．陈植，注释．杨伯超，校订．陈从周，校阅．北京：中国建筑工业出版社，1981：59。

④ 参见：杨永生．哲匠录[M]．北京：中国建筑工业出版社，2005。书中载善叠山者凡三十四位，而其中十八位为明清时期人物。

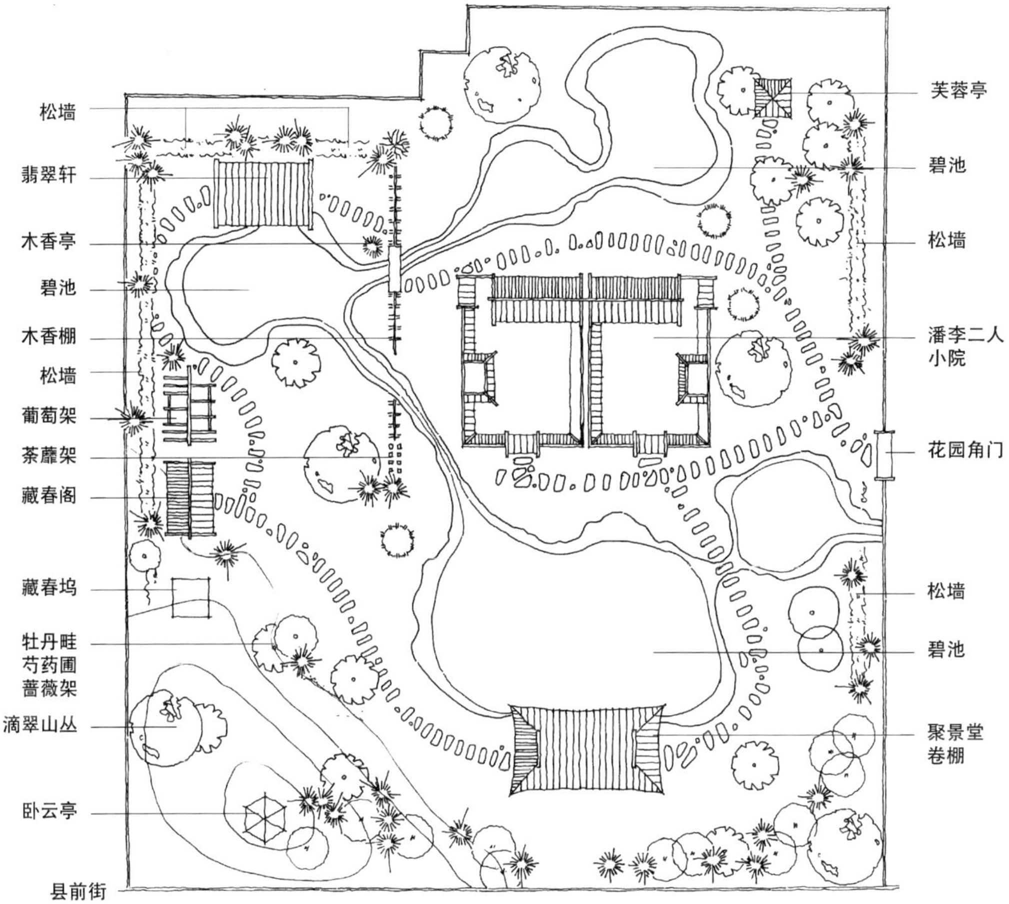

图 4-8 依据小说《金瓶梅》文本所绘西门庆花园总平面布局图

中，园林本身就是对于自然山水的摹写，而以石掇山，重在写意。"方堆顽夯而起，渐以皴文而加；瘦漏生奇，玲珑安巧。峭壁贵于直立，悬崖使其后坚。岩、峦、洞、穴之莫穷，涧、壑、坡、矶之俨是；信足疑无别境，举头自有深情。"①可见明代叠山，非常喜欢附比画境，如其做法实为"某某家之皴法"等，这是文士之风最根本的体现。计成论及"园山"时说："园中掇山，非士大夫好事者不为也。为者殊有识鉴。缘世无合志，不尽欣赏，而就厅前一壁，楼面三峰而已。是以散漫理之，可得佳境也。"②士大夫好事者之所以能为叠山之事，最重要的是他们从画境中学得"意在笔先"，未及动手已成竹于胸了。因此，在

① 〔明〕计成. 园冶注释[M]. 陈植，注释. 杨伯超，校订. 陈从周，校阅. 北京：中国建筑工业出版社，1981：197。

② 同上：200。

《红楼梦》中，当贾政一行看到“迎面一带翠嶂挡在前面。众清客都道：‘好山，好山！’贾政道：‘非此一山，一进来，园中所有之景悉入目中，则有何趣。’众人道：‘极是。非胸中大有邱壑，焉想及此。’”而这种胸中的大“邱壑”，却没有出现于《金瓶梅》中。西门庆的山，也堆得极高，山上一卧云亭，可与远处的玩花楼对望，却无更多雅趣。

> （春梅）一直走到山顶上一座最高亭儿，名唤卧云亭那里，搭伏着棋桌儿，弄棋子耍子。西门庆抬头看见他在上面，点手儿叫他，不下来，说道：“小油嘴，我拿不下你来就罢了。”于是撇了妇人，比及大叉步从石磴上走到顶上亭子上时。那春梅早从右边一条羊肠小道儿下去，打藏春坞雪洞儿里穿过去，走到半中腰滴翠山丛、花木深处，欲待藏躲，不想被西门庆撞见……
>
> ——第二十七回

这段主仆间追逐嬉戏的场景是对于卧云亭假山最精细的描述，却也只能看到一座亭子及两侧的山路，都是直接供人使用的，并无太多可供细致赏玩的内容。这座假山还围合出一个更加私密的建筑空间，即藏春坞。这个空间本是一处山水环抱的清幽之境，但西门庆将其变为一个藏污纳垢之地，没有太多游赏价值。山虽高，却无峭壁、悬崖立于其间，山上有亭也无翼然临下之势，更无林泉高致的雅态——这是西门庆花园的“山”，却非文士心目中的“山”。

理水是文士园林中另一个重要内容，甚至比山更加重要。《论语·雍也篇第六》中说道：“知者乐水，仁者乐山。知者动，仁者静。知者乐，仁者寿。”这段经典论述早已渗透中国古代文士的心灵。《韩诗外传》卷三第二十五章注云：“夫水者缘理而行，不遗小间，似有智者；动而之下，似有礼者；蹈深不疑，似有勇者；障防而清，似知命者；历险致远，卒成不毁，似有德者。……此智者所以乐于水也。”[①]这段注解甚至给水的性格增添了道德评判的成分。从当代叙事学的角度可以认为，在园林中山所代表的是“史传”传统，而水则体现“诗骚”之风。水能流动，不论是可供濯缨、濯足的沧浪之水，还是启迪智巧的源头活水，抑或充满意趣的流觞曲水，都是古代文士最喜爱的园林表现对象。因此，计成在论及叠山时提到，“假山以水为妙”；[②]王穉登在《寄畅园记》中也说，惠山周围的园林，依据“得泉之多少，与取泉之工拙，园由此甲乙”。

水在园林中的表现有各种形式，无不以清幽表现其深远。《红楼梦》中大观园构置大量水景，各处均有深意。如“沁芳桥”，“只见佳木茏葱，奇花闪灼，一带清流，从花木深处曲折泻于石隙之下。再进数步，渐向北边，平坦宽豁。两边飞楼插空，雕甍绣槛皆隐于山坳树杪之间。俯而视之，则清溪泻雪，石磴穿云，白石为栏，环抱池沿。石桥三港，

---

① 韩婴. 韩诗外传集释[M]. 许维遹，校释. 北京：中华书局，1980：110。

② 〔明〕计成. 园冶注释[M]. 陈植，注释. 杨伯超，校订. 陈从周，校阅. 北京：中国建筑工业出版社，1981：211。

兽面衔吐。桥上有亭。……宝玉道:'有用泻玉二字,莫若沁芳二字,岂不新雅?'"(《红楼梦》第十七回)这是与桥亭相搭配的动态水景。再如"一面引人出来,转过山坡,穿花度柳,抚石依泉。过了荼蘼架,再入木香棚,越牡丹亭,度芍药圃,入蔷薇院,出芭蕉坞,盘旋曲折。忽闻水声潺湲,泻出石洞,上则萝薜倒垂,下则落花浮荡。众人都道:'好景,好景!'贾政道:'诸公题以何名?'众人道:'再不必拟了,恰恰乎是武陵源三个字。'贾政笑道:'又落实了,而且陈旧。'众人笑道:'不然就用秦人旧舍四字也罢了。'宝玉道:'这越发过露了。秦人旧舍说避乱之意,如何使得!莫若蓼汀花溆四字'"(《红楼梦》第十七回)。诸如此类的描述,赋予了园林理水更深层的意味,也把园林造景中的所谓"匠心"提升到一个新的高度。

相比之下,小说《金瓶梅》中西门庆花园的理水则简单许多,而且都"落到实处"。通览小说文本,有三处比较详细地提到西门庆花园中的水景。第十二回在旧时花园中,潘金莲"款步花台、月漾水底",这句只是用以渲染她春情烘动、芳心迷乱的状况,而非将水面当作一个描写对象。第十九回吴月娘带着众女眷首度游园,提到"一个临轩对景,戏将红豆掷金鳞",是很具体的池边玩耍,却没有更深意象的表达。西门庆花园的聚景堂,本是一个临水的大型建筑。但小说文本中却没有更多述及水体状态,只是在第二十九回借了一句很直白的"楼台倒影入池塘",表明建筑与水体的相对位置。第九十六回春梅重游旧池馆,看到"鱼池内虾蟆成群",也只是简单表明池沼的形态。作为一个大运河边的城市,清河县本不缺水,并且由前面对县城的分析可知,很多地方有自然水体。西门庆建起一个花园,本可开挖一个较大的池塘——其实就卧云亭所在的山也可推知,应该会有一个规模较大的水面与之形成建园时土方的平衡——但作者在描述西门庆花园时,却偏偏略去了这个规模相对较大的水面。就叙事的主客体关系而看,这样的描写其实也恰恰说明西门庆本人并不十分关心园林中的水体。依此再联系到《论语》中的"智水仁山"之论,西门庆虽善于经营买卖、长于周旋关系,却殊非一个智者。

园林中还有一个要素,便是其花木。《园冶》中虽没有为花木设置专篇,却几乎处处提及花木之事。如《园说》篇云:"夜雨芭蕉,似杂鲛人之泣泪;晓风杨柳,若翻蛮女之纤腰。移竹当窗,分梨为院;……"[①]再如《相地》一节:"新筑易乎开基,只可栽杨移竹;旧园妙于翻造,自然古木繁花。……斯谓雕栋飞楹构易,荫槐挺玉成难。"[②]这样的词句几乎可以在《园冶》中的每一段找到,可见古人造园之时,对于花木考虑的程度,俨然重于建筑本身!李渔极重视花木,《闲情偶寄》中单列一个"种植部",将花木之属的木本、藤本、草本以花名列出,逐一评讲,可见中国古代文士之于花木的情致。

---

① 〔明〕计成.园冶注释[M].陈植,注释.杨伯超,校订.陈从周,校阅.北京:中国建筑工业出版社,1981:45。

② 同上:49。

同样,《红楼梦》中也有很多对于大观园中花木的关注,其主要的三个院落"怡红院""潇湘馆"与"蘅芜院"均以因植物为名。如贾政等人初到蘅芜院,见一块巨大的玲珑山石掩在门口,"竟把里面所有房屋悉皆遮住,而且一株花木皆无,只见许多异草,或有牵藤的,或有引蔓的,或垂山巅,或穿石隙,甚至垂檐绕柱,萦砌盘阶,或如翠带飘飖,或如金绳盘屈,或实若丹砂,或花如金桂,味芬气馥,非花香之可比。贾政不禁笑道:'有趣!只是不大认识。'有的说是薜荔藤萝。贾政道:'薜荔藤萝不得如此异香。'宝玉道:'果然不是。这些之中也有藤萝薜荔。那香的是杜若蘅芜,那一种大约是茝兰,这一种大约是清葛,那一种是金草,这一种是玉蕗藤,红的自然是紫芸,绿的定是青芷。想来《离骚》《文选》等书上所有的那些异草,也有叫作什么藿蒳姜汇的,也有叫作什么纶组紫绛的,还有石帆、水松、扶留等样,又有叫什么绿荑的,还有什么丹椒、蘼芜、风连。如今年深岁改,人不能识,故皆象形夺名,渐渐的唤差了,也是有的。'……宝玉道:'如此说,匾上则莫如蘅芷清芬四字。对联则是:吟成荳蔻才犹艳,睡足酴醾梦也香'"(《红楼梦》第十七回)。这些内容与未来庭院主人的旨趣是完全一样的,通过一些不知名而有异香的花草而讲"冷香"的意味,主题异常鲜明。再如进入怡红院的过程,"……一径引人绕着碧桃花,穿过一层竹篱花障编就的月洞门,俄见粉墙环护,绿柳周垂。贾政与众人进去,一入门,两边都是游廊相接。院中点缀几块山石,一边种着几本芭蕉,那一边乃是一棵西府海棠,其势若伞,丝垂翠缕,葩吐丹砂。众人赞道:'好花,好花!从来也见过许多海棠,那里有这样妙的。'贾政道:'这叫作女儿棠,乃是外国之种。俗传系出女儿国中,云彼国此种最盛,亦荒唐不经之说罢了'。众人笑道:'然虽不经,如何此名传久了?'宝玉道:'大约骚人咏士,以此花之色红晕若施脂,轻弱似扶病,大近乎闺阁风度,所以以女儿命名。想因被世间俗恶听了,他便以野史纂入为证,以俗传俗,以讹传讹,都认真了。'众人都摇身赞妙。……宝玉道:'此处蕉棠两植,其意暗蓄红、绿二字在内。若只说蕉,则棠无着落;若只说棠,蕉亦无着落。固有蕉无棠不可,有棠无蕉更不可。'贾政道:'依你如何?'宝玉道:'依我,题红香绿玉四字,方两全其妙'"(《红楼梦》第十七回)。这里通过园林中的花木完成叙事,当初园林的设计者,将蕉、棠并植于院中,隐下了绿、红二字,这种传达被宝玉准确地捕捉到,不能不说是文人(设计者)与文人(宝玉)之间超越时空的一种默契。

这样的默契确实也只能发生在文人之间。小说《金瓶梅》同样写到许多花木,却无法传达类似信息。

> ……被妇人把棋子扑撒乱了。一直走到瑞香花下,倚着湖山,推掐花儿。
>
> ——第十一回

这是对花木最直接的使用,以花木来作为自己身体的装饰。

> ……假山真水,翠竹苍松。高而不尖谓之台,巍而不峻谓之榭。论四时赏玩,

各有去处：春赏燕游堂，桧柏争鲜；夏赏临溪馆，荷莲斗彩；秋赏叠翠楼，黄菊迎霜；冬赏藏春阁，白梅积雪。更有那娇花笼浅径，嫩柳拂雕栏，弄风杨柳纵蛾眉，带雨海棠陪嫩脸。燕游堂前，金灯花似开不开；藏春阁后，白银杏半放不放；平野桥东，几朵粉梅开卸；卧云亭上，数株紫荆未吐。湖山侧才绽金钱，宝槛边初生石笋。……木香棚与荼蘼架相连，千叶桃与三春柳作对。也有那紫丁香、玉马樱、金雀藤、黄刺薇、香茉莉、瑞仙花。卷棚前后，松墙竹径，曲水方池，映阶蕉棕，向日葵榴。游渔藻内惊人，粉蝶花间对舞。正是：芍药展开菩萨面，荔枝擎出鬼王头。

当下吴月娘领着众妇人，或携手游芳径之中，或斗草坐香茵之上。……见楼前牡丹花畔，芍药圃、海棠轩、蔷薇架、木香棚，又有那耐寒君子竹、欺雪大夫松。端的四时有不谢之花，八节有长春之景。观之不足，看之有余。

——第十九回

这里所表现的花木全是意象堆叠，并无多少情致，更谈不上计成所谓“移竹当窗，分梨为院”的疏雅之风。

这西门庆起来，遇见天热，不曾出门，在家撒发披襟避暑。在花园中翡翠轩卷棚内，看着小厮每打水浇灌花草。只见翡翠轩正面前，栽着一盆瑞香花，开得甚是烂漫。

——第二十七回

单表西门庆到于小卷棚翡翠轩，只见应伯爵与常时节在松墙下正看菊花。原来松墙两边，摆放二十盆，都是七尺高，各样有名的菊花，也有大红袍、状元红、紫袍金带、白粉西、黄粉西、满天星、醉杨妃、玉牡丹、鹅毛菊、鸳鸯花之类。

——第六十一回

不论是夏天还是秋天，花儿虽是“烂漫”，却找不出如“怡红快绿”般的文人情趣。

伯爵只顾夸奖不尽好菊花，问：“哥是那里寻的？”西门庆道：“是管砖厂刘太监送我这二十盆。”伯爵道：“连这盆？”西门庆道：“就连这盆都送与我了。”伯爵道：“花到不打紧，这盆正是官窑双箍邓浆盆，又吃年代，又禁水漫。都是用绢罗打，用脚跐过泥，才烧造这个物儿，与苏州邓浆砖一个样儿做法。如今那里寻去！”夸了一回。

——第六十一回

品评说菊花，但“花到不打紧”，重要的却是作为花木载体的花盆——喧宾夺主的缘由，只是它们的身价。

明间内摆着夹枝桃，各色菊花，清清瘦竹，翠翠幽兰，里面笔砚瓶梅，琴书潇洒。

——第六十七回

菊、竹、兰、梅，本是文人笔下最喜欢的素材，堆砌在一起，全无条理，更无丝毫雅趣、气质，仍然只是豪奢之气。花木四君子在园林中如此状况，足以让文士哑然，而“琴书潇洒”四个字，则完全是一种嘲讽！

统观整个《金瓶梅》中对于园林花木的描写，第二十九回的这一段算是最有文士气派：

西门庆手拿芭蕉扇儿，信步闲游。来花园大卷棚聚景堂内，周围放下帘栊，四下花木掩映。正值日当午时分，只闻绿阴深处一派蝉声，忽然风送花香，袭人扑鼻。有诗为证：绿树荫浓夏日长，楼台倒影入池塘。水晶帘动微风起，一架蔷薇满院香。

——第二十九回

但细读不难发现，这些植物所传达的都是能被人身体直接接受的信息：手拿芭蕉扇儿而身体有凉意，眼睛看到的是绿荫与楼台倒影，耳朵听到的是一派蝉声，扑鼻而来的是一架蔷薇满院香气……所有这些最直白的身体体验，经由感官到达身体戛然而止没有产生新的信息层次，不会带动更高的审美情感——这或许就是西门庆花园与文士园林最本质的不同之一。

对于文士园林而言，建筑的匾额楹联是不可缺少的。侯幼彬先生认为，“……建筑语言所遇到的叙事的困难和表意不确定的困难，恰恰是文学语言所擅长的，文学语言成了建筑语言理想的补充。中国建筑正是在这个节骨眼上，调度了物质性最‘轻’的文学语言来弥补物质性最‘重’的建筑语言的欠缺，为表现性的建筑艺术添加了叙事性的内涵，给建筑艺术不确定的朦胧表意注入了确定性的语义”。[①]《红楼梦》第十七回贾政也说，“若大景致，若干亭榭，无字标题，任是花柳山水，也断不能生色”。相比之下，小说《金瓶梅》仅在第五十四回提及“内相花园”时讲到：“阁上名人题咏极多，西门庆备细看了。……园左有听竹馆、凤来亭，匾额都是名公手迹；……西门庆正看得有趣，伯爵催促，又登一个大楼，上写‘听月楼’。楼上也有名人题诗对联，也是刊板砂绿嵌的。”这里数度讲到园林中的匾额楹联，但正如前文所述，这些描述恰恰发生在“陋儒补以入刻”的部分，不是小说作者的本来笔墨，并且也不是针对西门庆花园而产生的描述。可见，匾额楹联的缺失，使西门庆花园无法产生身体感受之外更多层次、更为抽象的园林体验，也是它与文士园不一样的重要特征。

园林的最初发展，确实基于颐养身心的需求。《吕氏春秋·孟春纪第一》有云：“室大则多阴，台高则多阳；多阴则蹶，多阳则痿。此阴阳不适之患也。是故先王不处大室，不为高台，味不众珍，衣不燀热。燀热则理塞，理塞则气不达；味众珍则胃充，胃充则中大鞔，中大鞔而气不达。以此长生可得乎？昔先圣王之为苑囿园池也，足以观望劳形而已矣；其为宫室台榭也，足以辟燥湿而已矣；其为舆马衣裘也，足以逸身暖骸而已矣；其为饮食酏醴也，足以适味充虚而已矣；其为声色音乐也，足以安性自娱而已矣。五者，圣

① 侯幼彬．中国建筑之道[M]．北京：中国建筑工业出版社，2011：105。

王之所以养性也，非好俭而恶费也，节乎性也。”可见最初的苑囿园池及宫室台榭，都具有针对身体最实际的作用。但除这些最基本的功能外，文士把“养性”上升为具体的风雅活动。文士园林中所从事的活动，主要有藏书读书、宴游赋诗、啜茗博古、灌园鬻蔬等方面[①]。这些都是以园林为背景而进行的更高层次活动，超越了直接的身体体验。然而依据上面分析可以看出，西门庆花园中所发生的故事，除了偶然的宴游之外，均与文士的这些活动无关。

《金瓶梅》是一部暴露小说[②]，这种暴露有时偏偏是通过特意的遮掩来强化的。在大多数的情况下，西门庆非常注重自己的仪表，但在花园里西门庆都以最随意的着装出场。就算是两次接待如蔡御史这样的人物，也都会在大厅叙礼后请入花园宽衣。更不用说如第二十七回那样白日里的放浪行径，只能在花园气氛下完成。花园之所以能提供这种气氛，是因为花园素材确实可以直接使人的身体发生反应——如山光、水色、鸟语、花香等，都会直达人的身体。在这种意义上，中国古代的文士与西门庆的感觉是一致的，都期待以最坦诚的方式把自己与自然融为一体，所不同的是最直接的身体信息获得后的文化延伸。对西门庆而言，花园中信息的接受过程本身就是一个终结，不再有后续的延伸感受；对于文士而言，却往往激发出新层次的信息。这些信息宛如在身体里的回响，不断冲击、反复涤荡，甚至一再产生更新、更高层次的内容。可见，对于如园林这样的综合建筑空间，身体的直接体验产生一个新的文化空间层次，而这个“感觉的空间层次”是可以预先设计的，其设计的过程应该就是计成所谓的“精在体宜”。

就身体而言，这个设计过程是空间的预先设定，同样也是时间的规划。文士园林所讲求的主与从、藏与露、疏与密、起与伏、虚与实、高与低，无一不是在空间中对于时间差异的巧妙安排，借以把相应的信息依据不同的时序映射于身体，以激发一轮又一轮不同层次的体验。园林中的叠山、理水、建筑以及花木配置，也依据相应的原则精心安排，相互因借，达到最丰富的身体体验。园林中的流线安排，实际是一系列精心设计的运动过程，只为形成复杂的身体体验，这与当代国外的相关研究是一致的。“时间的变化跨越整个人和自然历史的光谱，跨越从回忆到预期的人类体验，跨越自然世界的生长和衰落。保罗·利科(Paul Ricoeur)在其精彩的著作《时间与记述》(*Time and Narrative*)中指出，历史的讲述和时间的连续性之间必然地存在相互呼应关系。对于体验园林的时间性来说，没有比运动(movement)更有效的形式了。”[③]西门庆尽管拥有“泼天富贵”，可以兼收花子虚的宅地与女人，有能力“哄动了东平府，抬起了清河县”，甚至能把天下

---

① 详见：潘谷西. 中国古代建筑史·第四卷(元、明建筑)[M]. 北京：中国建筑工业出版社，2001：396。

② 黄霖. 金瓶梅讲演录[M]. 南宁：广西师范大学出版社，2008：325-329。

③ [美]戴维莱瑟巴罗. 蜿蜒的法则[G]//卢永毅. 建筑理论的多维视野. 北京：中国建筑工业出版社，2009：112-113。

的宝物集聚在自己的花园中，但对于园林他永远不可能得到如文士那样层次丰富的身体体验！那是汇集了身体与精神层面的内涵，并不断深入延展的感受，是中国古代文士所特有的文化体验。

《世说新语·言语第二》中有一段关于园林的著名文字："简文入华林园，顾谓左右曰：'会心处不必在远，翳然林水，便自有濠濮间想也，觉鸟兽禽鱼自来亲人。'"①作为一个市井之徒，西门庆所有的身体体验只可能"浅尝辄止"于体表，至多是一种体肤滥淫，断不可能"会诸于心"。而《红楼梦》第四十八回在一次评诗时，宝玉笑着说道："既是这样，也不用看诗。会心处不在多，听你说了这两句，可知三昧你已得了。""会心"二字，是雅境的根源，是甄别俗雅的一个标准——或许，也是小说《金瓶梅》中的市井园林与中国古代文士园林之间最本质的差别（表4-1）。

表4-1 《金瓶梅》西门庆花园与《红楼梦》大观园比较

比较内容	西门庆花园	大观园
能主之人	西门庆等	贾政等
营建过程	安排下人料理，少去过问	整个过程一直在持续关注营造
图样设计	无人专门设计	请专门的人画图样，审看图样
原用地情况	自家花园与花家宅基地	宁府会芳园与荣府东大院
建筑情况	展一个卷棚，没有特别安排	群体组合、疏密得当，有设计因素
园内居住情况	有人居住	有人居住
园内居住者	潘金莲、李瓶儿	宝玉、黛玉、宝钗、妙玉、李纨等
日常使用内容	宴请、嬉游、日常杂事	品茗、听戏、联句、作画、葬花等
建筑装饰	豪奢、气派	雅境
匾额楹联	基本没有	精心推敲的题额
意境	满足日常需要，没有特别意境	天然图画，与文士山水画相关
叠山	堆砌感，如藏春坞等	有计划，如曲径通幽
理水	没有特别形态描写	各种水体形态，如沁芳闸等
花木	堆叠感，没有计划，如赏菊描写	有搭配、喻意，如红香绿玉等
最终结局	荒废	抄检
总体评价	满足身体基本需要的市井园林	有很强精神需要的文士园林

① 刘义庆，徐震堮. 世说新语校笺[M]. 北京：中华书局，1984：67。

第5章　与建筑相关的财与色

毋庸讳言,《金瓶梅》作为一部“暴露小说”,揭示的是那个时代最真实的社会现实。恰逢中国古代文化最开放的一个时期,作为驱动社会的主导力量,明代中晚期的社会欲望表现得格外充分。其中社会个体,财欲与情欲异常突出。建筑作为社会文化模式固化的产物,对这种社会现实也具有相应投射。

建筑活动作为需要耗费大量社会财富的行为,受到经济方面的影响是显而易见的。经济情况伴随着建筑的整个生命周期:新建筑的筹划过程是在有一定经济基础的情况下开始的;建筑用地也需要一定财富;大量建筑材料的获得、运输及加工都跟经济密不可分;建筑施工过程的每一步都需要一定级别的经济支付作为后盾;建筑的使用过程、以至使用一定阶段后的维护、更新等,也都与经济相关联;甚至,建筑最后的终结,都与相关的经济状况改变有关。可见,历史上的建筑进步,风格的演变,都与经济因素存在密不可分的联系。因此,作为建筑历史的研究,不可能完全抛开其所依赖的社会经济状况。

在西方建筑理论中,古罗马时期已经对建筑的经济情况具有很明确的关注,“维特鲁威讨论了房屋估价与实际造价之间的关系,建议那些职业建筑师们应该在预估造价的基础上,增加25%的费用,这些超出的部分本来可能是不得不由他们自己掏腰包来填平补齐的部分。”[①]中国古代对建筑的造价也很关注,最具代表性的就是两部“文法课本”(梁思成语)[②]。北宋颁行的《营造法式》由“总释总例”“诸作制度”“诸作功限”“诸作料例”及“各作图样”五个部分组成,其中的制度、功限、料例等都与经济内容相关。而清工部《工程做法》当初编纂颁行的目的就是“为了控制经费开支,即该书卷首奏疏中所说的,‘一切营建制造,……其制度既不可不详,而钱粮尤不可不慎,是以论物值则当第其质料之高下;计工价必当核其造作之精粗。’因此该书重点是记述各工程细目的用工、用料定额”。[③] 而当代中国建筑中,1952年8月提出的建筑设计总方针,就有“经济的原则

---

① [德]汉诺-沃尔特·克鲁夫特.建筑理论史——从维特鲁威到现在[M].王贵祥,译.北京:中国建筑工业出版社,2005:3。

② 梁思成.梁思成全集(第四卷)[M].北京:中国建筑工业出版社,2001:295.

③ 孙大章.中国古代建筑史·第五卷(清代建筑)[M].北京:中国建筑工业出版社,2002:398-399。

为主要内容”，后又调整为“适用、经济、在可能的条件下注意美观”，[①]都把经济性放在特别的高度。可见，不论古今中外，在进行建筑活动时都会充分考虑经济的影响因素。

当然，经济因素对于建筑某些层面未必产生决定性影响。例如对建筑形态的影响，就不是一个决定性的因素。拉普卜特就指出，许多相似的经济发展水平却产生不同的宅形表现，甚至如当代美国这样高度发达的经济条件下，形态各异的摩天大楼也只是“面子问题”的结果。[②] 从这个角度看，经济因素对建筑的影响似乎又是有限的。

由此产生一个问题：在中国古代的某些社会阶层（如市井阶层），经济因素对建筑活动究竟构成怎样的影响？

从全面的历史角度来看，人类的建筑活动应该是全方位的，其影响因素也是多角度的。抛却包括经济在内的相关因素，而把建筑史简化为“风格史”的研究，显然违背历史的客观性。另一方面，建筑经济作为一门系统学科，讨论的是关于建设项目经济方面的预测、决策、实施、分析、评估等活动，作为一个建筑历史研究者，笔者并无能力更多地介入其他领域。这部分研究试图以小说《金瓶梅》文本为依据，结合历史上的经济发展相关资料，从一个侧面探究市井生活状态下的经济对于建筑发展的影响。

在研究过程中，明显看出小说作者对市井生活方方面面的详尽记述，其中就包含经济状况。张竹坡认为《金瓶梅》堪比《史记》，其中很重要的一个理由便是“《史记》中有年表，《金瓶》中亦有时日也。……三五年间，甲子次序排得一丝不乱，是真个与西门计帐簿”。[③] 在研究过程中，笔者曾对小说中述及的所有金钱花费进行了详细整理。从而发现作者不厌其烦地记下了几乎所有货币往来，大到一所宅院的文契，小到日常赏给佣人的赏钱，以至购买一个丫鬟、包养一个妓女等花销，均历历在案，细至毫厘。在叙事过程中，倘若没有真实客观的经济背景作依据，恐怕很难如此系统地对整个经济情况进行描绘。这些细致的描绘，恰恰可以作为研究明代中晚期市井建筑经济情况的良好资料。

5.1 《金瓶梅》时期的社会经济概况

在研究过程中不难发现，除时间上的“一丝不乱”，小说在空间方面也有非常准确的描绘，如前面对于城镇、宅院等布局的分析。因此，小说所描绘的经济概况也可以从时间与空间两个维度进行研究。

从时间上看，《金瓶梅》位于明代中晚期。这一时期，经历了洪武至宣德年间的发

---

① 参见：潘谷西.中国建筑史[M].6版.北京：中国建筑工业出版社，2009：423。

② [美]阿摩斯·拉普卜特.宅形与文化[M].常青，徐菁，李颖春，等，译.北京：中国建筑工业出版社，2007：32-39。

③ 详见：〔清〕张竹坡.批评第一奇书金瓶梅读法[G]//黄霖.金瓶梅资料汇编.北京：中华书局，1987：65-88，引文出自第76页。

展，整个社会有了一定的经济基础，是由“织耕结合的传统经济”走向商品经济的空前发展。特别是明代中期之后，“弃本逐末”者日渐增多，“按照松江名士何良俊在《四友斋丛说》中的说法，到了嘉靖、隆庆年间，‘去农而改业为工商者三倍于前矣’‘去农而游手趁食者又十之二三矣’，……”。[①] 在小说《金瓶梅》中，西门庆之类属于前者，而应伯爵之类的“帮闲”，当属后者。这是一个经济由不断发展而渐次腐坏的时期。

而从空间上讲，《金瓶梅》中的场景发生在运河岸边。在中国传统文化中，水本身就是财富的代表，而实际上“水不仅仅是自然界中的活动的因素，而且是历史的真正动力”。[②] 明代中晚期，商品经济的因素带动了漕运的空前发展，运河沿岸的许多码头都成了商业繁华的经济重镇。“沿运河城市如杭州、苏州、扬州、淮安、济宁、临清、天津等都是依靠运河成为商品集散地，商业盛衰与运河相终始。”[③]西门庆所生存的清河县，在小说中就处于这样的位置，因此他在很短时间内积聚大量的财富，具有地理空间上的优势。

综合时间、空间方面的因素，西门庆财富的积累存在良好的先天条件，为建筑活动奠定了充分的物质基础。

5.2　西门庆对于建筑财产的支配

小说《金瓶梅》是明代中晚期市井生活状态的一个缩影，其中，“西门庆是小说的主人公。他是恶霸、奸商、贪官的复合体”。[④] 他在很大程度上具有社会代表性，霍现俊曾归纳西门庆的四个“形象说”：“一是以游国恩《中国文学史》为代表的集‘地主、恶霸、商人’三位一体形象说；二是以卢兴基为代表的新兴商人形象说；三是以陈诏为代表的官商形象说；四是以孙逊为代表的官商和新兴商人混合形象说。”[⑤]无论怎样，这个人物形象代表当时市井社会中一股新兴的、有很大影响力的人群。他们在很多方面影响这个社会的某些变革，他们的旨趣也代表某些社会文化的发展方向。因此，对他们在建筑方面的经济行为进行切片式的分析，对于研究当时的建筑文化转变，也具有着一定的代表性。

小说《金瓶梅》时代的经济概况表明，当时的运河沿岸在时间、空间方面存在明显的

---

① 王毓铨．中国经济通史(明代经济卷)[M]．北京：中国社会科学出版社，2007：3。

② 前苏联学者梅契尼柯夫在《文化与伟大的历史河流》中的表述语，转引自梅新林，等．现代文化学[M]．呼和浩特：内蒙古人民出版社，1995：66。

③ 姚汉源．京杭运河史[M]．北京：中国水利水电出版社，1998：26。

④ 黄霖．金瓶梅讲演录[M]．南宁：广西师范大学出版社，2008：98。

⑤ 霍现俊．西门庆形象新探[J]．明清小说研究，1998(1)：114-122。

商业优势。《孟子·公孙丑章句下》曰:“天时不如地利,地利不如人和。”具备上述条件之后,西门庆本身对于经济状态的改变也付出了巨大努力。他本是清河县一个破落户财主,在县门前开着个生药铺。后来谋娶了孟玉楼与李瓶儿,在二人身上分别获得一些财产,而来他家避难的女婿陈经济也带了许多“箱笼”,这些都成为西门庆最初的经营资本。此后他扩大经营,开店放贷,巧取豪夺,在短时间内积聚了大量财富。另一方面,他通过贿赂各级官府要员,不仅取得一些商业经营机会,而且自己也获得一个官员地位,这就为他进一步的商业活动提供了更好的平台。到小说第七十九回西门庆临终时,从他口中列举出来的家产,以及与乔亲家合作的财产,共计九万一千七百四十两白银,这还不包括他自家宅院扩大的部分及“街对面”、狮子街等处的房产。这些财富,应对基本的建筑活动显然绰绰有余。

在积累了这些最基本的财富后,西门庆还要获得建筑行为所需的土地。在古代中国的农耕社会,土地是最重要的生产资源,因此受到历代朝廷的重视。在很大程度上,土地更是超越了它的实际使用功能,而具有一定的政治及宗法意义。因此,中国传统社会一直到元代,用地获得方式都受到官府甚至亲邻的干预。但到了明代,“欲出卖土地的人,不必像唐、宋、元代人那样先向官府申牒和由官府发给文牒或公据,也不必请尊长画字,立账取问亲邻,甚至连同产人也没有规定必须问,卖主即可与买主立契,这种行为至少在官府文书中没有如前代那样的限制土地买卖的条文”。① 这种政策下所发生的土地买卖行为,在《金瓶梅》所属的嘉靖、隆庆、万历时代尤为突出。中国社会科学院历史研究所的一份统计表明,在明代徽州地区卖屋基类的契纸,自洪武至正德的十一朝间共有35件,而嘉靖、隆庆、万历三朝分别有33件、16件、27件。②小说《金瓶梅》中所述西门庆在这样的历史条件下,获得大量土地与房产,绝非偶然。

综观整部小说,西门庆获得建筑用地的方式主要有以下三种:

一是购得田宅后推倒重建。这方面有代表性的是在李瓶儿的央求下花了五百四十两银子买下花子虚的旧宅(第十四回),然后又花费五百两修建一个花园(第十六回)。这个过程中,西门庆最重要的需求就是与自家宅院相连接的建设基地。后文中,他谋划着为自家扩建祖坟,也采取类似的方式:

> 西门庆道:“张安前日来说,咱家坟隔壁,赵寡妇家庄子儿,连地要卖,价钱三百两银子。我只还他二百五十两银子,教张安和他讲去。若成了,我教贲四和陈姐夫去兑银子。里面一眼井,四个井圈打水。我买了这庄子,展开合为一处,里面盖三间卷棚,三间厅房,叠山子花园、松墙、槐树棚、井亭、射箭厅、打毬场,耍子去处,破

---

① 王毓铨.中国经济通史(明代经济卷)[M].北京:中国社会科学出版社,2007:121。

② 资料出自中国社会科学院历史研究所《徽州契约文书目录》,引自:王毓铨.中国经济通史(明代经济卷)[M].北京:中国社会科学出版社,2007:114。

使几两银子收拾也罢。”妇人道:“也罢,咱买了罢。明日你娘们上坟,到那里好游玩耍子。”

——第三十回

二是通过婚姻直接获得房产。虽然在娶孟玉楼时候,西门庆听了薛嫂的话,把一所价值七八百两银子的宅院留给了小叔子(第七回)。而在娶李瓶儿的时候,那所曾由花子虚“挨凑了二百五十两银子”购得的宅院,顺理成章地归西门庆所有。小说在这个过程中只写了“雇了五六付杠,整抬了四五日”(第十九回),其实从上下文交代看,这些财产的价值明显远高于那所位于狮子街的宅院。

三是直接花钱购买下现成的房产。由于房产在每个人的生活中都占很大比重,并且都需要大量花费,因此,西门庆在笼络女人的过程中会把购买房产作为一个重要的承诺。后来,在与韩道国老婆王六儿的交往过程中,西门庆兑现了自己的承诺,“替他在狮子街石桥东边(实际应为西边,详见第3章,笔者注),使了一百二十两银子”买下一所房子。

这多处的房产确实需要比较高的花费,但对于西门庆这样比较成功的市井商人应该算不得什么。西门庆家在县前街上的本宅,依据推算值一千二百两左右的银子;扩建的花园,成本为五百两,升值后大概八百两左右;李瓶儿带来的狮子街房子,值二百五十两;狮子街石桥边上王六儿住处值一百二十两;西门庆祖坟的扩建部分,花二百五十两买下,加之先前所拥有的部分,总计大约五百两。综合统计,在西门庆名下的房产部分,总计价值两千九百两左右的银子。而西门庆临终时算得的产业,如前文所统计,大概有近十万两。而小说记载他这几年的花费更是有四百五十六笔,折合用银大概十八万两。[①]可见房产在其日常生活的花费中,并不占有很大比例。

在这样的情况下,西门庆对于自家的房屋建筑具备充分的处置可能性。统观整个小说《金瓶梅》的描述,西门庆对于所有建筑进行的处置分为两种,一是扩大使用面积,二是改建或扩建为店面。

前者有代表性的扩大是他自家的宅院。当买下花子虚的原有住宅后,西门庆将其扩建成为一个大花园,供自家日常使用(第十四回)。对自家祖坟附近的一处庄子,也是买下后“展开合为一处,里面盖三间卷棚,三间厅房,叠山子花园、松墙、槐树棚、井亭、射箭厅、打毬场,耍子去处”(第三十回),同样也是用于赏玩。韩道国夫妇在狮子街的新宅,由于隔壁乐三家的一处平台遮了自家风水,于是西门庆又使了三十两银子盖起两间平房——这也可以看作是一个半被动的扩建行为。所有这些扩建,都只是单纯地增加建筑面积,其目的也多是为了日常使用。

① 参见:郑铁生.《金瓶梅》与白银货币化[J].明清小说研究,2007(4):267-279。

改建成为店面的情况在《金瓶梅》中也非常多，这是有别于大部分置业者的行为。西门庆本来只在县前街开一间生药铺，后来——

西门庆自从娶李瓶儿过门，又兼得了两三场横财，家道营盛，外庄内宅，焕然一新。……又打开门面二间，兑出二千两银子来，委傅伙计、贲第传开解当铺。女婿陈经济只要掌钥匙，出入寻讨，不拘药材。贲第传只是写帐目，秤发货物。傅伙计便督理生药、解当两个铺子，看银色，做买卖。潘金莲这楼上，堆放生药。李瓶儿那边楼上，厢成架子，搁解当库衣服、首饰、古董、书画、玩好之物。一日也尝当许多银子出门。

——第二十回

从空间位置上看，西门庆原本只在自家宅前临街的店面中经营，后来发现一个契机，敏锐地看到狮子街房子的经济潜力——

西门庆便告说："……我想来，狮子街房子空闲，打开门面两间，倒好收拾开个绒线铺子，搭个伙计。况来保已是郓王府认纳官钱，教他与伙计在那里，又看了房儿，又做了买卖。"

——第三十三回

除了这些之外，西门庆还与乔大户合作，在街对面的房子里，开了一家缎子铺(第六十回)，也是此类建筑处置方式。

由此可见，对于自家所拥有的建筑，西门庆在经济上拥有绝对的处置能力。然而他的处置大都是比较单一的扩建，比较积极的使用也仅仅限于变更某些建筑的使用功能，开设为经营场所。这类对于建筑的处置方式，在中国古代市井社会中存在代表性。

5.3　主要建筑的价格情况

小说《金瓶梅》中与建筑价格相关的线索主要有以下几处：

第一处是武大郎的居住情况。依据《金瓶梅》所描述，武大本无家无业——

……单表武大，自从与兄弟分居之后，因时遭荒馑，搬移在清河县紫石街，赁房居住。

——第一回

此处并没有详细交代所赁房屋的具体情况。后来，张大户把家婢潘金莲嫁给他，并让他居住在自家拥有的房子中，花五两银子给他做本钱去卖炊饼。后来张大户主家婆不容，把他们赶了出来：

主家婆察知其事，怒令家僮将金莲、武大即时赶出，不容在房子里住。武大不觉又寻紫石街西王皇亲房子，赁内外两间居住，依旧卖炊饼。

——第一回

小说中潘金莲无业，仅仅依靠武大郎五两银子起家，每日卖炊饼的钱，在当时可以租到“内外两间”房屋居住。再后来，潘金莲卖了一些首饰，撺掇武大去外面“典”得更好的房屋：

武大听了老婆这般说，当下凑了十数两银子，典得县门前楼上下两层四间房屋居住。第二层是楼，两个小小院落，甚是干净。

武大自从搬到县西街上来，照旧卖炊饼。

——第一回

《辞海》中对于“典”的解释是“抵押、典当”，此处也可作为“典卖”之意，即“活卖”“出卖时约定期限，到期可备价赎回”。但无论如何，可以看作这“十数两银子”基本反映了这“上下两层”楼、“两个小小院落”的建筑价值。

第二处是西门庆谋娶孟玉楼时，小说对她的这处宅院有比较详细的描述：

……出的南门外，来到猪市街，到了杨家门首。原来门面屋四间，到底五层。坐南朝北一间门楼，粉青照壁。西门庆勒马在门首等候。薛嫂先入去，半日，请西门庆下了马进去。里面仪门紫墙，竹枪篱影壁，院内摆设榴树盆景，台基上靛缸一溜，打布凳两条。薛嫂推开朱红槅扇，三间倒坐客位，正面上供养着一轴水月观音、善财童子，四面挂名人山水，大理石屏风，安着两座投箭高壶。上下椅桌光鲜，帘栊潇洒。薛嫂请西门庆正面椅子上坐了，一面走入里边。

——第七回

这是一个拥有五进院落的建筑群，后文借媒婆薛嫂之口说出这所建筑的价值：

刚才你老人家看见门首那两座布架子，当初杨大叔在时，街道上不知使了多少钱。这房子也值七八百两银子。到底五层，通后街。

——第七回

值得一提的是，上述是词话本中的文字，在崇祯本此句为：“西门庆打选衣帽齐整，袖着插戴，骑着匹白马，玳安、平安两个小厮跟随，薛嫂儿骑着驴子，出的南门外来。不多时，到了杨家门首。却是坐南朝北一间门楼，粉青照壁。薛嫂请西门庆下了马，同进去。里面仪门照墙，竹枪篱影壁，院内摆设榴树盆景，台基上靛缸一溜，打布凳两条。薛嫂推开朱红槅扇，三间倒坐客位，上下椅桌光鲜，帘栊潇洒。薛嫂请西门庆坐了，一面走入里边。”后文也删去了薛嫂提出的价格。结合对于两个版本的分析，笔者认为这样的删改仅是为了使小说的节奏更为顺畅，语言也更加小说化，并不意味着这个数字违背当时的实际价格，至少代表小说写作时期——即明代嘉靖、隆庆、万历时期的真实情形。

第三处是花子虚宅院的情况。

先是花子虚败落时清点家业时透露出来一些：

太监大宅一所，坐落大街安庆坊，值银七百两，卖与王皇亲为业；南门外庄田一处，值银六百五十五两，卖与守备周秀为业。止有住居小宅，值银五百四十两，因在西门庆紧隔壁，没人敢买。花子虚再三使人来说，西门庆只推没银子，延挨不肯上帐。县中紧等要回文书，李瓶儿急了，暗暗使过冯妈妈来对西门庆说，教拿他寄放的银子，兑五百四十两买了罢。

——第十四回

这里提到的“住居小宅”，就是西门庆家旁边的院落，被盘剥、拆毁后，扩建为西门庆花园的一部分，当时连地带宅共值五百四十两银子。花子虚卖掉了这处房产，不得不在外另觅住处：

……子虚只摈凑了二百五十两银子，买了狮子街一所房屋居住。

——第十四回

后文西门庆女眷受邀来此赏灯时，对这处房屋的详细情况有所描述：

来兴、来安、玳安、画童四个小厮跟随着，到狮子街灯市李瓶儿新买的房子里来。这房子门面四间，到底三层：临街是楼；仪门进去，两边厢房，三间客座，一间梢间；过道穿进去第三层，三间卧房，一间厨房。后边落地紧靠着乔皇亲花园。李瓶儿知月娘众人来看灯，临街楼上设放围屏桌席，悬挂许多花灯。先迎接到客位内，见毕礼数，次让入后边明间内待茶。

——第十五回

这个建筑群体就是价值二百五十两银子的宅院。

第四处线索是西门庆自家宅院。关于原有宅院的情况，并没有细说，但利用花子虚旧宅用地的扩建部分，小说文本提出大体的价格：

一日西门庆会了经纪，把李瓶儿床后茶叶箱内堆放的香蜡等物，都秤了斤两，共卖了三百八十两银子。李瓶儿只留下一百八十两盘缠，其余都付与西门庆收了，凑着盖房使。教阴阳择用二月初八日兴土动工。将五百两银子委付大家人来昭并主管贲四，卸砖瓦木石，管工计帐。……当日贲地传与来昭，督管各作匠人兴工。先拆毁花家那边旧房，打开墙垣，筑起地脚，盖起卷棚山子、各亭台耍子去处。

——第十六回

当初西门庆盘下花子虚这所宅院时，花费了五百四十两银子(第十四回)，而拆倒重新扩建花园，却仅仅用五百两的钱，其原因是新扩建部分以花园为主，实际建筑量并不大。而西门庆自家房产的价值，是通过陈经济比较乔大户新置办的一个院落时，间接表明的：

……经济道：“他在东大街上，使了一千二百银子，买了所好不大的房子，与咱家房子差不多儿，门面七间，到底五层。”

——第三十三回

这里提到的情况仅仅是主轴线上的建筑，还不包含新扩建部分。小说中并没有具体描述花子虚原有宅院的规模，但通过前文“五百四十两”的价值，对比西门庆宅院的状况，可以大体估计出原有的那个“住居小宅”不到西门庆家轴线建筑群体的一半，当然这已经考虑到其家业败落时贱卖的因素，以及毗邻西门庆宅院而造成的贬值。

拆旧房子的时候，也会有价值的折减。如西门庆盘下祖坟附近的一处用地，打算拆去原先一处“神路明堂”：

> 贲四道：“昨日老爹吩咐，门外看那庄子，今早同张安儿到那家庄子上，原来是向皇亲家庄子。大皇亲没了，如今向五要卖神路明堂。咱们不是要他的，讲过只拆他三间厅、六间厢房、一层群房就够了。他口气要五百两。到跟前拿银子和他讲，三百五十两上，也该拆他的。休说木植木料，光砖瓦连土，也值一二百两银子。”……西门庆吩咐贲四：“你明日拿两锭大银子，同张安儿和他讲去，若三百两银子肯，拆了来罢。”
>
> ——第三十五回

从这个细节可以推测，在当时的建筑过程中，最重要的花费并不是土地、甚至不是工钱，而是某些建筑材料——就连那些拆下来的旧建材，也是非常值钱的。

第五处线索是西门庆在狮子街另一处为王六儿买的房产。如前文研究西门庆建筑时分析，这一处的地段非常好，但规模并不是太大——

> 不料西门庆外边又刮剌上了韩道国老婆王六儿，替他狮子街石桥东边，使了一百二十两银子，买了一所门面两间，到底四层，房屋居住。除了过道，第二层间半客位，第三层除了半间供养佛像祖先，一间做住房，里面依旧厢着炕床，对面又是烧煤火炕，收拾糊的干净；第四层除了一间厨房，半间盛煤炭，后边还有一块做坑厕。俱不必细说。
>
> ——第三十九回

这段叙述中建筑的规模非常详细，各房间的使用性质以及经济情况也非常准确。崇祯本此句为：“不料西门庆外边又刮剌上了王六儿，替他狮子街石桥东边，使了一百二十两银子，买了一所房屋居住。门面两间，到底四层，一层做客位，一层供养佛像祖先，一层做住房，一层做厨房。”正如前文分析，崇祯本在这些方面的删减，只为使语言更加流畅，小说的特征更为明显，却无意间漏掉一些重要信息。

后来西门庆偶然发现隔壁乐三家搭的一个月台，认为遮了自家风水，韩道国夫妇经过一番算计后，造了两间平房——

> 韩道国道：“咱不如瞒着老爹，庙上买几根木植来，咱这边也搭起个月台来。上面晒酱，下边不拘做马坊，做个东净，也是好处。”老婆道：“呸！贼没算计的。比时搭月台，买些砖瓦来，盖上两间厦子，却不好？”韩道国道：“盖两间厦子倒不好了，是

东子房子了。不如盖一层两间小房罢。”于是使了三十两银子,又盖两间平房起来。

——第四十八回

虽然小说文本中并没有讲月台、两间厦子等建筑的价钱,但都应该在韩道国夫妇能够承受的范围内。最终决定盖两间小房,花费是三十两银子。——这个价钱实际上恰是当初潘妈妈从王招宣府中把潘金莲卖给张大户家的金额(第一回),仅为西门庆每月包养妓女李桂姐花费的六成(第十一回)。这在后文西门庆资助常时节购房的细节中也可得到印证——类似的规模,类似的价格:

可好常时节又走来说话,告诉房子儿寻下了,门面两间,二层,大小四间,只要三十五两银子。

——第五十九回

第六处线索为夏延龄因职位升迁要留任于京,西门庆从中牵线,欲把其在清河县的房产转卖给何千户。小说中先是由夏延龄自己描述那房产的价值:

西门庆道:“学生谨领。请问府上那房价值若干?”夏延龄道:“舍下此房,原是一千三百两买的,后边又盖了一层,收拾使了二百两,如今卖原价也罢了。”

——第七十回

从夏延龄提出的价格看,这个宅院的规模与西门府及乔大户新置办的房屋相差不多。其中提到“后边又盖了一层”,耗费为二百两,亦即增加一进院落的建筑成本是二百两——这个价格基本符合先前梳理出的宅院价值。后来,西门庆受邀到何太监家做客,对于宅院的情况又有更加详细的描述:

何太监道:“又一件相烦大人:我家做官的若是到任所,还望大人那里替他看所宅舍儿,然后好搬取家小。今先教他同大人去,待寻下宅子,然后打发家小起身。也不多,连几房家人,也有二三十口。”……西门庆道:“老公公吩咐,要看多少银子宅舍?”何太监道:“也得千金出外银子的房儿才够住。”西门庆道:“敝同僚夏龙溪,他京任不去了,他一所房子倒要打发,老公公何不要了与天泉住,一举两得其便,甚好。门面七间,到底五层,仪门进去大厅,两边厢房,鹿角顶,后边住房、花亭,周围群房也有许多,街道又宽阔,正好天泉住。”何太监道:“他要许多价值儿?”西门庆道:“他对我说来,原是一千三百两,又后边添盖了一层平房,收拾了一处花亭。老公公若要,随公公与他多少罢了。”

——第七十一回

依据西门庆在这里的描述,这个房屋的规模确实与自己家类似,临街的门面房有七间之阔,后面有五个进深的院子。此处并没有详细述及这五个进深是否包含了夏延龄后来添建的“一层平房”。依据相应价格的计算,可以认为五个进深的院落是整个建筑群的主体,而这“一层平房”只是后来加出来的一个罩院,加上一个小的园林景观,并没有列入主体中。而后文中，二人见到夏家的文契，只有一千二百两银子，更加印证了这个规模。

西门庆把原契递与何太监亲看了一遍，见上面写着一千二百两，说道："这房儿想必也住了几年，里面未免有些糟烂，也别要说收拾，大人面上，我家做官的既治产业，还与他原价。"

——第七十一回

小说文本对于这个用"原价"一千二百两买下的宅院，后面又有描述：

西门庆道："今日同长官到那边看看去。"于是出衙门，并马两个到了夏家宅内。家小已是去尽了，伴当在门首伺候。两位官府下马，进到厅上。西门庆引着何千户前后观看了，又到他前边花亭，见一片空地，无甚花草。西门庆道："长官来到，明日还收拾了耍子所在，栽些花翠，把这座亭子修理修理。"何千户道："这个已定。学生开春从新修整修整，盖三间卷棚，早晚请长官来消闲散闷。"西门庆因问："府上宝眷有多少来住?"何千户道："学生这房头不上数口，还有几房家人并伴当，不过十数人而已。"西门庆道："似此还住不了，这宅子前后五十余间房。"

——第七十七回

在小说中，出于刻画人物性格的需要，夏、何双方对于宅院价格及入住人数都有一定程度的虚报。不过，单就双方经讨价还价后达成的一致，以及后来私下的叙述，不难看出当时建筑的大体价格，以及建筑所能容纳的居住人数——一千二百两银子能购买一所七间门面、五至六个进深的宅院，能入住主仆总计二三十人。

依据上面六处关于建筑与其价格方面的线索，可以大致列出下表：

表 5-1 《金瓶梅》中的主要建筑价格情况

建筑使用者	建筑规模	所用银两	涉及回目
武大郎	县门前楼上下两层，四间房屋，第二层是楼，两个小小院落	十数两银子	第一回
孟玉楼	门面屋四间，到底五层，三间倒坐客位，通后街	七八百两银子	第七回
花子虚	西门庆隔壁宅院	五百四十两	第十四回
	狮子街宅院，门面四间，到底三层，临街是楼，仪门进去，两边厢房，三间客座，一间梢间，过道穿进去第三层，三间卧房，一间厨房	二百五十两	第十四、十五回

续表

建筑使用者	建筑规模	所用银两	涉及回目
西门庆	花园扩建部分	五百两	第十六回
乔大户	门面七间，到底五层	一千二百银子	第三十三回
韩道国夫妇	门面两间，到底四层，间半客位，半间供养佛像祖先，一间做住房，一间厨房，坑厕	一百二十两银子	第三十九回
	两间平房	三十两银子	第四十八回
常时节	门面两间，二层，大小四间	三十五两银子	第五十九回
夏延龄卖给何千户	门面七间，到底五层，仪门进去大厅，两边厢房，鹿角顶，后边住房，花亭	一千二百两银子	第七十、七十一、七十七回

从表5-1中可以看出，小说文本中的建筑价格基本合乎逻辑，虽然存在其他因素影响，仍然可以代表当时建筑的基本价格。

当然，这些价格仅反映当时建筑与银两之间的比价关系，是一个相对的衡量指标。只有与当时社会白银的实际购买力相联系，才能得到更加客观的结论。

参考中国货币历史方面的相关资料，“中国用银虽有很久的历史，但西汉及以前，只作工艺上的用途。……一直到元末，白银还算不得十足的货币。……到明英宗时放松银禁，于是各种物价多用银来表示，这样中国才真正成了一个用银之国，白银才真正货币化”。[①] 在这种情况下，可以米价为标准讨论白银的实际购买力。依据彭信威的研究，在明代嘉靖、隆庆、万历三代，每公石米的价格分别为银两0.584、0.591、0.638，这正是小说《金瓶梅》的创作期。并且，从收入上看，“正德以后，官俸九成用银，一成用钱，……这样计算，则正一品官每月可得白银五十四两八钱一分，另加铜钱四千二百六十三文许。正九品则一月可得白银三两四钱六分五厘，另加铜钱二百六十九文半”。[②]

对比以上资料不难发现，明代中晚期建筑行为对于经济的依赖性很强，建筑需要耗费很大一部分个人财富。

① 彭信威.中国货币史[M].上海：上海人民出版社，1958：493。

② 同上：504。

5.4　小说中的建筑经济

综上可见，小说《金瓶梅》对于与建筑相关的经济现象进行了比较详细的描述。通过一定的个人努力，在天时、地利等条件的作用下，西门庆拥有了大量财产。在这些财产中，有一部分被用来置办房产。西门庆购买土地与房产的目的非常明确，要么用于日常生活及享乐，要么用于扩大经营。除此之外，西门庆并不希望通过房产投资获得利益。实际上，从小说后面夏延龄与何千户的买卖过程可以看出，房产在那个时代是不具有保值属性。另一方面，也是更重要的，经济的变化带给西门庆所拥有建筑的变化非常有限，特别是对于建筑本身属性的改变。

建筑确实占用大量的个人财富，但那些经济类的因素，对于一个时代的建筑所能产生的影响，直接表现在总体的规模、形制、装饰、建筑高度与层数等这些与等级、数量紧密相关的因素。而对于那些与建筑形态、文化相关的深层内容，却很少真正触及，更不用说通过触及这些内容而产生布局、形态上的本质变革。那些深层的东西，根植于当时、当地的文化土壤中，成为构建某种文化模式的因素。因此，当外来的作用力（包括经济力量）试图影响那些深层的东西时，首先便会遇到这些文化惯例的抵抗。这种惯例如此强大，以至于在小说《金瓶梅》中，从武大郎到西门庆，当他们获得自己的建筑空间时，根本不曾想过改变他们在新空间中的个体行为，从而带来建筑空间属性的根本调整。因此从总体上看，经济变化对建筑的根本影响，在古代中国社会是非常有限的。

更微观地剖析西门庆的个体建筑经济行为，可以更直接地看到这些。西门庆在小说的后部，对于建筑行为完全是一个"能主之人"，可以支配建筑空间的任何变革。但他所有的变革尝试，也仅仅是空间规模的改变与个别使用性质的调整。对于总体层次上的建筑空间格局，根本没有想过要去做更大变化。这一方面是由于中国古代的木构建筑具有很强的功能适应性，另一方面，也是最重要的，就是文化惯例的相对恒定。因此，可以认为，经济对于建筑的深刻改变是通过文化方面的因素而实现的。具体到小说《金瓶梅》中，倘若这种情形发生，也是因循这样一个路径实现的：经济→社会组织（西门庆家庭关系）→宅院。其中的中间环节，可以理解为当时、当地所固有的社会文化。而"经济抉择的合理性受到文化条件的深刻制约"①，因此可以看出经济对于建筑影响的间接性。

以上分析仅是针对小说《金瓶梅》中西门庆而言的，但显然这个角色与相关的这些情况带有普遍意义——这或许可以从李笠翁对于"窗栏"变化的描写中看出一二："吾观

① ［美］罗伯特·F.墨菲.文化与社会人类学引论［M］.王卓君，吕乃基，译.北京：商务印书馆，1991：160。

今世之人，能变古法为今制者，其惟窗栏二事乎！窗栏之制，日新月异，皆从成法中变出。……但造房建宅与置立窗轩，同是一理，明于此而暗于彼，何其有聪明而不善扩乎？”[①]中国古代的建筑，不论经济是否发生显著变化，而能很快产生变革的，或许只有这些层面的内容。

5.5 所谓的“瓦舍勾栏”

娼妓作为一个古老的行业，长久以来存在于社会生活中。一个不可回避的事实是，自殷商时代的巫娼而至明清时期的青楼，娼妓制度贯穿整个民族的历史。并且，娼妓并不仅存在于某个层面，而深入至社会生活的各阶层。[②] 由历史资料可知，明代中晚期世风淫靡，城镇中存在大量勾栏瓦舍之类的区域。《如梦录》中多次提到明代开封“多有出奇美色妓女”，某些地方甚至“内住妓女无数”。[③] 谢肇淛《五杂组》中载：“今时娼妓布满天下，其大都会之地，动以千万计，其他穷州僻邑，在在有之。”[④]康熙人余怀《板桥杂记》中更是说南京“妓家鳞次，比屋而居、屋宇精洁，花木萧疏，迥非尘境”。[⑤] 可见，娼妓制度深刻影响着明代中晚期社会生活的很多方面，以至成为一个城市不可或缺的物质与文化构成因素。由普遍存在而形成的空间需求，势必产生相应的建筑文化。娼妓建筑作为城市的一个重要组成部分，客观上影响着城市文化肌理的构成。

研究瓦舍勾栏建筑，可以还原小说中的建筑场景，构筑一个更加真实的物质空间，继而了解相关建筑制度。[⑥] 更重要的，通过小说文本，从空间叙事的角度寻找这些物质空间所附载的特别意涵——这些内容也是构成中国古代建筑文化不可缺少的部分。由于社会文化的发展，某些社会现象为当代所不齿，其中可能触碰到的文化禁忌也非常多，因此在相当长的时间内此类研究曾被忽略。但不可否认的是，勾栏瓦舍作为古代文士生活场景中不可或缺的一部分，参与构成了他们内心深处的世界。而他们作为“能主之人”，是建筑活动最重要的参与者。当他们经营建筑时，那个心底的世界——包括这些勾栏瓦舍——也必然以某种方式表现出来，从而影响通过建筑活动而进行的空间叙事。

---

① 〔明〕李渔. 闲情偶寄[M]. 北京：作家出版社，1995：176。

② 参见：王书奴. 中国娼妓史[M]. 上海：上海书店，1992：9-12。

③ 孔宪易，校注. 如梦录[M]. 郑州：中州古籍出版社，1984：28-70，其中“街市纪第六”。

④ 谢肇淛. 五杂组[M]//明代笔记小说大观. 上海：上海古籍出版社，2005：1464-1862，此处引文位于卷八《人部四》第 1651 页。

⑤ 余怀. 板桥杂记[M]. 上海：启智书局，1933(民国二十二年)：3。

⑥ 如据明代沈德符《万历野获编》补遗畿辅中的“建酒楼”“禁官妓”条目，明洪武二十七年皇帝亲自下命令给工部在南京江东门外先后共建十五座酒楼，实际上是一种官妓建筑。见于：〔明〕沈德符. 万历野获编[M]//明代小说笔记大观. 上海：上海古籍出版社，2005：2847-2848。

因此，严肃而谨慎地对瓦舍勾栏进行相关建筑研究，势必成为城市史与建筑史研究中不可回避的一个问题。

瓦舍，亦称“瓦肆”“瓦子”等，指宋代以后城市里娱乐场所集中的区域，有用于讲史、说书、诸宫调、杂技等的瓦舍，也有售卖药品、饮食等的摊点。南宋灌圃耐得翁所著《都城纪胜》有“中瓦”“南瓦子”“大瓦肉市”等城市地名，并解释“瓦者，野合易散之意也”。宋吴自牧《梦粱录》卷十九解释“瓦舍者，谓其‘来时瓦合、去时瓦解’之义，易聚易散也。不知起于何时。顷者京师甚为士庶放荡不羁之所，亦为子弟流连破坏之门。杭城绍兴间驻跸于此，殿岩杨和王因军士多西北人，是以城内外创立瓦舍，招集妓乐，以为军卒暇日娱戏之地。今贵家子弟郎君，因此荡游，破坏尤甚于汴都也。其杭之瓦舍，城内外合计有十七处……”宋孟元老《东京梦华录・东角楼街巷》：“街南桑家瓦子，近北则中瓦，次里瓦，其中大小勾栏五十余座。内中瓦子莲花棚、牡丹棚、里瓦子夜叉棚，象棚最大，可容数千人。”[①]另《武林旧事》中，也列举了当时临安的二十三处瓦舍，其中最大的一处北瓦，可容十三座勾栏。

勾栏，或称“句栏”“鉤栏”“句阑”等，本意为建筑中的勾片栏杆，其栏板部分以勾纹图饰相互勾联，故此得名。勾栏最初只是建筑的维护构件，在战国时代的青铜器纹刻中，就有表现带有勾栏的周代宫室建筑形象。[②] 发展至唐代，已经形成比较成熟的勾栏形态。这一时期虽实物不存，却可在某些图像资料上看到具体形式。梁刘缓《照镜赋》云：“四面回风若流水，勾栏匼匝似城门。”唐李贺《宫娃歌》亦云：“啼蛄吊月钩阑下，屈膝铜铺锁阿甄。”可见勾栏作为一个建筑构件，在文学的视野里有着特殊美妙的情致。

也正是基于这样的情致，作为文学创作的延伸，戏剧活动一开始便与勾栏结下深缘。戏剧作为一项面对公众的表演行为，通常在城市广场等开放空间中进行。早期以勾栏作为最简便而又蕴含情致的空间限定手段，划出一片场地。宋代之前的演出形式以四面围观为主，因此需以勾栏界定一片广场演出区域。[③] 勾栏作为此类特殊空间的专用名称，至迟出现于宋代。“在北宋崇宁、大观年间，在京师等地兴起了一种民间娱乐性场所，称为瓦子及勾栏，前者即指大城市中娱乐场所集中的地方，后者专指瓦舍中演出百戏杂剧的戏场、戏台。”[④]后来随着演艺的发展需要，表演场地开始升高，形成最初

① 〔宋〕孟元老. 东京梦华录注[M]. 邓之诚，注. 北京：中华书局，1982：66。

② 刘叙杰. 中国古代建筑史・第一卷(原始社会、夏、商、周、秦、汉建筑)[M]. 北京：中国建筑工业出版社，2003：241-242。

③ 时至今日还可以看到，比较早期的剧种如梨园戏、昆曲等依然会在台上放置一些低矮的栏杆，这可以看作是当初广场演出形式的遗存。

④ 郭黛姮. 中国古代建筑史・第三卷(宋、辽、金、西夏建筑)[M]. 北京：中国建筑工业出版社，2003：609。

的舞台，但仍围以勾栏。《东京梦华录》卷之六记载了北宋元宵节时京城观戏的情形，“宣德楼上皆垂黄缘簾，中一位乃御座，用黄罗设一彩棚。……楼下用枋木垒成露台一所，彩结栏槛。……教坊钧容直，露台弟子，更互杂剧。近门亦有内等子班直排立。万姓皆在露台下观看，乐人时引万姓山呼”。[①] 可见此时虽已经“垒成露台”，台下已有观众，观演的主要位置还是在“宣德楼”上，但勾栏的使用与先前一致。后来舞台逐渐升高，“中国戏台演变的大致趋势是：由平地演出的勾栏到建立高出地面的台子；由上无顶盖的露天舞台到有屋顶的台子；由演出时的四面观赏到一面观赏”。[②]

在勾栏建筑发展的同时，中国的娼妓也经历着发展的过程。《说文解字》中不曾有“娼”字，《辞海》中解释“娼”字也是“本作‘倡’，即妓女”，而对“倡”字则有释文曰“亦作‘唱’”。可见中国古代“娼”“唱”皆为“倡”。“妓”在古代本意也指歌女，王仁裕《开元天宝遗事·隔障歌》有云：“宁王宫有乐妓宠姐者，美姿色，善讴歌。”小说《金瓶梅》所描述的妓女，大部分的公开正式工作也是弹唱。以此来看，“古代娼女起源于音乐，所以后世娼女虽以卖淫为生，而音乐歌舞仍为她的主要技术”。[③] 因此，当中国古代戏台渐次升高、围合而成为“舞楼”“舞亭”，最终发展成正式的戏台，“勾栏”则逐渐成为娼妓建筑的代称。

与当代的观点有所不同，娼妓制度在漫长的中国古代社会并不是一种最低下的社会现象。英国哲学家罗素认为，“卖淫并不是自来就受人轻视或见不得人的。事实上，它的来源实在是最崇高不过了。起初，妓女是用来献给男神或女神的一种女祭司……”[④]而在漫长的社会发展过程中，狎妓被中国文士们理解为某种风流之举。作为一代诗圣的杜甫曾作有《陪诸公子携妓纳凉》《秋猎孟诸夜归置酒单父东楼观妓》等，杜牧更是流连于“二十四桥明月夜”，以“赢得青楼薄幸名”。《东京梦华录》记载宋代开封城市中“崇观以来，京瓦肆伎艺，……小唱李师师、徐婆惜、封宜奴、孙三四等，诚其角者……”。

有明一代，其风日甚。为了维持社会繁荣，增加国家税收，明代开国时曾设官妓，但禁止官员进入。后于洪武二十七年解除禁令，至宣德时又重新禁止。《梅圃余谈》载曰：“近世风俗淫靡，男女无耻。皇城外娼肆林立，笙歌杂遝；外城小民度日难者，往往勾引丐女数人，私设娼窝，谓之窑子。”作为生活情态的直接反映，现实中的“淫风日炽”也势必影响到小说创作。据相关统计，“三言”“二拍”中所表现的主要明代妇女形象中，有十八位是妓女，其中不乏玉堂春、杜十娘等著名人物。[⑤]《金瓶梅》正式出场的人物中，更

---

① 〔宋〕孟元老. 东京梦华录注[M]. 邓之诚，注. 北京：中华书局，1982：165。

② 潘谷西. 中国古代建筑史·第四卷（元、明建筑）[M]. 北京：中国建筑工业出版社，2001：412。

③ 王书奴. 中国娼妓史[M]. 上海：上海书店，1992：1。

④ [英]贝特兰·罗素. 幸福之路[M]. 傅雷，译. 西安：陕西师范大学出版社，2003：14。

⑤ 方志远. 明代城市与市民文学[M]. 北京：中华书局，2004：394-401。作者列出一个“三言”“二拍”中所有主要的明代社会妇女形象，并且认为其中包含的十八位妓女“并无一人心地险恶”。

是有至少二十九位是妓女或鸨儿。[1] 小说开始，西门庆死去的小妾卓丢儿，便是一个私窠出身的妓女，而西门庆的二房太太李娇儿也是勾栏里的粉头，四房太太孙雪娥后被春梅强卖为娼。小说最后，去湖州寻亲的韩爱姐，在与陈经济相爱之前，也曾是临清码头上的一个暗娼。可以说，娼妓作为小说中异常活跃的人物形象贯穿始终，考察《金瓶梅》的建筑，也必然要对她们居住生活的环境——勾栏瓦舍进行深入研究。

5.6 “勾栏”建筑在县城中的位置

明代的瓦舍中勾栏建筑使用性质发生了很大的变化，“……城市大众化的戏剧表演不在‘勾栏’‘瓦舍’而在会馆、神庙、茶楼、酒馆，与明初的政治局势有直接关系。”[2]于是，勾栏逐渐成为娼妓建筑的专用名词。小说《金瓶梅》中对于勾栏建筑，最多的称呼是“勾栏”，也有用作“构栏”“拘拦”，少数称为“瓦子”“开坊子”“院中”等，对于暗娼经营处则称为“私窠子”，或者什么都不称，但在行文中表明是此类营生。小说文本中提到的娼妓建筑在清河县城中分布如下：

这婆子拜辞，出县前，来到东街口，正往构栏那条巷去。

——第八回

这弹筝的是花二哥令翠，拘拦后巷吴银儿。……这弹琵琶的，是二条巷李三妈的女儿、李桂卿的妹子，小名叫做桂姐。

——第十一回

单表西门庆从门外夏提刑庄子上吃了酒回来，打南瓦子里头过。平昔在三街两瓦行走耍子，捣子每都认的。

（崇祯本作：单表西门庆从门外夏提刑庄子上吃了酒回来，打南瓦子巷里头过。平昔在三街两巷行走耍子，捣子们都认的。）

——第十九回

西门庆于是吃三人你一言我一句，说的把马迳往东街勾栏那条路来了。

——第二十回

韩道国慌了，往勾栏院里抓寻。原来伯爵被湖州何蛮子的兄弟何二蛮子——号叫何两峰，请在四条巷内何金蟾儿家吃酒。

——第三十四回

……吩咐了，两个月亮地里走到小巷内。原来这条巷，唤做蝴蝶巷，里边有十

---

① 据《金瓶梅词典》附录四《〈金瓶梅词话〉人物表》统计，详见：白维国.金瓶梅词典[M].北京：中华书局，1991：127。

② 方志远.明代城市与市民文学[M].北京：中华书局，2004：319。

数家，都是开坊子吃衣饭的。那玳安一来也有酒了，叫门叫了半日才开。原来王八正和虔婆鲁长腿，在灯下拿黄杆大等子称银子哩，见两个凶神也般撞进里间屋里来，连忙把灯来一口吹灭了。

——第五十回

那西门庆道："门外街东徐四铺少我银子，我那里挪五百两银子与他罢。"……把二条巷齐家那小丫头子齐香儿梳笼了，又在李桂儿家走。

——第五十一回

不提防这平安儿见财起心，就连匣儿偷了，走去南瓦子里开坊子的武长脚家——有两个私窠子，一个叫薛存儿，一个叫伴儿，在那里歇了两夜。

——第九十五回

可见，在清河县城中，娼妓建筑主要集中在东街的一些巷子里，其中二条巷住着李桂姐家和齐香儿家，四条巷住着何金蟾儿家，后巷住着吴银儿家。第十五回中讲西门庆为了回家"拉桂姐到房中，只坐了一回儿，就出来推净手，于后门上马，一溜烟走了。……李家恐怕他又往后巷吴银儿家去，使丫鬟直跟至院门首方回"。据此可见，吴银儿家所在的后巷距离李桂姐家丽春院应该不远。城南有"南瓦子"，是一些"私窠子"，分布着一些暗娼，层次相对更加低。鲁长腿家也属于这种私窠子，第五十回文中交代，玳安趁西门庆与王六儿私会时候悄悄带琴童跑出来，会"后面小胡同子里"的两个小丫头，而且能够即唤即回，可见其所在的蝴蝶巷离王六儿在狮子街石桥旁边的房子较近。

《诗经·郑风》云："出其东门，有女如云。"《陈风》中更是有《东门之枌》《东门之池》与《东门之杨》三篇，朱熹注采东莱吕氏曰"男女夫妇之诗"，可见城之东自古为风情之所。清代徐扬《姑苏繁华图》中有一处疑似勾栏建筑的描绘，虽然按照整个图顺序方位应该在城市的西南，但细究其建筑的朝向，则在城外东边。另一方面，古代城市南侧，向来繁华。一则有商肆林立而聚起富贾巨商，二则因有文庙儒堂而引来风流文人，此处远离城镇西面的刀兵之所，自是一番富贵温柔的天地，成为勾栏最容易滋生发展的一个区域。《金瓶梅》中叙述勾栏建筑主要在县城东面、南面，符合中国古代城镇布局中所遵循的文化原则，殊非偶然。

5.7 丽春院与乐星堂

李桂姐是小说《金瓶梅》中相当重要的一个妓女人物，在小说叙事中的等级与活跃程度仅次于西门庆公开的那些妻妾。她的姑妈是西门庆的二房太太李娇儿，虽非最受宠爱却在很长时间内掌握着经济大权。桂姐在西门庆加官后又乘势拜正室吴月娘为干妈，以期获得更大荫护。西门庆甚至曾为解救她而派小厮去东京蔡太师处疏通关系。

张竹坡评说："李桂姐，乃玉楼、金莲、瓶儿衬花样之人也。"[1]这样一个重要人物的居住环境，在小说中多次提及，可作为研究勾栏建筑的样本。

由前文可知，李桂姐所住的丽春院位于清河县城东街的巷子里。第十一回李桂姐初次在花子虚家出场时由应伯爵介绍说"这弹琵琶的，是二条巷李三妈的女儿、李桂卿的妹子，小名叫做桂姐"。当天掌灯时分，西门庆与几个帮闲一同送她回勾栏院中。"西门庆等送桂姐轿子到门首，李桂卿迎门接入堂中。见毕礼数，请老妈出来拜见。"由此可见，李桂姐家有一个相对比较正规的"门首"，进门而后有"堂"，作为一个待客的建筑空间。

接着在第十五回，元宵节西门庆被众帮闲死拖活拽至丽春院。此番李桂卿"在门首站立，一面迎接入中堂，相见了……"，此后老鸨与李桂姐相继出来。"才待收拾摆放案酒，忽见帘子外探头舒脑，有几个穿蓝缕衣者，谓之架儿，进来跪下。"当时正值元宵，"帘子"应该是具有保暖功能的，能有"架儿"进入，可见丽春院中堂具有一定对外开放度。此后他们与"圆社"一同"出来外面院子里"踢气毬，再后，"西门庆正看着众人在院内打双陆、踢气毬、饮酒"——可见丽春院中堂之外有一片比较大的室外场地，可以同时进行这些活动。西门庆打算悄悄回家，"暗暗叫玳安把马吊在后边门首等着"，然后从李桂姐房中"出来推净手，于后门上马"走了。可见这个院落不仅有前面的"门首"，还有更加方便的出入口。

勾栏院所在的街巷，通常曲折窄小。《板桥杂记》曰："珠市在内桥旁，曲巷逶迤，屋宇湫隘。然其中时有丽人，惜限于地，不敢与旧院颉颃。"[2]《陶庵梦忆》中也有记载："广陵二十四桥风月，邗沟尚存其意。渡钞关，横亘半里许，为巷者九条。巷故九，凡周旋折旋于巷之左右前后者，什百之。巷口狭而肠曲，寸寸节节，有精房密户，名妓、歪妓杂处之。"[3]依上述分析，相比之下丽春院应当不是一个小的院落——它有后门，并且在后门之外的街道上能打马疾走。

对于李桂姐家建筑布局的描述，最集中的一次是在小说第二十回，十一月下旬，西门庆又被众帮闲拖去丽春院。先是"在客位里掌起灯烛，……老妈并李桂卿出来见毕"，哄骗说李桂姐去了五姨家。其实后文交代，另外一个嫖客丁双桥"适才正和桂姐在房中吃酒，不想西门庆到，老虔婆教桂姐，连忙陪他后边第三层一间僻净小房那里坐去了"。依前文所述，此处"第三层"为第三进院落。桂卿、桂姐分别有自己的房子，并且按序桂姐排在桂卿后面：李桂卿为第一进，李桂姐为第二进，后面第三进相对比较偏僻。这段文字中为避西门庆，她躲到第三进院落中。而净手所去的"东净"，应该穿越或就在这第

① 〔清〕张竹坡．批评第一奇书金瓶梅回评[G]//黄霖．金瓶梅资料汇编．北京：中华书局，1987：132。

② 〔清〕余怀．板桥杂记[M]．上海：启智书局，1933（民国二十二年）：22。

③ 〔明〕张岱．陶庵梦忆[M]．北京：中华书局，2008：74。

三进院落中。由文本可知，这进院落后面的房舍存在耳房，可见建筑应有一定规模。“耳房”相对“正房”“厢房”而言，系正房或厢房两侧连着的小房间，其形态置于左右如两耳。小说第九十二回中说，陈经济“把他娘正房三间，中间供养灵位，那两间收拾与冯金宝住，大姐到住着耳房”。《红楼梦》第三回中也有说，“上房五间大正房，两边厢房鹿顶，耳房钻山，四通八达，轩昂壮丽”。可见作为正房，至少会有三间才能与两侧“耳房”相匹配；倘有厢房，则院落的规模等级更大。

综合以上分析，可以描绘出李桂姐家的大体格局。面对二条巷，是丽春院主要的大门，入门后是一个相对比较宽敞的院落，有花木也有空场。院中主体建筑是中堂，留有“客位”以待客人。其后面是李桂卿住房，建筑规模一般。再后面是李桂姐住房，规模等级都较前者为大。最后是一进相对比较偏僻的院落，建筑体量居于前二者之间，有东西耳房。整个院落的东北角有一座厕所，而其西北角上有一个后门。后门通后巷，巷内有吴银儿家的勾栏（图 5-1）。这样的建筑总体布局，仅是凭借小说文本中所还原的最基本配置，因两次主要活动都是在冬天（一次是在元宵节，另一次为十一月下旬），因此没有叙述太多室外的活动（除去踢气毬之外），作为一个比较良好的勾栏场所（李娇儿就是从这里出来的，并且后来又回归这里），想必还会有更多建筑。

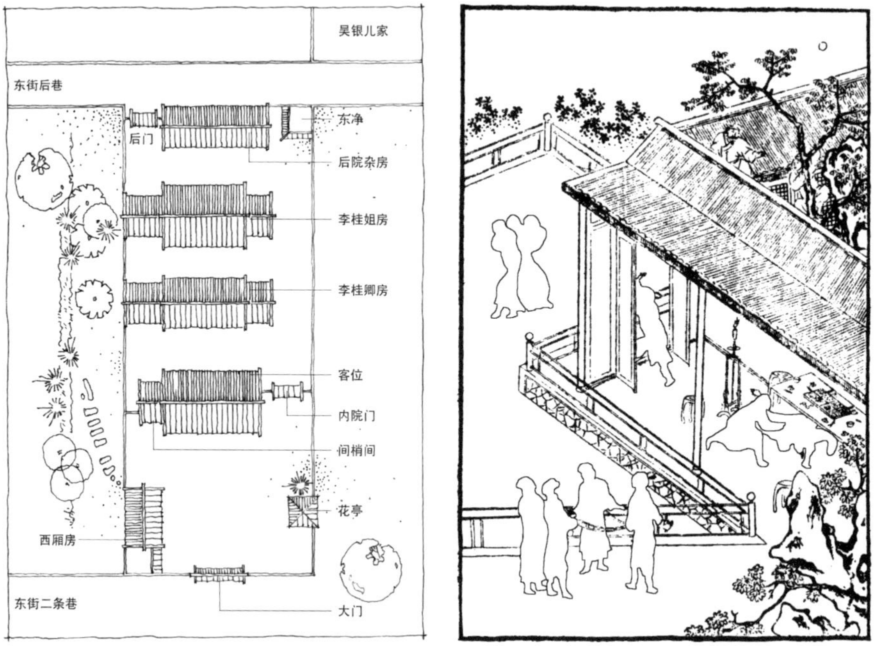

(a) 依据文本所绘丽春院总体布局　　(b) 崇祯本版画所刻画的丽春院

图 5-1　丽春院平面空间示意图

郑爱月是西门庆正式包养的最后一个妓女，小说《金瓶梅》中第三十二回略有提及，到第五十八回再度正式出现。此后直到西门庆死去的二十回左右篇幅中，她出现了十六个回次，在主角生命终结前的大部分情节中都有她的身影。这种“伏脉千里”而后又浓墨重彩的叙事手法，恰恰反映出她是一个极其重要的人物。这种重要性也表现在作者对于其居住环境的描绘上，极为深入细致。研究《金瓶梅》中的勾栏建筑，郑爱月家也是一个很好的标本。

小说第十三回，西门庆向李瓶儿叙述他与花子虚在勾栏里的往事，带出了郑爱香（郑爱月的姐姐）家的位置。当晚从东街勾栏后巷吴银儿家返回途中，“走到乐星堂儿门首，粉头郑爱月家”，花子虚又要进去。而此时的花家就住在西门庆家的隔壁，因此也可以知道乐星堂就在后巷至县前街西门庆宅院的路上。

关于乐星堂大门首的描述，有如下一些内容：

（郑爱香）见西门庆到，笑吟吟在半门里首迎接进去，到于明间客位，道了万福。

——第五十九回

西门庆即出门上轿，左右跟随，径往郑爱月儿家来。比及进院门，架儿、行头都躲过一边，只该日俳长两边站立，不敢跪接。……郑爱月儿、爱香儿……都出来门首迎接。西门庆下了轿，进入客位内。

——第六十八回

这些内容，与前文李桂姐家的基本一致。这里所说的“明间客位”，如前文所分析，为正堂的客厅。

小说对于乐星堂的具体布局也有详细叙述：

原来郑爱香儿家，门面四间，到底五层房子。转过软壁，就是竹枪篱，三间大院子，两边四间厢房，上首一明两暗，三间正房，就是郑爱月儿的房。他姐姐爱香儿的房，在后边第四层住。但见帘栊香霭。进入明间内，供养着一轴海潮观音，两旁挂四轴美人，按春夏秋冬：惜花春早起，爱月夜眠迟，掬水月在手，弄花香满衣。上面挂着一联：“卷帘邀月入，谐瑟待云来。”上首列四张东坡椅，两边安二条琴光漆春凳。西门庆坐下，看见上面楷书“爱月轩”三字。

——第五十九回

这段文字在崇祯本中大量简化，只说“郑爱香儿就让西门庆进入郑爱月儿的房外明间内坐下，西门庆看见上面楷书‘爱月轩’三字”。作为小说，后人可能因先前文本之繁琐径删冗文，但从研究的角度，笔者认为这段文字对于建筑的描述可资采信。根据这些描述，从门前建筑外部空间的层次（半门子、软壁、竹枪篱等）、建筑布局的正规性（两边四间厢房等）以及建筑量（到底五层）上看，乐星堂的规模等级都超过李桂姐家的丽春院（图5-2），但空间的基本构成大体相同。

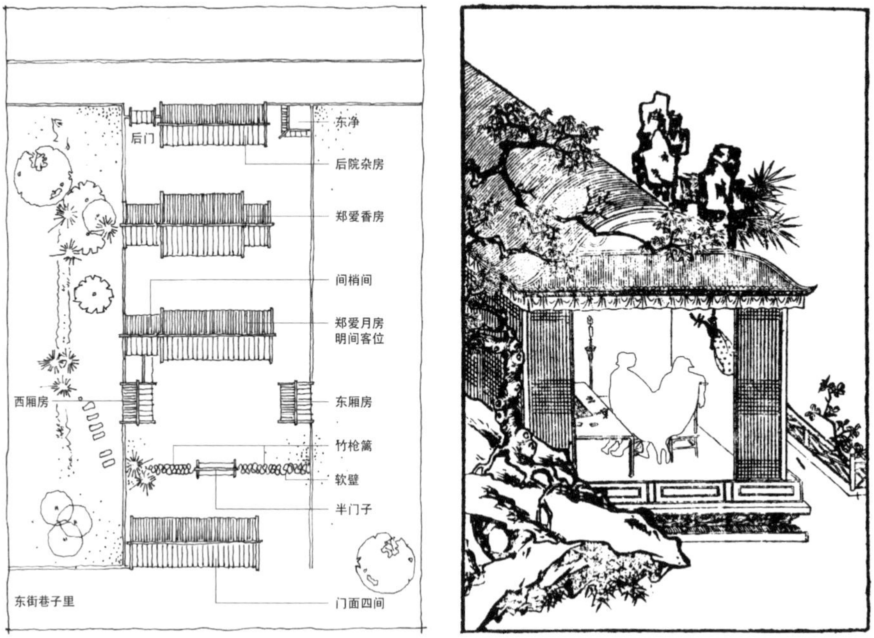

(a) 依据文本所绘乐星堂总体布局　　(b) 崇祯本版画所刻画的乐星堂

图 5-2　乐星堂平面空间示意图

5.8　几个相关名词

小说文本在讲勾栏建筑时，多次提到的“客位”与“明间客位”。客位的文字表面意义是“客人的位置”。《孔子家语・冠颂第三十三》有云：“郗隐公既即位，将冠，使大夫因孟懿子问礼於孔子。子曰：‘其礼如世子之冠。冠於阼者，以著代也。醮於客位，加其有成。’”王肃为之注曰：“冠于阶、若不体则醮用酒于客位，敬而成之，户西为客位。”唐代杜甫《赠虞十五司马》诗：“过逢联客位，日夜倒芳尊。”小说《三国演义》第四十三回也有：“孔明逐一相见，各问姓名。施礼已毕，坐于客位。”这里所说的“客位”均相对于“主位”而言的，通常为西位。后也有使用过程中，把它变化而成一个专用的建筑名称，即如今所说的“客厅”。如《水浒传》第五十六回：“徐宁听罢，教请汤隆进客位里相见。”这里的“客位”明显是一个建筑空间概念。研究过程中笔者辑录了《金瓶梅》中的相关文字，发现绝大部分皆可理解为一个明确的建筑空间，即客厅。如第六十九回：“这众人只得回来，到王招宣府宅内，径入他客位里坐下。”

后文也有“明间客位”一说。“明间”在古代建筑术语中特指主要建筑正中的开间，与旁边的“次间”“梢间”“尽间”等依次对应。但作为小说创作者的古代文人，未必细究其详。小说第十四回："月娘就让到房中，换了衣裳，分付丫鬟，明间内放桌儿摆茶。"又第五十九回："西门庆不忍看他，走到明间椅子上坐着，只长吁短气。"这些文字均无意强调是在中部开间，参考《金瓶梅词典》把"明间"释为："直接与室外相通的房间。"笔者认可这样的解释，权把明间理解为外间，因其一般比里间大而敞亮，故名之。因此若有五间房，次间为槅，也能打开，小说中一并把这三个开间统称为"明间"。

另外，第十一回说西门庆诸人在堂内坐定，"桂姐从新房中打扮出来，旁边陪坐"。"新房"本意为新建或新装修的房子，后特指新婚用房，古代通常用作"洞房"。但此处显然不是后者，且根据小说前后叙述，丽春院也不曾有新修的建筑。此处所谓"新房"一词，经比对词话本的几个版本与崇祯本，均无分歧，且无校勘，当为一个确切的用词。笔者认为此处并非一个确定的建筑称呼，只是一种文学上的反喻——此番是初次在丽春院中看到打扮停当的李桂姐，在西门庆眼中，宛若"新人""新妇"；[①]但如小说后文诗中所言，"柳底花阴压路尘、一回游赏一回新"，从"新房"里出来的桂姐，已不知是几度游赏了！

小说在描述郑爱月家布局时，提到与李桂姐家不同的一个"半门里首"。在后文通过一大段的争论，更清晰地描绘出这一特殊的建筑现象。

> 那春鸿跪下，便道："娘休打小的，待小的说就是来。小的和玳安、琴童哥三个，跟俺爹从一座大门楼进去，转了几条街巷，到个人家，只半截门儿，都用锯齿儿镶了。门里立着个娘娘，打扮的花花黎黎的。"金莲听见笑了，说道："囚根子，一个院里半门子也认不的了，赶着粉头叫娘娘起来。"……春鸿道："……落后请到大后边，竹篱笆进去……"……李娇儿道："俺家没半门子，也没竹枪篱。"金莲道："只怕你不知道，你家新安的半门子是的。"
>
> ——第五十九回

小说中的春鸿是一个南方蛮童，语言中故意使用一些相对滑稽的语词，但凭着这些模糊的描述可知，"半截门儿"是一种古代建筑小木作的特别形式。并且，从小说文本可知，"半门子"应该是与勾栏相关的，具有比较深厚内涵的特殊建筑文化现象。

《金瓶梅词典》对"半门"的解释为："妓院的临街门，也代指妓院。参见'半截门儿'"。而其对后者的解释则是："上半截可吊起门，妓院所用。"[②]另在《辞海》等工具书中，则没有见到更详细的解释。查阅大量相关文献，可梳理出脉络如下：

一是在王书奴《中国娼妓史》中有载："扬州娼妓事业，自唐以来即号称繁盛。清初即有'私窠子''半开门''苏浜''扬浜'诸种名目。……官妓既革，土娼潜出。如'私窠

① 通过戏曲《桃花扇》等相关内容可知，晚明时期包养（即"梳笼"）妓女的过程被类比作婚姻，在勾栏中用词也为"上头"，与小说《红楼梦》中讲嫁娶时使用是一样的。

② 白维国．金瓶梅词典[M]．北京：中华书局，1991：19-20。

子''半开门'之属,有司禁之。"①此处的"半开门"与小说中的"半门子"类似,或许都是指私娼而言。

二是据《近代中国娼妓史料》载:"半私明又称'半掩门',广州一带高级妓寨之一种。顾名思义,其经营方式与大张旗鼓、挂明招牌的妓寨不同,而是半掩着门的。其陈设仿如住家,相当豪华。"②这里所说的"半掩门"与上文"半开门"似乎都有着相同的意念。另外,书中记述了北京、沈阳等处也有着"半掩门"的说法。③

三是张金起著《八大胡同里的尘缘旧事》也有文字详细描述北京的情况。"旧社会,京城里除去公开的妓院外,还有大量的半公开或不公开的妓院,这就是上面所说的'半掩门'和'暗门子'。……'暗门子',多为小四合院,大门口外无任何标记,看上去像是普通的居民户,但里面却很讲究。"④此处又有"暗门子"的说法,与"半掩门"相类。

综合上面的资料,"半门子"之类的说法应该是流传时间很久、分布地域很广的对于某种娼妓建筑现象的称呼。明代沈德符《万历野获编》讲妓女时,有《钓闼》一节,应是对当时"半门子"最切近的解释:"今两京教坊诸妓家,门多设半扉,其上截钓起,或时歌姬辈立于内,露半身以窥客。若金陵又多用竹篾织成,尤轻巧可喜,但不知所始。"⑤这里对其用途、形态甚至简单的构造均有所描述。依此描述而看,"半门子"的作法与江苏民居中的"矮闼"极为类似。矮闼通常装在门的外侧,分上下两段的门,上半可吊起,也有高低之分。"高的矮挞(通'闼',笔者注)和门扇高度相同,上部为镂空花格,为夹堂和裙板,低矮挞高约1米余,形式简单。高矮挞多用在墙门中间两扇门的位置上,石库门装设高矮挞的也较多,低矮挞多用在较小的民居和村镇房屋上。……矮挞在门扇打开时,隔绝内外,但仍能起着内外相望和采光通风的作用,所以成为苏州地区民居喜用的一种门扇。"⑥另清代小说《施公案》第一九五回也有"矮闼"叙述:"李爷把对门一看,见是一家住户人家,门前扬州式子矮闼门关着。……忽听'呀'的一声,见对门矮闼门开了,有一个妇人,在门口站着。李爷看这个妇人,年纪二十多岁,满脸抹着脂粉,身穿月白单衫,下面蓝绸裤子。立在门内,瞧不见两足的大小,只见鬓边插着几朵石榴花,生得中等姿色,透着些妖淫气象,立在那里,观看过往之人。李爷心中暗想:看这个妇人,不象正经之人。"这一大段文字详细描写了"扬州式矮闼门"的形态,以及使用过程中门内门外视线所能达到的位置。另外赛金花也曾在自述中详细讲到她童年时在苏州见到的矮

---

① 王书奴.中国娼妓史[M].上海:上海书店,1992:271。

② 《文史精华》编辑部.近代中国娼妓史料(上下卷)[M].石家庄:河北人民出版社,1997:32。

③ 同上:70,328等。

④ 张金起.八大胡同里的尘缘旧事[M].郑州:郑州大学出版社,2005:27。

⑤ 〔明〕沈德符.万历野获编[M]//明代小说笔记大观.上海:上海古籍出版社,2005:2531。

⑥ 徐民苏,等.苏州民居[M].北京:中国建筑工业出版社,1991:110-113。

闼："嬢嬢家有三间房，矮闼门，在一扇进出的门旁边另有两扇木门，上面半扇可以用门栓朝外支起来，透风透光。"[1]可见这种"矮闼"与沈德符所描述的应是同一种建筑现象。

《营造法原》上载有更加详细的矮闼构造方法及用途。"矮挞为窗形之门，单扇居多，装于大门及侧门处，其内再装门（矮挞实古之短扉，桂辛先生谓为元之遗制，当时禁人掩户，便于检查）。矮挞为框档门之一种，其上部流空，以木条镶配花纹，下部为夹堂及裙板，隔以横头料。上下比例约以四六分配。下部门槛至夹堂板上横头料占六份，流空部分占四份。"（图5-3）[2]朱桂辛先生分析矮闼是元人为强化统治需要而设置的，未辨其详。但就建筑构件本身的功能而言，矮闼至少有两方面的实用意义：一是适当隔断却可形成内外的视线沟通，二是可保持一定的采光、通风。《金瓶梅》中所述郑月儿家的"半门子"，设于室外，其后还有竹枪篱，因此并非为采光、通风之用；而春鸿说他们在外就能看到"门里立着个娘娘"，正是半门子最实际的使用功能。

图 5-3　《营造法原》中苏州矮闼照片

《诗经·陈风》有云："衡门之下，可以栖迟。"毛传释曰："衡门，横木为门，言浅陋也。"朱熹注："衡门，横木为门也，门之深者，有阿塾堂宇，此惟横木为之。"这种横木从诗经表明的构造上应该在人的高度以上，抑或单以一根横木栏在人必经之路上，便有矮闼之形了。"栖迟"谓"游息"，有涉男女之事，在诗经中充溢一种情致。倘使存在由"衡门"而至"矮闼"再至"半门子"的发展过程，则风雅荡然无存矣！

有鉴于勾栏建筑使用功能的特殊性，相关的研究资料比较匮乏，并且大量的内容并非由专业的建筑人员所提供的，至今研究仍存在障碍。综合很多的相关资料，也仅获得只鳞片爪。在研究过程中，笔者也查找了大量明代相关绘画作品，试图找到一些具体的图像资料，囿于题材也所获寥寥，甚至《金瓶梅》崇祯版的二百幅版画中也没有代表性的资料。好在小说本身具有比较真实的文本叙事，尤其在勾栏建筑方面比同类的小说更胜一筹，因此可以把小说文本作为最基本的研究素材。

依据上面的分析，《金瓶梅》对于勾栏建筑的描述，从叙事角度看存在明确的事实依据。这种真实性，首先表现在叙事的主客体关系上。在文学界对于作者的考证中，不论

① 参见：《赛金花狱中自述》，引自《民国档案·北平卷》，北京档案馆藏。

② 姚承祖．营造法源［M］．张至刚，增编．刘敦桢，校阅．北京：中国建筑工业出版社，1989：42-43。

是王世贞的“广陵三日饮”[①]还是屠隆的“淫纵”，[②]大都会表现他们与勾栏之间的熟络——这也反证了小说在这些方面叙事的真实性（假设当代人作为叙事主体去撰写这部小说，其他很多内容或许能保持基本的真实，但勾栏这部分势必有隔靴之嫌）。文本的真实还表现在叙事视角上，小说在叙述勾栏建筑时，往往采用限制视角，也就是作者主观深入到所叙述的内容中。在这样的叙事视角下，只有基于深刻的生活体验，在文本中才会有如此真实的空间表现。

中国古代的叙事受“史传”与“诗骚”两种传统的深刻影响，史传传统促使小说文本表现天然的真实性，但限于勾栏建筑的特殊性，在叙事中也会表现出很多的诗骚影响。这种影响强调真实中的某种特异性，即小说叙事中会刻意表现客体的个性化特征。《金瓶梅》在勾栏建筑的叙事上，丽春院与乐星堂的不同即是具体的表现。如叙述中李娇儿关于“半门子”和“竹枪篱”的争论，使故事的发展充满诗意的起伏。然而这种特异性所表现出的个性差异，是建立在真实性基础上的。因此从全局上看，个性的表达只是某种更全面的真实。

基于上述分析可以认为，小说《金瓶梅》中对于勾栏建筑的叙事，是真实可信的。小说作为语言文本对于明代中后期城市中勾栏建筑的描绘，可以作为建筑史或城市史研究的史料依据。舍去某些特异性成分，小说以语言为媒介提供了一个整体的建筑模型。由此可见，本书从小说文本出发，对这类建筑的讨论也因此具有客观真实性。

---

① 朱星引《四部稿》中的一段话，以证明王世贞“好色酗酒”。文章详见：朱星.《金瓶梅》的作者究竟是谁[G]//章培恒，刘心武，等.雪夜煮酒话金瓶——金瓶梅方家谭.北京：团结出版社，2007：7-20，此处引文出自第16页。

② 黄霖著《〈金瓶梅〉作者屠隆考》，原文发表于《复旦学报（社会科学版）》1983年第3期，详见：黄霖.《金瓶梅》作者屠隆考[G]//章培恒，刘心武，等.雪夜煮酒话金瓶——金瓶梅方家谭.北京：团结出版社，2007：50-63。

第6章 《金瓶梅》中的建筑礼俗与制度

6.1 礼的国度与非礼的时代

建筑有叙事性，叙事的主体是人。人在建筑活动中的行为形成建筑文化。依据泰勒在1871年所作的原始定义，文化是“一种复合体，它包括知识、信仰、艺术、法律、道德、习俗和人类作为社会成员所拥有的任何其他能力与习惯”。[①] 因而习俗可看作是文化中的一个重要范畴。而关于习俗，韦伯认为：“我们想把‘习俗’理解为一种在类型上衡稳的行为的情况，这种行为仅仅由于它的‘习惯’和不假思索的‘模仿’，在传统的常轨中得以保持，亦即一种‘群众性行为’，没有任何人在任何意义上‘强求’个人继续进行这种行为。”[②]另一方面，至少从新石器时代晚期就产生一系列的制度，它们是“群体信念为了满足群体的某种需要而以比较固定的形式组织在一起的群体行动的结合物。制度通常包括一套习惯和传统，一系列法规和准则，以及物质的延伸，如建筑、惩罚手段、沟通和训诫机构”。[③] 依据这样的观点可以认为，习俗至少包含相关的礼俗与制度。

礼俗包括礼仪与风俗，是中国古代文化的一部分。《辞海》释“礼”字有云：“为表敬意或表隆重而举行的仪式。”《荀子·礼论》开篇便讲：“礼起于何也？曰：人生而有欲，欲而不得，则不能无求，求而无度量分界，则不能不争。争则乱，乱则穷。先王恶其乱也，故制礼义以分之，以养人之欲，给人之求。使欲必不穷乎物，物必不屈于欲。两者相持而长，是礼之所起也。”[④]中国文化源于一种在复杂而广阔地面上展开的农耕文化，虽没有游牧与商业那样强烈的空间扩张欲望，但依然存在其他的空间欲望并努力去求取欲望的满足。以一定的社会规范来约束这个过程，是一个民族最早形成的一种共识。因此，最初的礼仪是对人在社会上行为度的约定。后来，礼仪逐渐发展成为“为了维系社

① 转引自[美]阿摩斯·拉普卜特.文化特性与建筑设计[M].常青，张昕，张鹏，译.北京：中国建筑工业出版社，2004：72。

② [德]马克斯·韦伯.经济与社会(上卷)[M].林荣远，译.北京：商务印书馆，1997：356。

③ [美]爱德华·麦克诺尔·伯恩斯，菲利普·李·拉尔夫.世界文明史(第一卷)[M].罗经国，等，译.北京：商务印书馆，1995：21。

④ 北京大学《荀子》注释组.荀子新注[M].北京：中华书局，1979：308。

会的正常生活秩序，所遵循的一种明确规定或约定俗成的行为规范。具体包括符合规范的交往方式、行为方式、社会活动、典礼程序，以及与之相适应的器物、标志、服饰、象征等”。①

古代中国人在建筑中的活动首先遵从的是各种礼仪与风俗，在这个意义上，建筑与其他各种器物一样，只是为礼仪活动服务的一个载体。所不同的是，建筑为这些活动提供了一个相对比较大的空间，以容纳活动本身。因此，研究发生在这些空间中的礼俗，无疑对于建筑形态与文化研究都是必要的。

“‘风俗’(Lore)一词指人民群众在社会生活中世代传承、相沿成习的生活模式，它是一个社会群体在语言、行为和心理上的集体习惯。”②风俗被《辞海》释为“历代相沿积久而成的风尚、习俗”。《汉书·地理志第八下》云：“凡民禀五常之性，而有刚柔缓急音声不同，系水土之风气，故谓之风；好恶取舍动静无常，随君上之情欲，故谓之俗。”基于这样的解释，“风”是由自然条件不同而形成，而“俗”则是由社会环境不同而形成的。相对于“礼”的规定性，风俗更趋向于某种自发性，因此也具有很大程度上的相对性。它会因为某些外在环境条件的改变而发生变化，这些条件当然包含自然条件与社会环境。

钱穆认为礼是中国文化的核心，“在西方语言中没有‘礼’的同义词。它是整个中国人世界里一切习俗行为的准则，标志着中国的特殊性。……中国人之所以成为民族就因为‘礼’为全中国人民树立了社会关系准则。当实践与‘礼’不同之时，便要归咎于当地的风俗或经济，它们才是被改变的对象。……要了解中国文化必须站得更高来看到中国之心。中国的核心思想就是‘礼’”。③ 因为礼在中国古代文化中的极端重要性，因此，研究建筑文化避不开“礼”的命题。甚至也可以类比钱穆的观点，认为中国古代建筑文化的核心思想也就是“礼”。中国人一向认为，礼需要一定的物质基础。《史记·管晏列传》中述及管子的主张“仓廪实而知礼节，衣食足而知荣辱，上服度则六亲固”。说明物质基础影响着礼节、制度等，进而影响着一个团体的安定。《荀子·礼论》也认为，礼是要以物质为基础的：“故礼者，养也。刍豢稻粱，五味调香，所以养口也；椒兰芬苾，所以养鼻也；雕琢刻镂，黼黻文章，所以养目也；钟鼓管磬，琴瑟竽笙，所以养耳也；疏房檖貌，越席床笫几筵，所以养体也。故礼者，养也。”④在这种观念下，礼是“养”出来的。而建筑作为重要的物质基础，是用来“养体”的。可见，中国人很早就把“礼”的观念通过这些理论注入建筑空间中。

研究中国的建筑历史不可能避开礼俗。然而建筑方面的礼俗表现得很分散，它们

① 王炜民. 中国古代礼俗[M]. 北京：中国国际广播出版社，2010：2。

② 钟敬文. 民俗学概论[M]. 上海：上海文艺出版社，1998：2。

③ [美]邓尔麟. 钱穆与七房桥世界[M]. 蓝桦，译. 北京：社会科学文献出版社，1998：8-9。

④ 北京大学《荀子》注释组. 荀子新注[M]. 北京：中华书局，1979：308。

很细琐地存在于日常生活中,并且随时间的推移会不断产生各种变化。因此,在正式的建筑历史论述中,很少有对某个具体历史时期的礼俗进行详细论述。这是因为从文化人类学的方法论看,礼俗研究需要建立在大量的田野考察中,以获得足够的真实细节,但历史中最容易湮灭掉的就是这些细节——特别是对于极易灭失的中国古代木构建筑。所幸,中国古典长篇小说为这种研究提供了可资参考的依据。

中国古代叙事作品,通常具有强烈的"史传"倾向。为了表征某个虚拟事件的"真实性",作者会刻意描绘自己曾亲身经历的某些真实情形。而那些亲身经历的情形,许多是以礼俗的形式出现的。因为礼俗更加接近于人,因此也更加容易强化作者期待的"真实性"特征。所以,将小说作为素材来研究建筑中的礼俗,存在非常明显的优势。

相对于礼仪与风俗,制度带有明显的强制性与专业性。《辞海》释"制度"为:"要求成员共同遵守的、按一定程序办事的规程或行动准则。"由此可见,制度大多限定为成员的准则,具有很大程度上的范围约定;并且由于它是为成员而提的"要求",因此比礼俗更加严格。制度一说古已有之,《周易》有云:"天地节,而四时成。节以制度,不伤财,不害民。"孔颖达疏曰:"王者以制度为节,使用之有道,役之有时,则不伤财,不害民也。"尚秉和注:"度丈尺也。度有制则民有信。信则不伤财,不害民。"[①]可见最初的制度是作为类似法令的规定。前文《荀子》以"礼"为一种"度",将"度"系统化规定下来,"度有制"而成制度。《汉书·严安传》:"臣愿为民制度以防其淫。"此处的制度是其最本初的意思,是指"制定"一个"度量"。《左传·襄公二十八年》:"且夫富,如布帛之有幅焉,为之制度,使无迁也。"以布帛之幅为比,可见制度依然是一种约束。《史记·孝武本纪》:"上欲治明堂奉高旁,未晓其制度。济南人公玉带上黄帝时明堂图。"这是经常被引用的关于建筑制度的文字,这种制度代表一种形制的规定性,与本文所要讨论的概念完全一致。而《东周列国志》第七十八回:"既至夹谷,齐景公先在,设立坛位,为土阶三层,制度简略。"这是明代小说中关于建筑制度的说法,可见制度在民间已经成为一种阶层的标志。

中国古代强调制度上的和谐,如《中庸》所说"今天下,车同轨,书同文,行同伦",实为制度标准统一的理想状态。礼仪、风俗与制度属于不同层次的东西,也基于不同的文化坐标系,但它们对于中国古代文化而言,都把"秩序"作为最主要的表达对象,因为对于一个复杂而广阔的大国,秩序有着非比寻常的重要性。研究建筑中的仪俗与制度,本身就是研究建筑中的秩序。从建筑文化的角度看,"用于居住的房屋不仅仅是一种物质形态的建筑,而且是一种组织形态的制度(institution),这种制度产生于一整套复杂的目的和信念。因建造住房是一种文化现象,故其构成形态和组织方式与所处的社会环

---

① 尚秉和.周易尚氏学[M].北京:中华书局,1980:265。

境有着密切关系”。[①] 而中国建筑最重要的特征就是其空间上的群体性，在建筑单体进行组合的时候，遵循严格的社会环境秩序。这种秩序代表社会文化等级，在具体的组合过程中，以空间与时间的方式表现出来。基于中国建筑的本质特征，研究礼俗与制度都具有很重要的意义。

明太祖对于礼仪制度极其重视。《明史·志第二十三·礼一》中记载：“明太祖初定天下，他务未遑，首开礼、乐二局，广征耆儒，分曹究讨。洪武元年，命中书省暨翰林院、太常司，定拟祀典。……明年告成，赐名《大明集礼》。其书准五礼而益以冠服、车辂、仪仗、卤簿、字学、音乐，凡升降仪节，制度名数，纤悉毕具。……在位三十余年，所著书可考见者，曰《孝慈录》，曰《洪武礼制》，曰《礼仪定式》，曰《诸司职掌》，曰《稽古定制》，曰《国朝制作》，曰《大礼要议》，曰《皇朝礼制》，曰《大明礼制》，曰《洪武礼法》，曰《礼制集要》，曰《礼制节文》，曰《太常集礼》，曰《礼书》。”在这种情况下，礼仪已经完全在国家权力的意志下成为一种典章制度。相对于礼俗，典章制度更容易在正史中表现出来，因为重要的制度通常会以政令的形式发布，甚至同样内容的制度会在不同的领域以不同的形式发布。然而发展到明代中晚期，制度逐渐涣散，全社会开始了对制度的“突破”，亦即“僭越”。

《辞海》释“僭”为：“超越本分，旧指下级冒用上级的名义、礼仪或器物。”明代开国之初，朱元璋与其臣僚们制定了严格细密的等级制度，依此规范社会各阶层人们的日常行为，凡僭越者均会受到极其严厉的处罚。可是历史发展到了成化年间，原先的制度受到冲击，由于经济的发展带来思想上的开放，时尚与奢华逐渐成为社会上的潮流。针对这个时期的僭越和开放，明孝宗弘治皇帝进行了整治，强化明太祖以来的各项制度，并汇编订立《大明会典》。这段被称为弘治中兴的历史，从发展的观点来看实是某种倒行逆施，但制度本身却得到暂时的强化。随着后世商品经济的进一步繁荣与深化，整个社会的僭越之风日炽，而且充斥于社会生活的各个方面。[②] 尤其某些走向富庶的市井阶层成员，财富引发了他们在饮食、器物、服饰[③]以至建筑等各方面的僭越行为。例如，“《明会要》卷十四记录了明太祖对饮食器质料的规定：‘公侯与官一品、二品，酒注、酒盏用金，其余器皿用银；三品至五品，酒注、酒盏用金；六品至九品，酒注、酒盏用银，其余皆用磁；庶民百姓，酒注用锡、酒盏用银，其余用磁、漆。’《金瓶梅词话》中的西门庆所任官职为五品，我们姑且不论西门府中的酒器是何等华贵，光看他家的茶具就早已不受这种规定的约束”。[④]

---

① [美]阿摩斯·拉普卜特.宅形与文化[M].常青，徐菁，李颖春，等，译.北京：中国建筑工业出版社，2007：45。

② 陈宝良.明代社会生活史[M].北京：中国社会科学出版社，2004：647-648。

③ 参见：黄霖.金瓶梅讲演录[M].南宁：广西师范大学出版社，2008：245-255。

④ 熊敏.《金瓶梅词话》中的茶具[G]//中国金瓶梅学会.金瓶梅研究（第九辑）.济南：齐鲁书社，2009：212-213。

如同在生活的其他方面一样，在那个时期，建筑中的僭越也日益成为一种社会文化现象，在市井阶层更为突出。只是由于某些原因，这些内容在当时的正式文献中不曾大量出现，后世的建筑史也提及不多。[①] 而这些内容，大量见诸明代文人笔记与长篇小说中。作为“世情书”之佳作的《金瓶梅》，无疑为研究明代中晚期市井生活中建筑的僭越现象提供了最好的素材。

建筑礼俗问题是一个跨越民俗学与建筑学的综合课题。在研究之初，笔者检索了相关的研究成果，从上述两个学科角度认识建筑礼俗的意义。

对于民俗学来说，建筑礼俗无疑是一个非常重要的研究对象。钟敬文主编的《民俗学概论》把民俗分为物质民俗、社会民俗、精神民俗与语言民俗四大类，而居住建筑民俗被归于物质生活民俗一类。在民俗学的研究视野里，居住建筑占有异常重要的地位：首先它是人类解决生存条件与安全条件最重要的手段，是人类社会文化最基本的一个物质基础；其次它也是具有审美意味的文化，与其他类型物质生活的美本质是相同的；再次，居住建筑代表着家庭与社会的伦理观念。[②]

在建筑学的研究中，礼俗的问题一直受到不同角度的关注。早在五六十年前，刘致平在研究四川住宅建筑的时候就明确指出：“礼俗对于建筑的影响最大，尤其是对于住宅影响更大……”[③]近些年来的中国民居研究已经逐渐从布局、形式、技术及使用等物质范畴的讨论，转向对于建筑的社会功能、群体组织形式、居住习惯以至各种仪式与禁忌的关注。尤其当建筑文化已经成为建筑史研究的重要内容，礼俗的讨论自然成为一个无法避开的课题。

小说《金瓶梅》中关于民间建筑礼俗的内容非常多，表现的形式也基于不同层次。本书基于不同类型，从不同角度逐一讨论。

6.2 住房择吉与风水选择

择吉作为一种习俗有很长的历史，它在专业的人眼中被认为是一种术数，存在较为系统的理论构架。《辞海》释“术数”为：“一称‘数术’。……即以种种方术观察自然界现象，推测人和国家的气数及命运。《汉书·艺文志》列天文、历谱、五行、蓍龟、杂占、形法六种，并云：‘数术者，皆明堂羲和史卜之职也。’但史官久废，除天文、历谱外，后世称术

---

① 参见：潘谷西. 中国古代建筑史·第四卷(元、明建筑)[M]. 北京：中国建筑工业出版社，2001：第五章. 书中详细描述了明代的住宅制度(224-226 页)，也在后面文字中提到明代中后期制度松弛后汉地住宅的某些特点(236-237 页)，但并没有就僭越问题专门提出看法。

② 钟敬文. 民俗学概论[M]. 上海：上海文艺出版社，1998：92-98。

③ 刘致平. 中国居住建筑简史——城市、住宅、园林[M]. 王其明，增补. 北京：中国建筑工业出版社，1990：127。

数者，一般专指各种迷信，如星占、卜筮、六壬、奇门遁甲、命相、拆字、起课、堪舆等。”其实后面所列的这些术数形式，都可统称为择吉术，它们都通过一定的方法给人们提供关于吉凶的信息。狭义的择吉专指为某事而进行的时间选择。

毋庸讳言，中国古代城镇、聚落、建筑甚至陈设的布局中，风水是一个重要的决定因素。囿于各种原因，以前的建筑史讨论对于“风水”的话题涉及较少。新版的《中国古代建筑史》中列出专门章节进行讨论，很客观地把它称为中国古代所特有的一种“术数”，并且指出“它通过对天地山川的考察，辨方正位，相土尝水，从而指导人们如何确定建筑物（包括坟墓）的朝向、布局、营建等，帮助人们妥善利用自然，获取良好的环境，保证身体健康和获得心理安慰”。① 这样的界定实际上把风水看作一种重要的文化现象。

对于普通市井阶层的人，如小说《金瓶梅》中的西门庆，风水并不是一门学问，更不会被当作一种文化现象。在实际生活中，风水与择吉相混合，更多表现为一种礼俗，趋吉避凶的仪式感远大于实际的意义。

小说中两处出现相关的描写。一是为扩建花园的工程而请“阴阳”择定日子：

> 一日西门庆会了经纪，把李瓶儿床后茶叶箱内堆放的香蜡等物，都秤了斤两，共卖了三百八十两银子。李瓶儿只留下一百八十两盘缠，其余都付与西门庆收了，凑着盖房使。教阴阳择用二月初八日兴土动工。将五百两银子委付大家人来昭并主管贲四，卸砖瓦木石，管工计帐。……当日贲地传与来昭，督管各作匠人兴工。先拆毁花家那边旧房，打开墙垣，筑起地脚，盖起卷棚山子、各亭台耍子去处。非止一日，不必尽说。
>
> ——第十六回

这是建筑营造之初在时间上的择吉。风水是在空间上的布局，择吉则是时间上的安排，两者通常会同时出现，甚至由同一个人负责完成，这人就是“阴阳先生”。从严格的意义上讲，择吉本质上不是风水，但作为一种礼俗的仪式是直接相关的。吕思勉曾把“阴阳数术”一并作为先秦学术思想的一部分来讨论：“汉志阴阳，为诸子十家之一，数术则别为一略。……论其学，二家实无甚区别，盖数术家陈其数，而阴阳家明其义耳。故今并论之。”②

“阴阳家”作为一种职业名称，来自阴阳术数理论。中国古代一向极重视阴阳，而对于建筑方面则更为关注。《吕氏春秋·孟春纪第一》有云：“室大则多阴，台高则多阳；多阴则蹶，多阳则痿。此阴阳不适之患也。……昔先圣王之为苑囿园池也，足以观望劳形而已矣；其为宫室台榭也，足以辟燥湿而已矣；其为舆马衣裘也，足以逸身暖骸而已矣；

① 潘谷西.中国古代建筑史·第四卷(元、明建筑)[M].北京:中国建筑工业出版社,2001:521。

② 吕思勉.先秦学术概论[M].影印版.上海:上海书店,1992:141。

其为饮食酏醴也，足以适味充虚而已矣；其为声色音乐也，足以安性自娱而已矣。五者，圣王之所以养性也，非好俭而恶费也，节乎性也。”正是由于对阴阳的重视，在术数领域活动的人，也常被指称为“阴阳”先生，并在此基础上形成了“阴阳家”。

西门庆新花园开工日期的选择，也正是由这样的“阴阳”完成的。从时间择吉上来看，自古有着许多系统。干支五行、纳音五行、十二直、二十八宿、九星、六曜、黄道黑道等，都是古代人判断吉凶的重要依据。例如对于小说中所说的二月，《宅经》上就曾经提出，二月的生气在丑艮（东北）而死气在未坤（西南），以及二月土气冲坤方。① 另外，“择日选时还必须考虑各年、各月、各日乃至各时所值的神煞”。② 所有这些命理模型相互作用，共同构成一个复杂的术数体系，“阴阳先生”据此提出自己对于吉凶的看法，并为托求者选择一个最合适的时间节点。

当然，对于西门庆而言，这种择吉更多只是一种心理安慰。而后文他对于“风水”的关注，很大程度上更是在炫耀权势。

> 里面吃茶毕，西门庆往后边净手去，看见隔壁月台，问道：“是谁家的？”王六儿道：“是隔壁乐三家月台。”西门庆吩咐王六儿：“你对他说，若不与我，即便拆了。如何教他遮住了这边风水？不然，我教地方吩咐他。”这王六儿与韩道国说：“邻舍家，怎好与他说的。”韩道国道：“咱不如瞒着老爹，庙上买几根木植来，咱这边也搭起个月台来。上面晒酱，下边不拘做马坊，做个东净，也是好处。”老婆道：“呸！贼没算计的。比时搭月台，买些砖瓦来，盖上两间厦子，却不好？”韩道国道：“盖两间厦子倒不好了，是东子房子了。不如盖一层两间小房罢。”于是使了三十两银子，又盖两间平房起来。西门庆差玳安儿抬了许多酒、肉、烧饼来，与他家犒赏匠人。那条街上谁人不知。
>
> ——第四十八回

小说在此处明确提及“风水”二字。风水本起于墓葬之“阴宅”，晋代郭璞《葬书》有云：“气乘风则散，界水则止。古人聚之使不散，行之使有止，故谓之风水。风水之法，得水为上，藏风次之。”③后人把其应用推广至阳宅，也形成很多理论。西门庆所谓别人“遮住了这边风水”的说法，在风水理论中也确有其事，但需要一个非常复杂的判定过程，非一眼而能辨明。如《黄帝宅经》提到：“夫辨宅者，皆取移来方位，不以街北街东为阳，街南街西为阴。”④可见，遮住风水并非完全与方向有关，需要一个细致推定的过程。并且，一旦真的被“遮住了这边风水”，其禳解过程也非易事。“凡修筑建造，土气所冲之

① 洪丕谟．中国风水研究[M]．武汉：湖北科学技术出版社，1993：26-27。

② 刘道超，等．神秘的择吉——传统求吉心理及习俗研究[M]．南宁：广西人民出版社，2004：125。

③ 转引自：洪丕谟．中国风水研究[M]．武汉：湖北科学技术出版社，1993：3。

④ 语出《黄帝宅经·总论》，转引自：王玉德．古代风水术注评[M]．北京：北京师范大学出版社，1992：30。

方，人家即有灾殃，宜禳之。"[①]整个过程之繁复，绝非如韩道国所说"咱这边也搭起个月台来"或是"盖上两间厦子"这样简单(图 6-1)。

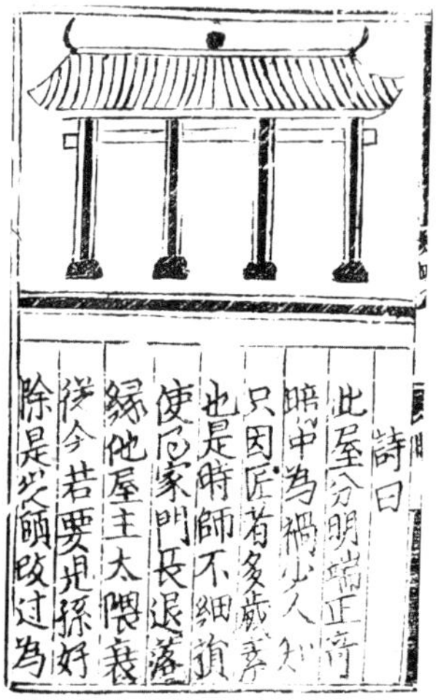

图 6-1 《营造正式》中对屋宇吉凶的认定

就风水本身而言，笔者更认同它"凝聚着中国古代哲学、科学、美学的智慧，隐含着国人所特有的对天、地、人的真知灼见，有其自身的逻辑关系与因果关系，……在建筑学中具有不容忽视的地位与价值"。[②] 由以上分析可知，且不论风水理论对于住宅建筑的科学性，单就小说叙述，西门庆其实并没有真正相信这些理论。小说第二十九回，周守备推荐吴神仙来给他家算命后，面对吴月娘的疑惑他这样解释："……自古算的着命，算不着好。相逐心生，相随心灭。周大人送来，咱不好嚚了他的头，教他相相除疑罢了。"对于建筑过程中的风水，西门庆应该持类似态度。在他眼中，这些都仅仅是形式化的建筑礼俗，其作用至多不过是心理安慰方面的"除疑罢了"。

6.3 营造过程中的礼俗

小说《金瓶梅》中关于建筑营造过程中的礼俗记述不多，仅有一些具有代表性仪式，如安磉、上梁以及庆房等。

"安磉"是一种重要的建筑礼俗，在西门庆扩建花园的过程中——

> 光阴迅速，西门庆家中已盖了两月房屋，三间玩花楼，装修将完，只少卷棚还未安磉。一日，五月蕤宾时节……
>
> ——第十六回

《金瓶梅词典》解释"安磉"："盖房时在柱子下面安放石墩。磉，柱石。"[③]《义训》曰："础谓之碱，碱谓之礩，礩谓之碣，碣谓之磉。"[④]这里的解释均笼统为柱础的概念。但《营造法原》词条有"磉石(柱顶石)，鼓磴下所填之方石，与阶沿石平"。[⑤] 此处把磉石的位置描述得非常清楚，指出磉石就是柱顶石。《清式营造则例》中"清式营造辞解"有"磉

① 语出《黄帝宅经·凡修宅次第法》，转引自：王玉德. 古代风水术注评[M]. 北京：北京师范大学出版社，1992：38。

② 潘谷西. 中国古代建筑史·第四卷(元、明建筑)[M]. 北京：中国建筑工业出版社，2001：531-532。

③ 白维国. 金瓶梅词典[M]. 北京：中华书局，1991：5。

④ 引自：梁思成. 营造法式注释·卷上[M]. 北京：中国建筑工业出版社，1983：29。

⑤ 姚承祖. 营造法源[M]. 张至刚，增编. 刘敦桢，校阅. 北京：中国建筑工业出版社，1989：112。

墩”词条，释曰：“柱顶石下之基础。”[①]可见柱下石作由三个层次构成，依次是鼓磴→磉石（柱顶石）→磉墩。其详细做法为：“在台基之内，按柱的分位用砖砌磉墩和拦土。磉礅是柱的下脚。柱子立在柱顶石上，而柱顶石则放在磉墩上。磉墩与磉礅之间，按面阔或进深，砌成与磉礅同高的墙，称拦土，将台基之内分成若干方格。”[②]这里详细描述的，其实就是“安磉立柱”的整个过程（图 6-2）。

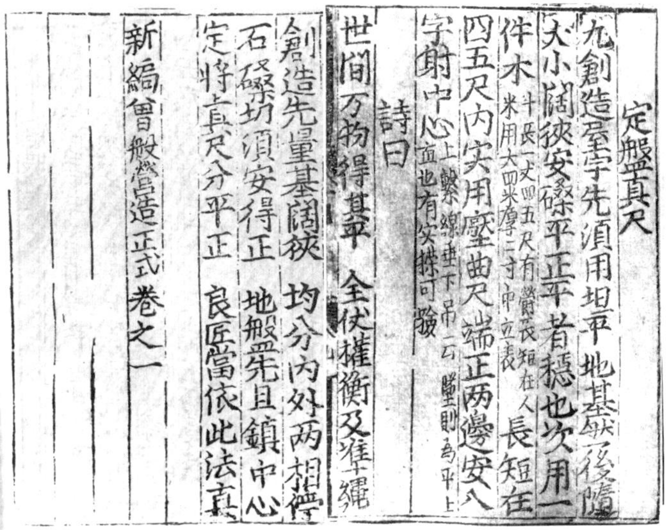
定盤真尺
凡創造屋宇先須用坦平地基然後隨
大小闊狹安磉平正平者穩也次用一
件木斗長一丈四五尺有實長短在人米用大四米厚二寸中立表長短在
四五尺內實用壓曲尺端正兩邊安八
字射中心上繫線垂下吊一石墜則為平直也有實排可驗
詩曰
世間万物得其平 全仗權衡及準繩
創造先量基闊狹 均分內外兩相停
石磉切須安得正 地盤先且鎮中心
定將真尺分平正 良匠當依此法真
新編魯般營造正式卷之一

图 6-2 《营造正式》中关于安磉的重要性

安磉本质上是确认建筑朝向、开间、进深及尺寸等内容的过程，同时也需平整建筑基础。依据中国古代建筑尺度模数的特征，建筑单体在相应等级规定中不会有太大差异，而其在群体中的位置异常重要。安磉阶段确定了建筑单体相对于总体的空间状态。如此重要的一个过程，必然成为中国古代木构建筑营造中一个有标志性意义的节点，因此必须安排一些相对正式的礼俗性活动。清代姚承舆的《择吉会要》中，列举了一些重要的择吉活动安排，在修造动土方面，诸如修筑城郭、修烟墩、筑堤防、架马、做梁、起基定磉、立柱上梁等方面都要选择一个吉日吉时，举行相应仪式性活动。[③] 但在小说《金瓶梅》中，除了西门庆的一句话，并没有对于整个活动的详细描述——在作者心中，或者说作者笔下的西门庆眼中，“安磉立柱”也只是一个必要的礼俗仪式。

相比之下，对于建设过程中的“上梁”礼俗，《金瓶梅》中有更多记载：

① 梁思成. 清式营造则例[M]. 北京：中国建筑工业出版社，1981：85。

② 同上：33。

③ 刘道超，等. 神秘的择吉——传统求吉心理及习俗研究[M]. 南宁：广西人民出版社，2004：142-143。

饮酒中间，因说起后日花园卷棚上梁，约有许多亲朋，都要来递果盒酒，挂红，少不得叫厨子置酒管待。

——第十八回

一日西门庆新盖卷棚上梁，亲友挂红庆贺，递果盒的也有许多。各作人匠都有犒劳赏赐。大厅上管待官客，吃到午晌时分，人才散了。

——第十八回

“上梁”中的大梁，实际上是古代建筑上所称的“脊桁”，宋代《营造法式》中称为“脊槫”，后世也有称作“脊檩”。

上梁是整个营建过程中最重要的一个节点。依据建筑的序列，高楼从地基基础开始，一点点上行营建。待上梁的时候，达到营建过程最高的位置。此后开始围护结构建造过程及装饰施工过程，则从上向下进行。从坚固与美观角度看，最上面的一根梁具有极端重要的意义，它直接构成了整个建筑最高的一道轮廓线。在未来的使用过程中，如果这根构件因为材料等原因发生结构性破坏，对于整个建筑而言都将是毁灭性的灾难。就算只是细小变形，反映在整个建筑形态方面，也将异常明显，对建筑的视觉效果带来根本性改变。从信仰上讲，建筑扎根于土地，这根横梁是整个建筑结构中与天最接近的位置。于是，天地之间所有的交流，都可以通过这根横梁汇集于整个建筑中。而降自空中的某些灾难，也可由这根梁来阻挡或承担。因此，上梁仪式理应是整个建筑过程中最重要的礼俗活动。

李斌在其博士后研究成果《共有的住房习俗》中，对建筑的上梁仪式有详尽描述。整个过程“一般由抛梁、掼梁红、接‘财宝’、吃上梁酒、挂米筛、贴‘平安符’和‘阴阳鱼儿’等几个步骤组成，有些地方如华北农村还要在平安符或阴阳鱼的两侧再贴上‘金童扶玉柱、玉女架金梁’红纸吉祥条幅”。其研究中列举了广西宜州、土家族、安徽阜阳东南部乡村、湖南岳阳、湖南湘西花垣、湖南桃源县等不同地域、不同民族上梁过程的田野调查记录。虽然形式与程序各异，但一个共同点就是为大梁披红。具体操作可能是披红绸、披红布、贴红纸、挂红绿布，在大红绸子中间扎一朵红花，以写有“大吉大利”四字的红布包梁，等等，形式略有不同，均以红色饰梁。① 笔者所见中原建房的上梁过程，也是一根大梁中系红绸，被吊装在最高的位置——这就是小说《金瓶梅》中提到的“挂红庆贺”的礼俗。

依据中国古代传统，上梁前还要诵唱“上梁文”，以祈求建筑牢固、诸事平安。如明代徐师曾在《文体明辨序说》提到：“按上梁文者，工师上梁之致语也。世俗营构宫室，必择吉上梁，亲宾裹面杂（今呼馒头），他物称庆，而因以犒匠人，于是匠人之长，以面抛梁

① 李斌. 共有的住房习俗[M]. 北京：社会科学文献出版社，2007：113-127。

而诵此文以祝之。其文首尾皆用俪语，而中陈六诗。诗各三句，以按四方上下，盖俗礼也。”[①]这样的礼俗对于《金瓶梅》中的西门庆而言，或许太过“文人化”，而他更注重世俗化的内容，如吃酒。

综上所述，从结构的意义上，上梁是整个木构体系中构架部分最终完成的标志；同时也是整个建筑结构达到最高空间位置的标志。建房是中国古人人生中的一件大事，与其他重要仪式类似，自然少不了酒宴欢庆。上梁仪式一则通知亲戚、朋友、邻居等自己终于要完成人生中的一件大事，二则对相关人员给予的帮助表示感谢，同时也接受相应的祝贺。这场酒宴当然也会以某种方式对工匠表示感谢，让他们分享主人的喜悦，以便更认真地完成后续工作。

除了上述的“安磉”与“上梁”外，建筑过程中的礼俗还有新房的入住仪式，这是房屋完全建好正式投入使用的一个节点，也非常重要。小说《金瓶梅》中对此主要有以下一些叙述：

> 话说西门庆家中起盖花园卷棚，约有半年光阴，装修油漆完备，前后焕然一新。庆房的整吃了数日酒，俱不在话下。……
>
> ——第十九回
>
> 于是使了三十两银子，又盖两间平房起来。西门庆差玳安儿抬了许多酒、肉、烧饼来，与他家犒赏匠人。
>
> ——第四十八回

在小说《金瓶梅》中曾多次出现类似记述，表现庆新房的活动。在我国农耕文明的背景下，文化处于一种超稳定的状态，作为文化个体的人具有异常强烈的“守成”观念。“家园”这个概念，就意味着把人圈养在某一个固定的、熟悉的环境中。古人除一些被迫原因外，并不常迁移，因为移动的过程是去到一个并不熟悉的地点，是背井离乡。而在中国人的意识中，“任何新鲜的事物以及外来的事物（外来的事物也必然为新鲜之物）都会从本质上对整个结构的存在形态造成威胁”。[②] 古人搬迁的过程，其本质就是要在新鲜的环境中面对各种新鲜的事物，这势必面临来自神、俗两界的潜在危险。因此，当新建筑落成投入使用时，既要对头上、脚下的神灵及四周的邻人亲友有个交代，也要对新鲜的环境有所期许，以得到神的祐护与人的接纳，这些当然也需要一个正式的仪式。

庆新房的仪式比较复杂，如“新屋进火”“出煞”仪式、开大门、挂“门红”等，诸多礼俗，各地不尽相同。但就《金瓶梅》而看，作者在叙事过程中，可以精细地讲述酒宴上的每一道菜，却没有更详尽的庆新房仪式描写，可见西门庆已经把整个过程简化至“吃酒”

---

① 徐师曾. 文体明辨序说[M]. 罗根泽，校点. 北京：人民文学出版社，1962：169。

② [美]孙隆基. 中国文化的深层结构[M]. 南宁：广西师范大学出版社，2004：362。

这一个环节了。

综合上述分析,从“安磉”到“上梁”再到“庆房”,实际上是正式开始建设、结构基本完工、建成投入使用三个内容,当为中国古代居住建筑营造过程中的重要环节。这三个环节在小说《金瓶梅》中的描述,要么不提仪式过程,要么仅仅是吃酒,可见在明代中晚期的市井阶层,对于建筑过程中的相关礼俗活动已经由完整的仪式而变得日益世俗化了。

6.4 小说中的拜祭礼俗空间

中国古代有许多可供拜祭的对象,从各种有形无形的神灵,到自家的祖先,都会得到相应尊崇。很多拜祭场所存在于住宅建筑中,与日常生活空间关联度非常大。子墨子曰:“然则为宫室之法将柰何哉?子墨子言曰:其旁可以圉风寒,上可以圉雪霜雨露,其中蠲洁,可以祭祀,宫墙足以为男女之别,则止诸。”①可见拜祭空间很早就已融入普通的世俗建筑中。并且,在建筑的整个营建过程中,存在明确的建筑次序,以显示此类建筑在礼仪方面的重要性。《礼记·曲礼》中规定:“君子将营宫室,宗庙为先,厩库为次,居室为后。”陈澔注曰:“宗庙所以奉先,故先营之;厩以养马,库以藏物,欲其不乏用也,故次之;居室则安身而已,故又次之。”可见,尽管拜祭活动已非常礼俗化,但是对中国古人而言,仍然是第一位的事情。

另一方面,中国的这些拜祭,与其说是基于信仰的宗教活动,不如说是针对现实利益的功利化行为。“中国的文化建设,在先秦以前,早已超越了宗教的需要,中国人早已创建了一种现实世界平民社会日常人生合理的自本自性的教义,更不需要再有信仰上帝或诸神的宗教。”②基于这样的“宗教观”,古人对于信仰空间的要求并不如西方世界那样明确与强烈,因此,中国的宗教建筑与世俗生活融合度极高。基于这种情况,中国古代的拜祭活动,已经成为非宗教的习俗性活动,渗透在日常生活中。

小说《金瓶梅》中发生在非宗教建筑中的拜祭行为,主要有如下一些:

一是对佛菩萨等佛教内容的崇拜行为。如:

> 薛嫂推开朱红槅扇,三间倒坐客位,正面上供养着一轴水月观音、善财童子,四面挂名人山水,大理石屏风,安着两座投箭高壶。上下椅桌光鲜,帘栊潇洒。
>
> ——第七回

这是孟玉楼未改嫁西门庆之前,住在南门外猪市街杨家的情形。依据词话本的描述,这个院落是一个“门面屋四间,到底五层”的空间,却在“三间倒坐”设置客位,并在正

---

① 吴毓江.墨子校注[M].孙启治,点校.北京:中华书局,1993:256。

② 钱穆.中国文化史导论(修订本)[M].北京:商务印书馆,1994:179。

面供养了水月观音与善财童子。水月观音是观音菩萨三十三个化身之一，仪容清秀。从建筑使用功能的角度看，这是一种非正式的空间安排。据笔者所查相关资料，菩萨在家中供养本无一定之规：寺院中把观音设于大雄宝殿中主佛背面，为面北背南；也有依据传统观念，面南背北而设；或者取意自西天而来，取坐西朝东方向。当然，摆设于客厅正位，也是一个比较好的选择。只是在杨家比较宽敞的住房情况下，将佛龛设于倒座南房似有不敬。崇祯本此句为："薛嫂推开朱红槅扇，三间倒坐客位，上下椅桌光鲜，帘栊潇洒。薛嫂请西门庆坐了，一面走入里边。"文本略去了设置菩萨的描写，从叙事角度看，似乎也认为此处的拜祭空间仅是一个可有可无的摆设。

> 原来郑爱香儿家，门面四间，到底五层房子。转过软壁，就是竹枪篱，三间大院子，两边四间厢房，上首一明两暗，三间正房，就是郑爱月儿的房。他姐姐爱香儿的房，在后边第四层住。但见帘栊香霭。进入明间内，供养着一轴海潮观音，两旁挂四轴美人，按春夏秋冬：惜花春早起，爱月夜眠迟，掬水月在手，弄花香满衣。上面挂着一联："卷帘邀月入，谐瑟待云来。"上首列四张东坡椅，两边安二条琴光漆春凳。西门庆坐下，看见上面楷书"爱月轩"三字。
>
> ——第五十九回

海潮观音是观音菩萨圣像的一种。这段文字中，一个勾栏建筑里的观音设置于正房明间内，处于比较尊贵的位置。然而，观音旁边不以童子相伴，却是四轴美人，虽有楹联却只有云、月意境。这个设于勾栏中的菩萨像，也只是跟美人图一样的摆设，几乎算不上一个拜祭空间。

再看西门庆住宅中，尽管吴月娘经常邀请女尼来家中宣讲黄卷，但小说中几乎没有直接描述其住宅中的礼佛空间。有时候会依据需要，设置一些临时的空间，如第五十一回中为了听薛姑子讲说佛法，演颂《金刚科仪》，也只是"正在明间安放一张经桌儿，焚下香。薛姑子与王姑子两个一对坐，妙趣、妙凤两个徒弟立在两边，接念佛号"。仅在第八十二回西门庆死后泛泛提及："原来潘金莲那边三间楼上，中间供养佛像，两边稍间堆放生药香料。"而这个楼上的空间平时不用，天热时候潘金莲偶尔会在这里梳头打扮，甚至在此与女婿陈经济调笑戏谑（第二十八回）。其两侧作为仓储空间使用，完全不是礼佛的气氛。

由上面内容可以大体看出，明代中晚期市井阶层家庭中虽然设置礼佛空间，但从建筑使用上讲，除非虔诚信仰，大都作为一个空间摆设。

二是对祖先的日常供养与崇拜。

《金瓶梅》中没有讲西门庆宅院内是否供奉祖先，但第四十八回说"还没往坟上祭祖"，由此看来在家庭中未曾专门设置这样的空间。小说中最著名的祖先供养设置，应该是王招宣府内。

> 转过一层群房，就是太太住的五间正房，旁边一座便门闭着。这文嫂轻轻敲门环儿，原来有个听头儿。少顷，见一丫鬟出来，开了双扉。文嫂导引西门庆到后堂，掀开帘栊而入。只见里面灯烛荧煌，正面供养着他祖爷太原节度汾阳郡王王景崇的影身图：穿着大红团袖，蟒衣玉带，虎皮校椅坐着观看兵书。有若关王之像，只是髯须短些。傍边列着枪刀弓矢。迎门朱红匾上"节义堂"三字，两壁书画丹青，琴书潇洒；左右泥金隶书一联："传家节操同松竹，报国勋功并斗山。"
>
> ——第六十九回
>
> 西门庆打选衣帽齐整，……径来王招宣府中拜节。……请老爷后边坐。转过大厅，到于后边，少间住房掀起明帘子，上面供养着先公王景崇影像，陈设两桌春台果酌，朱红公座，虎皮校椅，脚下氍毹匝地，帘幕垂红。
>
> ——第七十八回

小说叙事中每次提到这样貌似庄重的供养，其后必然会有一场西门庆与王招宣府女主人林太太的偷情行为。这种严守礼俗的空间布局描写，与其说是赞颂主人家的伦理道德，毋宁说是对其虚伪混乱的一个反讽。建筑中的礼俗空间在这里为小说创造了一个戏剧效果强烈的故事背景。

三是对其他神灵的膜拜。

小说《金瓶梅》中，虽没市井家庭中的礼佛空间描写，却提供了其他一些神灵崇拜的场景。

> 话说西门庆从院中归家，已一更天气，到家门首，小厮叫开门，下马踏着那乱琼碎玉，到于后边仪门首。只见仪门半掩半开，院内悄无人声。西门庆口中不言，心内暗道："此必有跷蹊。"于是潜身立于仪门内粉壁前，悄悄试听觑。只见小玉出来，穿廊下放桌儿。原来吴月娘自从西门庆与他反目不说话以来，每月吃斋三次，逢七拜斗，夜夜焚香祝祷穹苍，保佑夫主早早回心，齐理家事，早生一子，以为终身之计。西门庆还不知。只见丫鬟小玉放毕香桌儿。少顷，月娘整衣出房，向天井内满炉炷了香，望空深深礼拜。
>
> ——第二十一回

这是一次细致入微的拜祭活动描写，依据前文分析，活动发生在西门庆住宅后仪门内的正房前庭院中。这里并非室内空间，而是天井院落。拜祭星斗，也称朝斗、礼斗，本是一种道家仪式，用于驱邪疗病，后来被佛家、儒家附加新的解释，成为一种民间礼俗。苏轼《东坡志林》中，有关于朝斗的记载："绍圣二年五月望日，敬造真一法酒成，请罗游道士邓守安，拜奠北斗真君。"[①]此段记于《祭祀》而非书中《道释》一节，可见在北宋，朝

① 〔宋〕苏轼. 东坡志林[M]. 刘文忠评注. 北京：中华书局，2007：54。

斗已经成为一种祭祀类的礼俗活动。这项活动所需建筑空间应在室外，此处选择在正房的天井院中，并且“仪门半掩半开”，确似一种刻意安排。从建筑空间序列的角度看，也难免被张竹坡认定“然则烧香一事，殆王姑子所授之奸谋，而月娘用之而效”。[①] 小说后面第七十九回，当西门庆贪欲得病，诸般巫药皆无实效，已入膏肓之际，“月娘见求神问卜皆有凶无吉，心中慌了，到晚夕，天井内焚香，对天发愿，许下儿夫好了，要往泰安州顶上，与娘娘进香挂袍三年。孟玉楼又许下逢七拜斗，独金莲与李娇儿不许愿心”。可见其住宅天井是日常发愿最重要的场所之一。

在李瓶儿无医可救时西门庆请道士做法，这次法事活动所用的建筑空间是西门庆花园中的几处建筑。

> 潘道士……只见进入角门，刚转过影壁，恰走到李瓶儿房穿廊台基下，那道士往后退讫两步，似有呵叱之状，尔语数四，方才左右揭帘，进入房中，向病榻而立。运双睛，努力以慧通神目一视，仗剑手内，掐指步罡，念念有辞，早知其意。走出明间，朝外设下香案。……
>
> 到三更天气，建立灯坛完备，潘道士高坐在上，——下面就是灯坛，按青龙、白虎、朱雀、玄武，上建三台华盖；周列十二宫辰，下首才是本命灯，共合二十七盏。——先宣念了投词。西门庆穿青衣，俯伏阶下，左右尽皆屏去，再无一人在左右。灯烛荧煌，一齐点将起来。那潘道士在法座上披下发来，仗剑，口中念念有词。
>
> ——第六十二回

这是发生在西门庆宅院中、乃至整个《金瓶梅》小说中最正式的一次宗教法事活动。活动先是在李瓶儿所居住的玩花楼小院落中，经过角门→影壁→穿廊台基→(后退、呵叱)→揭帘进入房中→明间→病榻→走出明间→设香案。整个流线异常清晰，完全贴合李瓶儿住宅小院的格局。后来祭灯坛，就设在了“前边卷棚”翡翠轩中，西门庆表现得极为虔诚。

在中国古典小说中，与这次祭灯活动最接近的，就是《三国演义》第一百零三回中诸葛亮在五丈原的禳星过程：“孔明曰：‘吾素谙祈禳之法，但未知天意若何。汝可引甲士四十九人，各执皂旗，穿皂衣，环绕帐外；我自于帐中祈禳北斗。若七日内主灯不灭，吾寿可增一纪；如灯灭，吾必死矣。闲杂人等，休教放入。凡一应需用之物，只令二小童搬运。’姜维领命，自去准备。……孔明自于帐中设香花祭物，地上分布七盏大灯，外布四十九盏小灯，内安本命灯一盏。”这次禳星活动在野外进行，但也需要一个适当的建筑室内空间，于是安排在军帐中，与翡翠轩的布置基本相同。

---

① 〔清〕张竹坡．批评第一奇书金瓶梅回评[G]//黄霖．金瓶梅资料汇编．北京：中华书局，1987：92-226，此处引文在第 136 页。

后文西门庆自己参与了一次在家屋内的拜祭活动，那是徽宗皇帝更改年号的元旦之日，也是官哥夭折、李瓶儿去世后的第一个新年，更是西门庆生前的最后一个新年：

> 到次日，重和元年新正月元旦，西门庆早起，冠冕，穿大红，天地上炷了香，烧了纸，吃了点心，备马，就出去拜巡按，贺节去了。月娘与众妇人早起来，施朱傅粉，插花插翠，锦裙绣袄，罗袜弓鞋，妆点妖娆，打扮可喜，都来后边月娘房内，厮见行礼。
>
> ——第七十八回

新年伊始，万象更新，住宅建筑所承担的礼俗功能异常丰富。古代节庆，以元旦为最正式、最隆重的一次。与中国建筑的空间轴线布局类似，这种节庆活动也遵循一个严整的时间序列。在这个过程中，通常会综合使用建筑轴线上的主要礼仪空间，如中庭等室外空间、正厅等室内空间——这些空间的使用相互融合，仪式的过程由此推行。清代富察敦崇曾在《燕京岁时记》中记述新年家庭拜祭时所用“天地桌”的情形：“每届除夕，列长案于中庭，供以百分。百分者，乃诸天神圣之全图也。百分之前，陈设蜜供一层，苹果、干果、馒头、素菜、年糕各一层，谓之全供。供上签以通草八仙及石榴、元宝等，谓之供佛花。及接神时，将百分焚化，接递烧香，至灯节而止，谓之天地桌。”[①]此处讲“接递烧香至灯节”，说明摆设天地桌的“中庭”当为室内空间，也就是在正厅上。[②]

小说中的这次活动是异常隆重的节庆拜祭，并应依照严格的礼俗仪轨。然而在小说文本中却并未述及厅堂内的供养布局，其详细程度甚至比不上迎请官员时，对西门庆排出“吃看桌席”（第四十九回、第六十五回等）的描述。同样，一年中对天地祖宗最重要的拜祭活动，空间布局只是淡淡提过，倒是记叙的在前面客位、后边大厅、花园卷棚等处的宴请活动更为详细——真正在室内陈设中显出光彩的，不是那天地桌上的祭礼，而是打扮光鲜的“月娘与众妇人”。建筑空间为小说的文学叙事提供了一个极好的背景，表明市井家庭在年节时，对于世俗空间与拜祭空间的不同关注程度。相对于拜祭礼俗而言，在这个宅院空间中现时的活动才是最重要的。

四是家庭祭祀的行为。

中国古代称呼先人为祖宗。《礼记·檀弓上》有云：“曾子曰，夫祖者，且也。”“祖”源自生殖崇拜，并且是以男性为主体的。“宗”从“宀”，本是一个建筑概念。《说文》释曰：宗，尊祖庙也。《诗经·大雅·凫鹥》有云：既燕于宗，朱熹释曰：“‘于宗’之‘宗’，庙也”，也表明“宗”是一个建筑空间。如前文所讨论的，西门庆宅院内并没有常年设置的拜祭空间，因此，祖宗祭祀活动是在其祖坟上完成的——

---

① 〔清〕富察敦崇．燕京岁时记[M]．北京：北京古籍出版社，1981：98-99。

② 中国古代所讲的“中庭”，有室内与室外两种意义。“庭”字从广，先意为厅堂，如中堂一样的空间，应为较正式的大厅，如《论语季氏》曰“鲤趋而过庭”，当指建筑室内空间；另引申为厅堂的阶前院落，即庭院，为建筑室外空间。此处依据语义逻辑，应该为室内空间。

> 西门庆因坟上新盖了山子卷棚房屋，自从生了官哥，并做了千户，还没往坟上祭祖。叫阴阳徐先生看了，从新立了一座坟门，砌的明堂神路，门首栽桃柳，周围种松柏，两边叠的坡峰。清明日上坟，要更换锦衣牌匾，宰猪羊，定桌面。
>
> ——第四十八回

> 出南门，到五里外祖坟上，远远望见青松郁郁，翠柏森森，新盖的坟门，两边坡峰上去，周围石墙，当中甬路，明堂、神台、香炉、烛台，都是白玉石凿的。坟门上新安的牌匾，大书"锦衣武略将军西门氏先茔"。坟内正面土山环抱，林树交枝。
>
> ——第四十八回

相关研究表明，中国明代民间的祭祖活动存在多种形式①，因此对于建筑空间的使用方式也各不相同。在前文研究中，已经讨论过西门庆家的祖坟在建设过程中设置了许多的休闲、娱乐功能。因此，西门庆一家对于这个建筑空间的实际使用，也势必以那些世俗功能为主。小说中叙述的也更多是此类场景——当官客、堂客依次祭毕，整个过程中真正的活动才展开，也就是在后面花园的赏玩游乐。

相对走过场一样的祭祖活动，从建筑空间的使用上看，李瓶儿死后的祭奠活动则更为正式。李瓶儿死于自己所居的玩花楼，然后被抬至大厅供人吊祭。

> 西门庆率领众小厮，在大厅上收卷书画，围上帏屏，把李瓶儿用板门抬出，停于正寝。下铺锦褥，上覆纸被，安放几筵香案，点起一盏随身灯来。
>
> ——第六十二回

大厅被改造成一个临时的灵堂，厅上本来用以装饰的书画等物被收卷起来，并以帏屏隔出一个空间来。帏屏又称帷屏，本是用以围合形成空间的屏障物，古代特指寝息之处。白居易《琴曲歌辞·昭君怨》："只得当年备宫掖，何曾专夜奉帏屏。"在此处指停放李瓶儿的地方。从规制上看，将李瓶儿停灵于正厅已有越制之嫌，因为在整个住宅建筑空间中，那里是等级最高的地方。这样的空间安排，相对于西门庆其他的拜祭活动格外正式。以至后来，西门庆达到极度悲哀，甚至超越了《礼记·曲礼》所载"居丧之礼，毁瘠不形，视听不衰，升降不由阼阶，出入不当门隧"的程度。为此，应伯爵竟以《孝经》来劝说他节哀（第六十二回末），反讽意味达到高潮。

6.5 日常室内空间礼俗

礼仪秩序是古代中国人日常生活中的一项重要内容，建筑作为一个容器，包容并服务于日常空间中的礼俗活动。在这些活动中，座次与建筑空间的关系极为密切。一方

---

① 参见：周耀明. 汉族风俗史·第四卷（明代、清代前期汉族风俗）[M]. 徐杰舜，主编. 北京：学林出版社，2004：197。

面，座次中存在与建筑文化完全一致的空间等级序列，对于尊卑方位的理解是一样的；另一方面，建筑空间的布局形态影响座次的形成与发展，而相对定型的座次也反过来影响建筑的空间形态。因此，研究古代建筑礼俗，座次是不可缺少的一项内容。小说《金瓶梅》对于市井空间的日常座次描写异常丰富，可作为建筑礼俗研究的重要素材。

方位是古代中国人宇宙观念中一项重要的内容，而宇宙观念则涵盖几乎中国人心中所有的天地。不同理论中方位具有不同含义，形成各种相应的等级制度①，例如中国古代文化中的阴阳五行理论，就给予空间方位以不同的意义与等级。对于建筑的总体布局，方位与序列都存在明确的意涵，而建筑室内空间中，也有不同的礼俗传统。《尔雅·释宫》明确表述各种方位的意义："西南隅谓之奥，西北隅谓之屋漏，东北隅谓之宧，东南隅谓之窔。"其中的西南角之"奥"，在古代室内空间中具有不可替代的重要地位。《释名·释宫室》有解："室中西南隅曰奥，不见户明，所在秘奥也。"因其"秘奥"，所以具有更强的守护性，在建筑空间最初形成时便被赋予最尊贵的地位，引申为内室。②

在空间礼俗方面，除了建筑布局与室内陈设外，古人日常活动中最重要的内容之一就是室内空间的席位座次，早期最著名的座次排布莫过于《史记·项羽本纪》中鸿门宴的座次。"项王即日因留沛公与饮。项王、项伯东向坐，亚父南向坐。亚父者，范增也。沛公北向坐，张良西向侍。"这样的座次安排，项羽为主人，也自认为最尊贵，因此坐西面东。项伯因其辈份不可更低，因此与项羽同坐。在项羽心目中，亚父是次一级的人物，因此安排面南背北而坐，刘邦则次之，面北与范增相对而坐。最低一个层次是张良，坐东向西。这样的安排是与中国座次的礼俗空间秩序完全一致的，"……如有礼节性的活动……室内座次以西边（面向东）为最尊，其次为坐北朝南，再次为坐南朝北，东边的位置最卑"。③ 很明显，这种座次的尊卑方向，与建筑布局中朝向的优劣有所不同。

当然，这并不是中国古代座次空间唯一的布局方式。《仪礼》中所记婚姻中男女双方的"对席礼"中，男方位于东侧面西，女方与男方相对④，这并不代表了男方与女方的等级关系，而是说明相对的主客关系。《礼记·曲礼》云："凡与客入者，每门让于客。客至于寝门，则主人请入为席，然后出迎客。客固辞，主人肃客而入。主人入门而右，客入门而左。主人就东阶，客就西阶。客若降等，则就主人之阶。主人固辞，然后客复就西

---

① 参见：郑孝燮.方位与礼制对中国传统建筑与环境所起的作用[G]//杨鸿勋，等.建筑历史与理论（第5辑）.北京：中国建筑工业出版社，1997：195-201。

② 笔者曾到过的摩梭人居住的四合院，其外部空间的尊卑布局与中原地带极类似，也是以东厢房为尊，其堂屋室内的布局中，以西壁偏南侧为火塘处，地位极高，而西南角则摆设本家最高地位的女主人床榻。不知与古代中原所称方位含义是否有关。

③ 王炜民.中国古代礼俗[M].北京：中国国际广播出版社，2010：66。

④ 杨天宇.仪礼译注[M].上海：上海古籍出版社，2004：35-36。

阶。主人与客让登,主人先登,客从之。拾级聚足,连步以上。上于东阶,则先右足;上于西阶,则先左足。”(图 6-3)主客之间,主位在东,客位在西。在《金瓶梅》中,也有“西宾”的说法,以指代塾师:

> 后边独自收拾一所书院,请将温秀才来作西宾,专修书束,回答往来士夫。每月三两束修,四时礼物不缺。
>
> ——第五十八回

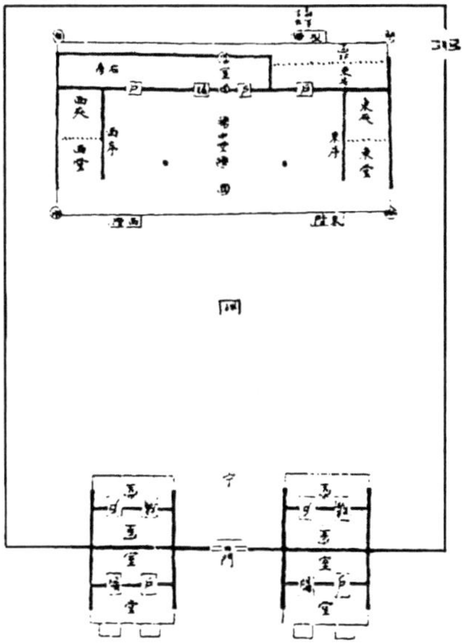

图 6-3 张惠言《仪礼图》中的士大夫住宅图

这种东西方位的空间礼俗在《金瓶梅》中,通常出现在一些非正规的场合。如武松在兄嫂面前,由于空间促狭,会以这种座次安排。例如:

> ……武大叫妇人坐了主位,武松对席,武大打横。
>
> ——第一回

这是武松首次到哥嫂家,潘金莲坐东面西,武松坐西面东,武大表示谦让,面南背北(图 6-4)。

> 三个人来到楼上,武松让哥嫂上首坐了,他便掇杌子打横。
>
> ——第二回

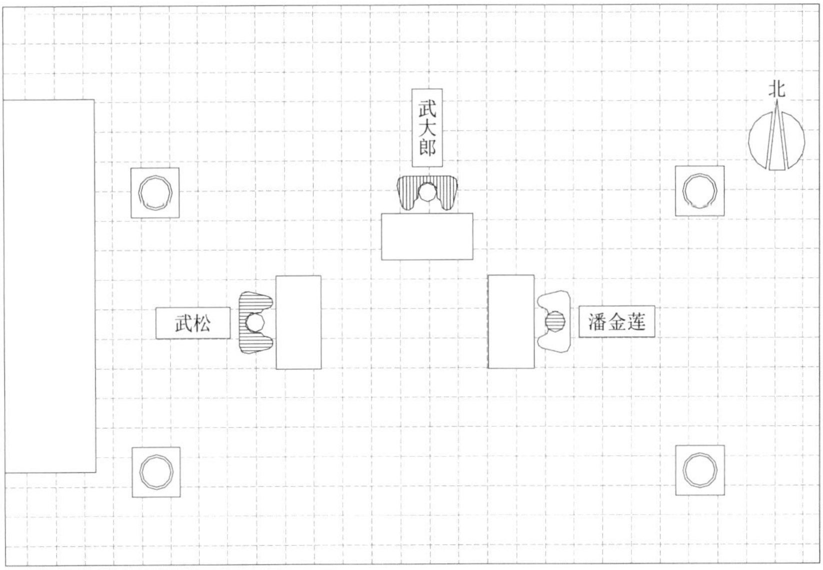

图 6-4 武大郎家座次图一

此时武松要离别时，叮嘱兄嫂一些正事，因此请他们二位上首坐在西面，自己面南背北而坐（图 6-5）。依据《礼记・曲礼》的严格规定："男女不杂坐，不同椸枷，不同巾栉，不亲授。嫂叔不通问，诸母不漱裳。"武松与潘金莲为叔嫂关系，上述场合均不该"杂坐"，可见这些空间安排都不是严格依据礼仪规范的，是市井生活中相对随意的空间使用方式。

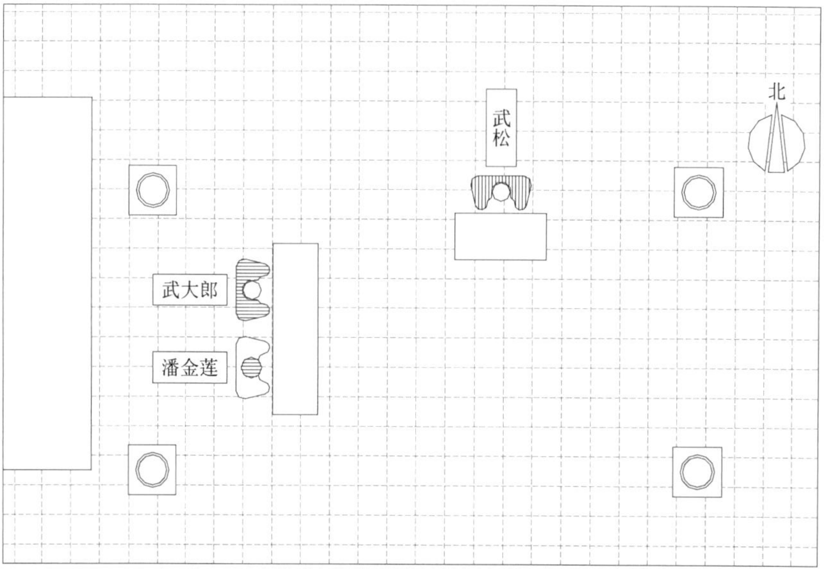

图 6-5　武大郎家座次图二

除上述的座次之外，在相对正式的堂上，座次的方位也有所不同。清代学者凌廷堪在《礼经释例》卷一通例上中解释拜礼，"凡室中房中拜以西面为敬，堂下拜以北面为敬"，他认为"室中之拜，事神与尸也，其例与堂上异"。进而，他通过人在建筑中的流线与方向提出："盖堂上以南向为尊，故拜以北面为敬；室中以东向为尊，故拜以西面为敬；房中则统于室，亦以西面为敬欤。"[①]因此，在相对正式的厅堂中设席，有时候会依据南北向布置，以北边的位置为尊——这又与建筑的方位完全一致。

虔婆让三位上首坐了。一面点了茶，一面下去打抹春台，收拾酒菜。少顷，保儿上来放桌儿，掌上灯烛，酒肴罗列。

——第十一回

这是西门庆一行三人去到勾栏丽春院，前面讲李桂卿把三个人"接入堂中"，并且三人同在上首。可见空间比较宽敞，并可推测三人均面南背北而坐（图 6-6）。在小说文本中，此后数次出现关于"上""下"的方位描述。建筑空间中的"上"是指北面，因此这些空

① 凌廷堪. 礼经释例[M]. 北京：中华书局，1985：14-16。

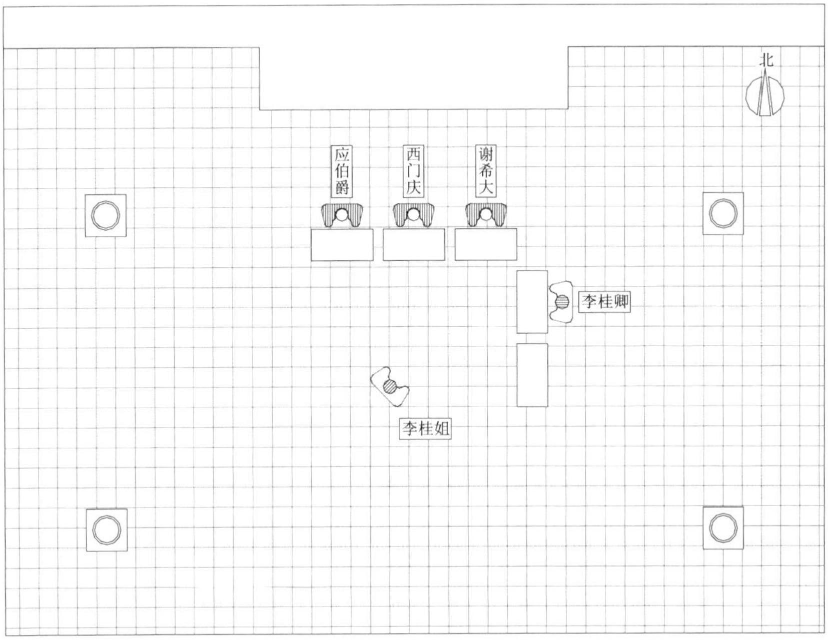

图 6-6 三人在丽春院中的座次图

间安排均符合凌廷堪所解释的“堂”上座次礼俗。

> ……当下吴大妗子、潘姥姥、李瓶儿上坐，月娘和李娇儿主席，孟玉楼和潘金莲打横。孙雪娥回厨下照管，不敢久坐。
>
> ——第十四回

这是在吴月娘房中的一次女宾客聚会。此时李瓶儿还没有嫁进西门府，打听到是潘金莲生日便过来庆贺。因此李瓶儿与另两位客人居于上坐，为西边的客席，月娘与李娇儿为东边的主席，孟玉楼、潘金莲面南背北“打横”(图 6-7)。

这一局酒吃罢，几人从上房明间到“房里”吃茶。这时西门庆回来，又招呼再吃酒。这次的位置是在上房侧间，为凌廷堪所讲的“房”中之礼，因此，依然是以西边客位为尊。座次为：

> 当下李瓶儿上坐，西门庆拿椅子关席，吴月娘在炕上跐着炉壶儿。孟玉楼、潘金莲两边打横。
>
> ——第十四回

这是一次非正规的座次排列，围绕一张桌子，西门庆与李、潘、孟分踞东、西、南、北，而吴月娘在炕上，也算在北侧搭了一席之地(图 6-8)。《礼记·曲礼》有云：“男女不杂坐……男女非有行媒，不相知名。”而此处，西门庆在上房内室，与外来女客“非有行媒”同席而坐，违反了礼仪规范。

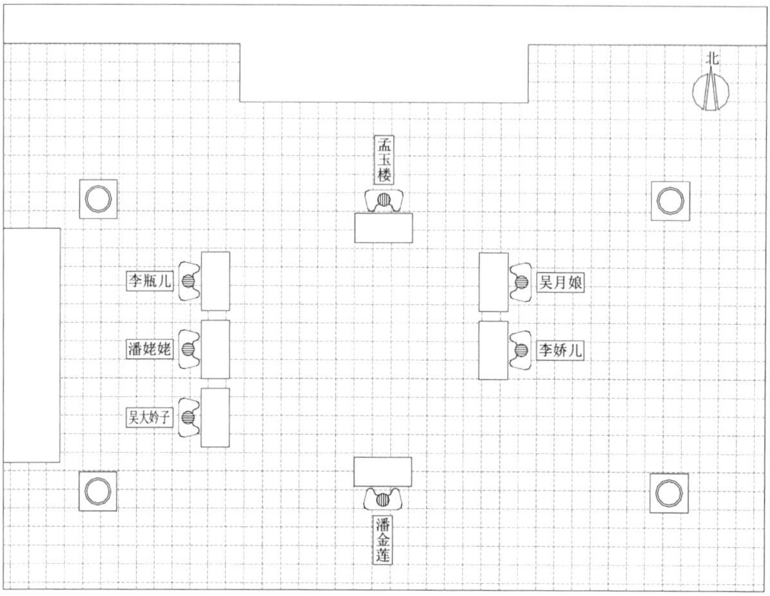

图 6-7　吴月娘房中的女宾座次图

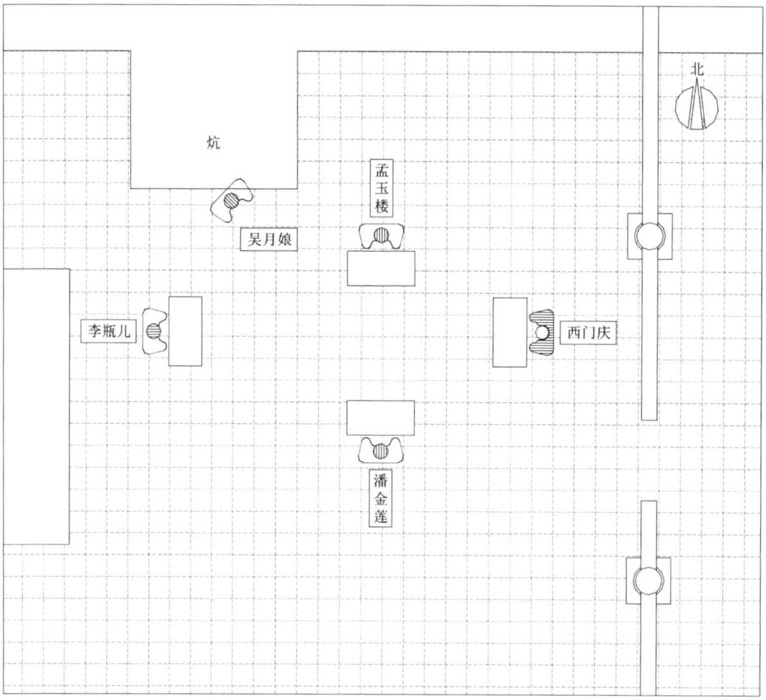

图 6-8　上房侧间内的座次图

这样的男女同席，还表现在西门庆的女婿陈经济身上。自从第十九回吴月娘请了他与女眷同席，在此后很多时候，他都会以女婿的身份出现在聚会上。如：

于是在后厅明间内，设石崇锦帐围屏，放下轴纸梅花暖帘来，炉安兽炭，摆列酒筵。……

于是西门庆与月娘居上座，其余李娇儿、孟玉楼、潘金莲、李瓶儿、孙雪娥并西门大姐，都两边打横。……月娘便道："怎么不请陈姐夫来坐坐？"一面使小厮前边请去。不一时经济来到，向席上都作了揖，就在大姐下边坐了。

——第二十一回

后厅明间是西门庆上房的内厅，属于"室"的范畴，因此以西为尊（图 6-9）。陈经济并非先前有安排，而是依吴月娘的临时提议才入席，因此，坐在西门大姐之后，是一次偶然之举。此后，一些比较正式的安排中，陈经济有了更合宜的位置：

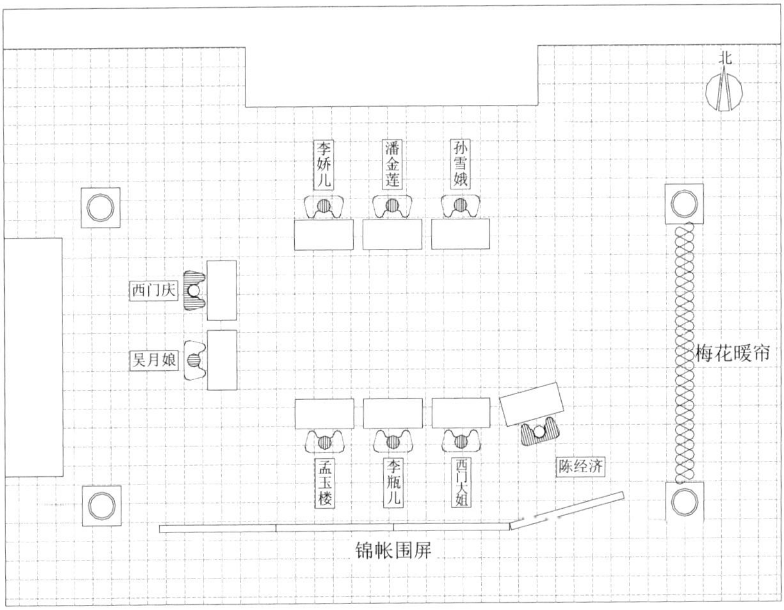

图 6-9 上房明间陈经济参加的座次图一

话说一日，天上元宵，人间灯夕，西门庆在家，厅上张挂花灯，铺陈绮席。正月十六，合家欢乐饮酒。正面围着石崇锦账围屏，挂着三盏珠子吊灯，两边摆列着许多妙戏桌灯。西门庆与吴月娘上坐，其余李娇儿、孟玉楼、潘金莲、李瓶儿、孙雪娥、西门大姐都在两边列坐，都穿着锦绣衣裳，……春梅、玉箫、迎春、兰香一般儿四个家乐，在旁揬筝歌板，弹唱灯词。独于东首设一席与女婿陈经济坐。

——第二十四回

这次厅堂之上的聚会，本该以北为尊。但由于是家庭内部聚会，选用厅堂只是为了较大空间，能安排众人参与。并且，以“石崇锦账围屏”围在正面门口之后，建筑空间变成了横向格局。因此，描述座次不再说两边“打横”，而是在“两边列坐”。很明显，这样长的一列人是以西为尊的坐席排列。文字最后，“独于东首设一席与女婿陈经济坐”，更表明在下首安排女婿位置，并与西门大姐相邻（图 6-10）。由此可以看出，建筑空间的改变也会对座次排列造成影响。

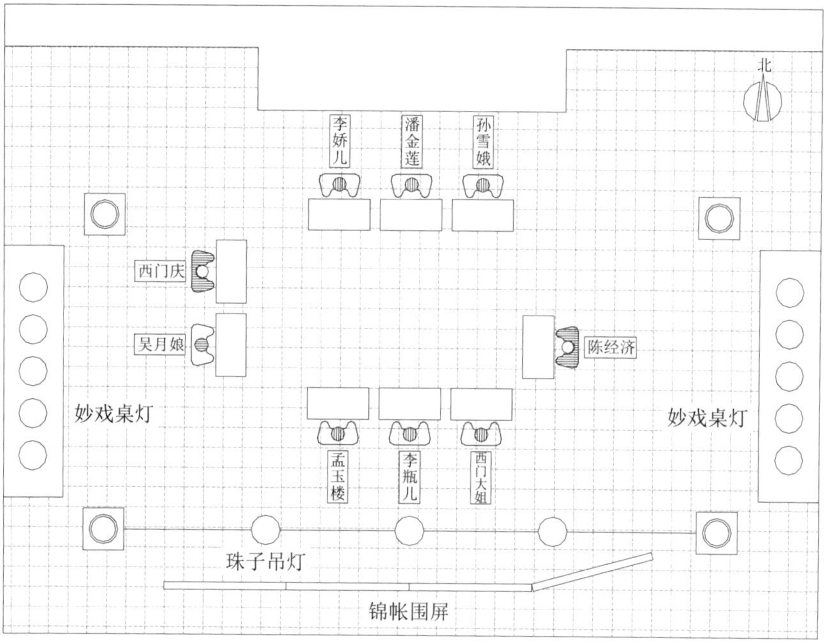

图 6-10　上房明间陈经济参加的座次图二

同样在堂内上，某些特殊情况下，座次也会发生变化。如西门庆“梳笼”了李桂姐后，与四个朋友再次去丽春院：

> 说毕，客位内放四把校椅，应伯爵、谢希大、祝日念、孙天化四人上坐，西门庆对席。……
>
> 李桂姐出来，……与桂卿一边一个打横坐下。
>
> ——第十五回

“梳笼”了李桂姐后，西门庆俨然已经不是丽春院的客人，而以半个主人的姿态，下首主位“对席”相陪。不同于上次与两个朋友一同上首坐了，而是一个人坐在东南边，面对着四个“客人”。李桂姐两姐妹为陪侍的妓女，自然“打横”坐在两边（图6-11）。

当然，最多的时候，也更加正式的是对外的宴请活动。在这些活动中，都是有明确的座次安排，如西门庆安排的与亲友一同吃“会亲酒”时的座次：

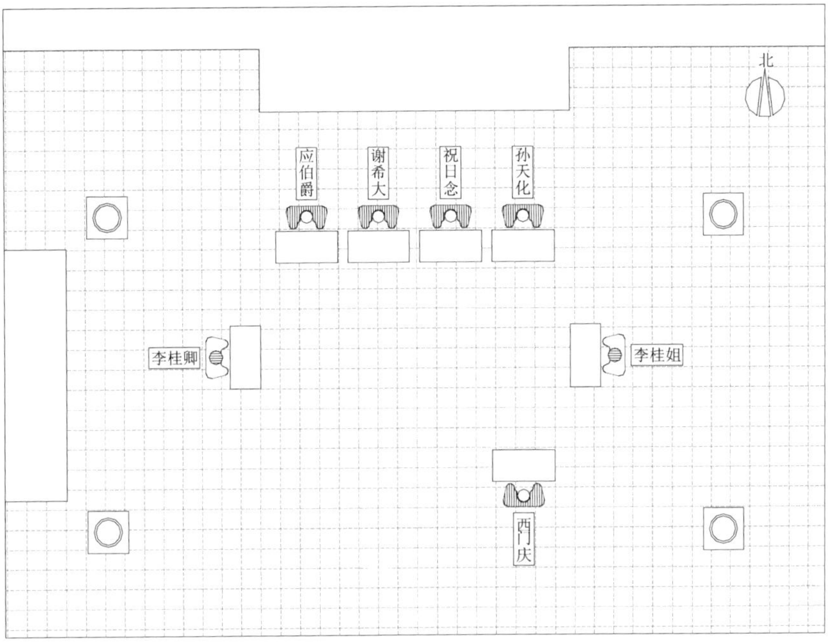

图 6-11 丽春院的新座次图

(崇祯本为:“官客在卷棚内吃了茶,等到齐了,然后大厅上坐席。”)头一席花大舅、吴大舅;第二席是吴二舅、沈姨夫;第三席应伯爵、谢希大;第四席祝实念、孙天化;第五席常峙节、吴典恩;第六席云里守、白来创。西门庆主位,其余傅自新、贲第传、女婿陈经济两边列位。……官客在新盖卷棚内坐的吃茶,然后到齐了,大厅上坐。席上都有桌面,某人居上,某人居下。

——第二十回

这次以北边为尊,从中间开始按东西昭穆依次排布诸席位,而西门庆位于东南角部,是一个面向北面的主位,自家人员与女婿则列于两侧相陪(图 6-12)。

更加正式的场合,是为迎接官员而设的酒宴。

说话中间,忽报刘公公、薛公公来了。慌的西门庆穿上衣,仪门迎接。二位内相坐四人轿,穿过肩蟒,缨枪队,喝道而至。西门庆先让至大厅上拜见,叙礼接茶。落后周守备、荆都监、夏提刑等众武官,都是锦绣服,藤棍大扇,军牢喝道,僚掾跟随。须臾都到了门首,黑压压的许多伺候。里面鼓乐喧天,笙箫迭奏。西门庆迎入,与刘、薛二内相相见。厅正面设十二张桌席,都是幃拴锦带,花插金瓶;桌上摆着簇盘定胜,地下铺着锦裀绣毯。西门庆先把盏让座次。刘、薛二内相再三让逊:“还有列位大人。”周守备道:“二位老太监齿德俱尊。常言:三岁内宦,居于王公之上。这个自然首坐,何消泛讲。”彼此让逊了一回。薛内相道:“刘哥,既是列位不肯,难为东家,咱坐了罢。”

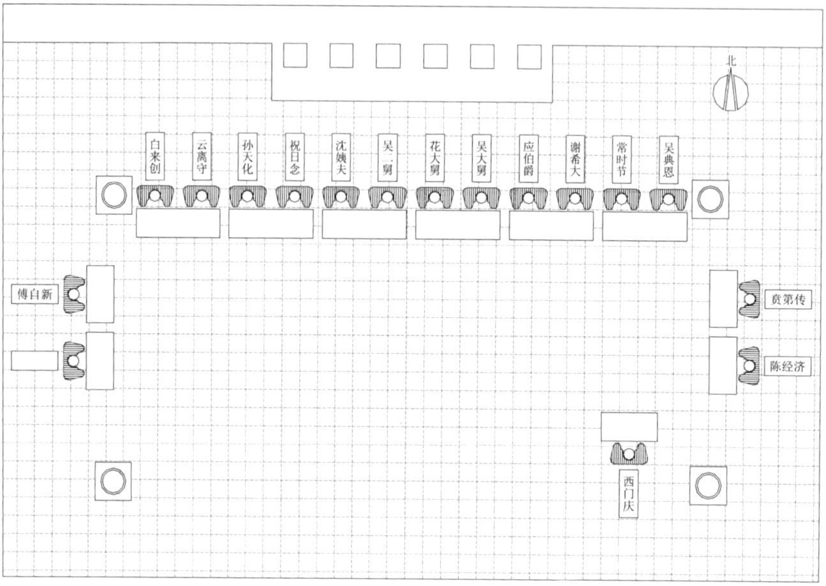

图 6-12　厅堂上的正式宴会座次图一

于是罗圈唱了个喏，打了恭，刘内相居左，薛内相居右，每人膝下放一条手巾，两个小厮在旁打扇，就坐下了。其次者才是周守备、荆都监众人。

——第三十一回

那日薛内相来的早，西门庆请至卷棚内待茶。……西门庆慌整衣冠，出二门迎接。因是知县李达天，并县丞钱成、主簿任廷贵、典史夏恭基。各先投拜帖，然后厅上叙礼。薛内相方出见，众官让薛内相坐首席。席间又有尚举人相接。分宾坐定，普坐递了一巡茶。少顷，阶下鼓乐响动，笙歌拥奏，递酒上坐。

——第三十二回

这两次宴请都是西门庆升官得子后接受众人的庆贺，依据小说文本，他每次都出仪门（二门）迎接，非常正式①。头一次，两位内相（宦官）与众宾客相互谦让后坐了首席。二人席依左、右而分，可见是以北边为尊的设置（图 6-13）。席在堂上，理当如此。后一次，县里的四宅官员又来贺西门庆之子官哥满月，薛内相依然首席，表明其地位之高。

良久，递酒毕，乔大户坐首席，其次者吴大舅、二舅、花大哥、沈姨夫、应伯爵、谢希大、孙寡嘴、祝日念、云离守、常时节、白来创、傅自新、贲第传，共十四人上席，八张桌儿。西门庆下席主位。

——第三十二回

① 参见：凌廷堪. 礼经释例[M]. 北京：中华书局，1985：1。

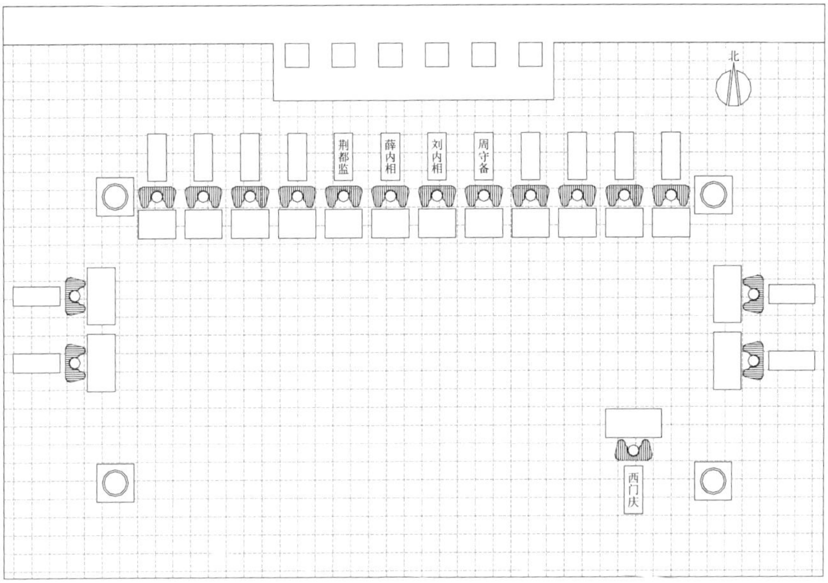

图 6-13 厅堂上的正式宴会座次图二

这是紧接着前文的一次宴请，客人是一些亲戚与结拜的友人。十四人上席，应是在厅上，首席皆南向，西门庆下席主位是在东南角，坐南面北(图 6-14)。

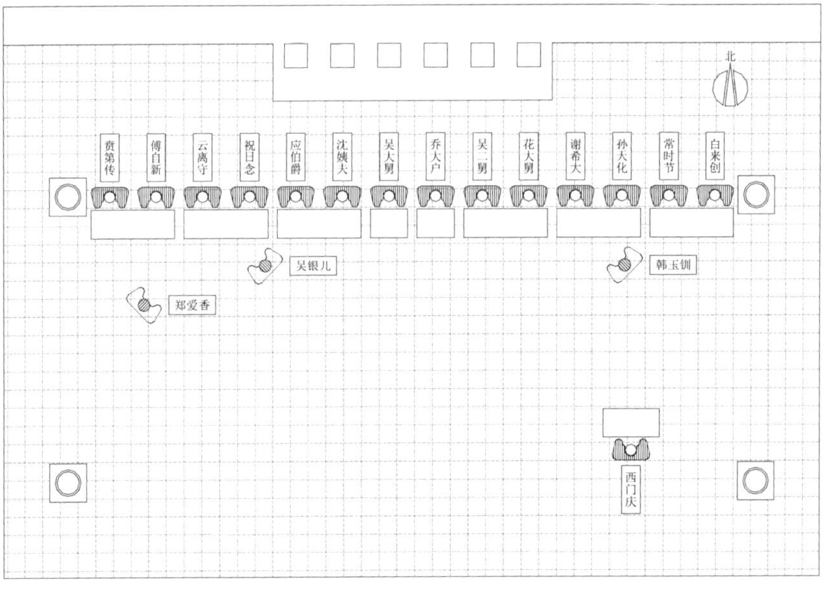

图 6-14 厅堂上的正式宴会座次图三

上述在厅上宴请，都是在人比较多的情况下。如果是正式的酒席，就算人少，也依然在厅堂之上以北为尊安排座次(图 6-15)。例如：

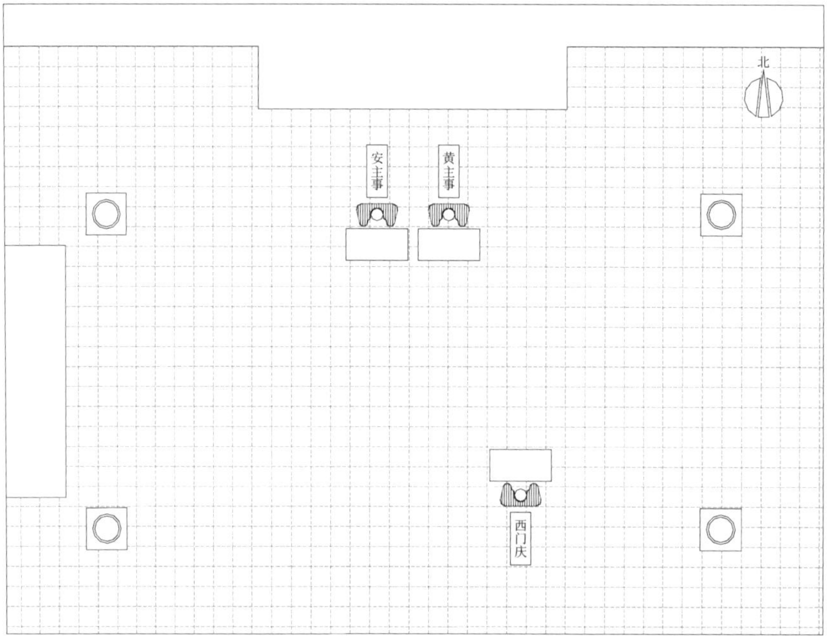

图 6-15　厅堂上人数较少的正式宴会座次图

西门庆出大门迎接，至厅上叙礼，各道契阔之情，分宾主坐下：黄主事居左，安主事居右，西门庆主位相陪。

——第五十一回

女眷之间也有比较正式的宴请，例如乔大户娘子请吴月娘等，就安排得非常周全：

原来乔大户娘子，那日请了尚举人娘子，并左邻朱台官娘子……听见月娘众姊妹和吴大妗子到了，连忙出仪门首迎接，后厅叙礼。赶着月娘呼姑娘，李娇儿众人都排行叫二姑娘、三姑娘……，称着吴大妗子那边称呼之礼。也与尚举人、朱台官娘子叙礼毕，段大姐、郑三姐向前拜见了。各依次坐下。丫鬟递过了茶，乔大户出来拜见，谢了礼。他娘子让进众人房中去宽衣服，就放桌儿摆茶……须臾，吃了茶到厅，屏开孔雀，褥隐芙蓉，正面设四张桌席。让月娘坐了首位，其次就是尚举人娘子、吴大妗子、朱台官娘子、李娇儿、孟玉楼、潘金莲、李瓶儿；乔大户娘子关席；坐位旁边放一桌，是段大姐、郑三姐，共十一位堂客。

——第四十一回

这次是在乔大户家里，相对正式，因此在后厅以北为尊设席(图 6-16)。北侧设四席，安排以吴月娘为首的八位主要客人，乔大户娘子是主人身份，在东南角上面北相陪。

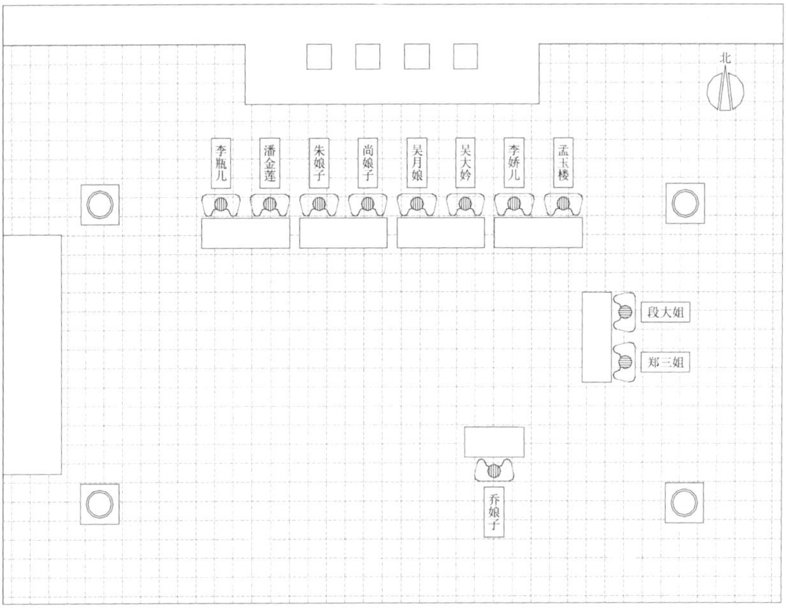

图 6-16 乔大户家女眷宴会座次图

另设一席，非常随意，安排另外两位唱曲儿的相陪。整个座次的安排，与男宾无异。

儿日后西门庆家回请，规格与本次完全相同，地点也是在吴月娘的后厅里：

> 已毕，然后向锦屏正面，设放一张锦裀座位，坐了乔五太太，其次坐就让乔大户娘子。乔大户娘子再三辞说："侄妇不敢与五太太上僭。"让朱台官、尚举人娘子，两个又不肯。彼此让了半日，乔五太太坐了首座，其余客东主西，两分头坐了。当中大方炉火厢笼起火来，堂中气暖如春。
>
> ——第四十三回

假如是以东西方向安排座次，则需以西侧面东为尊，如鸿门宴的布局。而这里"其余客东主西"，说明首座在北面，并且东侧更尊贵一些，与建筑的布局类似。这次互相谦让的结果，乔皇亲五太太一人独占首席，其余的人分东西两侧排列。类似的情况后面也出现过，如：

> 一面脱了衣服，就安在左首第四席，与吴大舅相近而坐。献上汤饭并手下攒盘，……
>
> ——第五十八回

这是任医官来到，作为客人被安排在左首，也就是整个厅堂的东面。后来，周守备来了，被安排在左首第三席，依然以北为尊，以东为客。

> 原来何千户盛陈酒筵，在家等候。进入厅上，但见……正中独独设一席，下边一席相陪，旁边东首又设一席，皆盘堆异果，花插金瓶。……

> 讲了半日，何太监受了半礼，让西门庆上面，他主席相陪，何千户旁坐。西门庆道："老公公，这个断然使不得。同僚之间，岂可旁坐。老公公叔侄便罢了，学生使不的。"何太监大喜道："大人甚是知礼，罢罢，我阁老位儿旁坐罢，教做官的陪大人就是了。"西门庆道："这等学生坐的也安。"于是各叙礼（崇祯本为"照位"）坐下。
>
> ——第七十一回

上述是一例座次发生变更的情况。先前的安排是西门庆为上首，何太监对面下首相陪，何千户旁坐。但西门庆认为自己与何千户为同僚，不可旁坐相陪。何太监据此认为西门庆知礼，然后自己在旁坐，而让何千户下首主席相陪。这个例子中，西门庆为客，自当坐在上首客位，而若以何千户旁坐相陪，则二人间关系成为客人与陪侍者的关系，调整后则二人为主客关系。并且在调整后，何太监即便坐在东首的旁坐，关系也只是相陪的东道，地位也没有受到影响。这样的调整可看作是西门庆谙熟官场礼俗的表现。

类似座次调整的情况还有许多，比如《礼记・曲礼》规定："父子不同席。"又有："为人子者，居不主奥，坐不中席，行不中道，立不中门。食飨不为概，祭祀不为尸。听于无声，视于无形。不登高，不临深。不苟訾，不苟笑。"因此，在相应的场合，必须依据相关的礼俗调整自己的位置座次。如第七十六回西门庆宴请众官员朋友一道来，以王三官相陪侍，此时王已认西门为义父，因此当众人让其上来坐时，王三官极力谦让：

> 王三官再三不肯上来坐，西门庆道："寻常罢了，今日在舍，权借一日陪诸公上坐。"王三官必不得已，左边垂首坐了。
>
> ——第七十六回

这个场合是众官员坐在北边上首，从右至左依次为低，王三官在"左边垂首"算是上坐中最末的位置。据校记所载，"再三不肯上来坐"在先前的词话本里为"再三不肯下来坐"，依照空间仪礼分析当是讹误，后自崇祯本改过。①

综合上面分析，有关日常使用过程中空间座次方面的仪俗，《金瓶梅》有合乎逻辑的细致描述。当然，中国古代方位观念有太多的理论，针对不同的实际情况，都会发生相应的变化。比如左右的尊卑方面，"无出其右者"的说法表明右侧为尊，但"虚左以待"则把左侧当作一个比较高级别的位置。叙事的参照不同，会产生方位与朝向方面不同的意义。但总体情况下，中国古代的方位大都遵循着中尊旁卑、南尊北卑、上尊下卑、东尊西卑、里尊外卑、左尊右卑、前尊后卑等原则，在具体的描述与使用中，会存在不同的变化。中国古代建筑是以群体的方式存在的，方位是群体最重要的特征之一，这些建筑布局方位与座次具有一致的理论依据。在不同的情况下，根据不同的情况确定小说人物

① 〔明〕兰陵笑笑生．金瓶梅词话［M］．戴鸿森，校点．北京：人民文学出版社，1985：1143。

遵循的是哪一种座次礼仪，对于研究建筑室内空间的布局显然具有辅助的作用。[①]

此外，在这类正式的场合，对于酒席食器的使用，也有相应仪礼上的规定。如《礼记·曲礼》云："凡进食之礼，左殽右胾。食居人之左，羹居人之右，脍炙处外，醯酱处内，葱渿处末，酒浆处右。以脯修置者，左朐右末。客若降等，执食兴辞。主人兴辞于客，然后客坐。"这些仪式性的空间安排，虽然在小说文本中没有很多明确说明，但是从叙述的仪式过程中，可以看出相应的礼仪安排。如小说中多次出现的"酒过五巡，汤陈三献，厨役上来割了头一道小割烧鹅，先首位刘内相赏了五钱银子"(第三十一回)之类的说法。

6.6 厨房与厕所

"厨"与"厕"二字均从"广"部，都是中国古代对于特定建筑的专用称呼，并且很早就有专门的建筑空间用以实现其特殊功能。虽然功能鲜明突出，实用性强，但是对于中国古代而言，这两类建筑的文化意义似乎更大于它们的基本使用功能。这在小说《金瓶梅》中也有突出反映。

从文化人类学研究的角度看，将食材加工成食品是人类最基本的生存行为方式，所以"烹饪作为一种人类共性而有助于跨文化的比较。……烹饪的所有变化都与场景直接相关，并对相关场景产生影响。这种场景可以是单一或多个场景空间的组成部分(也可能包括同是或先后发生的其他许多活动)，一个独立的组织，或在冬日成为居所组分、夏日则与之分离(见于北非和中东)。它或者是露天的，或者在住宅中被墙体界定为'厨房'，而厨房的概念本身就具有文化针对性"。[②] 从食材的采集与制备，到整个进餐过程，都是非常值得研究的建筑空间行为素材。

中国传统文化对于饮食具有特别的关注。早期的中国人将食器"鼎"当作"国之重器"，转化而成社稷的象征，足见饮食的重要。《孟子·告子章句上》借告子之口提出"食色性也"，将饮食的重要程度提升到人性的高度，认为"甘食悦色者"更容易有较高的道德修养。《汉书·郦食其传》也提出，"王者以民为天，而民以食为天"，表明饮食的重要性。因此，中国传统文化对于食材、烹饪方法与器具、餐具、进食方式等许多方面[③]都存在极高的关注度。然而另一方面，《孟子·梁惠王章句上》又提出"君子远庖厨也"，力图

---

① 参见：刘叙杰. 浅论我国古代的"尊西"思想及其在建筑中的反映[G]//杨鸿勋，等. 建筑历史与理论(第 5 辑). 北京：中国建筑工业出版社，1997：202-205。文中提到的"尊西"思想，恰恰是中国古代人"以东为尊"的反映，文章中"尊西"所举的实例，均为与东相对的时候发生的，也就是"面东为尊"。这一点，类似于中国人以南为尊，因而选择"面南背北"，主要建筑会坐落于整个场地的北侧。

② [美]阿摩斯·拉普卜特. 文化特性与建筑设计[M]. 常青，张昕，张鹏，译. 北京：中国建筑工业出版社，2004：37-38。

③ 参见：王仁湘. 珍馐玉馔——古代饮食文化[M]. 南京：江苏古籍出版社，2002。其中第一章《饮食之源》讲述了中国古代饮食的这些基本要素。

将厨房内的个体行为置于有较高道德修养者的视野之外。这些貌似矛盾的理论，构成了中国饮食中极为复杂的文化景观，而饮食文化里最集中的表现之一就在厨房中。

在小说《金瓶梅》中，西门庆宅院的厨房无疑占据了非常重要的空间位置。从建筑的总体布局上，它位于整个院落的最后一进。这个层次虽然比不上"以中为尊"的吴月娘的"上房"，却在"里尊于外"的观念中处于建筑群体靠"里"的部分。通过对于西门庆宅院中总体建筑布局的研究可以看出，建筑群可能存在一个"后门"，但那只是一个"服务性"的入口，没有任何礼仪价值。相比某些院落中，习惯性地将厨房安排在仪门之外倒座南房的位置[①]，西门庆宅院中的厨房具有更高的内向性。而另外的一些布局方式，如把厨房安排在旁院中[②]，也因其不在建筑群的主轴线序列上，更不具备与此相比的空间地位。厨房虽然不会占据主轴线居中的建筑，但也会存在于相对重要的空间位置上。小说《金瓶梅》中，在最后一进院落里，孙雪娥居于正屋，而厨房则设在厢房，并且是比较重要的东厢房。古代中国习惯于把厨房安排在正屋的东面，称为"东厨"。如三国曹植《当来日大难》诗中有云："日苦短，乐有馀，乃置玉樽办东厨"[③]，即描写了这种建筑布局情况。河南新密打虎亭一号东汉墓中，其东耳室内画像石所刻的图像与庖厨的工作相关[④]，按照"事死如生"的观念，此位置代表厨房。另一方面在中国古代庭院空间的建筑组合中，东厢房的位置有不可比拟的重要意义，代表着"阳"性，具有比西侧更高的等级。

厨房在西门庆宅院的重要性，还表现在厨房的主要管理者与使用者。在整个西门府中，厨房的事务由第四房太太孙雪娥掌管。并且，如前文所推测，她住在那一进院落的正房，而留东厢房作为厨房：

> 孙雪娥单管率领家人媳妇在厨中上灶，打发各房饮食。譬如西门庆在那房里宿歇，或吃酒吃饭，造甚汤水，俱经雪娥手中整理。那房里丫头，自往厨下拿去。
>
> ——第十一回

在中国古代的文化中，厨房确是一个必不可少的建筑功能空间。但在实际使用过程中，它又必然居于相对次一级的地位。厨房在古代别称为"厨下"，唐人王建《新嫁娘词》[⑤]有云："三日入厨下，洗手作羹汤"，小说《金瓶梅》中也有：

---

① 参见：孙大章.中国古代建筑史·第五卷(清代建筑)[M].北京：中国建筑工业出版社，2002，第五章第二节，书中详细描绘的"山西太谷上观巷1号某宅平面图"表明了这样的布局方式。

② 刘致平.中国居住建筑简史——城市、住宅、园林[M].王其明，增补.北京：中国建筑工业出版社，1990：67。其中述及"大地主商人等宅制"就是针对了如小说中西门庆这样的人物，提及宅制布局时说"厨房等即在旁院或后院不等"。

③ 孙明君.三曹诗选[M].北京：中华书局，2005：176。

④ 张楠.密县打虎亭汉墓图像含义研究初步[J].美术观察，2005(10)：90-91。

⑤ 参见：《全唐诗》第301卷第22首。

吴月娘等轿子到五里原坟上，玳安押着食盒，先到厨下生起火来，厨役落作整理不题。

——第八十九回

有时候也以“厨下”指代厨师，如：

因对月娘说：“你吩咐厨下拿菜出来，我前边陪他坐去。”

——第七十三回

而正史中也有称厨师为“厨下儿”，如《三国志·吴书十·甘宁传》说“宁厨下儿曾有过，走投吕蒙”，此处“厨下儿”当为厨师。由此可见，在传统文化中厨房的地位并不十分高。

在小说《金瓶梅》中，厨房位于最后一进院落中，西门庆很少来这里，夜宿于此的经历更是仅有第五十八回。小说中，他最早一次来这里是在第十一回，西门庆受到潘金莲挑拨，“心中大怒，走到后边厨房里，不由分说，向孙雪娥踢了几脚”。可见后边的厨房空间连同它的使用者，都处于比较低下的位置。小说也表明，在西门府中，比较正式的厨房是在孙雪娥这里，但各院也都有自己的“小灶”，比如吴月娘嫌后面的灶上不干净，于是通常的茶水都来自她自己房中。另外，潘金莲房里的丫鬟春梅被西门庆“收用”后，便不被用来“上锅抹灶，只叫他在房中铺床叠被，递茶水”(第十回)，由此可见厨房地位之低。

综合上述分析，基于传统文化中某些复杂的原因，尽管厨房存在上面的这些高低贵贱，但毫无疑问在现实生活中具有无可替代的重要性，这些都在小说《金瓶梅》中有明确表现。

在小说《金瓶梅》中，另一个值得关注的功能空间是厕所，也具有鲜明的习俗特征。厕所建筑在中国古代建筑文化中也占有很重要的地位。历代的传说中诸如“厕上衔刀”之类的故事，表明厕所与人们生活的密切联系。如果把厨房当作人类饮食的起始空间，那么厕所便是这个过程的终结空间。在小说《西游记》第四十四回中，孙悟空给厕所起了一个道号——“五谷轮回之所”，形象地表达了这个功能，并且在农耕背景下赋予它新一轮的起始意义。

中国古代对厕所有很多的称呼，溷、圊、厕、匽、茅厕、毛司等词语，本质上表明了厕所建筑的基本位置、性质及所用建筑材料。“溷”本意为猪圈，《论衡·吉验》中有云：“后产子，捐于猪溷中。”[①]后指代厕所，如清代蒲松龄在《聊斋志异》中的《西湖主》中有“门堂藩溷，处处皆笼烛”[②]一说。这样的称呼反映了中国古代在建筑习俗上，通常会把猪圈与厕所并置甚至并用。“圊”从“囗”，指有特定功能的围合空间。《新唐书·高骈传》载：“突将乱，乘门以入，骈匿于圊，求不得。”又与溷合用而为“圊溷”，如《三国志·蜀志·诸葛亮传评》中裴松之注中有“所至营垒、井灶、圊溷、藩篱、障塞，皆应绳墨”。“厕”

① 〔汉〕王充．论衡全译[M]．袁华忠，等，译．贵阳：贵州人民出版社，1993：128。

② 〔清〕蒲松龄．聊斋志异[M]．张友鹤，辑校．北京：中华书局，1962：651。

从“厂”，其中的“则”为“侧”意，指在整个建筑中，“厕”应位于比较偏僻的地方。“匽”有停息之意，《辞海》释为“储污水的坑池”，引指厕所。《周礼·天官·宫人》云：“宫人掌王之六寝之修，为其井匽，除其不蠲，去其恶臭。”①在选择建筑材料时，因茅草易得，又有一定的韧性，很早便被用来作为建筑覆盖物。② 因其简易，在其他主要建筑材料与技术发生变化时，厕所并没有及时更新，因此被称为“茅厕”。因读音关系，又可被写做“毛厕”“毛司”。③

图 6-17 崇祯本版画所刻画的厕所

纵观小说《金瓶梅》中，提到厕所建筑的地方非常多(图 6-17)。其称呼总的来说有两种，一是“毛司”，或“毛厕”，二是“东净”。前者的称呼如：

> 原来是行医的胡老人家。只见他家使的一个大胖丫头，走来毛厕里净手，蹶着大屁股，猛可见了一个汉子扒伏在院墙下……
>
> ——第十回

> 可要作怪，须臾坐净桶，把孩子打下来了。只说身上来，令秋菊搅草纸倒将东净毛司里。次日，掏坑的汉子挑出去，一个白胖的小厮儿。
>
> ——第八十五回

上面这两个写法均为“茅厕”的意思。而另一种称呼“东净”则非常特别，《金瓶梅》中在很多的地方提到，如：

> 良久，西门庆下来，东净里更衣，叫玳安到僻静处问他话：“今日花家，都有谁来？”
>
> ——第十六回

> 西门庆正在后边东净里出恭，见了玳安，问道：“家中没事？”
>
> ——第十九回

> 但凡世上养汉子的婆娘，饶他男子汉十八分精细，咬断铁的汉子，吃他几句左话儿右说的话，十个九个，都着了他道儿。正是：东净里砖儿，又臭又硬。
>
> ——第二十五回

---

① 杨天宇.周礼译注[M].上海：上海古籍出版社，2004：89。

② 参见：潘富俊.诗经植物图鉴[M].上海：上海书店出版社，2003：48-49，其中列举了古代中国人使用茅草的很多方式，并讲《诗经》中《豳风·七月》及《小雅·都人士之什·白华》中皆有“以茅制索及成束的白茅，都和盖屋有关”。

③ 《辞海》中释“厕”字讲“旧读 cì”，但在很多的地方方言中，如潮汕话、河南地方土语中，厕字读“sì”音，与“司”为同音。

韩道国道:“咱不如瞒着老爹,庙上买几根木植来,咱这边也搭起个月台来。上面晒酱,下边不拘做马坊,做个东净,也是好处。”

——第四十八回

在对“东净”一词进行了比较长时间探究后,笔者发现中国古代著名小说文献中,仅在《金瓶梅》中有这样的用法。与此相类似的,却有诸如“东厕”“东司”“东厮”等。比如在《水浒传》第六回中寺院中的首座提到僧门中的职事人员:“……还有那管塔的塔头,管饭的饭头,管茶的茶头,管菜园的菜头,管东厕的净头,这个都是头事人员,末等职事。”而在宋代佛教专著《五灯会元》卷四有载:“师在东司上。见远侍者过。蓦召文远。远应诺。师曰。东司上不可与汝说佛法。”[①]在研究过程中还发现,时至今日在福建的客家话、潮汕话及温州的泰顺话中,都还有把厕所称为“东司”的用法。由前文分析可知,从语音上“东司”本是由“东厕”而出,而“东厮”只是“东司”的另一种写法。除此之外,还有一种叫法,称“东圊”。在《西游记》第六十七回中有一老者对唐三藏描述:“但刮西风,有一股秽气,就是淘东圊也不似这般恶臭。”

不仅如此,在很多文本中甚至把厕所直写为“东”,把使用厕所的过程称为“登东”或“登东司”。《京本通俗小说》中有《拗相公》一篇,其中提到:“荆公见屋傍有个坑厕,讨一张毛纸,走去登东。”[②]《水浒传》百二十回本中第一〇九回:“那时王庆手下亲幸跟随的,都是假登东,诈撒溺,又散去了六七十人。”《初刻拍案惊奇》卷二一《袁尚宝相术动名卿、郑舍人阴功叨世爵》中有:“此必有人家干甚紧事,带了来用,因为登东司,挂在壁间,失下了的,未必不关着几条性命。”

所有上面的称呼,都有一个关键的“东”字。依据前文分析可知,宅院中通常会把厨房置于轴线东侧,称为“东厨”;而依据常识,厕所通常会建在一个相对较远的位置,以避秽气。并且,依据风水的某些理论,北京四合院中的厕所通常会建于西南方位的倒座西侧,都与东侧方位不相容。

通过更加深入的研究,笔者发现,厕所用词并不限于“东”位,在民国影印版的《禅林象器笺》中第二类殿堂门中,分别有“东净”与“西净”的解释。在对寺院中僧众的分工中,有“东序”和“西序”之分,“东序者知事,西序者头首。此谓两班也,犹如朝廷有文武两阶也”。[③] 并且指出,“西序所上之厕曰西净”[④]“东序之厕曰东净也”[⑤]。依此而看,厕所之制并非全在东面。

---

① 〔宋〕普济.五灯会元[M].苏渊雷,点校.北京:中华书局,1984:205。

② 参见:〔清〕缪荃孙.烟画东堂小品[M].上海图书馆藏.民国九年江阴谬氏刊本:第十四卷。

③ [日]无著道忠.禅林象器笺二十卷[M].上海图书馆藏.1909:604。

④ 同上:440。

⑤ 同上:441。

通过大量资料分析，笔者认为这是由厕所建筑的特性决定。厕所毕竟是藏污纳垢之处，在一所宅院中，其秽气是首先要解决的问题。而最简便的解决方法，便是设于本地常年主导风向的下风。中国古代社会对本地天气有比较成熟的掌握，因此判断当地主导风向并不困难。另一方面，从传统风水理论而言，它也并非只在院落某侧，"……因为厕所产生秽气，便需压在本命卦之凶方，那是东四命者（震、离、坎、巽）当置于西、西南、西北、东北四个方位上，而西四命者（乾、坤、兑、艮）可置于东、南、北、东南四个方位上"。① 由此可见，依风水而言，八个方位皆可成为放置厕所的选择，这就为依据主导风向安排厕所提供了方便。

而"东净"的"净"字，也存在多样的解释。比较一致的看法，"净者，谓厕易秽处，可以净洁，故特以'净'称"。② 这种对于事物的命名方式是中国古代所常用的。不仅如此，从字源的方面分析"净"与"圊"，"说文：'厕清也。'广韵引作'圊'。徐锴曰：'此溷厕也。古多谓之清者，以其不洁，常当清除之也。清，今俗字书或作圊'"③。可见，"清"就是"圊"，而"清""净"同源，因此，《金瓶梅》中所谓的"东净"便是古代所讲的"东圊"。

尽管中国古代对于厕所有"清净"的需求，但还是把它当作一个"藏垢纳污之地"，④不会成为日本那样"古式的微暗而打扫得异常清洁的厕所"，以成为建筑中"最风雅的场所"。⑤ 中国对厕所最大的需求或许就是"方便"。《汉书》在《汲黯传》中曾记载汉武帝见两位大臣时的不同表现："大将军青侍中，上踞厕视之。丞相弘宴见，上或时不冠。至如见黯，不冠不见也。上尝坐武帐，黯前奏事，上不冠，望见黯，避帷中，使人可其奏。其见敬礼如此。"⑥苏轼《东坡志林》中对此评论为："汉武帝无道，无足观者，惟踞厕见卫青，不冠不见汲长孺，为可佳耳。若青奴才，雅宜舐痔，跨厕见之，正其宜也。"⑦在厕中蹲踞着会见大臣，应是一种"方便"之举。《晋书·文苑传》中记载左思为了构思"欲赋三都……遂构思十年，门庭藩溷，皆著笔纸，遇得一句，即便疏之"，也是在厕所中得到的"方便"。李笠翁也有此类困扰，却不在厕所里放笔纸，而是改造书房，"当于书室之旁，穴墙为孔，嵌以小竹，使遗在内流于外，秽气罔闻"。⑧ 依此可见，中国古代人心目中的

---

① 洪丕谟. 中国风水研究[M]. 武汉：湖北科学技术出版社，1993：153。

② [日]无著道忠. 禅林象器笺二十卷[M]. 上海图书馆藏. 1909：441。

③ 王力. 同源词典[M]. 北京：商务印书馆，1991：335。

④ 〔明〕李渔. 闲情偶寄[M]. 北京：作家出版社，1995：174。

⑤ [日]谷崎润一郎. 阴翳礼赞[M]. 孟庆枢，译. 石家庄：河北教育出版社，2002：14。文中作者列举了日本厕所的种种情态，说"这种厕所，对品味鸟语虫鸣、月明之夜的神韵、四季的情趣，真是最适意的场所了。古来的诗人也大概在此获得了无数灵感与题材吧。因此可以说，在日本建筑物中最风雅的场所，恐怕要数厕所了"。

⑥ 《辞海》中对这里的"厕"字释为"侧"，结合上下文理解，似不妥，当为"蹲踞于厕上"。

⑦ 〔宋〕苏轼. 东坡志林[M]. 刘文忠评注. 北京：中华书局，2007：171。

⑧ 〔明〕李渔. 闲情偶寄[M]. 北京：作家出版社，1995：174。

厕所，本就是一个肮脏的地方，针对其弊端并不希望通过真正的技术手段革除，而只是以回避的态度来远离。因此，在庭院布局中，以风向来解决问题应该是一种必然。

《禅林象器笺》有云："幻住菴清规营辨云，后架乃粪秽之聚，其称为'东净''西净'者，其净在人，不在境也。"①厕所建筑的方位，东西本无定限。依据小说的描述，可以认为西门庆宅院以至整个《金瓶梅》中的清河县，厕所都是置于建筑群体的东侧。人们以净来描述厕所，但小说的世界里，人尚且是那样的肮脏，其他地方又怎会是一片净土？只能期待用"红血把那些最龌龊的陈年的积垢，洗涤得干干净净"。②

6.7 建筑制度与违制

习俗包括"民众的心理方面的事物，与工艺上的技术无关"，③而制度在很多时候是与技术等层面内容直接相关的。中国古代对于礼俗的重视，不单单表现为一种约定俗成的行为方式，而是从法律的角度提出严格规定，成为礼制的一部分。这些都是中国建筑制度的制订依据。

荀子非常注重人伦等级，他认为："人之生，不能无群，群而无分则争，争则乱，乱则穷矣。故无分者，人之大害也；有分者，天下之本利也；而人君者，所以管分之枢要也。……故为之雕琢、刻镂、黼黻、文章，使足以辨贵贱而已，不求其观；为之钟鼓、管磬、琴瑟、竽笙，使足以辨吉凶，合欢定和而已，不求其馀；为之宫、室、台、榭，使足以避燥湿、养德，辨轻重而已，不求其外。"④可见，在古人的观念中，等级制度代表着贵贱、吉凶、轻重等重大范畴，甚至直接影响整个社会系统的稳定，可能成为"乱"的根源。因此，包括建筑在内的一系列等级规定，构成礼制的核心内容。

明代初年对于礼制有明确的规定，在具体执行过程中也比较严格。在建筑方面相对质朴，例如当时比较富庶的江南地区，"非世家不架高堂，……小民咸以茅为屋""中产之家，前必土墙茅盖，后房始用砖瓦，恐官府见之以为殷富也"。⑤ 成化年后，明朝社会开始进入一个"锱铢必竞"的商业时代。这个时期，衡量一个人的社会地位、评价一个人的社会能力逐渐以单纯的物质财富作为标准。因此，对于物质财富的攫取成为一个人社会成功的重要标志。另一方面，自永乐年间而起的反叛思潮与文化领域"心学"的传

① [日]无著道忠．禅林象器笺二十卷[M]．上海图书馆藏．1909：441。
② 郑振铎语，转引自：黄霖．金瓶梅讲演录[M]．南宁：广西师范大学出版社，2008：98。
③ 转引自：李斌．共有的住房习俗[M]．北京：社会科学文献出版社，2007：4。
④ 北京大学《荀子》注释组．荀子新注[M]．北京：中华书局，1979：143。
⑤ 《吴江县志》卷308，转引自：周耀明．汉族风俗史・第四卷(明代、清代前期汉族风俗)[M]．徐杰舜，主编．北京：学林出版社，2004：88-89。

播，都为僭越的大量出现提供了思想基础。中国古代建筑从来都不是一个单纯的“居住机器”，它从各方面体现其所有者的社会背景，包含最深刻的文化内容。因此，建筑作为一个人成功与否的重要标志，也通过僭越的方式充分表现出来。

明代的建筑制度散布于各种礼仪类法律文件中。最初的政令为吴元年(1367)纂修的《大明令》，虽后来又出《大明律》并一再调整，但关于礼制的内容改变不大。① 在《大明令》之后，有明一代由官制或民间编修的建筑典章制度达五十部左右②。这些典章制度中有政令型的，如《大明令》《礼仪定式》等；有纪事型的，如《缮部纪略》《两宫鼎建记》等；有工匠做法的总结汇编，如《新编鲁班营造正式》《造砖图说》等。本研究所引述的，以其中与礼仪相关的政令型制度为主。

《大明令》是明代最基本的法律规定，对于建筑等级制度的基本内容，主要在其中“礼令”部分，如有这样的明确规定：“凡官民服色、冠带、房舍、鞍马，贵贱各有等第。上可以兼下，下不可以僭上。官员任满致仕，与见任同。其父、祖有官身殁，非犯除名不叙，子孙许居父、祖房舍。”③这里原则性地确立了包括建筑在内的等级制度，其中有对于使用、制(建)造及继承等方面的基本规定，起到统摄其他法规的作用。《金瓶梅》中一直未提及西门庆“父、祖有官身殁”之类的事，在词话本中第二回说他“原是清河县一个破落户财主，就县门前开着个生药铺，从小儿也是个好浮浪子弟……”，而崇祯本只说他“正是那嘲风弄月的班头，拾翠寻香的元帅，开生药铺复姓西门单讳一个庆字的西门大官人便是”，均未曾表明其祖上官荫。在第三回，巧舌如簧的王婆把西门庆介绍给潘金莲时，也只说他“便是本县里一个财主，知县相公也和他来往”。在中国传统的官本位社会中，倘使西门庆有为官的父、祖，按理应该多次由不同的人明确表达的，由小说文本可以推断，西门庆并没有这样的出身背景。至于第四十八回西门庆祭祖时，牌位上书“锦衣武略将军西门氏先茔”，则仅可看作西门庆为妆点门面而随意妄称。因此，西门庆的房产不存在继承问题，凡是超出规定等级的皆是僭越行为。

建筑等级制度是以官阶作为依据的。由于重礼贿赂当权者蔡京而受到抬举，小说《金瓶梅》中第三十回西门庆的身份有所改变，“做金吾卫副千户，居五品大夫之职”。④他此时意识到，不仅自己，连带吴月娘地位也提高了，可以“顶受五花官诰，坐七香车，做了夫人”。但实际上，就其住房而言，大部分的建筑行为都是在此之前完成的，任职之后

① 参考：张晋藩. 中国法律史[M]. 北京：法律出版社，1995：342-344。

② 依据：刘雨婷. 中国历代建筑典章制度(下册)[M]. 上海：同济大学出版社，2010，其中所列明代与建筑相关的典章制度达五十二种。

③ 刘雨婷. 中国历代建筑典章制度(下册)[M]. 上海：同济大学出版社，2010：173。

④ 这里是西门庆自己所声称的官阶，依据《辞海》所释，千户为“明代卫所兵制……统兵一千一百二十人，分为十个百户所”。而据韦庆远，等. 中国官制史[M]. 上海：东方出版中心，2001：254-265，明确解释了中国历代军事官制，千户为五品，而副千户当为从五品。

重要的建筑行为只是修建了自家的祖坟。因此，讨论住房的僭越还应该以西门庆为庶民的身份作为参照。

《大明令》中“礼令”对于房屋建筑的等级规定：“房舍并不得施用重栱、重檐，楼房不在重檐之限。职官一品、二品，厅堂七间九架，屋脊许用花样兽吻，梁栋、斗栱、檐桷彩色绘饰；正门三间五架，门彩油及兽面铜环。三品至五品，厅堂五间七架，许用兽吻，梁栋、斗栱、檐桷青碧绘饰；正门三间三架，其门黑油兽面摆锡环。六品至九品，厅屋三间七架，梁栋止用土黄刷饰；正门一间三架，黑门铁环。庶民所居堂舍，不过三间五架，不用斗栱彩色雕饰。”在律令的具体执行过程中，明代也颁布了比较细致的法规条文，如《诸司执掌》中的“礼部执掌”在“房屋器用等第”中明确规定：“凡官员盖造房屋，并不许歇山转角，重檐重栱，绘画藻井。其楼房不系重檐之例，听从自便。公侯前厅七间或五间，两厦，九架造。中堂七间，九架。后堂七间，七架。门屋三间，五架。门用金漆及兽面，摆锡环。家庙三间，五架。俱用黑板瓦盖。屋脊用花样瓦兽。梁栋、斗栱、檐桷，彩色绘饰。窗枋柱用金漆，或黑油饰。其余廊庑、库厨、从屋等房，从宜盖造，俱不得过五间，七架。一品、二品，厅堂五间，九架，屋脊许用瓦兽，梁栋、斗栱、檐桷，青碧绘饰。门屋三间，五架。门用绿油及兽面，摆锡环。三品至五品，厅堂五间，七架。屋脊用瓦兽，梁栋、檐桷，青碧绘饰。正门三间，三架，门用黑油，摆锡环。六品至九品，厅堂三间，七架，梁栋止用土黄刷饰。正门一间，三架，黑门，铁环。一品官房舍除正厅外，其余房舍许从宜盖造，比正屋制度务要减小，不许太过。其门窗户牖，并不许用朱红油漆。”上述这些规定非常详尽，而且都是便于评判的具体条文，可操作性极强。

但明代中晚期，僭越几乎成为社会风尚，在《金瓶梅》中的建筑方面表现得格外明显。例如西门庆的住房，厅堂作为庶民最多可建三间，但通过前文的分析（如厅堂相对于整个院落体量从建筑上的平衡，以及厅堂饮宴中座席的容量等），能感受到其厅堂绝非一个小尺度的建筑。第四十九回接待宋、蔡二位御史的时候，更是明确指出其厅堂排场与规模：

> 宋御史与蔡御史都穿着大红獬豸绣服，乌纱皂履，鹤顶红带，从人执着两把大扇。只见五间厅上，湘帘高卷，锦屏罗列。正面摆两张吃看桌席，高顶方糖，定胜簇盘，十分齐整。
>
> ——第四十九回

依律至少三品至五品的官员才可以使用“五间厅”，而西门庆当年只是县城里的一个“破落户财主”，无论如何也不可能配得上这样的等级，这是一个很明显的僭越。

不仅如此，西门庆家里使用的临时建筑也有着明显的越制嫌疑。如为了给李瓶儿置办丧事，西门庆在大门前、厅前天井及后院厨房等处均搭建大棚：

> 又兑了一百两银子，教贲四往门外店里推了三十桶魁光麻布、二百匹黄丝孝

绢，一面又教搭匠，在大天井内搭五间大棚。

——第六十二回

吩咐搭彩匠把棚起脊搭大着些，留两个门走，把影壁夹在中间；前厨房内还搭三间罩棚，大门首扎七间榜棚，请报恩寺十二众僧人，先念倒头经……

——第六十三回

在制度条文中虽没有关于此类“彩棚”明确的建筑规定，但在《礼仪定式》《诸司执掌》等法规中均指出“……其余房舍，许从宜盖造，比正屋制度，务要减小，不许过大”。《稽古定制》更是规定了，“凡庶民所居房舍，不得过三间五架，不许用斗栱及彩色装饰，其余从屋十所、二十所，随宜盖造，但不得过三间”。[①] 彩棚之类，在中国古代并不会因其临时建筑的属性而缺乏等级观念，相反，在这样的礼仪场合，更代表使用者的身份与地位。《宋史》卷二八二《王旦传》中记载了当时权臣寇准为生日庆宴而搭建的彩棚：“准在藩镇，生辰，造山棚大宴，又服用僭侈，为人所奏。”其结果是真宗“帝怒”，可见这类建筑也存在僭越的问题(图 6-18)。

图 6-18　西门庆彩棚的室内布局

当然，《金瓶梅》中建筑僭越的情况不仅仅表现在西门庆一个人身上，甚至他也可能不是最严重的。第七十回西门庆为献礼曾去朱太尉府上——

西门庆抬头，见正面五间皆厂厅，歇山转角，滴水重檐，珠帘高卷，周围都是绿栏杆，上面朱红牌匾，悬着徽宗皇帝御笔钦赐“执金吾堂”斗大小四个金字，乃是官家耳目牙爪所家缉访密之所，常人到此者处斩；两边六间厢房，阶墀宽广，院宇深沉；朱太尉身着大红，在上面坐着。

——第七十回

虽然此处的装饰满足“青碧绘饰”的要求，但明显突破了“凡官员盖造房屋，并不许歇山转角，重檐重栱”的要求——这是在天子面前明目张胆的僭越。

当然，太尉朱勔与蔡、童等人都是小说中位高权重的人物，并且厅堂上悬挂了皇帝

① 刘雨婷．中国历代建筑典章制度(下册)[M]．上海：同济大学出版社，2010：176-177，181-182。

御笔钦赐的牌匾，这样的僭越或许存在一定的必然性。但位于清河县的没落官僚王三官家，则也有着类似的排场：

> 王三官听的西门庆到了，连忙出来迎接，至厅上叙礼。原来五间大厅，毬门盖造，五脊五兽，重檐滴水，多是菱花槅厢；正面钦赐牌额，金字题曰“世忠堂”，两边门对写着“启运元勋第，山河带砺家”。
>
> ——第七十二回

招宣当为招讨、宣抚之类的武官，在第六十九回说其祖爷是“太原节度邠阳郡王”，确实曾有比较重要的级别、地位，但使用“五脊五兽”作为建筑型制，显然超越等级要求。“五脊”当为一根正脊配四根戗脊，其使用的倘若不是最高等级的“五脊殿”(庑殿顶)，便是歇山顶，无论怎样都已违制；更有甚者，厅堂还使用“重檐”。在后来的崇祯本中，或许修改者也认为此处太过，于是删除了这些描述，只说了“大厅正面钦赐牌额”与两侧的对联。即便如此，小说第六十九回也曾写道：“转过一层群房，就是太太住的五间正房。”作为主卧室之用的正房尚且使用五开间，当然也可以反推其厅堂的规模。

当然，《金瓶梅》中建筑的违制不仅表现在住房规模的僭越，也表现在用地方面。自永乐十八年(1420)到崇祯十七年(1644)的二百余年间，北京是明帝国的首都。随着城市化进程的提高，北京人口逐渐稠密，如《鸿一亭笔记》载：“北京正阳门前搭盖棚房，居之为肆，其来久矣。崇祯七年，成国公朱纯臣家灯夕被火，于是司城毁民居之侵占官街搭造棚房拥塞衢路者。”[①]在京城中，城市用地逐渐变得紧张。这种情况早在定都南京时期的《稽古定制》中就明确提出：“京城系人烟辐辏去处，其地有限。设使官员之家，往往窥觑住宅左右前后空地，日侵月占，围在墙内作园种植蔬菜，及为游玩处所，甚妨军民居住。且京城官员不下数千，若一概仿效，京城内地多为菜园，百十万军民何处居住？今后官员住宅，照依前定丈尺，不许多留空地。如有过此，即便退出与军民居住，令子孙赴官告给园地，另于城外量拨。”因此，严格规定：“在京功臣宅舍，地势宽者，住宅后许留空地十丈，住宅左边右边，各许留空地五丈。若现住旧居所在地势窄隘已有年矣，左右前后皆是军民所居，止仍旧居，不许那移军民，以留空地。”[②]对于凿池建园，更是有着严格的规定，《稽古定制》讲：“今已往功臣之家，不守分限，往往于住宅前后左右多占地丈盖造亭馆，或开掘池沼以为游玩，似此越礼犯分，所以不能保守前功，共享太平之福。”因此，严格规定：“古人于地有王气之处，往往埋金以厌之，或井其地以泄之。前代帝王如此用心，今京城已故各官多有不谙道理，于住宅内自行开挑池塘，养鱼种莲以为玩好。非惟泄断地脉，实于本家不利，以致身亡家破。今后京城内官员宅院，不许开挑池塘。

---

① 转引自：潘谷西. 中国古代建筑史 · 第四卷(元、明建筑)[M]. 北京：中国建筑工业出版社，2001，34，注[37]。

② 参见：刘雨婷. 中国历代建筑典章制度(下册)[M]. 上海：同济大学出版社，2010：182。

亦不得于内取土筑墙，掘成坑坎。”[①]依据这样的规定，凡在京城中的官员家都不可能开挑池塘，修筑比较大的花园。但小说《金瓶梅》第七十一回中西门庆去东京办事，受邀住在何太监家里。何太监先是“吩咐打扫后花园西院干净，预备铺陈，炕中笼下炭火”。当晚宴罢——

何太监方作辞，归后边暖房内宿歇去了。何千户教家乐弹唱，还与西门庆投壶，吃了一回，方才起身，归至后园。正北三间书院，四面都是粉墙，台榭湖山，盆景花木，房内绛烛高烧，叠席床张锦幔，倭金屏护琴书，几席清幽，翠帘低挂，铺陈整齐，炉上茶煮宝瓶，篆内香焚麝饼。何千户又陪西门庆叙话良久，小童看茶吃了，方道安置，起身归后边去了。

——第七十一回

可见其不仅有花园而且还有“西院”“后院”之分，规模很大。单就一个“西院”中，也有三间书院建筑、粉墙、假山、池沼、花木等，无疑已严重越制。

《金瓶梅》中建筑中的违制还表现在土地、宅院的交易方面。明代的土地使用与管理政策也比较严格，对于在土地上的宅院同样有政策性的控制。如《大明律・户律二》中对于“田宅”的盗卖、置办、典买等都有明确规定：“凡盗卖换易及冒认，若虚钱实契典买及侵占他人田宅者，田一亩、屋一间以下。笞五十。每田五亩、屋三间。加一等，罪止杖八十，徒二年。系官者，各加二等。”“凡典买田宅不税契者，笞五十。仍追田宅价钱一半入官。不过割者，一亩至五亩，笞四十，每五亩加一等，罪止杖一百。其田入官。若将已典卖与人田宅，朦胧重复典卖者，以所得价钱计赃，准窃盗论，免刺，追价还主，田宅从原典买主为业。若重复典买之人及牙保知情者，与犯人同罪，追价入官。不知者不坐。其所典田宅、园林、碾磨等物，年限已满，业主备价取赎。”在小说《金瓶梅》中，西门庆获得花子虚的住所，本不想付钱给他——

那消几日，花子虚来家，清河县委下乐县丞丈估，计：太监大宅一所，坐落大街安庆坊，值银七百两，卖与王皇亲为业；南门外庄田一处，值银六百五十五两，卖与守备周秀为业。止有住居小宅，值银五百四十两，因在西门庆紧隔壁，没人敢买。花子虚再三使人来说，西门庆只推没银子，延挨不肯上帐。县中紧等要回文书，李瓶儿急了，暗暗使过冯妈妈来对西门庆说，教拿他寄放的银子，兑五百四十两买了罢。这西门庆方才依允，当官交兑了银两。

——第十四回

这个交易过程已经涉嫌“侵占”，而西门庆不想付钱的行为，也存在试图“虚钱实契典买”的意味。依据小说中他在其他方面的作为可以判断，假如坚持，他很可能如愿。

---

① 参见：刘雨婷. 中国历代建筑典章制度(下册)[M]. 上海：同济大学出版社，2010：183。

只是由于李瓶儿更期待这所宅院有明确的归属，并以自己的经济能力介入，才使得交易以一种相对合法的方式完成。由于这次买卖在官府的监督下进行，有可能存在纳税过程。但小说中其他的田宅交易，则基本是房契与银子的互换，根本没有完税的可能。如小说第七十一回，何千户买下夏家在清河县城的田宅，说好了价钱后，临时请西门庆的伙计贲四作中人，然后互换了银子与文契，便完成了买卖，可见《大明律》中对于“典买田宅不税契”者的惩罚措施形同虚设。

更加严重的是明代官员流动性较强，为了限制官员在任职地的驻留而形成某些社会问题，《大明律》卷五“户律二”与田宅相关的内容中，有专门关于“任所置买田宅”的规定：“凡有司官吏。不得于见任处所置买田宅。违者，笞五十，解任，田宅入官。”[①]这是非常严厉的条文，存在强制性。但就是这样的条文在小说《金瓶梅》中依然是一个被突破的对象。小说第七十一回，当何千户要去清河县赴任，何太监邀请西门庆来家中饮宴，就提到为其侄在当地置办田宅。

> 何太监道：“又一件相烦大人：我家做官的若是到任所，还望大人那里替他看所宅舍儿，然后好搬取家小。今先教他同大人去，待寻下宅子，然后打发家小起身。也不多，连几房家人，也有二三十口。”
>
> ——第七十一回

上述内容是要在官员的任职地置买田宅，为《大明律》所明令禁止。但很明显小说中对话双方并没有觉得有任何不妥。此后的过程中，西门庆引荐夏家宅院，双方完成交易，也都水到渠成。

从上述分析可以看出，明代社会在建筑方面存在比较严格的制度规定，这些制度具有礼法、政治、经济等方面的意义，有利于巩固皇权的统治基础。但各种社会文化原因的影响，使这些制度并没有真正发挥作用。尤其到了小说《金瓶梅》成书的时代，各种制度已形同虚设，甚至不会引起社会上最基本的关注。

需要说明的是，很多论述《金瓶梅》中僭越内容的文章，会引用小说第三十三回陈经济评价旁边乔大户家房子的情况，“买了所好不大的房子，与咱家房子差不多儿，门面七间，到底五层”。将其中的“门面七间”比对相关建筑典章制度中“正门三间”的要求，应该是一种误读。依据前文对于西门庆宅院建筑的分析，这里所说“门面七间”是沿街开设店面的概念，属于“商业建筑”的范畴。而典章中关于“正门”的规定，显然是对于礼仪性大门的要求，是一个非常正式的入口，如第三十回所写的“蔡太师府门”。而西门庆家宅的“大门”，只是在这些“门面”旁边开设的一个入口，不应算做僭越之例。

---

① 参见：刘雨婷．中国历代建筑典章制度（下册）[M]．上海：同济大学出版社，2010：185。

6.8 建筑礼俗与制度的文化意涵

中国古代建筑与“人”存在极密切的关系，最重要的表现就是人在建筑中的社会文化活动。这些活动包含习俗、礼仪以及基于它们所产生的各种制度。它们从文化上赋予建筑实体以“意义”，使建筑具有文化背景下存在的合理性。在建筑文化的范畴中，这些“意义”非常重要，“意义不仅是功能（以及活动）的重点，往往还是一项至关重要的功能”。[①] 这种活动包含在建筑中间，但以建筑历史研究者的视角进行观察时，往往又隐于建筑实体之后，以日常行为中的很多细小事件表现出来。研究古代建筑历史，不可能完全脱离其文化背景。“生活在活生生的现实的文化中，使人们产生了一种更为强烈的探索每一文化整体的兴趣。人们愈来愈感觉到，脱离了一般背景，就无法理解文化的任何特性。”[②]这些包含习俗、礼仪等内容的“活生生的现实文化”已经随着历史的发展而湮灭，但小说文本却相对完整地承载了这类内容。如前文所述，小说虽然是一个虚构的叙事作品，但其虚构的过程中存在生活原型。有着“史传”特征的中国古代叙事作品，更强调这种文化方面的真实性。因此，基于小说文本研究某个时代的建筑相关礼仪、制度，是一种重要的方式。

小说《金瓶梅》中关于建筑择吉与风水选择的部分，从形式上与当代的很多做法极为相似。但更为相似的是，不论西门庆的时代还是当代，这种择吉与其说是信仰不如解释为一种自我的心理安慰，甚至当事人自己也会如此理解。当然，这个过程毕竟以某种仪式化的方式呈现出来，“……仪典仍然是最重要的。各种各样的社会关系除了具有实用性以外，还被层层的象征性所包围。……当然，不同的文化对于仪典的重视程度各不相同，其重要性则主要体现为有效地证明并强化社会的凝聚力，同时昭示社会机制的理想模式”。[③] 于是，在重视程度相对较弱的情况下，也会演化为当事人的某种炫耀甚至利益争夺。与此类似，建造过程中的一些仪式性活动，如安磉、上梁以及庆房等，在民间已经完全转变为某些形式化的安排[④]。人们对于这些活动所涉及的本质含义，偏偏缺乏应有的关注，更多的只是小说中多次出现的“整吃了数日酒”这类纯粹形式的世俗化安排。

相对于信仰，中国传统文化中更多的是“实用理性”原则。这种被李泽厚先生解释

---

① ［美］阿摩斯·拉普卜特．文化特性与建筑设计［M］．常青，张昕，张鹏，译．北京：中国建筑工业出版社，2004：90。

② 美国人类学家弗兰兹·博厄斯给《文化模式》写的序，详见：［美］露丝·本尼迪克特．文化模式［M］．王炜，等，译．北京：生活·读书·新知三联书店，1988：3。

③ ［美］阿摩斯·拉普卜特．宅形与文化［M］．常青，徐菁，李颖春，等，译．北京：中国建筑工业出版社，2007：52。

④ 正如上文分析，小说《金瓶梅》中所表现出来的，西门庆时代已经非常的仪式化，而李斌．共有的住房习俗［M］．北京：社会科学文献出版社，2007，其中对于迁延到今日的一些此类礼俗分析可以看出，当代的情况也是极为类似的。

为“经验合理性”①的处世原则，在《金瓶梅》中祭拜空间的描写可以看出一些端倪。在这些建筑空间的布局与使用中，不论是对佛菩萨的崇拜，还是对于祖先、神灵及各种家庭伦常关系的祭祀活动，都缺乏足够的深层理性内涵，仅可算作更为世俗化的形式表达。其空间形态权衡，更多基于现世的“人”而非那些虚幻的精神。

与这些内容相反，《金瓶梅》在日常空间活动的礼俗方面着墨极多。在建筑空间的布局与使用中，日常活动的流线、方位以及与此有关的座次都是重点。这些内容受到建筑空间的制约，反过来又对建筑的物质形态产生调整作用。在空间流线与方位上，中国古代文化中“向阳为尊”的原则被真实地体现出来。由此演化出“中间”“南向”“上方”“东侧”“里厢”“左边”“前面”都分别高于其相对的概念。这些世俗的相对空间关系，在《金瓶梅》的建筑叙事中被高度关注，空间表达细致入微。

引起古代中国人关注的建筑空间还有厨房与厕所，这些都与人们的日常生活密切相关。中国古代文化中关于饮食存在近乎矛盾的心态，既以食为天，又要远庖厨，这种心态在厨房建筑的空间布局上反映明显。厕所是比较容易被人忽略的功能性建筑，在小说中以“毛司”“东净”等称呼出现，在中国古代被理所当然地当作藏污纳垢的闭合空间。人们通常以回避的态度面对它，在宅院中把它放在当地主导风的下风向位置。如果把“东净”理解为小说作者的习惯用词，甚至可以推测他所生长的地方常年以刮西风为主。

上述的内容都基于传统世俗。对于它们，小说《金瓶梅》的描写有充分考虑；然而对于这些世俗关系之外更大尺度的一些概念，比如建筑制度，则明显缺乏相应尊重。明代具有比较完善的建筑制度，涉及建筑等级使用、用地情况、房屋流转以至建筑材料等内容，但在《金瓶梅》所处的时代，建筑违制的情况已经常态化。尤其对于其中与建筑形态、规模相关的等级观念，整个社会似乎都以不同的方式僭越。更不用说像西门庆这样的市井新富阶层，几乎可以以货币的形式获得任何土地的使用权，可以在任何地段进行建造活动，可以营建自己希望实现的任何建筑形态，而不必考虑制度的约束。

拉普卜特在《宅形与文化》中以专门的章节讨论建筑形式与文化关联中的“恒常与变异”。② 如果把传统建筑史研究中的主要文化依据理解为“恒常”的因素，那么在小说《金瓶梅》中则更多以某种“变异”的方式呈现。甚至依据小说叙事所描绘的内容，在明代中晚期的市井营造活动与建筑空间使用中，这些“变异”的因素甚至已经成为主流。

---

① 李泽厚.实用理性与乐感文化[M].北京：生活·读书·新知三联书店，2008：3。

② [美]阿摩斯·拉普卜特.宅形与文化[M].常青，徐菁，李颖春，等，译.北京：中国建筑工业出版社，2007：77-81。

第7章 结 语

本书是基于小说《金瓶梅》文本进行的建筑历史与理论专业研究，有别于纯粹文学意义上的“金学”研究。① 在学术实践中，确实也存在本专业领域的研究成果，却主要服务于其他专业领域的现象。② 笔者承认不同研究的多角度价值，但还是希望本研究明确聚焦于建筑相关专业领域。为此从研究方法上尽可能遵循本专业的思考路径，即由专业视角提出问题，再以相应的方法探索解决思路，从而获取专业研究成果。整个过程遵循“提出问题→尝试回答问题→否定问题→提出新的问题→尝试回答问题→最终回答问题”的理性思考路径。

特殊之处在于，研究所关注的对象是一部中国古典文学作品，因此自展开工作之始，就需要有小说文本分析的知识与技能储备。笔者在多次通读原著基础上，又以各种途径阅读了大量相关文献。文献内容各有侧重，观点彼此不同。作为专业方面的研究，笔者以建筑历史与理论的视角，对于那些文献进行必要的取舍，并学习不同专业的研究方法，受益良多。

当然，小说毕竟是虚构的叙事作品，不能完全用作史实。特别是中国古典小说缺乏西方成熟作品的叙事连贯性，③而传统的模糊性思维也带来某种跳跃性。在建筑环境的研究过程中经常遇到的问题，便是小说场景的断裂。“总的来说，明清小说家很少注意情绪与气氛的联系，以至于极少能将叙述、对话和描写融为一体。要介绍一个新场面，小说家或许对那地点的描述相当精心，但在此后的叙述中，却极少对描写的细节做一重新提示，以至于在那一场面中的人物各干各的事情，几乎跟他们的背景脱离了联

① 尽管与“红学”等相关研究相比，《金瓶梅》的研究仍显弱势，但近年来确也形成一定规模。即便如此，社会上依然存在对“金学”质疑的声音，甚至仍对《金瓶梅》存有污名化倾向。然而无论如何，都应该充分肯定“金学”研究的意义与价值。

② 研究过程中对于这个问题的思考存在一个过程，但后来厘清了自己的思路。笔者认为，假使有一个化学专业的学者，通过纯粹化学的研究而获得一个能准确为古代建筑断代的成果，其主要服务无疑是提供给了古代建筑专业的研究领域，但其工作本质还应算是一个化学专业的工作——因为他的工作是无法由建筑专业工作者取代的，因此其成果依然归属于化学领域。

③ 李辉，许月兰. 西方长篇小说中的建筑空间意象[J]. 城市建筑，2016(1)：106-109。

系。”[①]彼此不连贯的地方，甚至某些自相矛盾的叙述，在研究过程中经常出现，很大程度上影响了对于研究主体的把握。因此在研究进行中，需要通过对不同类别文本的梳理，厘清脉络，架构合乎常理的叙事空间。

针对小说《金瓶梅》中的风土城市与市井宅园而进行的研究，本书取得的成果主要包括：

以叙事学作为媒介，通过揭示故事场景的构筑机理，在文学语言与建筑学语言之间，探索了一些研究路径。

对于《金瓶梅》中的城镇建筑，结合小说文本分析描绘出了其基本物质结构肌理，以及这些相关城市的建筑，特别是小说中“清河县城”的市井建筑运营状态。

对于《金瓶梅》中的宅院建筑，也是以小说文本为依据还原了基本物质形态。研究特别关注市井背景下的空间叙事，以及明代中晚期建筑礼俗与制度的相关内容和执行情况。

对于《金瓶梅》中的园林，在小说文本的基础上结合史料，特别是一些相关叙事素材，总结出市井花园不同于文士园林的特点，可为中国私家园林历史研究提供补充。

总体而言，在梳理一些基础性工作的前提下，本研究以《金瓶梅》小说文本为素材，从空间叙事的角度探索建筑专业研究的方法，并取得了相应成果。

很显然，这仅仅是一个开始。后续的研究可以从广度和深度两个方面展开。从广度而言，可以由文本扩充至小说版画中的建筑相关研究。崇祯本的版画，与文本属于相互关联又彼此独立的两个系统，其中不论是在城市、建筑、园林空间方面，还是在大小木作、室内外空间陈设，以至与官式建筑所不同的市井营造做法等方面，都存在非常丰富的研究素材。对于崇祯本《金瓶梅》版画中建筑形态的研究，可采用分类的方式提取相关素材，以宋代、清代的营造做法为参照，探寻某些建筑实体营造发展演进的脉络。

研究广度的拓展也可考虑以不同的专业方法作为研究工具。尽管研究对象是中国古典文学作品，但也有必要关注西方相应的研究成果。不论是基于建筑学还是文学，很多西方学者以不同的视角，利用独特新颖的方法，从相对合理的距离审视中国的文化现象，提出富于独创性的观点，对于研究的深入展开都具有积极的启发意义。

西方传统的建筑历史理论与中国古代的营造类典籍不同，更多是从理性维度展示许多世纪以来主题研究的深度成果。建筑学的相关研究，不论针对古今中外，都会不自觉地使用西方所提供的某些方法，毕竟建筑作为一个学科源自西方。而西方建筑理论已经形成完备的体系，具有相对完整的理论统一性。另一方面，“中国的传统文化背景

---

① [美]夏志清. 中国古典小说[M]. 胡益民，等，译. 南京：江苏文艺出版社，2008：15。

与西方文化发展的背景，从历史经验、心理结构到思维方式，都具有很大的差异。所以，东西文化并不是可以通过简单的套比即可完成从传统向现代的跃进的。以西方建筑学为参照系的发展道路，事实上使得传统建筑的研究与建筑事实貌合神离”。① 中国建筑则存在完全不同的文化属性，虽然形式与体量等纯视觉内容也是中国建筑所追求的一个方面，但显然更加重视隐藏于其背后的文化因素。

研究的外延也可以通过符号学等方式，对于空间叙事进行更充分的扩展。法国文学批评家、符号学家罗兰·巴特在《意象·音乐·文本》(*Image Music Text*)一书中说："首先并最重要的，叙事有着超乎人想像的多种题材，并以大量不同的介质——任何一种足以承载人们故事的介质——表现出来。那可以是清晰的语言——包括口头与书面的、静止或动态的画面、手势，或是其他混合了上述所有介质的东西。叙事呈现于神话、传奇、寓言、口头故事、短篇笔记、史诗、史实、悲剧、情景剧、喜剧、哑剧、绘画(比如维托雷·卡帕齐奥的圣厄休拉)、彩色玻璃窗、电影院、连环画、新闻条目与谈话。并且，在这些几乎无穷尽的纷繁形式下，叙事出现于不同时代、不同地点、不同社会；它起源于洪荒的历史中，没有哪个地方的人们不存在叙事。所有的阶层、所有的族群都有他们的叙事，经常性地与不同甚至敌对的文化背景的人们进行交流，成为他们的乐趣。忽略掉文学方面好与坏的差别，叙事是民族间的、超越历史的与跨文化的——它就存在于此，如生活本身。"②这段论述对叙事范围进行了最大可能的延展。尽管其中的表述没有直接提到以建筑作为叙事的载体，但从这单纯的概念中不难发现，建筑符合所有的叙事主体的特征。以这样的视野考察小说《金瓶梅》中的建筑，势必能从更广泛的途径发现研究线索。

而从深度上，可以在既有研究基础上，以小说的文本精读切入，深入探究基于城市建筑空间甚至营造细部层次的身体意涵，以探寻中国建筑、园林发生机制中的一些深层

---

① 毛兵，等.中国传统建筑空间修辞[M].北京：中国建筑工业出版社，2010：6。

② 笔者译。原文出自 Roland Barthes. Image Music Text[M]. Fontana，CA：Fontana，CA：Fontana Press，1977：79。相关原文是：Narrative is first and foremost a prodigious variety of genres，themselves distributed amongst different substances - as though any material were fit to receive man's stories. Able to be carried by articulated language，spoken or written，fixed or moving images，gestures，and the ordered mixture of all these substances；narrative is present in myth，legend，fable，tale，novella，epic，history，tragedy，drama，comedy，mime，painting (think of Carpaccio's Saint Ursula)，stained glass windows，cinema，comics，news item，conversation. Moreover，under this almost infinite diversity of forms，narrative is present in every age，in every place，in every society；it begins with the very history of mankind and there nowhere is nor has been a people without narrative. All classes，all human groups，have their narratives，enjoyment of which is very often shared by men with different，even opposing，cultural backgrounds. Caring nothing for the division between good and bad literature，narrative is international，transhistorical，transcultural：it is simply there，like life itself。

动因。每个人看身边客观物质空间的过程，都是一个文化选择的过程。“谁也不会以一种质朴原始的眼光来看世界。他看世界时，总会受到特定的习俗、风俗和思想方式的剪裁编排。”[①]从创作的角度看，小说作者更会有意识地完成剪裁编排，同时长篇小说的作者具备更为成熟与准确的语言驾驭能力。因而从研究角度看，这样的建筑空间场景描绘，可以被看成某种田野工作(Field Work)的角本，或是粗浅却异常丰富的“民族志”素材。这些文本所描述的，虽非绝对精确的建筑考察报告，却充满这些报告通常所不具备的建筑意象。

这些意象，由于人的参与——不论是小说作者眼中的人还是想象世界中的人，共同形成异常生动的建筑场景。从这些场景中还原出属于那个时代的客观建筑状况，正是本研究最根本的缘起。以此为基础，在中国建筑史的学科范畴内，以小说《金瓶梅》文字叙事为媒介，可以进行更深层次的建筑意象探讨。早在将近九十年前，梁思成与林徽因进行平郊建筑调研时的思考，或许已经触及这些讨论的本质：

> 这些美的存在，在建筑审美者的眼里，都能引起特异的感觉，在“诗意”和“画意”之外，还使他感到一种“建筑意”的愉快。这也许是个狂妄的说法——但是，甚么叫做“建筑意”？我们很可以找出一个比较近理的含义或解释来。[②]

---

① [美]露丝·本尼迪克特.文化模式[M].王炜，等，译.北京：生活·读书·新知三联书店，1988：5。

② 梁思成，林徽因.平郊建筑杂录(上)[G]//梁思成文集(第一卷).北京：中国建筑工业出版社，2001：293-310。

图片来源

图 1-1 西方建筑中的“法式”
克鲁夫特.建筑理论史——从维特鲁威到现在[M].王贵祥,译.北京:中国建筑工业出版社,2005:53.

图 1-2 中国建筑中的“文法”
梁思成.梁思成全集(第七卷)[M].北京:中国建筑工业出版社,2001:451.

图 2-1 明代浙江萧山县衙图
潘谷西.中国古代建筑史・第四卷(元、明建筑)[M].北京:中国建筑工业出版社,2001:36.

图 2-2 明清县衙形态鸟瞰图
刘鹏九,苗丙雪.明清县衙建筑考略[J].古建园林技术,1995(4).

图 2-9 临清直隶州志中临清州城图
潘谷西.中国古代建筑史・第四卷(元、明建筑)[M].北京:中国建筑工业出版社,2001:56.

图 2-10 康熙临清州志中临清州城图
上海图书馆藏

图 2-13 北宋东京城市平面简图
郭黛姮.中国古代建筑史・第三卷(宋、辽、金、西夏建筑)[M].北京:中国建筑工业出版社,2003:22.

图 2-14 明代峄县平面简图
上海图书馆藏

图 2-15 明代泰兴县城平面简图
上海图书馆藏

图 2-16 明代清河县城平面简图
上海图书馆藏

图 2-17 清代常熟县城平面简图
潘谷西.中国古代建筑史・第四卷(元、明建筑)[M].北京:中国建筑工业出版社,2001:63.

图 3-2 临街进行商业活动的门面示意 (b)崇祯本版画中所表现的门面
崇祯本版画

图 3-4 后仪门位置关系示意图 (b)崇祯本版画中所表现仪门
崇祯本版画

图 3-6 前厅空间示意图 (b)崇祯本版画中的前厅空间
崇祯本版画

图 3-7 《营造正式》中的七架之格示意图
天一阁藏本.明鲁班营造正式[M].上海:上海科学技术出版社,1988.

图 3-8 上房空间示意图 (b)崇祯本版画中的上房空间
崇祯本版画

图 3-9 潘、李二人小院空间示意图 (b)崇祯本版画中的二人小院
崇祯本版画

图 3-10 第五进院落空间示意图 (b)崇祯本版画中的厨房院落
崇祯本版画

图 3-11 舞台空间上的一桌二椅摆放方式
周育德.中国戏曲文化[M].北京:中国戏剧出版社,2010:237.

图 3-12 西汉"一堂二内式"住宅示意
笔者依据刘致平一书绘制。刘致平.中国居住建筑简史——城市、住宅、园林[M].王其明,增补.北京:中国建筑工业出版社,1990:217.

图 3-13 狮子街李瓶儿宅院空间示意图 (b)崇祯本版画中的狮子街李瓶儿宅院
崇祯本版画

图 3-15 崇祯本版画所刻画的西门庆祖坟建筑形态
崇祯本版画

图 4-2 葡萄架附近区域园林配置图 (b)崇祯本版画所刻画葡萄架景观配置
崇祯本版画

图 4-3 聚景堂附近区域园林配置图 (b)崇祯本版画所刻画聚景堂景观配置
崇祯本版画

图 4-5 翡翠轩附近区域园林配置图 (b)崇祯本版画所刻画翡翠轩景观配置
崇祯本版画

图 4-6 崇祯本版画中所刻画藏春坞形态
崇祯本版画

图 4-7 崇祯本版画中所刻画败落后的西门庆花园
崇祯本版画

图 5-1 丽春院平面空间示意图 (b)崇祯本版画所刻画的丽春院
崇祯本版画

图 5-2 乐星堂平面空间示意图 (b)崇祯本版画所刻画的乐星堂
崇祯本版画

图 5-3 《营造法原》中苏州矮闼照片
姚承祖.营造法源[M].张至刚,编.刘敦桢,校阅.北京:中国建筑工业出版社,1989:141.

图 6-1 《营造正式》中对屋宇吉凶的认定
天一阁藏本.明鲁班营造正式[M].上海:上海科学技术出版社,1988.

图 6-2 《营造正式》中关于安磉的重要性
天一阁藏本.明鲁班营造正式[M].上海:上海科学技术出版社,1988.

图 6-3 张惠言《仪礼图》中的士大夫住宅图
潘谷西.中国建筑史[M].6 版.北京:中国建筑工业出版社,2009:87.

图 6-17 崇祯本版画所刻画的厕所
崇祯本版画

图 6-18 西门庆彩棚的室内布局
崇祯本版画

参考文献

[1] 兰陵笑笑生.金瓶梅词话[M].戴鸿森,校点.北京:人民文学出版社,1985.

[2] 兰陵笑笑生.金瓶梅词话[M].香港:太平书局,1982.

[3] 兰陵笑笑生.金瓶梅词话[M].台北:里仁书局,2007.

[4] 兰陵笑笑生.金瓶梅词话[M].陶慕宁,校注.北京:人民文学出版社,2008.

[5] 李渔.新刻绣像批评金瓶梅[M]//李渔.李渔全集.杭州:浙江古籍出版社,1991.

[6] 孔丘,等.四书五经[M].上海:上海古籍出版社,1986.

[7] 凌廷堪.礼经释例[M].北京:中华书局,1985.

[8] 杨天宇.周礼译注[M].上海:上海古籍出版社,2004.

[9] 尚秉和.周易尚氏学[M].北京:中华书局,1980.

[10] 闻人军.考工记译注[M].上海:上海古籍出版社,1993.

[11] 脱脱,等.宋史[M].北京:中华书局,1975.

[12] 张廷玉,等.明史[M].北京:中华书局,1978.

[13] 颜洪范,张之象,等.(万历)上海县志十卷[M].刊本.上海:上海图书馆藏,1588.

[14] 胡裕燕,吴昆田,鲁蕡.(光绪)清河县志二十六卷[M].刻本影印.上海:上海图书馆藏,1879.

[15] 孙云锦,吴昆田,高延第.(光绪)淮安府志四十卷[M].刻本影印.上海:上海图书馆藏,1884.

[16] 徐宗干,许瀚.道光济宁直隶州志十卷[M].刻本影印.上海:上海图书馆藏,1859.

[17] 王时来,杭云龙.(康熙)阳谷县志八卷[M].抄本影印.上海:上海图书馆藏.

[18] 阿克当阿,姚文田,江藩,等.(嘉庆)重修扬州府志七十二卷[M].上海:上海图书馆藏,1810.

[19] 墨翟.墨子[M].上海:上海古籍出版社,1989.

[20] 吴毓江.墨子校注[M].孙启治,点校.北京:中华书局,1993.

[21] 章诗同.荀子简注[M].上海:上海人民出版社,1974.

[22] 杨天宇.仪礼译注[M].上海:上海古籍出版社,2004.

[23] 何宁.淮南子集释[M].北京:中华书局,1998.

[24] 王充.论衡全译.袁华忠,等,译.贵阳:贵州人民出版社,1993.

[25] 孙明君.三曹诗选[M].北京:中华书局,2005.

[26] 杨雄.甘泉赋[M]//萧统.文选.李善,注.上海:上海古籍出版社,1986:326.

[27] 许慎.说文解字[M].影印版.北京:中华书局,1963.

[28] 刘义庆,徐震堮.世说新语校笺[M].北京:中华书局,1984.

[29] 佟培基.孟浩然诗集笺注[M].上海:上海古籍出版社,2000.

[30] 普济.五灯会元[M].苏渊雷,点校.北京:中华书局,1984.

[31] 李诫.营造法式(全四册)[M].上海:商务印书馆,1933.

[32] 曹雪芹,高鹗.红楼梦[M].北京:人民文学出版社,2000.

[33] 施耐庵,罗贯中.水浒传[M].北京:人民文学出版社,1975.
[34] 蒲松龄.聊斋志异[M].张友鹤,辑校.北京:中华书局,1962.
[35] 苏轼.东坡志林[M].刘文忠,评注.北京:中华书局,2007.
[36] 胡应麟.少室山房笔丛[M].北京:中华书局,1958.
[37] 李渔.闲情偶寄[M].北京:作家出版社,1995.
[38] 计成.园冶注释[M].陈植,注释.杨伯超,校订.陈从周,校阅.北京:中国建筑工业出版社,1981.
[39] 吴承恩.西游记[M].黄肃秋,注释.北京:人民文学出版社,2004.
[40] 陆粲,顾起元.庚巳编·客座赘语[M].谭棣华,陈稼禾,点校.北京:中华书局,1987.
[41] 李诩.戒庵老人漫笔[M].魏连科,点校.北京:中华书局,1982.
[42] 余怀.板桥杂记[M].上海:启智书局,1933(民国二十二年).
[43] 韩婴.韩诗外传集释[M].许维通,校释.北京:中华书局,1980.
[44] 谢肇淛.五杂俎[M]//明代笔记小说大观.上海:上海古籍出版社,2005:1464-1862.
[45] 王国维.人间词话[M].上海:上海古籍出版社,1998.
[46] 王国维.观堂集林(外二种)[M].石家庄:河北教育出版社,2003.
[47] 孟元老.东京梦华录注[M].邓之诚,注.北京:中华书局,1982.
[48] 孔宪易.如梦录[M].郑州:中州古籍出版社,1984.
[49] 顾炎武.历代宅京记[M].北京:中华书局,1984.
[50] 沈德符.万历野获编[M]//明代小说笔记大观.上海:上海古籍出版社,2005:1865-2886.
[51] 陆粲.庚巳编[M]//明代笔记小说大观.上海:上海古籍出版社,2005:613-713.
[52] 张岱.陶庵梦忆[M].北京:中华书局,2008.
[53] 文震亨.长物志校注[M].陈植,校注.南京:江苏科学技术出版社,1984.
[54] 张竹坡.批评第一奇书金瓶梅回评[G]//黄霖.金瓶梅资料汇编.北京:中华书局,1987:92-226.
[55] 张竹坡.批评第一奇书金瓶梅读法[G]//黄霖.金瓶梅资料汇编.北京:中华书局,1987:65-88.
[56] 富察敦崇.燕京岁时记[M].北京:北京古籍出版社,1981.
[57] 缪荃孙.烟画东堂小品[M].江阴谬氏刊本.上海:上海图书馆藏:1920.
[58] 谢肇淛.小草斋文集[M]//黄霖.金瓶梅资料汇编.北京:中华书局,1987:3-4.
[59] 麟庆.鸿雪因缘图记(全三集)[M].汪春泉,等,绘.影印版.北京:北京古籍出版社,1984.
[60] 梁思成.梁思成全集(第七卷)[M].北京:中国建筑工业出版社,2001.
[61] 梁思成.营造法式注释·卷上[M].北京:中国建筑工业出版社,1983.
[62] 梁思成.清式营造则例[M].北京:中国建筑工业出版社,1981.
[63] 刘敦桢.中国古代建筑史[M].2版.北京:中国建筑工业出版社,1984.
[64] 刘敦桢.苏州古典园林[M].北京:中国建筑工业出版社,1979.
[65] 童寯.江南园林志[M].北京:中国建筑工业出版社,1984.
[66] 姚承祖.营造法源[M].张至刚,增编,刘敦桢,校阅.北京:中国建筑工业出版社,1989.
[67] 潘谷西.中国古代建筑史·第四卷(元、明建筑)[M].北京:中国建筑工业出版社,2001.
[68] 潘谷西.中国建筑史[M].6版.北京:中国建筑工业出版社,2009.
[69] 潘谷西,等.《营造法式》解读[M].南京:东南大学出版社,2005.
[70] 郭黛姮.中国古代建筑史·第三卷(宋、辽、金、西夏建筑)[M].北京:中国建筑工业出版社,2003.
[71] 刘叙杰.中国古代建筑史·第一卷(原始社会、夏、商、周、秦、汉建筑)[M].北京:中国建筑工业出版社,2003.

[72] 孙大章.中国古代建筑史·第五卷(清代建筑)[M].北京:中国建筑工业出版社,2002.
[73] 太田博太郎.图说日本住宅史[M].日本:彰国社,1986.
[74] 侯幼彬.中国建筑之道[M].北京:中国建筑工业出版社,2011.
[75] 侯幼彬,李婉贞.中国古代建筑历史图说[M].北京:中国建筑工业出版社,2002.
[76] 董鉴泓.中国城市建设史[M].2版.北京:中国建筑工业出版社,1989.
[77] 贺业钜,等.建筑历史研究[M].北京:中国建筑工业出版社,1992.
[78] 张驭寰.中国城池史[M].天津:百花文艺出版社,2003.
[79] 李允鉌.华夏意匠——中国古典建筑设计原理分析[M].天津:天津大学出版社,2005.
[80] 李国豪.建苑拾英——中国古代土木建筑科技史料选编[M].上海:同济大学出版社,1990.
[81] 刘致平.中国建筑类型及结构(新一版)[M].北京:中国建筑工业出版社,1987.
[82] 刘致平.中国居住建筑简史——城市、住宅、园林[M].王其明,增补.北京:中国建筑工业出版社,1990.
[83] 傅熹年.傅熹年书画鉴定集[M].郑州:河南美术出版社,1999.
[84] 陈植.造园学概论[M].北京:中国建筑工业出版社,2009.
[85] 张家骥.中国造园史[M].哈尔滨:黑龙江人民出版社,1987.
[86] 吴焕加,吕舟.建筑史研究论文集(1946—1996)[M].北京:中国建筑工业出版社,1996.
[87] 刘先觉,张十庆.建筑历史与理论研究文集(1997—2007)[M].北京:中国建筑工业出版社,2007.
[88] 郭湖生.东方建筑研究[M].天津:天津大学出版社,1992.
[89] 楼庆西.中国传统建筑装饰艺术——屋顶艺术[M].北京:中国建筑工业出版社,2009.
[90] 楼庆西.中国古建筑小品.北京:中国建筑工业出版社,1993.
[91] 黄汉民.中国传统建筑装饰艺术——门窗艺术[M].北京:中国建筑工业出版社,2010.
[92] 张十庆.《作庭记》译注与研究[M].天津:天津大学出版社,1993.
[93] 陆元鼎.民居史论与文化[M].广州:华南理工大学出版社,1995.
[94] 马炳坚.中国古建筑木作营造技术[M].北京:科学出版社,1991.
[95] 陈耀东.《鲁班经匠家镜》研究——叩开鲁班的大门[M].北京:中国建筑工业出版社,2010.
[96] 金其鑫.中国古代建筑尺寸设计研究[M].合肥:安徽科学技术出版社,1992.
[97] 文化部文物保护科研所.中国古建筑修缮技术[M].北京:中国建筑工业出版社,1983.
[98] 刘大可.中国古建筑瓦石营法[M].北京:中国建筑工业出版社,1993.
[99] 喻维国,等.中国木构建筑营造技术[M].北京:中国建筑工业出版社,1993.
[100] 李全庆,刘建业.中国古建筑琉璃技术[M].北京:中国建筑工业出版社,1987.
[101] 项秉仁.赖特[M].北京:中国建筑工业出版社,1992.
[102] 汪芳.查尔斯·柯里亚[M].北京:中国建筑工业出版社,2003.
[103] 杨永生.哲匠录[M].北京:中国建筑工业出版社,2005.
[104] 徐民苏,等.苏州民居[M].北京:中国建筑工业出版社,1991.
[105] 刘雨婷.中国历代建筑典章制度(下册)[M].上海:同济大学出版社,2010.
[106] 刘先觉.密斯·凡·德·罗[M].北京:中国建筑工业出版社,1992.
[107] 毛兵,等.中国传统建筑空间修辞[M].北京:中国建筑工业出版社,2010.
[108] 黄霖.古典文学研究资料汇编——金瓶梅资料汇编[M].北京:中华书局,1987.
[109] 朱一玄.中国古典小说名著资料丛刊之四——金瓶梅资料汇编[M].天津:南开大学出版社,2002.
[110] 郑振铎.中国俗文学史[M].影印版.上海:上海书店,1984.
[111] 徐岱.小说叙事学[M].北京:商务印书馆,2010.

[112] 浦迪安.中国叙事学[M].北京:北京大学出版社,1995.
[113] 北京大学中文系.中国小说史[M].北京:人民文学出版社,1978.
[114] 陈平原.中国小说叙事模式的转变[M].北京:北京大学出版社,2003.
[115] 郑振铎.郑振铎古典文学论文集[M].上海:上海古籍出版社,2009.
[116] 陈大康.古代小说研究及方法[M].北京:中华书局,2006.
[117] 李剑国,陈洪.中国小说通史·明代卷[M].北京:高等教育出版社,2007.
[118] 谭邦和.明清小说史[M].上海:上海古籍出版社,2006.
[119] 陈大康.明代小说史[M].北京:人民文学出版社,2007.
[120] 黄霖,等.中国古代小说叙事三维论[M].上海:上海书店出版社,2009.
[121] 皋于厚.明清小说的文化审视[M].北京:学苑出版社,2004.
[122] 梁晓萍.明清家族小说的文化与叙事[M].天津:南开大学出版社,2008.
[123] 李桂奎.元明小说叙事形态与物欲世态[M].上海:上海古籍出版社,2008.
[124] 黄霖.金瓶梅讲演录[M].南宁:广西师范大学出版社,2008.
[125] 叶嘉莹.汉魏六朝诗讲录[M].石家庄:河北教育出版社,2000.
[126] 汪曾祺.汪曾祺短篇小说选[M].北京:中国青年出版社,2000.
[127] 白维国.金瓶梅词典[M].北京:中华书局,1991.
[128] 吴敢.20世纪金瓶梅研究史长编[M].上海:文汇出版社,2003.
[129] 孟庆田.《红楼梦》和《金瓶梅》中的建筑[M].青岛:青岛出版社,2001.
[130] 黄云皓.图解红楼梦建筑意象[M].北京:中国建筑工业出版社,2006.
[131] 张国风.《金瓶梅》描绘的世俗人间[M].书目文献出版社,1992.
[132] 张国风.话说金瓶梅[M].南宁:广西师范大学出版社,2007.
[133] 梅节.瓶梅闲笔砚——梅节金学文存[M].北京:北京图书馆出版社,2008.
[134] 霍现俊.《金瓶梅》艺术论要[M].天津:天津古籍出版社,2010.
[135] 徐慧君.从金瓶梅到红楼梦[M].南宁:广西人民出版社,2007.
[136] 张世君.《红楼梦》的空间叙事[M].北京:中国社会科学出版社,1999.
[137] 王慧.大观园研究[M].北京:中国社会科学出版社,2008.
[138] 关华山.《红楼梦》中的建筑与园林[M].天津:百花文艺出版社,2008.
[139] 唐圭璋.宋词三百首笺注[M].上海:上海古籍出版社,1979.
[140] 赵维平.明清小说与运河文化[M].上海:上海三联书店,2007.
[141] 李泉,王云.山东运河文化研究[M].济南:齐鲁书社,2006.
[142] 李德明.运河之都济宁[M].济南:山东友谊出版社,2001.
[143] 刘跃进,秦永明.运河之都淮安故事[M].苏州:苏州大学出版社,2008.
[144] 姚汉源.京杭运河史[M].北京:中国水利水电出版社,1998.
[145] 韩大成.明代城市研究[M].北京:中华书局,2009.
[146] 杨正泰.明代驿站考[M].上海:上海古籍出版社,1994.
[147] 方志远.明代城市与市民文学[M].北京:中华书局,2004.
[148] 赵世瑜.狂欢与日常:明清以来的庙会与民间社会[M].北京:生活·读书·新知三联书店,2002.
[149] 王德威.想像中国的方法:历史·小说·叙事[M].北京:生活·读书·新知三联书店,1998.
[150] 吕思勉.先秦学术概论[M].影印版.上海:上海书店,1992.
[151] 池昌海.现代语言学导论[M].2版.杭州:浙江大学出版社,2007.

[152] 高名凯,等.语言学概论[M].北京:中华书局,1963.
[153] 胡亚敏.叙事学[M].武汉:华中师范大学出版社,2004.
[154] 钟敬文.民俗学概论[M].上海:上海文艺出版社,1998.
[155] 周耀明.汉族风俗史·第四卷(明代、清代前期汉族风俗)[M].徐杰舜,主编.北京:学林出版社,2004.
[156] 王炜民.中国古代礼俗[M].北京:中国国际广播出版社,2010.
[157] 李斌.共有的住房习俗[M].北京:社会科学文献出版社,2007.
[158] 王献忠.中国民俗文化与现代文明[M].北京:中国书店,1991.
[159] 周育德.中国戏曲文化[M].北京:中国戏剧出版社,2010.
[160] 廖奔.中国古代剧场史[M].郑州:中州古籍出版社,1997.
[161] 廖奔.中国戏剧图史[M].郑州:大象出版社,2000.
[162] 罗德胤.中国古戏台建筑[M].南京:东南大学出版社,2009.
[163] 葛永海.古代小说与城市文化研究[M].上海:复旦大学出版社,2005.
[164] 肖佩华.中国现代小说的市井叙事[M].北京:学苑出版社,2008.
[165] 徐师曾.文体明辨序说[M].罗根泽,校点.北京:人民文学出版社,1962.
[166] 王书奴.中国娼妓史[M].上海:上海书店,1992.
[167] 《文史精华》编辑部.近代中国娼妓史料(上下卷)[M].石家庄:河北人民出版社,1997.
[168] 张金起.八大胡同里的尘缘旧事[M].郑州:郑州大学出版社,2005.
[169] 王仁湘.珍馐玉馔——古代饮食文化[M].南京:江苏古籍出版社,2002.
[170] 潘富俊.诗经植物图鉴[M].上海:上海书店出版社,2003.
[171] 无著道忠.禅林象器笺二十卷[M].刊本.上海:上海图书馆藏,1909(明治四十二年).
[172] 郑振铎.中国古代木刻画史略[M].上海:上海书店出版社,2006.
[173] 周心慧.中国古代版刻版画史论集[M].北京:学苑出版社,1998.
[174] 周心慧.中国版画史丛稿[M].北京:学苑出版社,2002.
[175] 王心慧.中国古版画通史[M].北京:学苑出版社,2000.
[176] 周芜.徽派版画史论集[M].合肥:安徽人民出版社,1984.
[177] 张绍勋.中国印刷史话[M].济南:山东教育出版社,1991.
[178] 王朝闻.中国美术史·明代卷[M].济南:齐鲁书社,2000.
[179] 陈琦.刀刻圣手与绘画巨匠:中外美术比较研究[M].南京:江苏美术出版社,2008.
[180] 黄裳.插图的故事[M].上海:上海书店出版社,2009.
[181] 孔国桥."在场"的印刷——历史视域下的版画与艺术[M].杭州:中国美术学院出版社,2008.
[182] 洪丕谟.中国风水研究[M].武汉:湖北科学技术出版社,1993.
[183] 张惠民.中国风水应用学[M].北京:人民中国出版社,1993.
[184] 刘道超,等.神秘的择吉——传统求吉心理及习俗研究[M].南宁:广西人民出版社,2004.
[185] 王玉德.古代风水术注评[M].北京:北京师范大学出版社,1992.
[186] 谭其骧.中国历史地图集·元明时期[M].北京:地图出版社,1982.
[187] 沈从文.中国古代服饰研究[M].上海:上海书店出版社,2005.
[188] 王力.同源词典[M].北京:商务印书馆,1991.
[189] 颜湘君.中国古代小说服饰描写研究[M].上海:上海书店出版社,2007.
[190] 钱穆.中国文化史导论(修订本)[M].北京:商务印书馆,1994.
[191] 商传.明代文化史[M].上海:东方出版中心,2007.

[192] 南炳文,何孝荣.明代文化研究[M].北京:人民出版社,2006.
[193] 张晋藩.中国法律史[M].北京:法律出版社,1995.
[194] 韦庆远,等.中国官制史[M].上海:东方出版中心,2001.
[195] 李泽厚.人类学历史本体论[M].天津:天津社会科学院出版社,2008.
[196] 李泽厚.实用理性与乐感文化[M].北京:生活·读书·新知三联书店,2008.
[197] 周振鹤.中国历史文化区域研究[M].上海:复旦大学出版社,1997.
[198] 王毓铨.中国经济通史(明代经济卷)[M].北京:中国社会科学出版社,2007.
[199] 梅新林,等.现代文化学[M].呼和浩特:内蒙古人民出版社,1995.
[200] 黎东方.细说明朝[M].上海人民出版社,1997.
[201] 黄仁宇.中国大历史[M].北京:生活·读书·新知三联书店,2007.
[202] 黄仁宇.万历十五年[M].北京:生活·读书·新知三联书店,1997.
[203] 孙隆基.中国文化的深层结构[M].南宁:广西师范大学出版社,2004.
[204] 拉普卜特.文化特性与建筑设计[M].常青,张昕,张鹏,译.北京:中国建筑工业出版社,2004.
[205] 拉普卜特.宅形与文化[M].常青,徐菁,李颖春,等,译.北京:中国建筑工业出版社,2007.
[206] 拉普卜特.建成环境的意义——非言语表达方法[M].黄兰谷,等,译.张良皋,校.北京:中国建筑工业出版社,1992.
[207] 考柏西耶.走向新建筑[M].陈志华,译.天津:天津科学技术出版社,1991。
[208] 克鲁夫特. 建筑理论史——从维特鲁威到现在[M].王贵祥,译.北京:中国建筑工业出版社,2005.
[209] 里克沃特.城之理念——有关罗马、意大利及古代世界的城市形态人类学[M].刘东洋,译.北京:中国建筑工业出版社,2006.
[210] 里克沃特.亚当之家——建筑史中关于原始棚屋的思考[M].李保,译.许焯权,译校.北京:中国建筑工业出版社,2006.
[211] 希尔德布兰德.建筑愉悦的起源[M].马琴,万志斌,译.北京:中国建筑工业出版社,2007.
[212] 赫恩.塑成建筑的思想[M].张宇,译.北京:中国建筑工业出版社,2006.
[213] 维特鲁威.建筑十书[M].高履泰,译.北京:中国建筑工业出版社,1986.
[214] 盖尔.交往与空间[M].何人可,译.北京:中国建筑工业出版社,2002.
[215] 亚历山大.建筑模式语言[M].王听度,周序鸿,译.北京:知识产权出版社,2002.
[216] 林奇.城市意象[M].方益萍,等,译.北京:华夏出版社,2001.
[217] 罗西.城市建筑学[M].黄士钧,译.北京:中国建筑工业出版社,2006.
[218] 吉伯德,等.市镇设计[M].程里尧,译.北京:中国建筑工业出版社,1983.
[219] 培根.城市设计[M].黄富厢,等,编译.北京:中国建筑工业出版社,1989.
[220] 哈里斯.建筑的伦理功能[M].申嘉,陈朝晖,译.北京:华夏出版社,2001.
[221] 巫鸿.中国古代艺术与建筑中的“纪念碑性”.李清泉,郑岩,等,译.上海:上海人民出版社,2008.
[222] 科林斯.现代建筑设计思想的演变[M].2版.英若聪,译.北京:中国建筑工业出版社,2003.
[223] 赛维.建筑空间论——如何品评建筑[M].张似赞,译.北京:中国建筑工业出版社,1985.
[224] 舒尔兹.存在·空间·建筑[M].尹培桐,译.北京:中国建筑工业出版社,1990.
[225] 鲍赞巴克,等.观看,书写:建筑与文学的对话[M].姜丹丹,译.南宁:广西师范大学出版社,2010.
[226] 布鲁姆.误读图示[M].朱立元,等,译.天津:天津人民出版社,2008.
[227] 紫式部.源氏物语[M].丰子恺,译.北京:人民文学出版社,1980.
[228] 谷崎润一郎.阴翳礼赞[M].孟庆枢,译.石家庄:河北教育出版社,2002.

[229] 浦安迪.明代小说四大奇书[M].沈亨寿,译.北京:生活·读书·新知三联书店,2006.
[230] 夏志清.中国古典小说[M].胡益民,等,译.南京:江苏文艺出版社,2008.
[231] 韩南.韩南中国小说论集[M].王秋桂,等,译.北京:北京大学出版社,2008.
[232] 戈尔德曼.论小说的社会学[M].吴岳添,译.北京:中国社会科学出版社,1988.
[233] 卡冈.艺术形态学[M].凌继尧,等,译.北京:生活·读书·新知三联书店,1986.
[234] 约斯特.比较文学导论[M].廖鸿钧,等,译.长沙:湖南文艺出版社,1988.
[235] 凯南.叙事虚构作品[M].姚锦清,等,译.北京:生活·读书·新知三联书店,1989.
[236] 巴尔.叙事学:叙事理论导论[M].谭君强,译.北京:中国社会科学出版社,1995.
[237] 福勒.语言学与小说[M].於宁,等,译.重庆:重庆出版社,1991.
[238] 福斯特.小说面面观[M].朱乃长,译.北京:中国对外翻译出版公司,2001。
[239] 巴纳德.人类学历史与理论[M].王建民,刘源,许丹,译.北京:华夏出版社,2006.
[240] 韦伯.经济与社会(上卷)[M].林荣远,译.北京:商务印书馆,1997.
[241] 桑塔亚纳.常识中的理性[M].张沛,译.北京:北京大学出版社,2008.
[242] 马凌诺斯基.文化论[M].费孝通,译.北京:华夏出版社,2002.
[243] 格罗塞.艺术的起源[M].蔡慕晖,译.北京:商务印书馆,1984.
[244] 巴特.符号学美学[M].董学文,王葵,译.沈阳:辽宁人民出版社,1987.
[245] 炊格尔.时间与传统[M].蒋祖棣,刘英,译.王宁,校.北京:生活·读书·新知三联书店,1991.
[246] 摩尔根.古代社会[M].杨东莼,马雍,马巨,译.北京:商务印书馆,1977.
[247] 泰勒.原始文化[M].连树声,译.上海:上海文艺出版社,1992.
[248] 布留尔.原始思维[M].丁由,译.北京:商务印书馆,1981.
[249] 本尼迪克特.文化模式[M].王炜,等,译.北京:生活·读书·新知三联书店,1988.
[250] 华勒斯坦.学科·知识·权力[M].刘健芝,等,译.北京:生活·读书·新知三联书店,1999.
[251] 林耀华.金翼——中国家族制度的社会学研究[M].庄孔韶,林宗成,译.北京:生活·读书·新知三联书店,1989.
[252] 卡尔迪纳,普兰勃.他们研究了人[M].孙恺祥,译.北京:生活·读书·新知三联书店,1991.
[253] 潘诺夫斯基.视觉艺术的含义[M].傅志强,译.沈阳:辽宁人民出版社,1987.
[254] 朗格.情感与形式[M].刘大基,傅志强,周发祥,译.北京:中国社会科学出版社,1986.
[255] 丹纳.艺术哲学[M].傅雷,译.北京:人民文学出版社,1963.
[256] 斯特劳斯.野性的思维[M].李幼蒸,译.北京:商务印书馆,1987.
[257] 墨菲.文化与社会人类学引论[M].王卓君,吕乃基,译.北京:商务印书馆,1991.
[258] 马林诺夫斯基.神圣的性生活——来自土著部落的报告[M].何勇,译.北京:知识出版社,1998.
[259] 哈里森.古代艺术与仪式[M].刘宗迪,译.北京:生活·读书·新知三联书店,2008.
[260] 邓尔麟.钱穆与七房桥世界[M].蓝桦,译.北京:社会科学文献出版社,1998.
[261] 费孝通.江村经济——中国农民的生活[M].北京:商务印书馆,2001.
[262] 本尼迪克特.菊与刀[M].吕万和,熊达云,王智新,译.北京:商务印书馆,1990.
[263] 笠原仲二.古代中国人的美意识[M].魏常海,译.北京:北京大学出版社,1987.
[264] 卜正民.纵乐的困惑:明代的商业与文化[M].方骏,王秀丽,罗天佑,译.方骏,校.北京:生活·读书·新知三联书店,2004.
[265] 罗素.幸福之路[M].傅雷,译.西安:陕西师范大学出版社,2003.
[266] 蒙田.蒙田随笔全集[M].潘丽珍,等,译.南京:译林出版社,1996.

[267] 梁思成，林徽音．平郊建筑杂录（上）[G]//梁思成文集（第一卷）．北京：中国建筑工业出版社，2001：293-310.
[268] 侯幼彬．建筑的模糊性[G]//建筑理论·历史文库．北京：中国建筑工业出版社，2010：14-27.
[269] 刘托．论文人园林的兴起及早期文人园林[G]//杨鸿勋，等．建筑历史与理论（第5辑）．北京：中国建筑工业出版社，1997：117-120.
[270] 戴维莱瑟巴罗．蜿蜒的法则[G]//卢永毅．建筑理论的多维视野．北京：中国建筑工业出版社，2009：112-113.
[271] 潘谷西．《营造法式》小木作制度研究[G]//刘先觉，等．建筑历史与理论研究文集（1997—2007）．北京：中国建筑工业出版社，2007：75-98.
[272] 楼庆西．中国古代建筑装饰[G]//赵炳时，等．建筑史研究论文集（1946—1996）．北京：中国建筑工业出版社，1996：50-75.
[273] 郑孝燮．方位与礼制对中国传统建筑与环境所起的作用[G]//杨鸿勋，等．建筑历史与理论（第5辑）．北京：中国建筑工业出版社，1997：195-201.
[274] 刘叙杰．浅论我国古代的"尊西"思想及其在建筑中的反映[G]//杨鸿勋，等．建筑历史与理论（第5辑）．北京：中国建筑工业出版社，1997：202-205.
[275] 格林伯格．为什么古典建筑是时髦的[G]//詹克斯，等．当代建筑的理论和宣言．周玉鹏，等，译．北京：中国建筑工业出版社，2005.
[276] 鲁迅．中国小说史略[M]//鲁迅全集·第九卷．北京：人民文学出版社，2005.
[277] 王连洲．《金瓶梅》临清地名考[G]//聊城《水浒》《金瓶梅》研究会．《金瓶梅》作者之谜．银川：宁夏人民出版社，1988：14-27.
[278] 许建平．《临清州志》与《金瓶梅》研究中的几个问题[G]//中国金瓶梅学会．金瓶梅研究（第九辑）．济南：齐鲁书社，2009.
[279] 郭英德．《金瓶梅》的叙事结构[G]//傅光明．点评《金瓶梅》．济南：山东画报出版社，2007：14-27.
[280] 宁宗一．我读金瓶梅[G]//古耜．悟读金瓶梅．北京：京华出版社，2008：146-150.
[281] 脂砚斋．脂砚斋重评石头记[G]//黄霖．金瓶梅资料汇编．北京：中华书局，1987：258.
[282] 黄强．金瓶梅研究中的新思维[G]//中国金瓶梅学会．金瓶梅研究（第九辑）．济南：齐鲁书社，2009：222-227.
[283] 史春燕．《金瓶梅》戏曲演出刍议[G]//中国金瓶梅学会．金瓶梅研究（第九辑）．济南：齐鲁书社，2009.
[284] 朱星．《金瓶梅》的作者究竟是谁[G]//章培恒，刘心武，等．雪夜煮酒话金瓶——金瓶梅方家谭．北京：团结出版社，2007：7-20.
[285] 郑铁生．《金瓶梅》叙事时间第五年的张力结构[G]//中国金瓶梅学会．金瓶梅研究（第九辑）．济南：齐鲁书社，2009：71-77.
[286] 常青．建筑学的人类学视野[J]．建筑师，136，2008(6)：95-101.
[287] 窦武．文士园林试论[J]．建筑师，36，1989(12)：179-188.
[288] 李菁，王贵祥．清代北京城内的胡同与合院式住宅——对《加摹乾隆京城全图》中"六排三"与"八排十"的研究[J]．世界建筑导报，2006(7)：6-11.
[289] 张玉坤，李贺楠．中国古代"冬夏两栖"的居住模式[J]．建筑师 143，2010(2)：60-63.
[290] 郭华瑜．试论明代建筑的用材制度[J]．建筑师，94，2000(6)：71-76.
[291] 常青．世纪末的中国建筑史研究[J]．建筑师，69，1996(4)：72-73.
[292] 陈薇．关于中国古代建筑史框架体系的思考[J]．建筑师 52，1993(6)：19-22.

[293] 陈薇. 天籁疑难辨,历史谁可分——90年代中国建筑史研究谈[J]. 建筑师 69,1996(4):79-82.
[294] 王洁. 试论古代绘画中建筑的解读方法——以敦煌壁画和《清明上河图》为例[J]. 中国历史文物,2004(5):40-43.
[295] 王建国. 筚路篮缕,乱中取序——关于中国古代城市的研究方法[J]. 建筑师,37,1990(7):1-10.
[296] 李合群. 论中国古代里坊制的崩溃——以唐长安与宋东京为例[J]. 社会科学,2007(12):132-138.
[297] 丁沃沃,等. 形式的逻辑——从提契诺学派看欧洲现代建筑[J]. 新建筑,1998(4):11-14.
[298] 曹勇. 墙的嬗变(下)[J]. 建筑师,142,2010(1):5-16.
[299] 徐维波,韦峰. 唐宋私家园林环境模式变迁研究[J]. 建筑师,140,2009(4):77-84.
[300] 周学斌. 中国古戏楼研究[J]. 民族艺术,1996(2):77-98.
[301] 杨丽丽. 试析明人《五同会图》卷[J]. 文物,2004(7):89-96.
[302] 韩江陵. 中国建筑文学表现的著名形式——楹联[J]. 建筑师,52,1993(6):64-71.
[303] 苏文珠.《金瓶梅》中的西门府住宅建筑初探[J]. 河北经贸大学学报(综合版),2007(2):50-53.
[304] 楚文华. 从房屋建筑透视西门庆的家庭文化信息[J]. 东岳论丛,2007(2):120-122.
[305] 韩玲. 空间布局的魅力——《金瓶梅》的居所安排解读[J]. 邢台学院学报,2007(1):42-45.
[306] 苏文珠.《金瓶梅》中的西门府花园建筑[J]. 文史知识,2007(7):109-115.
[307] 周志波,等. 论《金瓶梅》中的花园意象[J]. 语言学刊,2008(5):15-17.
[308] 梁今知.《金瓶梅》所见晚明市镇音乐活动[J]. 徐州师范学院学报(哲学社会科学版),1994(2):69-70.
[309] 俞晓红.《红楼梦》花园意象解读[J]. 红楼梦学刊,1997(增刊):319-331.
[310] 张光英. 基于行为空间视角的大观园空间解读[J]. 人文地理,2010(6):36-41.
[311] 张军等著.《金瓶梅》与《红楼梦》时空叙事艺术比较[J]. 重庆大学学报(社会科学版),2002(3):30-33.
[312] 许建平.《金瓶梅》成书新证[J]. 河北师范大学学报(哲学社会科学版),2001(7):88-92.
[313] 张远芬.《金瓶梅》的作者是山东峄县人——再与朱星先生商榷[J]. 徐州师范学院学报(哲学社会科学版),1981(4):78-83.
[314] 王萤.《金瓶梅》地理背景为今山东临清市考[J]. 晋阳学刊,1987(5):89-95.
[315] 薛洪勣.《金瓶梅》地理背景新探[J]. 辽东学院学报(社会科学版),2009(6):96-100.
[316] 李锦山.《金瓶梅》地理环境"淮上"考[J]. 枣庄师专学报,1998(2):1-9.
[317] 李锦山.《〈金瓶梅〉地理环境"淮上"考》补证[J]. 枣庄师专学报,2001(6):1-10.
[318] 潘承玉.《金瓶梅》地理原型探考[J]. 绍兴文理学院学报,1998(6):23-33.
[319] 一丁.《金瓶梅词话》的地理观念与徐州[J]. 徐州师范学院学报(哲学社会科学版),1987(3):14-27.
[320] 张家英.《金瓶梅》反映南清河说质疑[J]. 复旦学报(社会科学版),1991(1):109-111.
[321] 陈诏.《金瓶梅》故事地点考[J]. 徐州师范学院学报(哲学社会科学版),1987(3):46-49.
[322] 洪城,董明.《金瓶梅》故事背景年代考[J]. 徐州师范学院学报(哲学社会科学版),1990(4):17-22.
[323] 陈昌恒.《金瓶梅》研究之历史回顾[J]. 中国文研究,1989(2). 71-80.
[324] 田秉锷.《金瓶梅》与运河文化[J]. 徐州师范学院学报(哲学社会科学版),1990(4):11-16.
[325] 周维衍. 关于《金瓶梅》的几个问题[J]. 复旦大学学报(社会科学版),1990(2):14-27.
[326] 李洪政:解决《金瓶梅》作者之谜的途径和依据[J]. 徐州师范学院学报(哲学社会科学版),2004(9):19-23.
[327] 徐朔方.《金瓶梅》的地理背景[J]. 文学遗产,1991(2):27-29.
[328] 霍现俊.《金瓶梅词话》地理背景考[J]. 中国文学研究,2004(4):54-59.
[329] 霍现俊. 西门庆形象新探[J]. 明清小说研究,1998(1):114-122.
[330] 郑铁生.《金瓶梅》与白银货币化[J]. 明清小说研究,2007(4):267-279.

[331] 张楠.密县打虎亭汉墓图像含义研究初步[J].美术观察,2005(10):90-91.

[332] 刘涤宇.中国古代市井图像的时空特征——历代《清明上河图》比较研究[D].上海:同济大学,2012.

[333] 朱宇晖.上海传统园林研究——从"东南名园"到文化遗产[D].上海:同济大学,2003.

[334] 段建强.豫园历史研究(1559—2009)[D].上海:同济大学,2012.

[335] 顾凯.明代江南园林研究——园林观念与造园实践[D].南京:东南大学,2008.

[336] 薛林平.中国传统庭院式戏场的建筑研究及其声学分析[D].上海:同济大学,2003.

[337] 顾蓓蓓.清代苏州地区传统民居"门"与"窗"的研究[D].上海:同济大学,2007.

[338] 毛颖异.明式与清式坐具风格变异[D].上海:同济大学,2009.

[339] 魏红艳.《金瓶梅》身体文化研究[D].西安:陕西师范大学,2007.

[340] 常荣吉.《东京梦华录》中的街市场景解读[D].上海:同济大学,2009.

[341] 刘启先,等.崇祯本《金瓶梅》版画[M]//兰陵笑笑生.金瓶梅词话.香港:太平书局,1982.

[342] 傅熹年.中国美术全集·绘画编·两宋绘画[M].北京:文物出版社,1988.

[343] 杨涵.中国美术全集·绘画编·明代绘画[M].上海人民美术出版社,1988.

[344] 童文娥.绘苑琼瑶:清院本清明上河图[M].台北:国立故宫博物院,2010.

[345] 周亮.明清戏曲版画[M].合肥:安徽美术出版社,

[346] 来新夏.明刻历代烈女传——仇十洲绘图真迹[M].天津:天津人民美术出版社,2004.

[347] 周芜,周路,周亮.建安古版画[M].福州:福建美术出版社,1999.

[348] 景戎华,帅茨平.中国明代家具图录[M].北京:中国林业出版社,1999.

索　引

后　记

当太阳一天天感觉更温暖时，秋天就来了——这是当年完成本书初稿时的感慨。如今又是几番寒暑，经历更多变化，蓦然又是秋凉，再一次深刻体悟岁月的更叠……但还是那种愧疚，岁月给我很多，我能回馈的太少。

这本书真正的缘起，是在追随同济大学路秉杰先生读书的过程中。那时建筑设计如日中天，建筑史却是冷门，选择“中建史”方向当年更是仅我一个研究生。作为“古代建筑文献”课的一个内容，路先生带着我们三四位学生，读“诗”，读“骚”，读《鲁灵光殿赋》，读《池上篇》，读《园冶》，当然也读《金瓶梅》……他对后者的二百幅版画赞誉有加，特别是其中的小木作内容，更有心深入探究。我就是在这个过程中，仔细阅读了《金瓶梅词话》。感谢路秉杰老师！不仅由于这个机缘，更是在此后的研究中，路先生广阔的思维境界、活跃开放的心胸，不断带给我新的启发。并且，那些在教研室灯光下读过的篇章，如今已经成为我给年轻学生讲课的内容。

追随常青院士攻读博士学位的过程着实不易。常老师的缜密与谨严，让我思维中的粗疏无以遁形。至今还记得跟他讨论论文选题的那些日子，我一次次把整理好的思路呈现给他，他都能随时指出其中的纰漏，指出我继续研究下去会面对的困难。直到某一天，从下午聊到天黑，当我提出事先并没有准备的《金瓶梅》建筑研究的选题时，他竟很快肯定了我的想法。在此后的写作过程中，他悉心指导，在很多的关键节点提出意见，避免我走入歧途。感谢常青老师！在相识将近三十年的时间中，使我最为受益的是常老师理性的态度与方法，以及受此影响对很多新观念的理解与接受。在研究进行的各阶段，常老师的悉心指点自不必言，更多让我铭记的是常老师对所有学生的包容。这些治学与人格的魅力，都将成为我此后为人师长的典范。

论文研究进行的后期，非常有幸遇到了中国《金瓶梅》研究会会长、复旦大学黄霖先生。我至今还记得最初走进他办公室那一刻的不安，却没有想到会领受他那样热情的肯定。此后随黄老师参加了历年的金瓶梅国际学术研讨会，更有幸的是成为他门下的访问学者，直接受教于先生。感谢黄霖老师！先生的学术观点，成为我最直接的指导，让我受到非理工科的研究训练;先生的鼓励,特别是推荐我参加的历次学术会议,让我有幸拜识众多前辈师长,从中学到很多全新的东西,为从事此项研究提供了更多信心与勇气。

当然,直接授教于我,促成这项研究不断进展的绝不仅仅这几位恩师。

特别感谢恩师吴光祖先生。老师的严谨,自硕士在读期间便一直影响着我。从随先生编辑《弗莱彻建筑史(第 20 版)》的中国近代至当代部分,到随先生完成庆云禅寺的设计,一直能感受到恩师细致入微的工作作风。在博士研究的过程中,论文质量还很粗糙,老师身体也不是太好,却那样细致地审读,从不同层次提出大大小小的问题,针针见血。见到满满几大页评审意见时的那份感动,我会终生铭记……

特别感谢恩师侯幼彬先生。能在本科学习阶段就受到中国建筑史课程的激发,从文化视角产生对于建筑理论的关注,是我从侯老师那里获得的最宝贵的专业财富。在整个论文进行过程中,又受到老师的悉心解惑,一如在当年的本科课堂上,也着实令我感动。我自知本书存在着种种疏漏,但不揣冒昧而言,在整个思维的理性脉络中,仍随处可见侯老师的深刻影响。

感谢赵辰老师。赵老师的敏锐曾启发我思考问题的很多路径,中西贯通的学术视野更是让我由衷敬佩,他的鼓励带着真实的能量,让我更有信心在这条路上勇敢前行。

感谢李浈老师、孙周兴老师和江晓原老师!几位先生在鼓励我的同时,也提出了中肯的意见,这些意见对于我更深入细致地进行此后的研究工作,无疑是最直接的财富。我也深感研究还存在大量不如所愿之处,老师们的指点让我更明确地知道自己的方向,也一定让我受益终生。

文学研究前辈王汝梅先生、宁宗一先生,以及中国《金瓶梅》研究会吴敢、陈东有、张进德、霍现俊、李柱奎、曾庆雨、黄强、谭楚子、傅想容、孙超等众多师友,均提出热情的鼓励或中肯的批评,以非同以往的思维角度启发我的研究路径。

在研究进行过程中,高蓓、朱宇晖、刘涤宇、段建强、都铭、戴晓玲、张鹏、齐莹、梁旻、董珂、董一平、张晓春、蒲仪军、刘知己、张磊、刘琨、黄翎等众师友都提供了大力的帮助,言谢不及。中国美术学院上海设计学院吴小华、冯节等领导对论文工作给予鼓励并提供诸多便利,同济大学黄建业、刘毓等老师在学习过程中给予很大支持,上條千惠子很多年前提供的日文资料,竟也帮助良多,一并致谢。

在书稿的编辑整理过程中,面对自己粗疏的文字,同济大学出版社的江岱、沈志宏、金言等诸位老师,查补阙漏,不辞辛苦,让我分外感动。在此也表达自己最真诚的敬意!

特别感谢文小琴在选题、初稿等阶段最真诚的支持与鼓励。

相对于书中存在的各处欠缺,我觉得年逾不惑的自己亏欠父母的更多,胞妹李健替我承担了大量的日常孝亲事务。尽管愧于出手,我也只能以此书献给他们,期待以自己的劳作换得一点点慰藉。

受益太多,奈何笔拙意远,恩重辞穷,不及一一谢过。感恩每一位读者,并真诚期待批评指正。

李辉

己亥秋分

太平报恩寺外